Nina MacKay
Plötzlich Banshee

Nina MacKay

Plötzlich Banshee

Roman

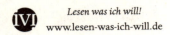

Lesen was ich will!
www.lesen-was-ich-will.de

ISBN 978-3-492-70393-2
© ivi, ein Imprint der Piper Verlag GmbH, München/Berlin 2016
Satz: Satz für Satz, Wangen im Allgäu
Gesetzt aus der Dante
Druck und Bindung: CPI books GmbH, Leck
Printed in Germany

Für Emma L.
Ohne die dieses Buch vielleicht nie gedruckt worden wäre

1

Ich sprang hinter den drei Typen auf den unter uns vorbeifahrenden Zug. Trotz meines harten Aufpralls hatten sie mich noch nicht bemerkt, was ich wohl vor allem dem Fahrtwind zu verdanken hatte. Sofort stellte ich fest, dass über Zugdächer laufen nicht gerade mein neues Lieblingshobby werden würde. Aber egal.

Der Blonde in der Mitte gehörte mir, er wusste es nur noch nicht.

Wie drei flinke Affen sprangen sie jetzt auch noch von einem Waggon zum anderen. Und im Gegensatz zu mir waren die Typen mit ihren Jeans und T-Shirts auch noch passend dafür angezogen.

Der Anblick ließ mich gequält aufstöhnen. Heute blieb mir aber auch gar nichts erspart!

Während ich noch ausrechnete, wie viel mich meine Schuhe inklusive Versand gekostet hatten, streifte ich mir die Keilabsatz-Sandalen ab und ließ sie vom Zug fallen. Das Blechdach fühlte sich verdammt heiß unter meinen nackten Füßen an.

Na gut, jedes Staubkorn in New Mexico glühte fast den ganzen Sommer über brütend heiß. Die Hölle musste ein geradezu paradiesisch luftiger Ort verglichen mit diesem Teil der USA sein. Energisch biss ich die Zähne zusammen und straffte die Schultern. Dann strich ich mir mein schwarzes Minikleid glatt und hastete den dreien hinterher.

In Filmen sah das immer so leicht aus, aber in Wirklichkeit war es verflucht schwer, auf einem fahrenden Zug zu laufen und dabei nicht das Gleichgewicht zu verlieren oder vom Fahrtwind umgeweht zu werden – Letzterer heulte mir auch ganz schön in den Ohren. Unglücklicherweise war ich weder Batman noch eine Zeichentrickfigur aus den Looney Tunes und zugegebenermaßen hatte ich auch schon sportlichere Menschen als mich gesehen. Aber der Blonde war es wert.

Wir bogen um eine Kurve. Links und rechts der Gleise zogen nur noch karge Wüste und riesige Felslandschaften an uns vorbei. Wir ließen die südlichen Ausläufer Santa Fes bereits hinter uns.

Heilige Flusspferdscheiße! Da vorne kam ein Tunnel und gerade in diesem Moment sprang die Uhr auf null. Verflucht noch mal!

Ohne mich groß um mich selbst zu kümmern, sprintete ich in einem Affenzahn nach vorn, um die letzten Meter zwischen mir und den drei Typen zu überwinden.

»Achtung!« Mein Gekreische übertönte gerade so den Fahrtwind und veranlasste Blondie dazu, sich endlich zu mir umzudrehen. Just in diesem Moment krachte ich gegen ihn und gemeinsam schlugen wir hart auf dem Zugdach auf. Keine Sekunde zu früh. Denn jetzt rauschte der Tunnel über uns hinweg.

Links und rechts von uns waren Blondies Freunde in Deckung gegangen.

Zwei Atemzüge später umgab uns statt Tunnelschwärze wieder Sonnenlicht.

»Ey, Alte! Was soll'n der Scheiß?«, kreischte Blondie mich an.

Natürlich. Wie immer konnte ich keinen Dank von meinen »unfreiwilligen Klienten« erwarten, wie ich sie nannte. Schnell checkte ich Blondies Ziffernanzeige über seinem Kopf. In Rot blinkten mir die Zahlen 602:18:12:02 entgegen. Wie bei einem falsch eingestellten Radiowecker. Gut. Der Typ hatte damit also 602 Monate, 18 Tage und 12 Stunden und 2 Minuten auf seiner Lebensuhr. Mein halsbrecherischer Einsatz hatte sich gelohnt.

»Alte!«, nörgelte Blondie unter mir.
Ach ja, richtig. Schnell rappelte ich mich auf.
Endlich wurde auch der Zug langsamer. Da vorne, 200 Meter entfernt, sah ich den Bahnhof von Fullerton auf uns zukommen. Oder wir auf ihn ... Wie auch immer.

Aus den Augenwinkeln bemerkte ich, wie mich Blondies Freunde mit offenen Mündern anstarrten.

Hatte ich etwa eine Fledermaus im Haar? Oder noch schlimmer, Spinnenweben? Schnell strich ich mir durch meine haselnussbraunen Haare, deren Spitzen mich an den Schulterblättern kitzelten. Nein, da war nichts. Puh, Glück gehabt!

Als Erster fasste sich einer von Blondies Freunden, ein Typ mit Infinity-Zeichen auf dem T-Shirt, wieder. In seinen Augen blitzte es, aber das war wahrscheinlich nur eine Sinnestäuschung. »Alter, die Tussi hat dir gerade das Leben gerettet, also halt's Maul, Justus!«

O wie charmant ... Dennoch zog ich geschmeichelt an meinem Kleid.

»Oha!« Blondie, der wohl Justus hieß, kratzte sich am Kopf. »Der Tunnel?«

»Ja, der Tunnel. Hätte dich geköpft«, bestätigte ich. »Sauberer Schnitt.« Ich schlug mir mit der flachen Hand auf den Unterarm. »Aber furchtbar eklig. Ganz viel Blut«, nickte ich versonnen.

Justus wurde kreidebleich. »Oh ... wie ... wie kann ich ...?«

Während er redete, zog ich bereits meine Visitenkarte aus dem Ausschnitt meines Kleids, was ihn ganz schön ins Stottern brachte. »Schick mir einfach ein Paar hübsche High Heels in Größe 38 an diese Adresse.« Ich drückte ihm meine Visitenkarte in die Hand.

Wie ein überraschtes Suppenhuhn öffnete und schloss Blondie gleichzeitig Augen und Mund. »Alana McClary? Privatdetektivin?«, las er halbwegs flüssig vor.

Ich hob einen Daumen. »Stets zu Diensten!«

Dann kletterte ich vom Zug, der nun fast auf Schritttempo abgebremst hatte.

O Mann, was für ein Tag! Zu Hause ließ ich mich erst mal wie ein Sack Mehl auf die schäbige Couch fallen. Wieder so ein paar lebensmüde Teenies … und dann noch auf einem Zug! Meine Fußsohlen hatten inzwischen die Farbe von Schwarzkohle angenommen, nachdem ich barfuß von der Bushaltestelle nach Hause hatte laufen müssen.

Zu meinen Fällen, die ich als Privatdetektivin bearbeitete, war ich heute gar nicht erst gekommen. Nicht, dass es besonders viele gewesen wären … oder besonders interessante. Mrs Murphy zum Beispiel hatte mich beauftragt, ihre entlaufene Katze zu finden.

Mein Fuß stieß gegen etwas Hartes unter dem Couchtisch. Oh, das Buch. *Das Buch!* Müde angelte ich danach. Mein Mitbewohner und bester Freund Clay hatte es mir vor Kurzem zu meinem 20. Geburtstag geschenkt. Es handelte sich um ein Buch über die Mythischen Sagengestalten Nordeuropas. In ihm fanden sich Zeichnungen und Beschreibungen von Kobolden, Elfen, Wechselbälgern und anderen magischen Geschöpfen Nordirlands und Schottlands.

Natürlich glaubte ich kein Stück von diesem Quatsch.

Clay aber schon. Er wollte mir sogar weismachen, dass Trinity, die in dem Blumenladen unter unserer Wohnung arbeitete, eine Elfe war.

Am lustigsten in diesem seltsamen Buch fand ich die Leprechauns, die angeblich einen Schatz am Ende des Regenbogens versteckt hielten und Glück brachten. Ganz im Gegensatz zu Banshees, irischen Todesfeen, die Unglück brachten und den Tod voraussagten.

Aber Clays Meinung nach war ich genau so ein Wesen. Eine Banshee. Aus diesem Grund hatte er mir auch diesen Wälzer geschenkt.

Unmöglich. Genervt schleuderte ich das Buch einmal quer durch den Raum, wo es gegen die rote Backsteinwand klatschte und verdreht auf dem Boden liegen blieb.

Nein, das war sogar *absolut unmöglich*! Ich war ein ganz normaler Mensch, keine Banshee-Todesfee. Zugegeben, ein Mensch, der die noch verbleibende Lebenszeit anderer Menschen wie eine Leuchtreklame-Anzeige über deren Köpfen sah.

Das war mir schon in meiner Kindheit klar geworden. Merkwürdigerweise sah ich die exakte Zeit, die anderen noch bis zu ihrem Tod blieb. Das war schon immer so gewesen. Darüber brach ich nicht gerade in Begeisterungsstürme aus, aber ich hatte gelernt, damit zu leben.

Gerade als ich dem Buch ein Kissen hinterherpfefferte, öffnete sich die Haustür.

»Na, räumst du um?«, grinste Clay.

»Haha, witzig wie eh und je!«, begrüßte ich ihn.

Clay war mein bester Freund und ich liebte ihn wie einen Bruder. Wir waren im selben Kinderheim aufgewachsen und schon seit ich denken konnte unzertrennlich. Die Kinderheimleitung behauptete sogar, wir seien am selben Tag als Babys vor ihrer Tür ausgesetzt worden. Also kannten wir uns praktisch schon immer und waren in all den Jahren nie von der Seite des anderen gewichen.

Dieser Gedanke ließ mich schmunzeln. Vor zwei Jahren, als wir beide endlich 18 Jahre alt waren, zogen wir sofort in diese Wohnung im ersten Stock eines fabrikähnlichen Backsteinhauses in Los Verdes. Eine Kleinstadt etwas östlich von Santa

Fe. Die Miete konnten wir geradeso aufbringen. Clay verdiente sein Geld mit Online-Poker und ich – nun ja, mit meiner Detektei, die ich von zu Hause aus betrieb. Ein Büro hatte ich nicht. Aber manchmal überließ mir Trinity ein Nebenzimmer in ihrem Blumenladen für Gespräche mit neuen Klienten.

»Ich habe eingekauft!« Clay zog sich seine große Messenger-Tasche über den Kopf, wobei sein dunkelbrauner Wuschelkopf etwas in Mitleidenschaft geriet. Zum Vorschein kamen Nachos und Käse.

»Yummy!«, lobte ich ihn.

Nachos mit Käse war unser Lieblingsessen. Etwas anderes konnten wir uns auch kaum leisten. Seit der Sache mit Ava waren wir beide eigentlich viel zu fertig, um zu arbeiten. Daher kam kaum noch Geld rein.

Es gab keinen Tag, an dem ich mir nicht wünschte, ich hätte verhindern können, was geschehen war. Clay ging es wohl genauso.

»Wie war dein Tag?«, fragte er jetzt, während er Nachos und Käse in die Mikrowelle verfrachtete.

»Och … wieder so einen Mutprobenjunkie gerettet, sonst aber nichts.«

Clay sah mich an. »Du hast ein Leben gerettet, das ist nicht nichts!«

Ja, ein Leben hatte ich gerettet, aber nicht Avas …

»Und wie lief's bei dir?«, fragte ich stattdessen.

»150 Dollar bei Texas Hold'em online gewonnen!«

»Ahh! Deshalb die Nachos«, nickte ich verstehend. »Wir feiern.«

»Jap.« Clay ließ sich mit einer Schüssel Nachos und zwei kleinen Wasserflaschen neben mich auf die Couch fallen. Das braune Leder ächzte unter ihm. »Bedien dich!«

Eine Weile aßen wir schweigend. Dann fiel Clays Blick auf das Buch *Magische Kreaturen Nordeuropas*, das aufgeschlagen mit den Seiten nach unten neben der Wand lag. »Du hast gelesen?«

»Haha«, sagte ich, »du glaubst tatsächlich, ich kann lesen?«
Clay schob sich eine weitere Ladung Nachos in den Mund.
»Alana, jetzt bleib einmal ernst. Du kannst dich nicht ewig davor verschließen. Du bist eine Banshee.«

Oh, nicht schon wieder diese Leier! In den letzten Wochen hatte ich genug über Banshees aus Clays Mund gehört, dass es bis an mein Lebensende reichte. »Ach ja?«, schmatzte ich. »In dem Buch steht aber nichts darüber, dass Banshees rote Ziffern über den Köpfen der Leute sehen. Da steht nur, dass sie Menschen erscheinen, die bald sterben werden, oder vor deren Häusern sitzen und den kommenden Tod eines Familienmitglieds beweinen!« Oh, apropos ... Verstohlen checkte ich die Ziffern über Clays Kopf. Mit der Zeit hatte ich gelernt, die Zahlen, die die Lebenszeit anzeigten, auszublenden und nahm sie gar nicht mehr richtig wahr – so wie man die neue Frisur eines Bekannten irgendwann nicht mehr registrierte.

Gut. Mein bester Freund hatte noch über 742 Monate. Natürlich hatte Clay meinen Blick bemerkt. »Und wie lange hab ich noch?«

»Mehr als 60 Jahre.« Ich tätschelte seinen Arm. Gott sei Dank! Es hatte sich nichts geändert.

Das Blöde an der Sache mit den Ziffern war: Man konnte sich einfach nicht darauf verlassen, dass sie sich nicht plötzlich änderten. Auf der Highschool hatte ich gesehen, wie sich Lebenszeiten drastisch verkürzten, als die dazugehörigen Teenager zu ihrer ersten Zigarette gegriffen hatten. Unsere Entscheidungen bestimmten eben unser Schicksal ... So lief das einfach.

Meine eigene Uhr sah ich nicht. Nicht mal im Spiegel. Aber das war vermutlich auch besser so. Ich persönlich wollte gar nicht wissen, wann ich das Zeitliche segnen würde.

Clay nahm sich eine weitere Handvoll Nachos und sah mich eindringlich an. »Seit der Sache mit Ava hast du dich verändert. Warum sträubst du dich so dagegen, eine Banshee zu sein? Das ist auch nicht verrückter als deine roten Todeszahlen. Die frühere Alana hätte ...«

»*Die frühere Alana hätte!*«, äffte ich ihn nach. »Es ist aber nun mal passiert. Ava ist tot!«

Unter meinen harten Worten zuckte Clay zusammen.

Wütend erhob ich mich, um in mein Schlafzimmer zu gehen. Ich brauchte Abstand von Clay und seinem Gerede über Banshees. Ja, okay, er hatte mir immer als Einziger geglaubt, wenn ich im Kinderheim von den roten Zahlen über den Köpfen der Menschen gesprochen hatte. Aber das hieß noch lange nicht, dass ich mir jetzt diesen Müll über Banshees und Elfen anhören musste und dass sie tatsächlich existierten! Und schon gar nicht wollte ich jetzt über Ava sprechen. Ava, an deren Tod ich schuld war.

In meinem Zimmer fiel mir schon nach zwei Minuten die Decke auf den Kopf. Toll. War ja mal wieder typisch.

Meine Gedanken kreisten weiterhin um Ava und all das Unglück, das ich in letzter Zeit wie magisch anzog. Na ja, »in letzter Zeit« stimmte nicht so ganz. Genau genommen lief das schon seit meiner Geburt so, musste ich zugeben. In dieser Hinsicht hatte das verdammte Buch recht. Ich war ein Unglücksbringer.

Leise vor mich hin murmelnd ließ ich mich aufs Bett fallen.

Mein Zimmer war vielleicht nicht das schickste, aber dafür sehr gemütlich eingerichtet, was ich dank jeder Menge bunter Kissen hinbekommen hatte. Am liebsten hätte ich mich hier drin vor der bösen Welt da draußen versteckt. Doch dann fiel mir ein, dass ich ja das Böse war, sozusagen. Und außerdem auch noch hier drin ... Arghh! Stöhnend riss ich die Arme in die Luft. Ich war einfach wie zehn schwarze Katzen von links auf einmal. Nein, streng genommen noch schlimmer. Wem hatte ich eigentlich noch kein Unglück gebracht? Sofort fielen mir hundert Gegenbeispiele ein, weshalb ich mir genervt ein Kissen aufs Gesicht drückte.

Ava zum Beispiel.

Oder die ganzen Jungs, die ich im Laufe meines Lebens kennengelernt hatte. Denen hatte ich ausnahmslos Unglück gebracht, denn jede meiner Beziehungen war im Grunde genommen gleich abgelaufen: Ich hatte mich verliebt, aber immer dann, wenn es ernst zwischen uns geworden war, hatte sich die Lebenszeit meines Liebsten drastisch verkürzt. Und dafür konnte es nur einen Grund geben: Weil derjenige mit mir zusammen war. Natürlich hatte ich jedes Mal sofort panisch die Flucht ergriffen. Als eindeutig war, dass jede meiner Beziehungen so ablaufen würde, hatte ich das Daten irgendwann sein lassen. Sicher wären auch meine Freunde besser dran ohne mich. Selbst Clay ...

Ich musste hier raus! Mit dem vagen Plan, an den Fluss zu gehen und mich dort mit einem Eis in den Schatten eines Baums zu setzen, schnappte ich mir kurze Jeansshorts, ein hellblaues »Rettet die Wale«-Greenpeace-Top und meine weißen Chucks. So ausgestattet flog ich beinahe die Treppenstufen nach unten ins Erdgeschoss.

Gerade als ich die schwere Eisentür zu unserer Wohnung abgeschlossen hatte (in diesem Viertel von Los Verdes konnte man nie wissen) und mich zur Straße umdrehte, platschte es. Mein rechter Fuß war statt von der Türschwelle auf den Gehweg in etwas sehr Nasses getreten.

»Waaaas?« Verwundert sah ich an mir herunter. Das konnte jetzt aber echt nicht wahr sein! Warum bitte stand auf dem Gehweg direkt vor meiner Tür eine Salatschüssel voll mit Wasser? Und mein rechter Chuck, der in diesem Moment von einem ziemlich fetten Goldfisch umkreist wurde, steckte bis zum Knöchel darin! Wieder ein Fettnäpfchen beziehungsweise Unglück, in das ich mit beiden Beinen reingesprungen war. Nein, halt! In diesem Fall nur mit einem.

Jemand räusperte sich. »Ähm, Miss, Sie stehen in meinem Goldfischaquarium!«

Mit zusammengekniffenen Augen hob ich den Kopf. Ein kleiner Junge von vielleicht sechs Jahren, mit braunen Augen und ebenso braunen Haaren stand vor mir. »Wirklich?«, presste ich hervor. »Ich dachte, ich nehme ein Fußbad …«

Der Kleine schüttelte den Kopf. »Nein, da liegen Sie falsch.«

Toll, jetzt wurde ich auch noch gesiezt! Konnte dieser Tag noch schlimmer werden? So was brauchte ich jetzt echt wie Fußpilz!

Der Junge – nach einem Blick auf seine Lebensuhr nannte ich ihn Tausendsassa, weil er noch mehr als 1000 Monate hatte – war ja ganz schön aufsässig.

»Na schön«, giftete ich. »Was macht dieses verdammte Salatschüssel-Aquarium vor meiner Tür und wie kriege ich meinen Schuh jetzt wieder trocken?« Und vor allem, wie kam ich mit meinem Fuß da wieder raus, ohne den fetten Goldfisch, der neugierig meinen Knöchel beäugte, zu verletzen oder das Gleichgewicht zu verlieren und auf die Schnauze zu fliegen?

Nun wurde der Kleine doch etwas unruhig. »Dylan!«, rief er, während er anklagend mit einem Finger auf mich deutete. »Kommst du mal? Die Frau da macht mir Angst!«

Na klasse. Auch das noch. Und wer war Dylan?

Gerade als ich beide Hände in die Hüften stemmte, um zu einer Moralpredigt anzusetzen, öffnete sich die Tür von Trinitys Blumenladen.

»Rider?« Ein hochgewachsener Mann mit breiten, muskulösen Schultern quetschte sich durch den Türrahmen, bevor sich die Tür ganz geöffnet hatte, und stürzte alarmiert auf den Knirps zu. Dann bemerkte er mich und meinen Fuß in der Schüssel. Die Mundwinkel des Mannes zuckten. »Was wird das? Eine Greenpeace-Aktion nach dem Motto ›Rettet die Goldfische‹, oder so?«

Was? Ach ja, mein Shirt mit dem Anti-Walfang-Aufdruck …

»Haha!«, machte ich. »Wirklich amüsant. Aber ich lach dann lieber später.«

»Ich glaube, Nemo fühlt sich von Ihrem Fuß eher in *seinem* Lebensraum bedroht«, fuhr er fort.

»Entschuldigung? Haben Sie heute Morgen ›lustig‹ gegoogelt oder einfach nur eine Überdosis Antidepressiva genommen?« Böse funkelte ich ihn an. Leider erzielte mein vernichtender Blick durch meine peinliche Situation mit der Salatschüssel nicht den gewünschten Effekt.

Muskelprotz Dylan, ich schätzte ihn auf ungefähr 26 Jahre, grinste blöd. Über seinem Kopf zeigte seine Lebensuhr noch mehr als 610 Monate, also noch etwa 50 Jahre Lebenszeit an.

»Jetzt helfen Sie mir wenigstens hier raus!« Ohne auf eine Antwort zu warten, streckte ich einen Arm aus, um mich an ihm abzustützen. So gelang es mir schließlich, meinen Fuß zu befreien, ohne das Gleichgewicht zu verlieren. Und Nemo war auch noch in einem Stück.

Ich besah mir meinen Schuh. Super. Total durchweicht. Dann fiel mir auf, dass ich immer noch an der Schulter des unverschämten Muskelprotzes hing. Mist! Schnell rückte ich ein Stück von ihm ab.

Wenigstens freute sich Tausendsassa, der wohl Rider hieß. »O gut, dann können wir Nemo ja jetzt zum Fluss bringen.«

Überrascht sah ich zuerst den Kleinen und dann Dylan an.

»Mein Bruder und ich entlassen Nemo heute in die Freiheit«, erklärte Dylan.

Aha. »Schon mal was von einer Klospülung gehört?«, erkundigte ich mich. »Dadurch bringt man auch nicht anderer Leute Schuhe in Gefahr!« Bei den letzten Worten hob ich meine Stimme deutlich an, um meinen Worten Nachdruck zu verleihen.

Völlig unbeeindruckt hob Rider seinen Goldfisch in der Salatschüssel auf. »Mir wird das hier zu kindisch. Komm, Nemo, wir gehen.« Und damit drehte sich Rider um und ging davon.

Der Kleine hatte ja echt Nerven!

Wütend starrte ich ihm hinterher. In seinem Alter war ich sicher nicht so gewesen! Da hatte ich Respekt gezeigt gegenüber Älteren!

Sein Bruder Dylan machte dagegen noch keine Anstalten zu gehen, sondern grinste mich breit an. Was gab es denn jetzt noch so dämlich zu grinsen? Irgendwie stand ihm das enge schwarze Shirt ja schon und anscheinend wusste er auch, dass er verdammt gut aussah.

Wie ich solche eingebildeten Kerle hasste! Genervt verschränkte ich die Arme vor der Brust. »Was?«

»Ihr Schuh ist nass«, informierte er mich trocken.

Schneller als eine Nasa-Rakete ging ich in die Luft. »Wie bitte? Haben Sie keine eigenen Probleme?«

»Eigentlich schon.« Er fuhr sich mit der Hand übers Gesicht, als ob er sich selbst wieder zur Vernunft bringen müsste. »Mein Name ist übrigens Dylan Shane. Und Sie sind?«

»Alana Geht-Sie-nichts-an«, antwortete ich patzig. Warum sollte ich dem Idioten auch meinen Namen verraten? Zugegeben, er war ein hübscher Idiot. Aber Idiot blieb Idiot.

»Hm, verstehe … Alana *McClary*, nehme ich an?« Der Idiot kramte in seiner Hosentasche und zog eine Polizeimarke hervor. »Police Department Santa Fe.«

Was? Ich verschluckte mich fast an meiner eigenen Zunge.

Dylan Shane grinste dämlich. »Eine Überwachungskamera hat aufgezeichnet, wie Sie heute von der Canyon-Brücke auf einen Zug gesprungen sind.«

Oh, oh …

2

»Keine Sorge, deswegen bin ich nicht hier.« Immer noch mit einem schiefen Grinsen im Gesicht nahm Detective Dylan Shane seine Dienstmarke wieder runter.

Puh.

Erneut kramte der unverschämte Muskelprotz – der, wie sich herausgestellt hatte, ein unverschämter Detective war – in seinen Hosentaschen. »Ich möchte nur wissen, ob Sie mit angesehen haben, wie dieser Junge entführt wurde.«

Bevor ich ganz begriffen hatte, was geschah, hielt er mir ein Foto unter die Nase. Moment mal, den hatte ich doch schon mal gesehen! Es war der Typ mit dem Infinity-Zeichen auf dem Shirt. Der Kumpel von dem Blonden, dem ich heute Vormittag das Leben gerettet hatte. Groß, dunkelhaarig, verwegener Blick. O nein! Stöhnend fuhr ich mir mit der Hand durch die Haare.

Detective Unverschämt beobachtete mich genau. »Scott Dayling wurde heute am späten Vormittag in eine schwarze Limousine gezerrt, gleich nachdem er den Bahnhof in Fullerton verlassen hatte. Sein Freund Justus Newman hat ausgesagt, Sie wären kurz vorher noch bei ihnen gewesen. Wissen Sie vielleicht mehr darüber?«

Da hatte er recht. Warum hatte ich Blondie auch meine Visitenkarte geben müssen? Dafür hätte ich mich jetzt wirklich ohrfeigen können!

Trotzdem hatte ich ja nichts zu verbergen. Also hob ich eine Augenbraue. »Ich habe diesen Justus davon abgehalten, eine große Dummheit zu begehen, gewissermaßen, aber danach bin ich gegangen. Was mit diesem Scott passiert ist, kann ich nicht sagen.«

»Eine Dummheit, wie von einem Zug zu springen?«, hakte er nach.

»Kann man so sagen.«

Gut, das war nicht die volle Wahrheit. Aber wie hätte ich das mit Justus' ablaufender Uhr erklären sollen? Und wie ich von seinem nahenden Ende hatte wissen können, als er mir heute Vormittag zufällig über den Weg gelaufen beziehungsweise gerannt war? Allerdings fand ich diese kleine Notlüge nicht wirklich schlimm. Schließlich hatte ich ja nichts zu befürchten, oder? Dieser Detective hatte mir noch nicht mal meine Rechte vorgelesen ... Er dachte also sicherlich nicht, dass ich etwas mit der Entführung zu tun hatte?

Mir fiel wieder ein, dass Detective Shane eben aus Trinitys Blumenladen gekommen war. Empört reckte ich das Kinn. »Haben Sie etwa Trinity Wood nach mir ausgefragt? Dürfen Sie das überhaupt? Ich bin schließlich keine Verbrecherin!«

»Ich bin heute nicht im Dienst, aber nachdem meinen Kollegen Ihre Visitenkarte zugespielt wurde, haben sie mich benachrichtigt. Zufällig wohne ich hier ganz in der Nähe. Bei Entführungen zählt jede Minute und Sie sind eine Spur, verstehen Sie?«

Beinahe hätte ich laut aufgelacht. Ich war eine Spur? Ja, normalerweise war ich tatsächlich eine Art blinkendes Hinweisschild mit der Aufschrift »Ärger hier!«, gegen das jede Leuchtreklame in Las Vegas wie ein schlechter Witz wirkte. Aber dieses Mal konnte ich ja wirklich nichts dafür ... Oder etwa doch? Hatte ich diesem Scott durch mein Auftauchen Unglück gebracht? Hatte ich, indem ich seinen Freund Justus gerettet hatte, Scotts Schicksal verändert? Krampfhaft versuchte ich mich daran zu erinnern, wie viel Lebenszeit Scotts Uhr angezeigt hatte, als ich ihm begegnet war. Leider ohne Erfolg. Es mussten jedenfalls noch mehrere Monate gewesen sein, sonst wäre es mir aufgefallen. Aber wie gesagt, man konnte nie wissen, welche Entscheidungen ein Schicksal änderten ...

»Geht es Ihnen nicht gut?«, unterbrach Detective Shane meine Gedanken.

Als Antwort schüttelte ich nur den Kopf. Irgendetwas störte mich an den letzten Momenten mit Scott auf dem Zug, wenn ich so daran zurückdachte. Aber was? Was war faul an der Sache?

»Wenn Ihnen noch etwas einfällt, hier ist meine Karte«, fuhr der Detective fort.

»Hm«, brummte ich, immer noch in Gedanken. Was war falsch an der Sache mit Scott?

Während ich noch mein Gehirn nach Informationen über Scott Dayling durchforstete, musterte mich Dylan Shane weiterhin irritiert. »Sie sehen irgendwie nicht gut aus ...«

Ach wie nett. »Na so ein schönes Kompliment habe ich ja noch niiie gehört!« Ich zog das Wort »nie« in die Länge wie ein aufgedrehter Opernsänger das hohe C in seinem Solo-Finale.

»Haben Sie nicht noch ein Telefonat zu führen, oder so? Ich dachte, jede Minute zählt.« Wenn dieser Kerl mich so dämlich von der Seite ansah, konnte ich nicht richtig nachdenken.

»Störe ich Sie bei irgendwas?«, wollte er wissen.

»Ja, ich versuche hier meinen Schuh trocknen zu lassen, vielen Dank!«, gab ich patzig zurück. Konnte er nicht irgendwo jemand anderem auf die Nerven gehen?

Wieder zuckten die Mundwinkel des Detectives. »Okay, dann störe ich Sie lieber nicht länger. Ich sehe, Sie haben Wichtigeres zu tun, als mit mir zu reden ...«

Endlich zog er von dannen in Richtung Fluss, während er im Laufen etwas in sein Handy tippte. Sicher ein Strafzettel wegen Beamtenbeleidigung. Oder er wollte einfach seinen Kollegen die Sache mit dem Goldfisch brühwarm erzählen.

Hinter mir räusperte sich jemand. »Sehr charmant von dir!« Es war Trinity, die vor sich hin schmunzelnd an dem Türrahmen ihres Ladens lehnte. Das weißblonde Haar fiel ihr heute offen bis über die Taille. »Genauso lernt man Männer kennen, Schätzchen. Ich bin wirklich stolz auf dich.«

»Hör mir auf mit dem!«, motzte ich. »So einen Idioten würde ich nicht mal daten, wenn …« Ich verstummte.

»Nicht mal wenn was?« Trinity neigte den Kopf zur Seite, während sie mich mit ihren intelligenten, eisblauen Augen fixierte.

»Nichts«, nuschelte ich.

Trinity wusste nichts von den Todesuhren, die ich sah. Apropos … Unwillkürlich hob ich den Kopf und checkte ihre Anzeige. 450:21:10:55. Gut, sie hatte immer noch einige Jahrzehnte, und das, obwohl wir seit ein paar Monaten befreundet waren.

Trinity war 26 Jahre alt, also sechs Jahre älter als Clay und ich. Manchmal behandelte sie uns aber wie ihre Kinder, worüber ich mich insgeheim freute.

Trotzdem wollte ich jetzt nicht mit ihr über meine angeblichen Beziehungsängste sprechen.

»War dieser Detective bei dir, um dich über mich auszuquetschen?«, fragte ich stattdessen, um vom Thema abzulenken.

Trinity nickte. »Er war im Laden und hat gefragt, ob du hier wohnst und ob ich Scott kenne.«

Überrascht riss ich die Augen auf. »Du kennst diesen Scott? Das Entführungsopfer?«

»Ja«, gab Trinity zu. »Er ist im selben Bogenschützenverein wie ich. Daher kenne ich ihn flüchtig.«

»Und nun wurde er entführt«, murmelte ich. »Zufällig habe

ich ihn heute Vormittag in Fullerton getroffen und seinem Freund meine Visitenkarte gegeben. Deshalb wusste der Detective auch von mir.«

Trinitys Blick schien mich zu durchbohren wie ein menschlicher Lügendetektor. Verdammt, sie war gut! Bestimmt ahnte sie bereits, dass das nicht die volle Wahrheit war.

Aber wie sollte ich erklären, dass ich auf einen Zug gesprungen war, um jemandes Leben zu retten, wenn ich nicht sagen konnte, woher ich vom baldigen Ableben der Person wusste? Schnell wandte ich den Blick ab. »Also dann ... wir sehen uns später, Trin! Ich muss los.« So schnell und gleichzeitig so lässig, wie es mit einem quietschenden, nassen Schuh möglich war, spurtete ich davon, zu meinem Lieblingsplatz am Fluss, wo ich hoffentlich ungestört nachdenken konnte.

Die Sache mit Scott ließ mich nicht los. Ein Gedanke, den ich nicht richtig zu fassen bekam, schwirrte in meinem Kopf herum – so als sollten mir die einzelnen Informationen über ihn etwas sagen ...

Und dann geschah es. Schon ein paar Sekunden bevor es passierte, spürte ich es kommen. Das ungute Gefühl im Magen und die aufsteigende Gewissheit, dass sich mein Kiefer gleich unter einem markerschütternden Schrei fast ausrenken würde. Mir wurde schlecht. Nein, nicht schon wieder! Das war einfach zu viel für heute.

Einen Moment lang fühlte ich mich an den Tag zurückversetzt, an dem es das erste Mal passiert war. Mit acht Jahren, als ich mit dem Kinderheim auf dem Weg zu einem Ausflug in den Zoo gewesen war, hatte ich aus unerklärlichen Gründen einen betrunkenen Mann angeschrien, der vor mir über den Bahnsteig getaumelt war. Die Uhr über seinem Kopf hatte fast nur Nullen gezeigt. Während mich meine Betreuer zurechtgewiesen hatten, hatte ich kurz darauf endlich begriffen, was es mit den Zahlen über den Köpfen der Menschen auf sich hatte. Denn keine zwei Minuten später fuhr ein Zug in den Bahnhof ein und der betrunkene Mann stürzte auf die Gleise. Es war ein schrecklicher Anblick gewesen, trotzdem hatte es mich irgendwie erleichtert, da ich nun endlich verstand, was mit mir los war: Ich sah die Lebenserwartung der Menschen und ich schrie sie automatisch wie eine Warnsirene an, wenn ihr Tod kurz bevorstand.

Aber wer war es jetzt? Hektisch sah ich mich um.

Links von mir lag der Albertson River, der eigentlich ein künstlich angelegter Kanal war. Hier im Downtown Park in Los Verdes wimmelte es heute nur so vor Menschen. Mit meinen Augen suchte ich die Menge ab.

Da vorn telefonierte Detective Dylan Shane und etwa 20 Meter weiter entleerte Rider gerade die Salatschüssel in den Fluss. Etwas zog mich zu dem Jungen. Er stand gefährlich nah am Wasser.

Meiner Vorahnung folgend beschleunigte ich meine Schritte. »Rider, pass auf!«, schrie ich ihm zu.

Rider zuckte zusammen, als er mich schreien hörte. Vor Schreck entglitt ihm die Schüssel. »O Mist!«, fluchte er. Flink, wie er war, ging er in die Hocke und beugte sich nach vorn, um im Wasser nach der Schüssel zu angeln.

»Lass das!«, rief ich.

An dieser Stelle wurde der Kanal sehr schnell tief. Die Strömung war zwar nicht stark, aber tückisch.

Doch es war zu spät. Rider verlor das Gleichgewicht und fiel nach vorn. Im gleichen Moment sprang seine Lebensuhr von über 1000 Monaten auf gerade mal noch eine Minute um.

O verdammt! Mir entfuhr der typische Todesschrei, bei dem sich mein Kiefer beinahe komplett ausrenkte. Es war fast wie beim Gähnen – eine Art Reflex, den ich einfach nicht unterdrücken konnte.

Die Leute im Park warfen mir verwunderte Blicke zu, aber keiner sah in Riders Richtung und bemerkte, in welcher Gefahr er schwebte.

Ich dagegen ließ ihn nicht aus den Augen und raste wie eine aufgescheuchte Nilpferdmama auf ihn zu.

Sein kleiner Körper wurde vollständig vom Fluss verschluckt. Kurz darauf tauchten Riders Haarschopf und zwei wild umherrudernde Kinderhände wieder auf. Bevor irgendjemand anderes reagieren konnte, sprang ich ihm hinterher, mitten in das graublaue Kanalwasser. »Rider!«

Wenn dieses Kind jetzt ertrank, war das ganz allein meine Schuld!

Wild um sich schlagend trieb Rider im Wasser. Schwimmen hatte er scheinbar noch nicht gelernt.

Sobald ich die Wasseroberfläche durchbrochen hatte, sogen sich meine Schuhe sowie meine Kleider mit Wasser voll. So schnell ich konnte, kraulte ich auf Rider zu.

Verflucht, die Strömung trieb ihn weiter und weiter von mir weg. Immer wenn ich dachte, ich hätte den Kleinen fast erreicht, entglitt er mir wieder.

Jetzt bekam auch der gesamte Downtown Park inklusive Dylan Shane mit, was passiert war. Aus den Augenwinkeln sah ich, wie Leute mit aufgerissenen Mündern auf uns deuteten und Dylan laut brüllend angelaufen kam.

Endlich bekam ich Riders Arm zu fassen.

Der Kleine zitterte, spuckte Wasser und klammerte sich an mir fest, sodass ich auf einmal selbst fast unterging. Nun war ich diejenige, die Wasser spuckte. Immer wieder tauchte ich unter, hob aber Rider, so gut es ging, über die Wasseroberfläche. Das war's dann wohl für mich. Lange würde ich das nicht mehr durchhalten.

Auf einmal packte mich jemand und zog mich nach oben.

Es war Dylan, der mich und Rider zum Ufer schleppte.

»O Gott, Rider, was ist passiert?« Er zog seinen Bruder aus meinen Armen und half dann auch mir aus dem Wasser.

Die Menschentraube um uns herum atmete auf. Das Kind war gerettet. Und keiner von ihnen hatte sich nass machen müssen, dachte ich bitter. Nein, das hatten sie mal schön Dylan und mir überlassen.

Von irgendwoher wurden bunt gemusterte Picknickdecken gereicht, in die sie uns einfach zu dritt einwickelten. Scheinbar wurde allgemein angenommen, dass wir eine dreiköpfige Familie waren. Unsanft wurde ich gegen Dylan gepresst, der den nach Luft schnappenden Rider auf dem Arm hielt. Eine absolute Unverschämtheit. Erst nichts tun und dann das!

Bevor ich wusste, wie mir geschah, klebte ich an Dylans Brust. Eingewickelt in einen altmodischen Blüten-Albtraum, der den Namen Picknickdecke nicht mal ansatzweise verdient hatte. Ich schielte nach oben.

Mit seinen großen Augen sah Rider mich an. »Danke.«

»Ja. Danke, dass Sie meinen Bruder gerettet haben«, murmelte nun auch Dylan. »Wie Sie da einfach in den Fluss gesprungen sind …«

»Na ja«, winkte ich ab. »Mein rechter Schuh war ja eh schon nass …«

Dylan sah aus, als könnte er sich nicht entscheiden, ob er jetzt lachen oder weinen sollte. Am Ende beließ er es bei einem durchdringenden Blick.

Was war denn jetzt mit ihm los?

Schnell checkte ich Riders Uhr. Wieder mehr als 1000 Monate. Gut. Ich hatte nicht versagt. Über Dylans Kopf leuchteten mir die Zahlen 610:26:11:08 entgegen. Den beiden ging es gut, also wurde ich hier jetzt nicht mehr gebraucht.

Die anderen Schaulustigen entfernten sich ebenfalls.

Perfekt. Ich schüttelte die Decken ab und löste mich aus dieser kuscheligen, triefnassen Dreierumarmung. Toll, jetzt roch ich zu allem Überfluss auch noch nach nassem Hund. Achselzuckend wandte ich mich zum Gehen.

»Warten Sie!« Dylan packte mich am Handgelenk.

Überrascht fuhr ich herum.

»Wie kann ich Ihnen danken?« Dylans Stimme klang heiser.

Gerade wollte ich meine üblichen Honorarvorschläge in Form von Schuhen oder Ähnlichem unterbreiten, da blieb mir die Luft weg.

Dylan Shanes Atem ging dagegen schnell, während er mich auf weniger als eine Armeslänge von sich entfernt hielt. Meine Güte, war er vorhin auch schon so attraktiv gewesen? Die Muskeln unter seinem Shirt bebten, als sei er gerade einen Marathon gelaufen ...

Langsam ließ ich meinen Blick über seinen Oberkörper bis zu seinem Gesicht wandern. O nein, Alana, ermahnte ich mich selbst. Bleib stark, du weißt, was sonst passiert! Und du hast heute schon ein Leben gefährdet ... Das stimmte. Hätte ich Rider nicht erschreckt, wäre die Salatschüssel vielleicht nie im Fluss gelandet und Rider nicht hinterhergestürzt. Innerlich verpasste ich mir eigenhändig eine Ohrfeige. Alana McClary, es ist besser, du nimmst jetzt beide Beine in die Hand, und das sehr schnell!

»Alles gut. Sie müssen sich nicht bedanken«, murmelte ich verwirrt. Dann riss ich mich los, bevor ich Gefahr lief, dass er durch meine bewundernden Blicke noch eingebildeter wurde.

Was war nur mit mir los? Ich brauchte dringend jemanden zum Reden. Eine Freundin. Ava, schoss es mir durch den Kopf. Nein, das ging jetzt nicht mehr ...

Trinity und Siri mussten arbeiten. Obwohl, Siris Schicht im American Diner hatte sicher gerade erst begonnen und es war noch nicht viel los. Während ich so schnell wie möglich den Park hinter mir ließ, spürte ich den Blick von Dylan Shane weiterhin in meinem Rücken, was tief in mir einen widersprüchlich warmen und zugleich kalten Schauder auslöste. Das kam aber sicher nur durch die klitschnassen Klamotten und die Hitze.

3

Der Knoten in meinem Gehirn zog sich immer mehr zusammen, als ich nach Hause lief, um meine nassen Klamotten zu wechseln. Wie gern hätte ich jetzt mit Ava, mit der ich immer über alles hatte reden können, gesprochen … Aber zu allem Überfluss war es auch noch meine Schuld gewesen, dass sie an diesem Tag in der Mall gewesen war. Schnell versuchte ich den Gedanken zu vertreiben.

Meine akuten Probleme waren ganz klar: Scotts Verschwinden, der komische Detective Dylan Shane und, na ja, irgendwie das grundsätzliche Problem meiner Andersartigkeit. Die Sache mit den Todesuhren …

Nebenbei sollte ich wohl auch noch ein paar Detektivfälle lösen und endlich mit meinem eigenen Fall vorankommen, dessen Akte ich schon mit zehn Jahren geöffnet hatte. An meinem zehnten Geburtstag hatten Clay und ich uns nachts unter meinem Bett im Kinderheim versteckt – Jungs waren im Mädchenschlafsaal verboten – und hatten mit Taschenlampen bewaffnet auf ein Blatt Papier geschrieben: *Alanas Akte – Fall 1: Alanas Mutter und Vater finden.*

Dasselbe hatten wir in Clays Akte geschrieben. Dass wir seine Eltern finden wollten, war unser zweiter Fall.

Über die Jahre waren aber leider alle Spuren im Sand verlaufen. Immer noch hatte ich absolut keinen brauchbaren Hinweis, woher ich kam. Außer einer Decke und einem Brief, in dem mein Name und Geburtsdatum stand, hatte sich nichts weiteres in dem Korb befunden, in dem ich ausgesetzt worden war. Komischerweise hatte Clay einen ähnlichen Zettel bei sich getragen und war wenige Stunden nach mir im Kinderheim angekommen. Alles sehr merkwürdig. Geschwister waren wir allerdings nicht. Das hatten sie im Labor testen lassen. Niemand hatte herausfinden können, woher wir kamen und wer unsere Eltern waren.

Wie auch immer.

Im Flur schlüpfte ich eilig aus meinen nassen Schuhen und ließ sie samt Socken achtlos zu Boden fallen.

Fünf Minuten später stand ich in meinem weißen Sommerkleid und Sandalen wieder auf der Straße und eilte in Richtung American Diner.

Das Diner war wie in einem Film der 60er-Jahre gestaltet. Außen rosa, innen schwarz-weiß karierter Linoleumboden und Kellnerinnen in rosa Kleidern mit weißen Schürzen.

Die Tür klingelte, als ich sie aufstieß.

Sofort drehten sich alle Köpfe zu mir um.

Hoch erhobenen, nassen Hauptes durchquerte ich das Diner und ließ mich auf den hintersten Platz an der Theke fallen.

Zwei Sekunden später hielt mir Siri einen Eiskaffee unter die Nase. Komisch. Als ob sie gewusst hätte, dass ich kam. »Na, Süße«, begrüßte sie mich, »regnet es draußen?«

»Haha«, machte ich, während ich mir meine feuchten Haare aus der Stirn strich. »Ich war schwimmen.«

»Verstehe. Man erzählt sich, eine hübsche Brünette sei in den Fluss gehüpft. Jetzt muss ich fast annehmen, dass du das warst.«

Himmel! Die Story machte also schon die Runde!

»Hast deinen Rettungsschwimmerschein gemacht und

darfst jetzt den roten Baywatch-Badeanzug tragen?« Siri grinste verschlagen. Ihre türkis gefärbten kinnlangen Haare passten nicht recht zu ihrem Kellnerinnen-Outfit. Obwohl … Eigentlich sah sie aus wie zwei Sorten Zuckerwatte. Rosa und türkis. Zum Anbeißen süß.

Ich rümpfte die Nase. Ein wenig erinnerte sie mich an Jennifer Aniston in jungen Jahren, nur eben mit türkisfarbenen Haaren. Glücklicherweise zeigte ihre Lebensuhr noch mehr als 800 Monate, also brauchte ich mir um Siri keine Sorgen zu machen. Vorerst.

»Komm schon, Alana. Was war heute los? Erzähl mir alles. Ich hab Zeit. Hab den Kunden was in ihren Kaffee getan, die werden nicht stören.« Sie zwinkerte mir zu.

»Ja klar, guter Witz.« Einen Moment schloss ich die Augen, dann begann ich Siri alles zu erzählen. Die ganze verdammte Geschichte von diesem ganzen verdammten Tag.

»Ach, Süße«, seufzte Siri, als ich geendet hatte, während sie mich aus ihren bernsteinfarbenen Augen musterte.

Ein glatzköpfiger Mann mit leerer Kaffeetasse näherte sich uns.

»Nicht jetzt!«, zischte Siri.

Der Glatzkopf zog den Kopf ein und verschwand sofort wieder.

»Reizend, Siri, das gibt heute bestimmt ein dickes Trinkgeld«, lobte ich sie spöttisch.

»Jaja.« Siri machte eine wegwerfende Handbewegung. »Jetzt lenk mal nicht ab, Alana. Hier.« Sie reichte mir eine rosa Papierserviette. »Schreib eine To-do-Liste. Ich fange an, bei deinen Problemen den Überblick zu verlieren.«

Nach einer Viertelstunde stand auf meiner Serviette in fein säuberlicher Handschrift:

1. Meine Eltern finden
2. Clays Eltern finden
3. Herausfinden, was mit Scott Dayling geschehen ist
4. Mir Dylan Shane vom Hals halten
5. Den verdammten Kater finden

»Interessant«, meinte Siri nach einem Blick auf meine Serviette. »Ich hätte vielleicht noch hinzugefügt: ›Sechstens, weniger griesgrämig durch die Gegend laufen‹, aber okay ...«

Grinsend warf ich ein Geschirrtuch nach ihr, das auf der Theke gelegen hatte. »Du spinnst ja wohl! Ich und griesgrämig? So schau ich eben aus, wenn ich nachdenke!«

»Ist klar. Also heute Abend um neun Uhr bei euch? Wenn Shelly noch auftaucht, kann ich früher Schluss machen. Ich bring mit, was an Diner-Resten übrig bleibt.«

Shelly war Siris Kollegin. Seit ein paar Tagen war sie allerdings nicht mehr zur Arbeit erschienen. Das war aber nicht allzu verwunderlich, denn sie feierte gerne wilde Partys.

»Okay«, nickte ich. »Dann sag ich noch Trinity Bescheid. Bis später.« Und damit erhob ich mich mit meiner To-do-Serviette in der Hand vom Barhocker, der lustige Quietschgeräusche machte, als ich von seinem Kunstleder herunterrutschte.

Wieder wandten sich alle Köpfe im Diner zu mir um.

Mist! So viel Aufmerksamkeit war mir gar nicht recht. Ich wollte nicht das Stadtgespräch sein, Riders Rettung hin oder her. Diese verdammte Kleinstadt! Wäre ich lieber in Santa Fe wohnen geblieben!

Zu Hause empfing mich Clay mit vorwurfsvollem Blick. Sein Haar klebte ihm verschwitzt an der Stirn und er trug Joggingklamotten. Im Wohnzimmer hinter ihm lief eine Nachmittagssendung auf voller Lautstärke.

»Was macht deine nasse Socke auf meiner Pizza?« Er hielt mir einen Pizzakarton mit einer halben Pizza unter die Nase, in dessen Mitte eine von meinen Socken klebte. »Die wollte ich noch aufessen!«

Ups. »Verdammt, damit bist du jetzt wohl eine freie Hauselfe!«, grinste ich. Was sollte ich auch anderes machen, als zu versuchen, die Situation mit einem Scherz zu retten? Tatsächlich musste ich die Socke irgendwie verloren haben, als ich mich vorhin eilig umgezogen hatte.

Clay sah mich entgeistert an. Der Pizzakarton entglitt seinen Fingern und fiel zu Boden. Komisch. Sonst verstand er doch Spaß.

»Warum lässt du auch einen offenen Pizzakarton auf dem Sofa liegen?«, hakte ich nach.

Clay fuhr sich mit der Hand übers Gesicht. »Ich … konnte nicht alles aufessen, weil wir ja schon Nachos hatten …« Sein Gesicht hatte einen unnatürlichen Weißton angenommen.

Also irgendwie war Clay heute seltsam.

»Siri bringt später Diner-Resteessen mit. Wirf die Pizza einfach weg.« Damit war das Thema für mich – sprichwörtlich – gegessen.

»Alana?«

Auf dem Weg zu meinem Zimmer hielt ich inne, als ich Clay meinen Namen aussprechen hörte.

»Ich muss dir was sagen.«

Verwundert drehte ich mich um. »Was?« Um ihn besser hören zu können, musste ich ein Stück zurückgehen, denn der Fernseher, der gerade eine Nachrichtensendung zeigte, lief auf Presslufthammer-Lautstärke.

»Also …« Clay kratzte sich am Kopf. »Ich weiß nicht, wie ich dir das sagen soll …« Er sah zu Boden. »Alana …«

»Shht!«, unterbrach ich ihn. Der Bericht in den Nachrichten hatte plötzlich meine volle Aufmerksamkeit erregt.

»… wurde heute Morgen in Downtown, Santa Fe die Leiche einer 17-jährigen Kellnerin aus Los Verdes gefunden. Nähere Umstände zu ihrem Tod gibt die Polizei bisher nicht bekannt, doch einige Augenzeugen, die die Leiche fanden, beschrieben ihren Zustand als ›ausgeblutet‹«, berichtete soeben eine blonde Reporterin, die vor einer mit Polizeibändern abgesperrten Gasse stand. Im Hintergrund konnte man ein paar Polizeibeamte um einen Leichensack herum stehen sehen.

O mein Gott, das musste Shelly sein! Siris Kollegin! Wie viele andere Kellnerinnen aus Los Verdes in diesem Alter konnte es schon geben? Verdammt! Sie war seit Tagen nicht im Diner erschienen. Ab und zu hatte ich mit ihr im Diner gequatscht. »Da ... da ...«, stotterte ich.

»Hm?« Jetzt wandte auch Clay seine Aufmerksamkeit dem Fernseher zu.

Gerade wurde ein Passbild von Shelly eingeblendet. Wir hatten immer Witze darüber gemacht, dass sie ganz genau wie Barbie aussah und nicht wie Shelly.

»... Die Polizei bittet um Ihre Mithilfe. Hinweise zum Mord an Shelly K. geben Sie bitte an die örtliche Polizeistelle weiter.«

»Ach du Scheiße, ist das Barbie-Shelly?«, japste Clay.

»Sieht fast so aus«, antwortete ich lahm.

Unfassbar. Shelly war tot.

Auch Stunden später konnte ich es nicht begreifen. Wer tat so etwas? Wer hatte die hübsche, verrückte Shelly ermordet?

Dylan

Gegen acht Uhr lieferte Dylan seinen Bruder zu Hause ab.

»Hey, ihr zwei!«, begrüßte ihn seine Mutter Samantha. »Hattet ihr beiden Spaß?«

»Tja, was das angeht ...« Dylan reichte ihr zunächst Riders Tasche mit den noch feuchten Klamotten vom Vormittag und kratzte sich dann am Kopf.

»Ich bin fast ertrunken!«, berichtete Rider stolz.

»Was?«

»Na ja, das war so …« Dylan gab sich Mühe, seinen Bericht so sachlich wie möglich abzuliefern. Ganz genauso, wie er es im Polizeirevier getan hätte.

Am Ende war seine Mutter einfach nur froh, dass ihren beiden Jungs nichts geschehen war. Die anschließende Standpauke hielt sich jedenfalls in Grenzen.

Ein Anruf auf Dylans Handy unterbrach das versöhnliche Schweigen. »Entschuldigt mich, ich muss da rangehen. Wir sehen uns dann nächstes Wochenende wieder«, verabschiedete sich Dylan, insgeheim froh darüber, so einfach davongekommen zu sein.

»Detective Shane«, nahm er den Anruf entgegen.

»Officer Roy Dunmore hier. Es tut mir leid, Sie an Ihrem freien Tag zu stören, aber ich muss Ihnen mitteilen, dass eine weibliche Leiche in Santa Fe gefunden wurde, Shelly King. Sie wurde ermordet. Detective Rowland ist der Ansicht, dass der Mord und die Entführung von Scott Dayling zusammenhängen. Die Zeit drängt also. Wir benötigen alle verfügbaren Detectives vor Ort. Bitte finden Sie sich sofort im Police Department ein.«

Bevor Dylan etwas antworten konnte, hatte Dunmore einfach aufgelegt.

Na super. Seinen Urlaub konnte er jetzt vergessen. Wenn die Entführung von Scott Dayling allerdings mit diesem Mord zusammenhing, würden sie bald noch viel größere Probleme haben als einen abgesagten Urlaub …

Alana

»Warum Shelly?« Siri vergrub das Gesicht in den Händen.

Unsicher rutschte ich ein Stück näher an sie heran.

Das braune Leder der Couch quietschte und irgendwie passte dieses unangemessene Geräusch zu meinem unbeholfenen Wesen. Ich wusste einfach nicht, was in dieser Situation zu tun war. Zwar hatte ich schon viele Menschen sterben sehen, doch da hatte ich das Trösten der Angehörigen fast immer anderen überlassen.

Doch scheinbar schien Trinity es zu wissen. Sie stand hinter Siri und hatte ihr die Hände auf die Schultern gelegt. »Du kannst nichts dafür. Sie werden ihren Mörder schon finden.«

»War die Polizei schon im Diner?«, wollte Clay wissen.

»Ja«, schluchzte Siri. »Die haben mich und meine Angestellten zu Shelly befragt.«

Betroffen blickte Clay zu Boden.

Ich streckte eine Hand aus, um ihm beruhigend über den Nacken zu streichen. Irgendwie hatte ich das Bedürfnis, Clay und Siri wenigstens durch meine Berührungen Trost zu spenden. Das Reden überließ ich dabei liebend gerne den beiden.

»Kommt ihr zur Beerdigung? Ich werde eine ausrichten lassen, Shelly hatte keine Familie«, brachte Siri zwischen zwei Schluchzern hervor. Ihr türkisfarbenes Haar stand nach allen Seiten ab.

»Natürlich kommen wir«, bestätigte Clay.

Das durfte doch alles nicht wahr sein! Anstelle eines gemütlichen Treffens im Diner würden wir Shelly das letzte Mal auf ihrer eigenen Beerdigung sehen. Das Leben war so ungerecht!

Später am Abend setzte ich einen weiteren Punkt auf meine To-do-Serviette. Der Kuli kratzte über das rosa Tuch, während ich schrieb:

6. Shellys Mörder finden

Am nächsten Morgen schleppte ich mich gegen halb acht in die Küche. Die ganze Nacht lang hatte ich über Shellys Tod nachgegrübelt. Ihre Lebensuhr hatte bei unserem letzten Zusammentreffen noch über 30 Jahre angezeigt. Hatte sie danach irgendwelche verhängnisvollen Entscheidungen getroffen? Vielleicht hatte sie neue Bekanntschaften gemacht und war an die falschen Leute geraten.

Hm... Ich würde all ihre Freunde befragen müssen, um Licht ins Dunkel zu bringen.

Ein Blick in den Spiegel verriet mir, dass ich aktuell wie ein schlecht gelaunter Troll mit Allergieschock aussah. Reizend! Hatte ich nicht gestern erst ein ähnliches Bild von einem Geschöpf in meinem Magische-Wesen-Buch gesehen? Wie war sein Name noch gleich gewesen? Obwohl ich so tief wie möglich in meinem Hirn stocherte, flutschte mir der Name immer wieder davon. Eine leise Stimme in meinem Hinterkopf beharrte darauf, dass das eine wichtige Information sei, doch ich schüttelte am Ende nur genervt den Kopf. Der Troll brauchte jetzt seinen Kaffee!

»Guten Morgen, Sonnenschein!«, begrüßte mich Clay, als er um die Ecke bog.

Ich hob den Kopf.

Einen Moment später schien Clay die Sache mit Shelly wieder eingefallen zu sein. »O ähm. Sorry. Mein Hirn war irgendwie gerade ...«

»... offline?«, vervollständigte ich seinen Satz.

Bevor er weiterredete, biss sich Clay kurz auf die Unterlippe. »Das war unpassend von mir. Sorry. Also, Alana«, er angelte sich eine Banane aus der Obstschale und ließ sich dann auf dem Barhocker mir gegenüber nieder. »Wirst du versuchen herauszufinden, was mit Shelly geschehen ist?«

»Natürlich«, nickte ich grimmig.

»Okay«, fuhr Clay fort. »Aber ehe du gleich losstürmst, muss ich noch kurz mit dir reden.« Er kratzte sich am Kopf.

Plötzlich wirkte mein bester Freund wie ein kleiner unsicherer Schuljunge. Wie merkwürdig … Sonst gab er doch immer den selbstbewussten Klassenclown in Person …

»Also, Alana, ich habe eigentlich schon versucht dir das gestern zu sagen …«

In diesem Moment erklang die Melodie von »This ain't a love song« von Scouting for Girls aus meiner Handtasche. Wer rief mich denn so früh am Morgen an? Ich schnappte mir die Tasche samt Handy und hob einen Finger in Richtung Clay.

»Vergiss nicht, was du sagen wolltest!«

Gerade jetzt musste mein Handy klingeln! »Alana McClary?«, nahm ich den Anruf schlecht gelaunt entgegen.

»Detective Dylan Shane«, quakte mein Gesprächspartner am anderen Ende der Leitung in den Hörer.

»Sie!«, keifte ich ins Telefon. Er! Wurde ich diesen Typen eigentlich nie los?

Neben mir zuckte Clay zusammen.

Schnell warf ich ihm einen Blick, gefolgt von einem würgenden Geräusch zu. Dieser ätzende Detective!

Doch da Clay die Bekanntschaft mit Dylan Shane bisher erspart geblieben war, verstand er natürlich nicht, was ich damit zum Ausdruck bringen wollte. Im Gegenteil. Plötzlich wurde Clay kalkweiß im Gesicht.

»Ist Ihnen nicht gut?«, erkundigte sich Detective Shane am anderen Ende der Leitung.

Er hatte das Würggeräusch anscheinend gehört.

»Ähm, nein, das war nur die Katze …« Ich überlegte einen Moment. »Detective? Die Verbindung ist gerade ganz schlecht. Ich kann Sie … krrrch … ganz …. krrrch … schlecht … krrrch … hören!«

»Jetzt hören Sie doch auf!«, kam es aus dem Handy. »Das ist der älteste Trick der Welt. So einfach werden Sie mich nicht los.«

Verdammt! So schnell würde ich Punkt 4 auf meiner To-do-Serviette anscheinend nicht abhaken können. Meine Augen verengten sich zu Schlitzen. Das Schicksal hatte mich mal wieder im Visier.

Auf keinen Fall wollte ich diesen nervigen Detective wiedersehen, und schon gar nicht so schnell! Was konnte er wollen? Mir wieder 35 Fragen zu unliebsamen Themen stellen? Bestimmt.

»Sind Sie noch dran?«, erkundigte er sich.

»Ja, leider«, brummte ich. Wie kam man auf die Idee, andere Leute so früh am Morgen anzurufen? Er hatte doch wirklich den totalen Sockenschuss!

»Da bin ich aber erleichtert.« Detective Sockenschuss überging meine Beleidigung geflissentlich.

Ja, »Detective Sockenschuss« war gut. So würde ich ihn ab jetzt nennen! Meinen Magen, der beim Klang seiner Stimme Achterbahn fuhr, ignorierte ich dabei.

»Ich ermittle im Mordfall Shelly King sowie im Entführungsfall Scott Dayling. Diese beiden Straftaten scheinen in Zusammenhang zu stehen und Sie sind momentan unsere einzige Verbindung zwischen den Opfern.«

Wie bitte? Was wollte er denn jetzt damit sagen?

»Hä?«, konterte ich messerscharf.

Detective Sockenschuss seufzte. »Gestern wurde Siri McNamara, die Arbeitgeberin des Mordopfers, befragt und ihrer Aussage zufolge gehören auch Sie zum Freundeskreis von Shelly King. Zudem wurden Sie gestern mit Scott Dayling zusammen gesehen ...«

»Jaja«, unterbrach ich ihn. Diese blöde Geschichte mit den Mutprobenjunkies auf dem Zug verfolgte mich hartnäckig. Zu hartnäckig für meinen Geschmack. »Moment mal! Verdächtigen Sie etwa MICH, etwas mit diesen Verbrechen zu tun zu haben?«, japste ich empört. Vor Entsetzen wäre ich beinahe rückwärts vom Barhocker gefallen. Das dunkle Holz des Sitzes knackte bedenklich, als ich mich in letzter Sekunde am Küchentresen abstützte.

»Kommen Sie einfach in einer Stunde im Morddezernat Santa Fe vorbei. Ich schicke Ihnen die Adresse«, kam die wenig erleichternde Nachricht von meinem Gesprächspartner.

Und dann war die Leitung einfach tot – bevor ich Einspruch gegen diesen frühmorgendlichen Termin erheben konnte. Das machte er doch mit Absicht, der unverschämte Kerl. Das war seine Retourkutsche. Dieser Mistkerl von einem Detective!

4

Um halb neun taumelte ich aus dem Überlandbus, der direkt vor dem Polizeipräsidium in Santa Fe hielt. Normalerweise war ich vor meinem dritten Kaffee am Morgen für meine Mitmenschen unerträglich und daher lag meine Stimmung gerade irgendwo auf dem Level zwischen angriffslustiger Wespe und giftiger Klapperschlange.

Die Sonne brannte bereits unbarmherzig auf meine nackten Schultern. In der Eile hatte ich das weiße Kleid, das ich gestern schon getragen hatte, erneut übergestreift.

Während ich meine Augen vor der Sonne abschirmte, sah ich mich blinzelnd um. Das zweistöckige Lehmgebäude mit dem Flachdach und den hervorstehenden runden Holzbalken hätte genauso gut in einem mexikanischen Dorf stehen können. Kaum zu glauben, dass diese verdammte Wüstenstadt zu den Vereinigten Staaten von Amerika gehörte.

Na dann begab ich mich wohl mal in die Höhle des Löwen…

Im selben Moment öffnete sich die Glastür an der Frontseite des Gebäudes. Detective Dylan Shane gab sich die Ehre und lehnte sich aus seinem klimatisierten Büro nach draußen. Über seinem Kopf leuchteten mir in Rot die Zahlen 610:25:16:02 entgegen. »Guten Morgen, Miss McClary«, rief er mir zu. Ich meinte einen leicht spöttischen Tonfall in seiner Stimme zu erkennen.

»Was soll an diesem Morgen gut sein?«, rief ich zurück. Dann stöckelte ich hoch erhobenen Hauptes auf ihn zu.

Um größer und selbstbewusster zu wirken, hatte ich mich heute in meine weißen Riemchensandalen mit goldenen Zehn-Zentimeter-Absätzen gequetscht, was ich nun aber umgehend bereute, als ich das breite Lüftungsgitter am Eingang vor dem Polizeipräsidium sah. Aber irgendwie würde ich diese drei Meter breite Schikane schon überwinden. Nachdem ich noch einmal tief Luft geholt und mir meine Handtasche über die Schulter geworfen hatte, setzte ich einen High Heel auf das Gitter. So anmutig wie möglich schob ich mich vorsichtig über das Metallgitter hinweg.

»Jetzt machen Sie schon!« Das kam von Detective Sockenschuss, der meine Gehversuche beobachtete.

Selbst Bambi auf einem zugefrorenen See hätte sicher eine bessere Figur als ich gemacht. Na super.

Langsam machte der Detective ein paar Schritte rückwärts. Offensichtlich hatte er wenig Geduld oder Lust, mir über das Gitter zu helfen.

Schönen Dank auch! Ich würde jetzt auch lieber eine Kuhle in meine Couch liegen, als über sein Lüftungsgitter zu staksen.

Immerhin stand die Tür dank des Schnappmechanismus weiter offen.

Und dann passierte es. Natürlich … Das fehlte mir gerade noch! Abrupt blieb ich stehen. »Ähm, gehen Sie doch schon mal vor, Detective …«

Das brachte mir jedoch nur einen schiefen Blick von Detective Sockenschuss ein. »Stecken Sie etwa fest?«

Mist! »Nein«, brachte ich wenig überzeugend hervor.

»Das ist jetzt nicht Ihr Ernst.« Er verdrehte die Augen.

Ob das mein Ernst war? Womit hatte ich diesen Tag verdient? Ich hatte allerdings anderes zu tun, als in Detectives Sockenschuss' Lüftungsgitter festzustecken.

Jetzt kam er auch noch herablassend auf mich zu.

»Halt!« Ich hob einen Arm, um ihn daran zu hindern, näher zu kommen. »Gehen Sie einfach vor, ich bekomme das gut alleine hin.«

»Das sehe ich!«, schnaubte er. Einen Herzschlag später kniete er vor mir und zog an meinem rechten Schuh, dessen Absatz im Gitter festklemmte.

Unwillkürlich musste ich seine beeindruckenden Schultermuskeln unter seinem schwarzen Shirt bewundern, die mir aus dieser Position nicht verborgen blieben. *Alana!*, ermahnte ich mich im Stillen. Selbst wenn er nicht so ein Idiot wäre – ich konnte nicht riskieren, Detective Sockenschuss in Gefahr zu bringen. Das würde aber zweifellos irgendwann einfach durch meine bloße Anwesenheit passieren. Sobald ich anfing, ihn zu mögen ...

»Helfen Sie doch mal mit«, beschwerte er sich jetzt. Augenblicklich wurde meine kleine Schwärmerei im Keim erstickt. Diesem unverschämten Kerl würde ich gleich helfen!

Bevor ich jedoch etwas sagen konnte, packte mich Dylan Shane grob mit beiden Händen an meinem Knöchel und zog einmal kräftig daran.

»He!« Einen Moment später taumelte ich nach vorn. Sofort nutzte Detective Sockenschuss meine Lage aus und zog mich auf seinen Rücken, sodass ich nun kopfüber darüber hing. »So wird's am einfachsten gehen. Ich bin geschult in so was.«

Das bezweifelte ich jetzt aber doch stark.

Dann zog er erneut ruckartig an meinem Fuß, indem er sich urplötzlich zu seiner vollen Größe aufrichtete.

Tatsächlich kam auf diese Weise mein Unglücksfuß frei. Oha. Er war gut!

»Lassen Sie mich runter!«, nörgelte ich sofort. Bestimmt

hatte inzwischen das halbe Präsidium einen Blick auf meine pinkfarbene Unterwäsche mit dem Hello-Kitty-Motiv werfen können.

»Gern geschehen«, grinste der Mistkerl, wobei er mich wieder auf dem Boden abstellte.

Ich musste mich an seiner Brust abstützen, damit mich der Schwindel, der mich erfasste, nicht umwarf. Seine 610 Monate sah ich auf einmal doppelt über seinem Kopf tanzen.

Glücklicherweise stützte mich der Detective.

Unglücklicherweise konnte ich es mir aber nicht verkneifen, den Kopf zu heben, um direkt in seine funkelnden grünbraunen Augen zu blicken. Gott, diese Augen, gepaart mit diesen Muskeln und den dunklen leicht verstrubbelten, kurzen Haaren! *Schwerer Fehler, Alana!* Plötzlich wurden meine Knie weich wie Daunenfedern. Was hatte dieser Typ nur an sich, dass ich am liebsten schreiend weglaufen wollte?

»Ist Ihnen nicht gut?« Detective Shane legte den Kopf schief, während er mich prüfend musterte.

»Ja. Ähm, ich meine, nein. Alles bestestens ... Hab mich im Griff ...«, stotterte ich.

»Da bin ich aber froh.« Er grinste.

Einen Moment lang standen wir einfach so da. Meine Daunenfederbeine ließen mich nicht hängen – noch nicht jedenfalls – und ich starrte ihn einfach nur an.

Detective Sockenschuss starrte zurück. Es hätte mich nicht gewundert, wenn von irgendwoher ein Regisseur »Schnitt!« gerufen hätte, so unwirklich kam mir diese Szene vor.

Dann trällerte es plötzlich aus meiner Handtasche: »And I'm a little bit lost without you, and I'm a bloody big mess inside ...«

Hm? Was war das jetzt? Ach ja, mein Klingelton.

»Wollen Sie da nicht rangehen?« Detective Shanes Stimme klang eine Spur belegt.

»Was?« Sicher nur wieder Mrs Murphy wegen ihrer Katze, die ich noch immer nicht gefunden hatte ...

Tatsächlich zeigte mir mein Handy die Nummer meines Bankberaters Mr Jefferson an. Doch ich drückte ihn einfach weg. Über meine Geldprobleme wollte ich jetzt wirklich nicht nachdenken. Kaum hatte ich das Handy zurück in die Tasche fallen lassen, schielte ich ein weiteres Mal nach oben in Richtung dieser funkelnden grünbraunen Augen, die mich gefangen hielten. Bis mir bewusst wurde, dass ich ihn anstarrte.

Allerdings schien Detective Shane das ganz und gar nicht zu bemerken, denn er musterte mich gerade selbst von Kopf bis Fuß.

Ich verschränkte die Arme vor der Brust. »Ist Ihnen nicht gut?«

»Doch, alles bestens ...« Detective Sockenschuss kratzte sich am Kopf. »Wenn Sie jetzt bitte endlich mitkommen würden«, fügte er hinzu, als wäre nichts gewesen. Fast meinte ich einen genervten Unterton in seiner Stimme zu erkennen. Unfassbar, dieser Kerl!

Ganz der mürrische Detective drehte er sich um und ließ mich stehen. Mann, was lief denn bitte bei ihm schief? Mit einem gewagten Hopser überwand ich die letzten 70 Zentimeter Lüftungsgitter, dann folgte ich dem Detective schlechter gelaunt als zuvor.

Das Innere des Polizeipräsidiums präsentierte sich als reinste Schilderhölle. Überall an den Wänden zeigten Pfeile in unterschiedliche Richtungen und wechselten sich mit Flugblättern verschiedenster Art ab. »Bankräuber auf der Flucht« verkündeten mehrere hellblaue Papiere, während auf rosafarbenen zu lesen war, dass der alljährliche »Kostümball des Polizeipräsidiums Santa Fe« kurz bevorstand.

Kaum hatte ich einen Moment nicht aufgepasst, hätte ich beinahe Detective Sockenschuss verloren. In dem Gewusel aus Menschen konnte man aber auch schnell seine eigenen Füße verlieren.

»Pass doch auf!«, knurrte ich, als plötzlich jemand frontal in mich hineinlief.

Moment mal, den Typen kannte ich doch! Der blonde Kerl stolperte rückwärts, nachdem er sich einen beherzten Schubser von mir eingefangen hatte. Es war dieser Justus, der Kumpel von Scott, der mich jetzt verwirrt aus rotgeschwollenen Augen ansah.

Ja, unverkennbar. Ich erkannte ihn auch an den 602 Monaten, die dank mir wieder über seinem Kopf leuchteten.

»Du?«, stammelte Justus.

»Ja, ich.«

Plötzlich verstand ich, warum er hier im Präsidium war. Ohne mit der Wimper zu zucken, stemmte ich beide Hände in die Hüften. »Du hast meine Visitenkarte der Polizei übergeben. Deshalb werde ich jetzt verdächtigt!«

Deutlich verlegen sah Justus zu Boden.

Ich verdrehte die Augen. Glaubte dieser Trottel ernsthaft, ich hätte gestern seinen Kumpel entführt, nachdem ich sein eigenes Leben gerettet hatte? Wie konnte er mich da nur mit reinziehen?

Neben mir räusperte sich Detective Sockenschuss. »Mr Newman hat nur seine Pflicht getan und alle Personen gemeldet, die Kontakt zu Scott Dayling hatten, kurz bevor er entführt wurde.«

Mit zusammengekniffenen Augen drehte ich mich zu ihm um. »Ist das so? Und hat Mr Newman auch erwähnt, dass ich sein *verdammtes Leben gerettet habe*?«

Schneller als mein Glätteisen war ich auf hundertachtzig und genauso schnell bekamen wir Publikum im Flur. Stille breitete sich aus.

»Mr Newman, Sie können gehen, wenn Sie Ihre Aussage vervollständigt haben.«

Detective Sockenschuss ignorierte mich einfach. So was hatte ich ja besonders gern.

»Und Sie, Ms McClary, kommen bitte mit mir.« Detective Shane wandte sich um und ließ uns einfach stehen.

»Wenn ich morgen früh keinen riesengroßen Schuhkarton vor meiner Haustür finde ...«, zischte ich Justus im Vorbeigehen zu. Um meine Worte zu unterstreichen, fuhr ich mir mit dem Daumen einmal quer über den Hals.

Justus schluckte.

Doch als ich einen Moment später das Großraumbüro des Morddezernats betrat, wurde meine schlechte Laune augenblicklich von einem anderen Gefühl abgelöst. Verflucht, warum jetzt? Und wer war es? Panisch sah ich mich im Raum um.

Detective Sockenschuss hatte sich inzwischen an den eng nebeneinanderstehenden Schreibtischen bis zum hinteren Teil des Großraumbüros vorbeigequetscht.

Das Morddezernat war ein etwa basketballfeldgroßer Raum, in dem massenweise Papierkram die Herrschaft übernommen hatte. Hatten diese Leute denn noch nichts von PCs gehört? Na gut, überall standen Laptops auf den Schreibtischen, die aber unter den Unmengen an Aktenbergen praktisch kaum noch zu sehen waren. Offensichtlich bevorzugte man im Polizeipräsidium Santa Fe ausgedruckte Informationen.

Vor einem älteren Mann, ungefähr Mitte 50, der in einem riesigen Aktenstapel blätterte, blieb Dylan Shane stehen. »Hey, Mike, das ist Privatdetektivin Alana McClary.« Er deutete auf mich. »Nimmst du ihre Aussage auf?«

Mir blieb beinahe das Herz stehen. In weniger als einer Nanosekunde realisierte ich zwei Dinge. Erstens: Das da war Detective Mike Rowland, der mir damals die Nachricht von Avas Tod überbracht hatte und Ermittlungen gegen die angebliche Terrorgruppe durchgeführt hatte ... Und zweitens: Mike Rowland hatte nur noch weniger als zehn Minuten zu leben.

Wie immer konnte ich es nicht aufhalten – weder unterdrücken noch meinen Kopf in einen Eimer Wasser halten, damit es niemand mitbekam. Wie bei einem überdimensionalen Gähnen renkte sich mein Unterkiefer aus, wobei mir ein langgezogener Schrei entfuhr. Wenn ich eine Comicfigur gewesen wäre, hätte mein Schrei sicher alle Flugblätter von den Wänden gerissen und die Frisuren der Polizisten durcheinandergewirbelt. So aber unterbrachen alle nur ihre Arbeit und wandten ihre Köpfe in meine Richtung. Na super!

Mike Rowlands Uhr lief weiter unaufhaltsam rückwärts. Gerade sprang seine Anzeige auf 00:00:00:08.

Und ich tat, was ich in diesem Fall tun musste. »Arghhh. Uhhh!«, stöhnte ich, während ich mich auf den Boden warf. »Auuuuu!« Ich rollte mich einmal um mich selbst und hielt mir den Bauch. »Arrghhh!«

Sofort kam Detective Sockenschuss angerannt. »Was ist denn jetzt schon wieder?«

Der Idiot klang ganz schön ungehalten. Mitleid war offensichtlich ein Fremdwort für ihn. Natürlich zeigte ich ihm meinen Unmut über sein Verhalten nicht, sondern spielte weiter meine Rolle. »Auuu ... ich kann nicht ... mehr ... nein ...«, presste ich in einer Mischung aus Schreien und Stöhnen hervor.

Inzwischen hatten sich gut zwei Dutzend Polizeibeamte um mich geschart und beobachteten meine Show.

»Vielleicht ein Blinddarmdurchbruch?«, spekulierte eine blonde Frau mit Stupsnase.

Spontan beschloss ich, noch einen draufzulegen, indem ich mich darauf verlegte, unkontrolliert mit meinen Beinen zu zucken und mit den Augen zu rollen. »Uhhha ... rhhhh ... grrrr ...«

»Sie hat einen Anfall, jetzt ruft doch mal jemand einen Krankenwagen!«, schrie die blonde Frau.

Sofort zückte ein noch recht junger Polizist sein Handy und kam ihrer Aufforderung nach.

Ich schielte nach oben zu Detective Sockenschuss.

Breitbeinig mit vor der Brust verschränkten Armen stand er über mir und beobachtete mich missmutig. Die Frau-in-Not-Nummer kaufte er mir offenbar nicht ab, was ich ihm sofort übel nahm.

Sechs Minuten später kamen zwei Sanitäter mit roten Notfallkoffern und einer rollbaren Trage angerannt.

Die schaulustigen Polizeibeamten machten Platz, damit sie zu mir in die Mitte des beachtlichen Auflaufs aus Polizisten durchkamen.

Schnell drehte ich noch mal so richtig auf. Zuckend und stöhnend wand ich mich am Boden. Jeder Breakdancer wäre vor Neid erblasst, da war ich mir sicher.

Die Sanitäter knieten sich neben mich. Einer griff nach meinem Arm, der sich in meinen Haaren verheddert hatte, um meinen Puls zu fühlen. Der andere leuchtete mir mit einer Minitaschenlampe ins Auge.

Ich schielte zu Mike Rowland, der links von mir stand. Es war so weit. Seine Uhr sprang auf 00:00:00:00. Im gleichen Moment fasste er sich an die Brust und kippte einfach um.

Sofort hörte ich auf zu zucken. »Wow. Ich bin geheilt!«, verkündete ich gut gelaunt, obwohl die Sanitäter nichts weiter getan hatten, als mir in die Augen zu leuchten. »Gute Arbeit!«

Der rothaarige Sanitäter zuckte verwirrt zusammen, als ich ihm auf die Schulter klopfte. Reaktionen wie diese war er anscheinend von Patienten nicht gewohnt.

Dann sprang ich auf und deutete auf den zu Boden gegangenen Mike Rowland. »Jetzt helfen Sie ihm!«

Die Sanitäter starrten mich zunächst verdattert an, kamen aber am Ende meiner Aufforderung nach.

»Herz-Kreislauf-Stillstand, vermutlich durch Herzinfarkt!«, diagnostizierte der Sanitäter mit den kurzen braunen Haaren.

Der Rothaarige knöpfte bereits das Hemd des Detectives auf. »Alle zurücktreten!«, wies er die Schaulustigen an.

Wie ein einziger Mann traten alle Polizisten zwei Schritte zurück, beugten sich jedoch gleichzeitig neugierig nach vorn.

Ich schüttelte den Kopf.

Dieses Polizeipräsidium schien von einem Riesenhaufen Chaoten bevölkert zu sein.

Augenblicklich fühlte ich mich hier wohl ...

Die Sanitäter klebten inzwischen Elektroden auf die nackte Brust von Mike Rowland.

»Geladen«, verkündete der rothaarige Sanitäter, der den Defibrillator bediente.

Es piepste, dann bäumte sich Mike Rowlands Brust unter dem Elektroschock auf.

»Noch mal!«, rief der Sanitäter.

Gespannt hielten wir alle den Atem an.

Na ja, alle außer mir, denn soeben war die Lebensuhr des Detectives auf über 204 Monate gesprungen. Erleichtert atmete ich auf. »Puh«, entfuhr es mir einen Moment zu früh.

Detective Sockenschuss warf mir einen fragenden Blick zu.

Doch ich ignorierte ihn und sah lieber den Sanitätern zu, die die Wiederbelebungsprozedur wiederholten.

»Herz schlägt wieder!«, rief der Rothaarige schließlich.

Jetzt beugte sich der braunhaarige Sanitäter über Detective Rowland. »Hallo? Können Sie mich hören?«

Tatsächlich schlug Mike Rowland nun die Augen auf.

Zehn Minuten später saß ich an Dylan Shanes Schreibtisch. Der wackelige Lederhocker, den er mir gnädigerweise zugeschoben hatte, quietschte bei jeder Bewegung.

Mike Rowland war ins Krankenhaus gebracht worden, weshalb Detective Sockenschuss meine Vernehmung übernehmen musste.

Scheinbar freute er sich nicht gerade darüber, denn seit bereits zwei Minuten starrte er mich einfach nur schweigend an.

Gut, wenn er den bösen Cop spielen wollte ... Ich begegnete seinem Blick aufrecht und weigerte mich, zuerst wegzusehen.

Am Ende gab Detective Shane auf. »Sie haben die merkwürdige Angewohnheit, Katastrophen anzuziehen. Ich frage mich, woher das kommt ...«

Empört reckte ich das Kinn. Hallo? Was sollte das denn jetzt?

Er zog eine Akte zu sich heran. »Gestern werden Sie mit Scott Dayling gesehen, der wenig später entführt wird, dann ertrinken Sie fast gemeinsam mit meinem Bruder im Fluss, Sie hatten außerdem Kontakt mit dem Mordopfer Shelly King und vor ein paar Monaten kommt bei dem mutmaßlichen Terroranschlag auf die Grand Desert Mall Ihre Freundin Ava Kendrick ums Leben. Und dann diese Sache eben.«

»Lassen Sie Ava da raus!«, zischte ich. Kaum hatte ich es ausgesprochen, bereute ich meinen unkontrollierten Gefühlsausbruch schon wieder.

»Aha. Ava Kendrick ist also ein wunder Punkt bei Ihnen?« Detective Sockenschuss schrieb eine Notiz in seine Akte.

»Hören Sie auf, sich darüber Notizen zu machen. Das hat gar nichts mit den aktuellen Vorkommnissen zu tun!« Natürlich machte ich damit alles nur schlimmer.

»Ach ja?« Er lehnte sich in seinem Bürostuhl zurück, wobei er wie ein britischer Bösewicht aus den alten James-Bond-Filmen die Fingerkuppen aneinanderlegte.

Am liebsten hätte ich ihm eine gescheuert. Unauffällig schielte ich zu der Ziffernanzeige über seinem Kopf. Leider bestand keine Chance, dass er demnächst abkratzte.

»610 verdammte Monate ...«, brummte ich.

Kaum merklich verzog sich Detective Shanes Mund zu einem schiefen Grinsen. »Steht oft neben sich und halluziniert«, murmelte er, während er eine weitere Notiz in meine Akte setzte.

Das war ja nun wirklich der Gipfel! »Lassen Sie das, Sie ...«

Mit seinen grünbraunen Augen blitzte mich Detective Sockenschuss herausfordernd an.
Ich verstummte. Beamtenbeleidigung war wirklich keine gute Idee. Am Ende würde er mich auf der Stelle in eine fensterlose Zelle sperren, oder noch schlimmer: in eine Zehn-Mann-Zelle mit einem deckellosen Plumpsklo in der Mitte. Deshalb entschloss ich mich, stattdessen diesen unverfrorenen Detective mit giftigen Blicken zu durchbohren. Vielleicht legte er es ja auch darauf an, mich herauszufordern, aber diesen Gefallen würde ich ihm nicht tun! Nein!

Nach zwei quälend langen Verhörstunden und einer Fahrt in einem Bus mit nur mäßig funktionierender Klimaanlage kam ich verschwitzt zu Hause an. Meine langen, braunen Haare klebten mir am Rücken.
Gerade so gelang es mir, die Tür zu öffnen, wonach ich mich auf direktem Weg zur Couch begab und mich einfach darauf fallen ließ. Dass Clay bereits dort saß, störte mich dabei nicht. Da ich sogar zu faul war, um mich von ihm herunterzurollen, blieb ich einfach halb auf ihm liegen und schloss die Augen.
»Na, Sonnenschein?« Grinsend schob mir Clay die Haare aus dem Gesicht. »Wie war es auf dem Revier?«
Ich öffnete ein Auge. »Beschissen wär geprahlt!« Seufzend drückte ich mir ein Kissen aufs Gesicht. »Blöde Polizisten, dämlicher Detective ...«
»Ah ja«, machte Clay.
Als ich weitere Schimpfworte in mein Kissen grummelte, zog Clay es mir weg.
»Und deiner?«, wollte ich wissen.
Seltsamerweise fiel ihm nun das Grinsen aus dem Gesicht. Seine Augen wurden leicht glasig und er mied auf einmal meinen Blick. »Cool.«
Interessiert öffnete ich auch mein zweites Auge. »Wow, wie du das beschreibst. Als wäre ich selbst dabei gewesen ...«

Er runzelte die Stirn.

»Na ja, es ist so … also … ich weiß nicht, wie ich es dir am besten sagen soll …«

»Meine Güte, Clay, benutz einfach ein paar Nomen und Adjektive. Wie schwer kann das sein?«

Clay schluckte.

Eine Weile sagte niemand etwas, bis er sich schließlich ein Herz fasste. »Du hast doch das Buch gelesen, oder?«

Das Buch.

»Dieser Quatsch von Feen und Elfen?«

»Ähm, genau. Hast du die Legenden am Ende gelesen, über die Weltordnung der magischen Geschöpfe und so?«

»Das ist nicht dein Ernst, oder? Ich bin gerade völlig fertig und könnte wegen Ava und Shelly heulen, und überhaupt muss ich mit Siri die Beerdigung planen. Außerdem verdächtigt mich die Polizei – und du willst mich jetzt über diesen Märchenquatsch abfragen?«

Clay schloss für einen Moment die Augen. »Alana, das ist wirklich wichtig. Hast du wenigstens das Kapitel über Kobolde gelesen?«

»Hast du schon das Kapitel *Das interessiert mich einen Scheiß* gelesen?«, fragte ich zurück. »Aus dem Buch *Alana glaubt nicht an Banshees und Kobolde?*«

Glücklicherweise klingelte in diesem Moment mein Handy. Es war Siri, die mit mir über Shellys Beerdigung sprechen wollte, und ich nahm diese Unterbrechung nur zu gerne hin, bevor die Diskussion mit Clay in einem handfesten Streit enden konnte. Was hatte er nur in letzter Zeit mit diesem komischen Märchenbuch? Hatte Clay keine anderen Sorgen?

Dylan

Wieder und wieder ging Dylan die Akte von Alana McClary durch. Irgendetwas stimmte mit dieser Privatdetektivin nicht. Wie konnte man in so viele Unglücke auf einmal verwickelt sein? Und was war das mit diesem merkwürdigen Anfall vorhin gewesen? Laut ihrer Aussage konnte sie sich selbst nicht erklären, was passiert war.

Er seufzte.

Aber wenigstens waren so schon Sanitäter vor Ort gewesen, als Mike seinen Herzinfarkt erlitten hatte.

Wäre Mike gestorben, der immer wie ein Vater für ihn gewesen war ... Nein! Dylan schüttelte den Kopf. Diesen Gedanken wollte er nicht zu Ende fassen.

Alana McClary war ihm jedoch ein einziges Rätsel. Ein dunkles Rätsel. Zugegebenermaßen recht attraktiv und lustig. Aber er war sich fast sicher, dass er bei den Katastrophen, die sie magisch anzog, keine drei Tage mit ihr überleben würde. Nicht, dass er in Erwägung zog, sie um ein Date zu bitten oder so. Das sicher nicht! Seiner eigenen Gesundheit zuliebe sollte er das lieber sein lassen ...

5

Alana

Erschöpft lehnte ich meine Stirn gegen das Fensterglas. Meine kuschelige Fensterbrettecke war in letzter Zeit zu meinem Rückzugsort mutiert – dem Ort, an dem ich mich am wohlsten fühlte.

Nachdem ich gemeinsam mit Siri Shellys Beerdigung für übermorgen geplant hatte, schweiften meine Gedanken zurück zu Mike Rowland. Ob es ihm schon wieder besser ging nach seinem Herzinfarkt? Ich beschloss, morgen im Krankenhaus anzurufen. Was für ein merkwürdiger Zufall. Gerade er, der mir vor vier Monaten, im März, die Nachricht von Avas Tod überbracht hatte.

Ava. Im Gegensatz zu Shelly hatte Ava nicht einmal ein Grab. Ihr Leichnam war unter der eingestürzten Mall nie gefunden worden. Die Grand Desert Mall, in der Ava einkaufen gewesen war, um für Clay und mich ein St.-Patrick's-Day-Festessen zuzubereiten. Ava hatte den St. Patrick's Day geliebt … Und ich hatte nicht vorhergesehen, dass ihre Zeit abzulaufen drohte.

Schniefend drückte ich mir ein Kissen ins Gesicht. Ich hätte es verhindern müssen! So wie bei Mike Rowland! Warum starben mir bloß alle in meiner Umgebung ständig weg? Nun ja, alle außer Clay.

Der Glückspilz überlebte meine Freundschaft irgendwie, warum auch immer. Aber wie lange würden meine relativ neuen Freunde Siri und Trinity durchhalten, die ich erst nach unserem Umzug nach Los Verdes kennengelernt hatte?

Clay

Die Türglocke schellte, als er den Blumenladen betrat. Um sich an die dunkleren Lichtverhältnisse zu gewöhnen, musste er blinzeln.

»Clay?« Trinity sah überrascht von ihrem Blumengesteck auf, das sie gerade an ihrer Theke arrangierte. »Schon fertig? Hast du es ihr gesagt?«

Clay schüttelte den Kopf. »Es ist schwieriger, als ich dachte. Tut mir leid, Trin.« Er fuhr sich mit der Hand über den Nacken. »Und du bist dir wirklich hundertprozentig sicher?«

Noch ehe er ausgesprochen hatte, hatte Trinity ihre grüne Schürze abgelegt und war hinter der Theke hervorgetreten. Ihre Stirn hatte sie in sorgenvolle Falten gelegt. »Es ist eindeutig, Clay. Ich bin mir sicher.« Sie stützte sich am Tresen ab, so fest, dass die Adern an ihren Händen hervortraten. »Sie muss es erfahren, und zwar so schnell wie möglich.«

Clay nickte.

»Irgendetwas Merkwürdiges geht in dieser Stadt vor sich«, fuhr Trinity fort. »Wir sollten es nicht länger aufschieben.«

Alana

Als es mir schließlich zu viel wurde mit dem Im-Selbstmitleid-Baden ging ich zurück ins Wohnzimmer, wo ich mich mit der Fernbedienung in der Hand auf die Couch fallen ließ.

Wahnsinn, wie ausgelaugt ich mich nach dem Besuch im Polizeipräsidium fühlte. Nicht nur die Sache mit Mike Rowland hatte mich total geschlaucht; dieser Detective Shane konnte einem aber auch den letzten Nerv rauben. Die Frage war nur, warum ich das zuließ.

Frustriert blies ich mir eine Haarsträhne aus der Stirn.

Nachdem ich mich durch etliche Programme bis zum Nachrichtenkanal durchgezappt hatte, entdeckte ich Clays Laptop auf dem Couchtisch. Wie praktisch, ich hatte heute sowieso noch vorgehabt, im Internet nach den besten Fallen für entlaufene Katzen zu suchen, damit Mrs Murphy endlich ihren Stubentiger zurückbekam. Ich war mir fast sicher, dass Mr Wilson, so hieß ihr Kater, ausgebüxt war, um ein neues Leben am Rande der Thunfischfabrik zwei Blöcke weiter südlich zu führen.

Als ich das Notebook öffnete, runzelte ich zuerst einen Moment die Stirn. Was hatte sich Clay da angesehen? Vor mir poppte eine Wikipedia-Seite auf. Clay hatte zuletzt einen Artikel über Leprechauns gelesen. Irische Glückskobolde. Mhm ...

Irgendetwas machte KLICK in meinem Kopf, dann aber wieder PUFF und der Gedanke war weg.

Ich zuckte mit den Schultern. Auch egal. Zurück zur Katze. Während ich das Internet danach durchsuchte, wie ich Mr Wilson am besten in eine Kiste bekommen konnte, wartete ich auf einen neuen Beitrag zu Shellys Ermordung in den Nachrichten, um an mehr Informationen zu kommen.

Glücklicherweise wurde ich nicht enttäuscht. Kaum hatte ich mich durch zwei Internetseiten geklickt, kam auch schon die Meldung im Fernsehen. »Mord in Santa Fe: Die Polizei hält sich bedeckt, jedoch ist Folgendes bisher sicher: Das weibliche Opfer wurde an einem bisher noch unbekannten Ort getötet und danach in einer Gasse abgelegt. Die Leiche wurde blutleer aufgefunden, zeigt aber außer einem Schnitt am Hals keine Anzeichen körperlicher Gewalt. Ihr Mörder hat sie ausbluten lassen und danach seine Spuren verwischt.« Die dunkle Gasse in Downtown, Santa Fe, wurde eingeblendet.

Mein Mund klappte auf. O mein Gott, wie furchtbar! Die arme Shelly!

Gerade als ich nach einem Taschentuch griff, wurde die Haustür aufgestoßen, was dazu führte, dass ich vor Schreck beinahe vom Sofa rutschte.

In der Tür stand Clay und ich konnte kaum glauben, was er da in der Hand hielt ...

Auf seinem Arm thronte ... ich blinzelte ... eine rotgetigerte Katze mit Mini-Tennisball-Halsband.

»Mr Wilson?« Ich sprang auf.

»Jap.« Clay grinste. »Ist mir draußen über den Weg gelaufen. Das ist doch der Kater, den du suchst?« Er nickte in Richtung der Pinnwand neben der Tür, auf die ich ein Foto von Mr Wilson gepinnt hatte.

»Mhm«, murmelte ich. Ja, unverkennbar. Dasselbe Halsband.

»Wer hat sich eine fette Umarmung verdient?« Clay legte die Stirn in Falten, dann schlug er sich gegen selbige. »Ach ja. Ich!« Ich boxte ihm in die Seite. »Ist ja schon gut. Und jetzt her mit der Katze!«

Doch so schnell wollte Clay mich nicht davonkommen lassen. Er zog mich ungefragt in eine lange Umarmung, wobei er sein Gesicht in meinen Haaren vergrub. »Ich wünschte, du würdest mir zuhören.«

»Hm?« Ich hob den Kopf. Mr Wilson zappelte in meinen Armen. »Ich hör dir doch zu.«

»Tust du? Ich versuche dir seit Tagen etwas zu sagen, etwas Wichtiges. Aber du weichst mir immer aus.«

»Wirklich? Okay, pass auf. Du machst uns zwei Kaffee, ich bringe die Katze Mrs Murphy zurück und dann gehöre ich ganz dir.« Ich drückte ihm einen Kuss auf die Wange, worauf er sich geschmeichelt über die Stelle in seinem Gesicht rieb.

»Deal.«

Natürlich konnte ich meinen Plan nicht so einfach in die Tat umsetzen wie gedacht. Es dunkelte bereits, als mich die sich vor Dankbarkeit geradezu überschlagende Mrs Murphy endlich gehen ließ. Immerhin hatte ich mit ihrer Zahlung meinen Kontostand wieder in den dreistelligen Bereich befördert.

Gerade als ich zurück zu unserer Wohnung lief, tauchte auf einmal ein dunkler Schatten aus dem Türrahmen von Trinitys Blumenladen auf.

Ich schrak zusammen. »Herrgott! Müssen Sie mich so erschrecken?« Keuchend stützte ich mich an der Backsteinwand ab. »Detective? Was wollen Sie so spät noch hier?«, fragte ich gleich hinterher.

»Sie waren nicht zu Hause«, stellte Detective Shane fest. »Und haben Ihr Handy bei uns im Präsidium liegen gelassen.« Er hielt mir mein rosa Smartphone unter die Nase.

O Mist! »Hätten Sie das nicht per Post schicken können?« Ich riss ihm das Handy aus der Hand.

Er zuckte mit den Schultern. »Außerdem hätte ich da noch ein paar Fragen an Sie.«

Genervt funkelte ich ihn an.

»Wo waren Sie heute zwischen 14 und 17 Uhr?«

»Warum?«

»In diesem Zeitraum wurde eine weitere Leiche am Rattlesnake-Rastplatz abgelegt.«

»Was? Wer?« Doch noch bevor ich die Frage fertig gestellt hatte, wusste ich bereits die Antwort.

Dylan Shane legte den Kopf schief. Mir war sofort klar, dass er meine Reaktion auf den folgenden Satz genauestens analysieren würde: »Scott Dayling.«

Ich schlang die Arme um meinen Körper. Das war zu grausam. Natürlich war Scott tot. Natürlich ... »Oh.«

»Sie sehen nicht sehr überrascht aus.«

»Nun ja, er wurde entführt und da Shelly bereits tot aufgefunden wurde ...«

Detective Sockenschuss' Blick wurde stechend. »Wir gehen von ein und demselben Täter aus, da die Leiche von Scott Dayling ebenso zugerichtet wurde wie Shelly King. Er wurde ausgeblutet, durch einen Schnitt am Hals. Die Verletzungen an seinen Knöcheln lassen darauf schließen, dass er zunächst an einem bisher unbekannten Ort wie Schlachtvieh kopfüber aufgehängt wurde.«

»O Mann ...« Mir wurde schwarz vor Augen. Musste er das jetzt so detailreich beschreiben? Erneut versuchte ich mich bei geschlossenen Augen an der Backsteinwand abzustützen. Doch statt der Wand erwischte ich etwas Weiches.

»Vorsicht«, murmelte Dylan Shane. Dann stützten mich zwei kräftige Arme.

Ich blinzelte. »Hm?«

Der Detective hatte mich an sich gezogen. »Werden Sie mir bloß nicht ohnmächtig. Erst müssen Sie mir noch meine Frage beantworten.«

Aha, *unverschämt* hatte einen neuen Namen: Detective Dylan Shane. Gerade wollte ich etwas Entsprechendes erwidern, als ich realisierte, dass ich schon wieder an ihm klebte. Mist! Eilig machte ich mich von ihm los. »Ich war den ganzen Nachmittag zu Hause.«

»Aha.« Umspielte da etwa ein spöttisches Lächeln seine Mundwinkel?

Ich schob mir eine Haarsträhne hinters Ohr. »Ich hatte Geschäftliches zu tun!« Nicht, dass er dachte, ich würde ein ultra langweiliges Leben führen. Schließlich hatte ich gerade erst Mr Wilson aufgespürt. Mehr oder weniger …

»Natürlich«, wieder neigte er den Kopf, »gibt es Zeugen, die das bestätigen können?«

Doppelmist! »Ähm …«

»Verstehe. Darf ich Sie bitten, morgen um neun Uhr erneut im Morddezernat zu erscheinen? Wir müssen Ihre Aussage aufnehmen.«

Ich verdrehte die Augen. »Natürlich müssen Sie das.« Als hätte ich nichts Besseres zu tun, als mich schon wieder in aller Herrgottsfrühe mit Detective Sockenschuss auseinanderzusetzen! Wenn ich es nicht besser wüsste, würde ich das Ganze für einen kosmischen Witz auf meine Kosten halten.

»Vielleicht kommen Sie dieses Mal mit praktischerem Schuhwerk.«

Wie bitte? *Praktisch?* Der Kerl war wirklich kurz davor, sich eine zu fangen. Meine Nasenflügel bebten gefährlich. Besser, er öffnete nicht auch noch die Büchse der Pandora, indem er mich über Schuhe belehrte.

Scheinbar stand ihm danach tatsächlich der Sinn, denn er bedachte mich mit einem überlegenen Blick.

Zwanghaft gab ich mir alle Mühe, ruhig zu bleiben und nicht weiter darauf einzugehen. »Kann ich jetzt gehen? Clay wartet auf mich.«

»Wer ist Clay?«

»Mein Mitbewohner.«

»Verstehe.« Plötzlich neigte sich Detective Sockenschuss nach vorne und schnupperte an meinen Haaren. »Wonach riechen Sie da eigentlich?«

Verdammt sei Mr Wilson und sein Abstecher in die Thunfisch-Fabrik!

Zwei Minuten später schloss ich mit klopfendem Herzen die Wohnungstür hinter mir.

O mein Gott! Stöhnend fasste ich mir an die Stirn. Scott war tot. Shelly war tot. Beide ermordet – wahrscheinlich von ein und demselben Täter. Was war hier los? War ich am Ende tatsächlich schuld an ihrem Tod? Hatte ich den beiden so viel Unglück gebracht, dass sie sterben mussten? Unter allen Umständen und unbedingt wollte ich herausfinden, wer sie getötet hatte.

»Clay? Ich bin wieder zurück.« Keine Reaktion. Merkwürdig. Ich ließ mich auf den Sessel fallen, wo ich sofort sah, was das Problem war.

Clay war eingeschlafen. Leise vor sich hin schnarchend lag er auf unserer Couch, *Magische Kreaturen Nordeuropas* aufgeschlagen auf seiner Brust liegend.

Na toll. Und was war jetzt mit unserem Deal?

Mein Blick fiel auf das Buch.

Clay hatte mehrere Notizzettel an die Seiten geklebt. Neugierig, wie ich war, zog ich es ihm behutsam aus den Händen.

An der aufgeschlagenen Seite klebte ein grüner Zettel mit den Worten »Leprechaun = Clay«. Daneben ein Strichmännchen mit einer Frisur, wie Clay sie hatte.

Ich runzelte die Stirn. Schwachsinniges Buch hin oder her – ich richtete mich auf und überflog die aufgeschlagenen Seiten.

»Leprechaun: sehr seltenes irisches Feenwesen ... bringt sich und seinem Umfeld Glück, wurde deshalb oft verfolgt und versklavt ... wird wiedergeboren, wenn ein magisches vierblättriges Kleeblatt erblüht ... helfender Hausgeist zumeist in anderen Feenhaushalten ...«

Mein Herzschlag beschleunigte sich. Das konnte doch nicht sein Ernst sein? Hielt er sich etwa selbst für einen dieser glückbringenden Kobolde?

Kopfschüttelnd blätterte ich zur nächsten, mit einem Notizzettel gekennzeichneten Buchseite. Auf der Notiz war wieder ein Strichmännchen, diesmal mit langen Haaren, zu sehen. »Alana = Banshee« stand darauf.

Ich rollte mit den Augen. Dieses Kapitel kannte ich bereits. »Banshee: irische Todesfee, gehört zu den Feenwesen ... kündigt den Tod von Sterblichen und anderen magischen Wesen an ...« Blablabla.

Vom Couchtisch her applaudierte es plötzlich. Unwillkürlich fuhr ich vor Schreck zusammen, wodurch ich mitsamt dem Buch vom Sessel rutschte.

Blöder Mist aber auch! In Habachtstellung tauchte ich vom Boden wieder auf und schielte vorsichtig in die Richtung, aus der das Klatschen ertönte.

Auf dem Couchtisch stand Clays Laptop, auf dem eine Pokerspielseite geöffnet war. Ein Pop-up verkündete, dass er soeben 200 Dollar gewonnen hatte.

Mit klopfendem Herzen klappte ich den Bildschirm zu, woraufhin das Klatschen erstarb.

Und dann traf mich die Erkenntnis wie ein Vorschlaghammer. Meine Hand verharrte auf dem Laptop. Vor meinen Augen tanzten bunte Punkte. Auf einmal ergab alles einen Sinn. Clay – er verdiente sein Geld mit Glücksspielen, er hatte zufällig Mr Wilson gefunden und am allerwichtigsten: Er überlebte unsere Freundschaft! Verdammt, so viel Glück konnte doch kein einzelner Mensch haben! Außer ... außer man war ein Glückskobold! Ein Leprechaun! Konnte das wirklich sein? Und wenn das wahr war, dann musste ich ja auch eine ... eine ...

Ich sprang auf. Nein, nein, nein! Ich wollte unter keinen Umständen eine grässliche, alte Banshee sein! So schnell ich konnte, rannte ich zur Tür, schnappte mir meine Jacke und hastete die Treppe nach unten. Einfach nur weg. Ich wollte einfach nur noch weg.

Blindlings taumelte ich aus der Tür. Tränen verschleierten mir die Sicht. Da es eigentlich egal war, wohin ich lief, ließ ich mich einfach von meinen Beinen tragen, bis ich an der nächsten Ecke fast mit jemandem zusammenstieß.

»Ups, sorry.« Ich sah auf. »Oh, hey, Trin.«

»Na?« Trinity sah mich mit hochgezogenen Augenbrauen an. Ihre langen Haare umwehten ihr geblümtes Kleid. »Vor wem bist du denn auf der Flucht?«

»Vor mir selbst«, murmelte ich. Das stimmte ja auch irgendwie.

»Hm. Verstehe.« Ihre Blicke durchbohrten mich wie ein Röntgengerät. »Am besten du kommst erst mal auf ein Glas Wein mit zu mir.«

»Wein, bäh.« Ich schüttelte mich. »Hast du auch Latte macchiato, Trin?«

Trinity seufzte. »Um diese Uhrzeit? Na gut, weil du es bist.« Und damit schob sie mich in Richtung ihrer Wohnung, die nur ein paar Schritte entfernt lag.

Ich atmete tief durch. »Siri und ich richten übrigens Samstag Shellys Trauerfeier aus. Du kommst doch auch, oder?«

Trinity nickte nur.

Wir waren beide Stammgäste im Diner und manchmal hatte Siri Shelly auch zu Open-Air-Festivals mitgebracht, die ich gemeinsam mit Siri, Clay, Ava und Trinity besucht hatte.

Auf dem Weg zu ihrer Wohnung fiel mir ein, dass Trinity auch Scott gekannt hatte. »Hast du das mit Scott schon gehört? Er wurde auch ermordet. Genau wie Shelly.«

Unwillkürlich zuckte Trinity zusammen. Plötzlich veränderte sich ihr Blick. Anstelle ihres forschen, selbstbewussten Gesichtsausdrucks trat ein schiefes Lächeln. Fahrig schob sie sich die weißblonden Haare hinters Ohr. »Ja, dieser Detective ist heute Abend zum zweiten Mal in meinem Laden aufgetaucht und hat mich darüber informiert. Dann wollte er noch einiges über meine Beziehung zu Scott wissen. Allerdings gab es da nicht viel zu erzählen, außer dass ich ihn vom Bogenschützenverein her kannte.«

Trinity kannte Scott, ich kannte Scott, Justus kannte Scott.

Moment! Wie von einem unsichtbaren Seil zurückgezogen blieb ich stehen. Endlich wurde mir klar, was mich die ganze Zeit in Bezug auf Scott gestört hatte.

6

»Was hast du plötzlich?« Trinity sah sich nervös um. Sie schien wenig erfreut darüber, dass ich urplötzlich stehen geblieben war.

»Ich … ich«, stotterte ich. »Mir ist gerade etwas klar geworden. Über Scott. Als ich ihm gestern früh begegnet bin, hatte er diesen Blick drauf. Er hat mich so angesehen, als würde er mich kennen. Aber woher nur?« Ich biss mir auf die Lippe.

Ohne weiter auf mein Gefasel einzugehen, schob Trinity mich vorwärts. »Lass uns das bei mir besprechen. Komm schon.« Fester als eigentlich notwendig packte sie mich am Unterarm.

»Aua!«, protestierte ich.

Während mich Trinity zu ihrer Wohnung schleifte, drifteten meine Gedanken wieder zu dem Mordopfer Scott Dayling ab. Jetzt, wo ich darüber nachdachte, war er nicht allzu überrascht gewesen, mich zu sehen. Außerdem hatte er die Situation auf dem Zugdach mit Justus sofort erfasst und ihm bestätigt, dass ich ihn vor dem sicheren Tod bewahrt hatte – was ziemlich merkwürdig war.

Die Gedanken in meinem Kopf rasten wie auf einer vierspurigen Autobahn. Mir fiel meine To-do-Serviette wieder ein, die ich nun um einen Punkt erweitern musste: herausfinden, wie Scott Dayling starb und woher er mich kannte.

Schließlich bogen wir in den Hauseingang eines zweistöckigen Gebäudes mit grünen Fensterläden ein.

Trinitys Wohnung befand sich im ersten Stock, doch der Hausflur erstreckte sich stockfinster vor uns.

Trinity tat dies mit einem Schulterzucken ab. »Die Glühbirne ist gestern kaputtgegangen. Entschuldige.«

Ich schluckte. Meine Augen gewöhnten sich nur langsam an die Dunkelheit. »Okaaay.« Beinahe blind tastete ich mich vorwärts, eine knarrende Holztreppe nach oben, über hell gefliesten Boden bis in Trinitys Wohnung.

Die letzten Schritte zog mich Trinity praktisch durch die Tür. »Puh, Gott sei Dank.« Eilig schloss sie die Tür hinter uns.

Ich schürzte die Lippen. »Was ist denn los mit dir, Trin? Du bist heute Abend irgendwie komisch.«

»Hm, na ja.« Trinity steuerte auf die offene Küche zu, die an ihr Wohnzimmer grenzte. Mit zittrigen Händen begann sie die Kaffeemaschine zu bedienen. »Weißt du, da draußen ist es nicht mehr sicher. Etwas Böses treibt sich in den Straßen herum. Irgendjemand bringt ...« Trinity verstummte. Ihre Hände fielen auf die Arbeitsplatte.

»Irgendjemand tut was?«, hakte ich nach.

Doch Trinity verharrte immer noch regungslos mit dem Rücken zu mir.

Eine Weile sagte niemand etwas.

Wahrscheinlich wollte sie mir mitteilen, dass da draußen ein Mörder auf den Straßen herumlief, aber warum kam sie dann so ins Stocken? Was wollte sie mir noch sagen?

Vor lauter Anspannung bohrte ich die Fingernägel in meine Handflächen. Da ich allerdings wusste, dass man Trinity zu nichts drängen durfte, verharrte ich ansonsten regungslos.

Endlich begann sie wieder zu sprechen. »Irgendjemand da draußen tötet magische Wesen.«

»Wie bitte?« Ich hatte mich sicher nur verhört. Unmöglich konnten Clay und Trinity gleichzeitig mit diesem Märchenquatsch bei mir um die Ecke kommen.

»Shelly und Scott«, fuhr Trinity fort, »gehörten zum magischen Volk. Shelly war eine Sheerie und Scott ein Merrow.«

»Was?« Bei »magisch« war ich irgendwie ausgestiegen.

»Shelly war eine Sheerie, also ein Luftgeist, und Scott ein Merrow, ein Meermann.«

»Hä?« Meine Gehirnzellen wollten diesen Unsinn partout nicht aufnehmen.

Trinity seufzte. »Hat Clay noch immer nicht mit dir über die magische Weltordnung gesprochen?«

»Trinity, sag mir jetzt bitte nicht, dass du auch an diesen Mist glaubst.« Meine Stimme brach. Offenbar litt sie an denselben Wahnvorstellungen wie Clay. Langsam machte ich zwei Schritte rückwärts, Richtung Tür. Ich musste hier raus. Waren denn auf einmal alle durchgedreht? Es musste eine ganz logische Erklärung für diese seltsamen Geschehnisse in letzter Zeit geben …

Kaum hatte ich mich zur Tür umgedreht und die Hand gehoben, um die Klinke zu drücken, fuhr ich zusammen.

Eine Kletterpflanze schlängelte sich aus dem Schlüsselloch. Es knackte, so als hätte die Pflanze gerade die Tür abgeschlossen. Dann wickelte sie ihre mit winzigen Blättern besetzte Ranke um die Türklinke.

Meine Augen wurden immer größer, bis sie schmerzten. Ungläubig blinzelte ich die Pflanze an und fuhr schließlich zu Trinity herum. Doch die wirkte im Gegensatz zu mir gar nicht erschrocken. Sie musterte mich einfach nur stumm.

Bevor ich zu sprechen begann, kniff ich die Augen zusammen. »Was verdammt noch mal läuft hier, Trin?«

Schulterzuckend kam Trinity näher. »Eigentlich hatte ich

gehofft, Clay würde mit dir über alles sprechen, aber gut, dann mach ich es eben.« Ohne Widerspruch zuzulassen, drückte sie mich auf ihre grüne Couch und ließ sich neben mir auf das Polster fallen. »Also«, sie nahm meine Hand. Ihre langen Haare kitzelten mich am Oberarm. »Wo fange ich an?« Sie neigte den Kopf. »Du weißt doch schon, dass du eine Banshee bist?«

Ich wollte protestieren, doch Trinity hob die Hand. »Hör endlich auf, dir einzureden, es sei nicht so. Du musst doch langsam einsehen, dass du kein gewöhnlicher Mensch bist. Ich meine, du siehst doch die Lebensuhren, oder nicht?«

Widerwillig schielte ich auf die roten Zahlen über ihrem Kopf und nickte dann. Sie hatte noch etwas mehr als 450 Monate. Okay, wenigstens schien Trinity eine halbwegs einleuchtende Erklärung für meine Andersartigkeit vorbringen zu können. Vielleicht sollte ich ihr zuhören, was auch immer sie mir zu sagen hatte.

»Du bist ganz eindeutig und unwiderruflich eine waschechte Banshee«, wiederholte Trin.

Wenn sie sich da so sicher war ... Nach Jahrzehnten voller Unsicherheit und Selbstbelügen ließ ich meine Schutzmauern fallen und nahm Trinitys Worte an. Anscheinend war ich eine Banshee, eine irische Todesfee. Super! Etwas, das sich sicher jedes Mädchen auf der Welt wünschte.

»Na, siehst du. Und Clay ist ein Leprechaun. In Santa Fe und hier in Los Verdes leben übrigens einige Feen und Elfenwesen.«

»Moment mal, bedeutet das, du bist auch ...?« Erstaunt öffnete ich den Mund. »Jetzt sag nicht, du bist Harry Potter!«

Trinity hob eine Augenbraue.

»Ach, nein. Außerhalb von Hogwarts dürftest du ja nicht zaubern«, gab ich mir selbst die Antwort, während ich mir mit der Hand vor die Stirn schlug.

»Alana, ich sag's dir nicht gern, aber immer wenn du nervös bist, redest du so einen Schwachsinn.« Stöhnend lehnte sich

Trinity in ihrem Sitz zurück. »Natürlich bin ich nicht Harry Potter. Sondern eine Waldelfe.«

Sie sah mich an, als wäre es das Normalste von der Welt, eine Waldelfe zu sein.

»Könntest du das bitte noch mal wiederholen?« Meine Stirn legte sich in tiefe Falten, sodass es beinahe wehtat.

»Gut. Ich bin eine Elfe. Keine Fee wie Clay und du. Genauer gesagt, eine Waldelfe.«

Mein Kopf schwirrte nur so vor Informationen. »Es ... gibt ... Feen und Elfen? Ich dachte, das wäre dasselbe?«, stotterte ich.

Wieder erntete ich einen Blick von Trinity, der besagte, dass sie sich ernsthafte Sorgen um meine geistige Gesundheit machte. Okay, offenbar war es also nicht dasselbe. Ganz und gar nicht.

»Wir stammen beide von den ersten gefallenen Engeln ab, aber ansonsten sind wir heute zwei unterschiedliche Lebensformen«, klärte mich Trinity auf. »Im ersten großen Himmelskrieg zwischen Gott und Luzifer, musst du wissen, gab es einige Engel, die neutral blieben und sich für keine Seite entscheiden wollten. Deshalb wurden sie aus dem Himmel vertrieben. Eigentlich wollte man sie in die Hölle verbannen, aber der heilige Sankt Michael setzte sich für sie ein und so wurden sie nur«, Trinity malte Anführungszeichen in die Luft, »in die entlegensten Orte der Erde verbannt, zum Beispiel in die großen Wüsten und an den Nordpol.«

Aha. »Engel?«, fragte ich lahm. Irgendwie hatte ich nur die Hälfte von dem verstanden, was sie mir wohl eigentlich sagen wollte.

»Genau. Die gefallenen Engel wurden zu Elfen und Feen. Mit der Zeit entwickelten sie sich weiter und vermischten sich mit den Menschen, sodass es heute Unmengen an Elfen- und Feenarten gibt. Wir nennen uns das magische Volk.«

Trinity holte kurz Luft. »Oh, warte, dein Latte macchiato!« Sie stand auf.

Den konnte ich jetzt wirklich gut gebrauchen! »Also, deshalb leben so viele Feen und Elfen in Santa Fe? Weil es eine abgelegene Wüstengegend ist?«, hakte ich nach. Das passte immerhin zu der Theorie, dass die gefallenen Engel damals in entlegene Wüsten verbannt wurden.

Trinity, die *Waldelfe* – ich konnte es immer noch nicht fassen, aber nun wurde mir klar, wer für das mit der Tür verantwortlich war –, kam mit zwei Tassen zur Couch zurück. »Genau. Zur Strafe mussten die gefallenen Engel in der Gestalt von Elfen und Feen an den unwirtlichsten Orten der Erde leben. Die meisten fanden einen Weg zu entkommen und siedelten sich auf den Grünen Inseln in Europa an. Man sagt, dass sie dem Himmel am ähnlichsten sehen.«

Ich hob den Kopf. »Meinst du Irland und so?«

Trinity nickte. »Aber in diese Gegend hier, in die Wüste Nordamerikas, wurden später vor allem diejenigen Feen und Elfen geschickt, die etwas verbrochen hatten. Die Wüste diente dem magischen Volk sozusagen als Gefängnis.«

»Oh«, machte ich. Die Verbrecher unter den magischen Kreaturen und ihre Nachfahren lebten also in meinem Bundesstaat. Wie nett. Aber immerhin waren sie alle Nachfahren von Engeln. »Und was ist nun der Unterschied zwischen Feen und Elfen?«

»Du hast doch das Buch *Magische Kreaturen Nordeuropas* von Clay bekommen. Da steht alles über das magische Volk drin«, erklärte Trinity. »Das ist praktisch ein Lexikon über uns.« Sie grinste.

Eilig trank ich meinen Latte macchiato auf Ex aus. Oh, das war alles zu viel für mich. »Moment mal, hast du Clay etwa das Buch gegeben? Und hast du auch mit ihm über diese Feensache gesprochen? Du hast ihn vor mir aufgeklärt, oder?« Das jedenfalls würde einiges erklären.

Trinity nickte. »Als ich hierhergezogen bin, seid ihr mir nach ein paar Tagen aufgefallen. Elfen haben ein gutes Gespür dafür, zu erkennen, wer nicht ganz menschlich ist. Was heutzutage natürlich immer schwieriger wird, da sich das magische Volk mit den Menschen vermischt und deshalb immer menschlicher wird.«

»Leben denn noch mehr Magische, die du kennst, in Los Verdes?« Gespannt beugte ich mich nach vorn.

»Ja. Ein paar kenne ich aus dem Bogenschützenverein, darauf stehen Elfen irgendwie.« Trinity kicherte. »Und es treffen sich auch einige bei Siri im American Diner.«

O nein. »Jetzt sag bitte nicht, dass Siri auch magisch ist!«, jammerte ich.

»Okay, dann sage ich es eben nicht …«, Trinity spitzte die Lippen.

Na gut, ich konnte mir inzwischen auch echt denken, was für ein magisches Wesen Siri war …

»O Gott, o Gott!« Ich vergrub mein Gesicht in den Händen. Mein Weltbild hatte gerade einen ordentlichen Knacks abbekommen. Es fehlte nicht mehr viel und ich würde komplett durchdrehen. Ich musste Ruhe bewahren. Mich auf das Wesentliche konzentrieren. Ja, genau! Ich musste herausfinden, wer Shelly und Scott getötet hatte und wer meine und Clays Eltern waren. So. Diese Ziele durfte ich nicht aus den Augen verlieren.

»Erzähl mir mehr von Shelly und Scott, bitte«, bat ich. »Was sind diese Schiris und Maoams genau?«

Trinity musterte mich irritiert. »Meinst du Sheeries und Merrows? Du hast echt keine Ahnung, was? Na ja, du und Clay seid ja auch im Heim aufgewachsen, fernab vom magischen Volk. Also, Sheeries sind Luftgeister, eine Unterart der Elfen, und Merrows sind Wassermänner, gehören zu den Wassergeistern und sind ebenfalls eine Elfenunterart. Sie können in die Zukunft sehen. Manchmal bekommen sie eine Art Vision von der Zukunft ihres Gegenübers, dann leuchten ihre Pupillen kurz rot auf und …«

»Heilige Mutter Gottes!«, unterbrach ich Trinity. Bei ihren Worten hatte mich die Erinnerung an Scott auf dem Zugdach wieder eingeholt. Er hatte mich angestarrt, als würde er mich kennen. Doch jetzt fiel mir ein, dass ich ein kurzes Blitzen in seinen Augen gesehen hatte und danach hatte er mich so komisch angeschaut. »Die Zukunft vorhersehen ...«, murmelte ich. »Und was macht ein Meermann bitte in unserer Wüstenstadt?«, wollte ich wissen.

Trinity biss sich auf die Lippen, als sei dieses Thema etwas unerfreulich. »Er hat sich hier vor seiner Familie versteckt.« Bevor sie weitersprach, überlegte sie einen Moment. »Du musst verstehen: Die magische Welt ist in Licht und Dunkelheit unterteilt. Jede Elfe und jede Fee muss sich für eine Seite entscheiden, auf die sie sich stellen will. Unentschiedene werden verbannt, genauso wie damals im ersten Himmelskrieg. Manche von uns laufen jedoch vor dieser Entscheidung davon. So wie Scott. Er wollte keine Dunkelelfe wie alle anderen aus seiner Familie sein. Allerdings bedeutete das, dass er sich vor seiner Familie verstecken musste, die furchtbar sauer auf ihn ist. So läuft das eben.«

Nervös spielte ich mit dem Saum meines Kleids. »Was? Willst du damit sagen, es gibt gute und böse Magische?«

»Ganz genau. An jedem alten Märchen über böse Feen ist eben ein Fünkchen Wahrheit dran«, zwinkerte Trin. »Ich glaube, bei Shelly muss es ähnlich gewesen sein, obwohl ich sie nie danach gefragt habe. Scott entstammt einer langen Reihe Merrows, die sich für die dunkle Seite entschieden hatten. Seine Familie soll sogar direkt von dem großen Propheten St. Malachy abstammen, der den Weltuntergang vorhersagte. Scott brach aus, er wollte zu den Lichtelfen gehören und kam unter falschem Namen hierher, um sich zu verstecken. Und welcher Ort wäre dafür besser geeignet als diese Wüstenstadt, 13 Stunden vom nächsten Meer entfernt, das Merrows so sehr lieben? Freiwillig würde seine Familie niemals hierherkommen. Außerdem steht in Santa Fe die älteste Kirche Amerikas, gewidmet dem heiligen Sankt Michael, dem Engel, der uns schon früher beschützt hat. Deshalb ziehen so viele Flüchtlinge nach Santa Fe.«

»Die San Miguel Chapel«, murmelte ich. »Die Kirche, in der auch Shellys Beerdigung stattfindet …« Beziehungsweise in dem neuen Kirchenanbau, ein Gebäude direkt neben der baufälligen, aber noch erhaltenen San Miguel Chapel aus dem 17. Jahrhundert. Hier wurden Gottesdienste abgehalten und es gab sogar seit ein paar Jahren einen Friedhof. Das ursprüngliche Lehmgebäude mit dem riesigen weißen Kreuz über dem Eingang diente nur noch als Touristenmagnet.

»Genau.« Trinity nickte. »Miguel. Der spanische Name für Michael. Die ersten Feen und Elfen haben sich den Spaniern angepasst, die in New Mexico eingewandert waren, und zusammen gründeten sie damals Santa Fe.« Trinity schob sich eine Haarsträhne hinters Ohr. Ihre silbernen Armreifen klapperten.

Mein Kopf war kurz davor zu explodieren. Das waren echt eine Menge Informationen für einen Abend. Aber irgendetwas sagte mir, dass es im Moment am wichtigsten war, mehr über Scotts und Shellys Tod herauszufinden.

»Okay …« Ich erhob mich. »Trin, ich muss dringend zu Hause ein paar Dinge recherchieren. Lassen du und die Pflanze mich gehen?« Ich deutete auf die Tür.

Trinitys Blick verdüsterte sich. »Draußen ist es schon dunkel. Das ist wirklich keine gute Idee. Irgendjemand tötet Magische, du könntest auch in Gefahr sein.«

Oh, stimmt. Ich war ja auch so eine, wie ich jetzt wusste … Außerdem sah ich meine eigene Lebensuhr nicht, was sich in diesem Zusammenhang als recht unpraktisch erwies. Im Gegensatz zu allen anderen konnte ich nicht wissen, wann meine Zeit ablief.

Trinity seufzte. »Möglicherweise sind sie hinter unserem Blut her.«

Ich wurde hellhörig. »Blut?«

»Ja.« Trinity nickte, dann erhob sie sich ebenfalls von der Couch. »Die Leichen von Shelly und Scott wurden beide blutleer aufgefunden. Ich glaube, irgendjemand verkauft unser Blut auf dem Schwarzmarkt oder benutzt es für Experimente oder so etwas.«

»Was kann man denn mit magischem Blut alles so anfangen?«, fragte ich neugierig. Das war eine gleichzeitig sehr interessante wie auch bizarre Frage, fand ich.

»Na ja, es heißt, Elfenblut habe heilende Wirkung für die Natur. Ausprobiert habe ich das zwar noch nie, denn ich würde nie mir selbst oder einer anderen Elfe Blut abzapfen, aber … Du musst verstehen, Elfen fühlen sich dazu berufen, sich um die Natur zu kümmern. Feen dagegen um Menschen und das große kosmische Schicksal. Das war zumindest der ursprüngliche Plan, nachdem sie verbannt wurden. Der Sage nach soll Feenblut Menschen heilen. Aber wie du siehst, sind wir inzwischen fast alle zu mehr als 50 Prozent menschlich und nur noch zu einem kleinen Teil Fee oder Elfe. Dennoch kennst du sicher die Geschichten über die guten Feen?« Trinity räusperte sich. »Wie gesagt, darin steckt zumindest ein Körnchen Wahrheit. Es gibt auch magische Rituale wie Weissagungen, für die man Blut benötigt. Aber das ist so eine Feensache, da kenne ich mich nicht aus.«

Eine Feensache also. Zu dumm, dass ich davon nichts verstand … »Was, glaubst du, ist am wahrscheinlichsten, Trin?«

»Wahrscheinlich haben wir es mit einer Gruppe Dunkelfeen zu tun, die irgendetwas mit einer großen Menge magischem Blut vorhaben.«

Oje, magische Verbrecher. Dunkelterroristen sozusagen. Das war ja schlimmer als Voldemort und Darth Vader zusammen! Wo und wie sollte ich die aufspüren? Ich zog an meinem Kleid.

Am besten fing ich mit Internetrecherche an …

»Hast du etwa vor, der Sache auf den Grund zu gehen?«, unterbrach Trinity meine Gedanken.

Nach einem tiefen Seufzer nickte ich. »Ja. Ich bin schließlich Privatdetektivin. Außerdem war Shelly meine Freundin.«

»Verstehe. Dann versuch's zuerst im American Diner und in der Kirche, wenn du Befragungen durchführen willst. Magische sind sehr gläubig. Sie wollen alle die Gunst Gottes zurückgewinnen sozusagen.« Trinity zwinkerte. »Ich lasse dich ungern gehen, aber wenn du wirklich willst ...« Sie hob eine Hand und die Kletterpflanze an der Türklinke löste sich in Luft auf. »Nimm wenigstens das hier mit.« Mit einem gezielten Griff packte sie ein Einmachglas, das weit oben auf einem Küchenregal stand. Zwei Sekunden später hielt sie mir einen vertrockneten Pilz vor die Nase.

»Ähm, danke, Trin, aber ich bin gar nicht hungrig«, wehrte ich ab. Der Pilz sah alles andere als vertrauenerweckend aus. Lieber würde ich mit Schnecken gurgeln, als dieses Ding zu schlucken.

Zum Glück schien mir Trinity das nicht übel zu nehmen, denn sie kicherte, als hätte ich einen Witz gemacht. »Der ist doch nicht zum Essen gedacht! Das ist ein Bann-Pilz. Er wird dich beschützen.«

Aha. Skeptisch verzog ich meinen Mund zu einem schiefen Strich.

»Schau nicht so pikiert. Glaub mir einfach. Wenn du ihn auf den Boden wirfst, werden alle, die weniger als ein bis zwei Meter entfernt von ihm stehen, für etwa 15 Minuten bewusstlos.«

Na dann ... Mit spitzen Fingern nahm ich den Pilz entgegen und schob ihn in das Außenfach meiner Handtasche.

7

Vor Trinitys Haus sah ich mich nach allen Seiten um. Alles schien ruhig. Die Straßen von Los Verdes lagen still und menschenleer vor mir. Selbstverständlich, um diese Uhrzeit.

Dennoch beschleunigte ich meine Schritte. Was, wenn die Pflanze und Trin recht behielten und es gefährlich war, sich so spät abends allein und zu Fuß durch die Stadt zu bewegen? Vorsichtshalber schob ich meine Hand in meine Tasche, wo meine Finger den Pilz umklammerten.

Entgegen Trinitys Befürchtungen kam ich zehn Minuten später sicher zu Hause an und musste noch nicht mal den Gammel-Pilz benutzen. Tja, mich und mein Blut wollte wohl keiner. Ich war mir nicht sicher, ob ich jetzt beleidigt sein sollte.

Als ich die Tür zu unserer Wohnung öffnete, spürte ich plötzlich ein vertrautes Gefühl in mir aufsteigen. O nein!

Ich fühlte mich, als wäre ich Teil eines mittelmäßigen Horrorstreifens aus den 70er-Jahren. Natürlich wusste ich, was mich erwarten würde, und verhindern konnte ich es auch nicht, aber ich hätte auch einfach wieder umdrehen und flüchten können. Geändert hätte das allerdings nichts.

Also öffnete ich die Tür noch einen Spalt breit und machte zwei Schritte in die Wohnung.

Clay lag schlafend halb auf einem Barhocker und halb auf unserem Küchentresen.

In diesem Moment öffnete sich mein Kiefer und mir entfuhr der typische Banshee-Todesschrei. *Scheiße, Scheiße, Scheiße!* Warum waren auf Clays Lebensuhr auf einmal nur noch 4 Tage, 1 Stunde und 22 Minuten angezeigt? Das war der absolute Supergau! Mir wurde schwarz vor Augen und ich musste mich an der Couch abstützen, um nicht zu Boden zu gehen.

»Was?« Clays Kopf ruckte nach oben, als hätte ihn etwas geweckt.

Ach ja richtig: mein Schrei.

Die dunklen Haare meines besten Freundes standen ihm verstrubbelt nach allen Seiten ab. Er war mein Ein und Alles. Meine Familie. Nein, er durfte nicht sterben! Ohne ihn war ich verloren.

Schon damals im Kinderheim hatte er mir Halt gegeben. Ohne ihn wollte auch ich nicht mehr leben.

»Alana?« Verschlafen drehte sich Clay zu mir um. »Da bist du ja wieder!« Scheinbar hatte er auf mich gewartet. »Alles okay? Wieso schaust du so, als hättest du einen Geist gesehen?«

»Ähm«, verlegen scharrte ich mit meinem Schuh auf dem Boden. Wie sollte ich es ihm bloß sagen? Nein! Urplötzlich fasste ich einen Entschluss. Ich würde ihm nicht sagen, dass er womöglich bald sterben würde. Aber ich würde alles tun, um das zu verhindern! Schließlich hatte ich schon oft Menschen vor ihrem bevorstehenden Tod gerettet. Warum nicht auch meinen besten Freund? Und wenn er doch starb, hatte er wenigstens noch vier unbeschwerte Tage gehabt.

»Richtig«, nickte ich schließlich. »Bin wieder da.«

»Ach gut. Ich hatte mir schon Sorgen gemacht und bin dich suchen gegangen.« Clay kam zu mir und schloss mich in seine Arme. »Stell dir vor, ich habe verhindert, dass ein Mädchen in eine abgedunkelte Limousine gezerrt wurde! Endlich hab auch ich mal jemanden gerettet«, nuschelte er an meinem Ohr. Der Stolz in seiner Stimme war nicht zu überhören.

Er war draußen gewesen? Und hatte jemanden davor bewahrt, entführt zu werden wie Scott gestern? Meine Gedanken überschlugen sich. War er womöglich den Dunkelfeen über den Weg gelaufen? Hatte sich deshalb seine Lebenszeit dezimiert, weil sie ihn nun als eines ihrer nächsten Opfer auserkoren hatten? Verdammt! Clay würde sterben, und das nur, weil er mich gesucht hatte!

»Wo hast du nur gesteckt?« Clay nahm mein Gesicht in beide Hände. »Wolltest du nicht nur kurz die Katze zurückbringen?«

Beim Klang seiner Stimme wurden meine Augen feucht. Die Rolle des besorgten großen Bruders stand ihm wie immer gut. Ohne ihn war ich einfach nicht komplett. Eilig versuchte ich die Tränen wegzublinzeln. »Sorry, war noch kurz bei Trinity. Sie hat mir übrigens alles erzählt.«

»Oh«, murmelte Clay. »Alles?«

»Ja.« Ehe ich weitersprach, zog ich Clay auf die Couch, wo ich mich neben ihn fallen ließ. »Verwirrend, aber irgendwie auch plausibel. Zwar hoffe ich immer noch, dass alles nur ein schlechter Traum ist, aber na ja. Trinity kann sehr überzeugend sein.« Einen Moment lang hielt ich die Klappe und kuschelte mich einfach nur an ihn. »Wir sind offenbar wirklich Feen. Oder Trinity ist komplett durchgedreht ...« Hoffnungsvoll sah ich Clay an.

Trotz meinem Bitte-bitte-sag-dass-es-nicht-wahr-ist-Blick schüttelte Clay den Kopf. »Eindeutig Feenwesen.« Er deutete zwischen uns hin und her.

Ergeben seufzte ich vor mich hin. »Aber doch hoffentlich Lichtfeen, oder?«

»Das kannst du dir aussuchen. Willst du eine menschenfreundliche Lichtfee sein oder eine menschenhassende Dunkelfee?«

Ach so lief das also. »Menschen. Uäähh ...« Ich tat, als würde ich ein Wollknäuel hervorwürgen. »Nein, Spaß, ich *liebe* Menschen.« Gerade fiel mir da ein spezieller Mensch ein. Unverschämt. Gut aussehend. Hatte mich schon wieder ins Morddezernat bestellt … Schnell schüttelte ich den Kopf, um die Gedanken an Dylan Shane zu vertreiben.

»Lichtfeen-High-Five!«, forderte Clay.

Kichernd schlugen wir hoch über unseren Köpfen ein. Da fiel mein Blick wieder auf seine Lebenszeit-Anzeige. Nur noch vier Tage … Seufzend rutschte ich etwas tiefer, damit ich meinen Kopf an seinen lehnen und seine Lebensuhr nicht mehr sehen konnte. »Erzähl mir bitte von dem Mädchen, das du gerettet hast«, bat ich, während ich meine Nase tief in seinen Haarschopf bohrte. Er roch so gut. Irgendwie nach Babyshampoo.

Komischerweise ertrug Clay mein eher ungewöhnliches Geknuddel, ohne zu murren. »Ich bin nach draußen gegangen, weil ich dachte, du hast dich mal wieder in Schwierigkeiten gebracht …«

Ich grunzte entrüstet.

»Alana, ich kenne dich und du kennst dich«, grinste er.

Da hatte er auch wieder recht. »Jetzt erzähl schon weiter«, quengelte ich, denn ich wollte unbedingt Genaueres über die Umstände erfahren, wie Clay den Dunkelfeen begegnet war und damit sein Schicksal besiegelt hatte. Wenn ich mehr über die Sache wusste, konnte ich Clays Ermordung vielleicht verhindern. Daran würde ich ab sofort alles setzen!

»Also, ich war draußen, um nach dir zu suchen. Und an der Ecke Madison Road und Maine sprangen direkt vor mir zwei maskierte Männer aus einer Limousine auf ein rothaariges Mädchen zu, das ein paar Meter vor mir auf dem Gehsteig unterwegs war«, erzählte Clay weiter. »Die Kleine war ungefähr 16 und hat sich mit allen Kräften gewehrt.«

Clay warf mir einen vielsagenden Blick zu, worauf ich eine Augenbraue hob.

Als Antwort legte Clay nur den Kopf in den Nacken. »Das war ein wirklich merkwürdiges Schauspiel. Aus den Händen der Kleinen kamen Wolken und Blitze geschossen. Trotzdem haben ihre Angreifer es irgendwie geschafft, sie zu überwältigen. Aber dann kam ich!« Mit vor Stolz geschwellter Brust fuhr Clay fort: »Neben mir stand so ein runder Mülleimer, den habe ich gepackt und auf einen der Angreifer geschleudert. Hatte Glück und hab ihn voll am Kopf erwischt. Ging k. o. Der zweite Typ war so überrascht, dass er den nächsten Blitz des Mädchens nicht abgewehrt hat und voll erwischt wurde.«

»*Glück!*«, brummte ich. »Du und dein Glück ...«

»Jaja!« Grinsend verlegte sich Clay darauf, mich durchzukitzeln. »Machst du dich lustig über mich?«

»Stop!«, japste ich, bevor mir vollends die Luft wegblieb. »Hör auf, Clay. Ich muss ganz genau wissen, was passiert ist!« Entschlossen schob ich seine Hände von mir weg.

Zum Glück kam Clay tatsächlich meiner Aufforderung nach, schürzte dabei allerdings die Lippen. »Irgendwie bist du in letzter Zeit komisch. Selbst für deine Verhältnisse ...«

»Unwichtig«, winkte ich ab. »Erzähl mir lieber, was dann passiert ist und was für ein magisches Wesen das Mädchen ist.«

»Ich hab die Kleine gepackt und bin mit ihr ein paar Straßen weiter in ein Restaurant geflüchtet. War ganz schön durcheinander, das Mädel. Sie heißt Morgan Green.« Wieder betrachtete mich Clay mit einem verschmitzten Gesichtsausdruck.

»Jetzt sag schon, was sie ist!«, verlangte ich charmant, wie ich war.

Bevor er antwortete, tippte mir Clay auf die Nasenspitze. »Wenn du das Buch gelesen hättest, wüsstest du, was sie ist, Alana.«

Beleidigt zog ich eine Grimasse. Dieses blöde Buch konnte mich mal!

Zu allem Überfluss fing Clay damit an, mich mit den Fingern

in die Rippen zu pieksen. »Wo ist die beleidigte Leberwurst?«, neckte er mich. »Da ist sie ja!«

Ich verdrehte die Augen. »Wo ist das Niveau? Da ist es ja!« Ein Piekser von mir, diesmal zwischen Clays Rippen. »Nein, doch nicht!«, stellte ich bedauernd fest.

»Haha«, lachte Clay. »Kommen jetzt wieder deine hochintellektuellen Niveau-Scherze?«

Augenblicklich hob ich beide Hände. »Du weißt, wenn ich einmal damit angefangen habe, kann ich nicht mehr aufhören ...«

»Also«, seufzte Clay. »Ich habe Morgan dann nach Hause begleitet und auf die Sache mit den Wolken und Blitzen angesprochen. Sie hat zugegeben, dass sie eine Cailleach ist.« Er legte eine bedeutungsschwere Pause ein. »Eine Wetterhexe. Gehört zu den Elfenartigen.«

»Okay.« Ich nickte langsam. »Und hatte sie eine Ahnung, wer die Typen waren, die sie überfallen haben?«

»Nein.« Clay schüttelte den Kopf. »Aber das waren keine normalen Menschen. Sie haben Morgans Blitze mit bloßen Händen abgewehrt, als wären es Tennisbälle.«

Hm, merkwürdig. Die Boris Beckers der Unterwelt ... »Wer kann so was?«, fragte ich.

Doch Clay schien darauf keine Antwort zu wissen. »Wir sollten Trinity danach fragen.«

Das war eine gute Idee, da konnte ich meinem besten Freund nur zustimmen. Schließlich war Trin mit diesem Qua... mit diesem Detailwissen über magische Kreaturen aufgewachsen.

Ob Clay schon von Trinitys Theorie wusste?

»Sie haben übrigens Scott, von dem ich dir erzählt habe, ermordet auf dem Rattlesnake-Rastplatz aufgefunden. Ganz genau wie Shelly zugerichtet. Trinity meint, hinter den Morden stecken wahrscheinlich Dunkelfeen, die andere magische Wesen töten und ihr Blut für ein Ritual oder so benutzen«, fiel ich einfach mit der Tür ins Haus. Schließlich war Feingefühl ja mein zweiter Vorname. Oder auch nicht.

Kaum hatte ich es ausgesprochen, ruckte Clays Kopf nach oben. »Wirklich? Du meinst, Shelly wurde für ein Ritual geopfert?«

»Ja«, bestätigte ich. »Wir müssen vorsichtig sein. Versprich mir, auf dich aufzupassen, ansonsten könnten wir die nächsten Opfer sein.« Ich schluckte. Gott sei Dank bemerkte Clay nicht, dass meine Finger praktisch ein Loch in das Sofakissen gekrallt hatten. »Bitte geh nicht mehr alleine aus dem Haus. Auf Trinity und Siri müssen wir auch aufpassen. Ich will nicht, dass euch etwas passiert.« Meine Stimme klang plötzlich belegt und brach letztendlich völlig.

Wir schwiegen eine Weile, bis mich ein heftiger Schluckauf packte, was die Stimmung wieder hob – auf Clays Seite zumindest, der sich gar nicht mehr einkriegen wollte vor Lachen. »Du hast einfach immer das richtige Timing, Alana!«

Ich wusste wirklich nicht, warum er sich jetzt vor Lachen beinahe nass machen musste. Empört stemmte ich beide Hände in die Hüften. »Und du hast wie immer das Feingefühl von einem Sack Hufeisen ...«

Okay, es war Zeit, mit meinen Recherchen zu beginnen. »Ich werde mal ein paar Nachforschungen zu Scott anstellen. Hast du vielleicht Morgans Nummer? Wir sollten mit ihr reden und am besten gleich auch mit Shellys Freunden. Möglicherweise finden wir heraus, wodurch sie zu Opfern wurden.«

»Möglicherweise hast du einen an der Waffel. Möchtegern-Sherlock-Holmes«, kicherte Clay.

Meine Güte, war er heute albern! Wenn er nicht sowieso bald draufgehen würde, hätte ich ihn jetzt erwürgt. Der Tod war schließlich mein Geschäft. »Wenn wir wüssten, wo sie den Dunkelfeen aufgefallen sind, können wir vielleicht in Erfahrung bringen, wie und wo die Dunkelfeen ihre Opfer auswählen«, versuchte ich es nochmals mit Vernunft bei ihm.

Clay nickte schließlich ergeben. »Okaaayyy. Morgans Nummer habe ich nicht, aber ich weiß ja, wo sie wohnt. Morgen schau ich einfach wieder bei ihr vorbei. Morgen bei Morgan!« Wieder dieses infantile Kichern.

Genervt verdrehte ich die Augen. »Okay, das können wir zusammen machen. Am besten nehmen wir sie auch gleich mit zum Morddezernat.« Dann konnte ich Clay wenigstens im Auge behalten. »Dieser dämliche Detective hat mich schon wieder morgen früh dort hinbestellt, um eine Aussage zu Protokoll zu geben.« Mit den Händen formte ich mir einen straffen Pferdeschwanz, den ich, so weit es ging, nach oben zog. »Na ja, wenn ich schon da bin, mache ich ihn wohl gleich mal auf den Entführungsversuch heute aufmerksam. Vielleicht kann er uns dabei helfen, diese maskierten Typen zu finden.«

»Okay, A.«, reimte Clay, während er sich eine Hand vor den Mund hielt, um sein Gähnen zu verdecken. »Machen wir alles morgen. Weckst du mich dann?«

»Klar. Dann schlaf gut.« Ich gab ihm einen Kuss auf die Wange. Im Gegensatz zu Clay wollte ich trotz der späten Stunde allerdings noch nicht schlafen.

Schnurstracks huschte ich in mein Zimmer, wo ich am Schreibtisch mein altersschwaches Notebook aufklappte, das aussah, als hätte ich es direkt von einer Müllkippe gestohlen.

Wo fing ich am besten mit meiner Recherche an? Einen Moment überlegte ich. O ja, genau! Bevor ich den Suchbegriff eintippte, ließ ich meine Fingerknöchel knacken.

»Scott Dayling«. So, jetzt war ich aber mal gespannt, was mein PC über den guten Scott so ausspuckte. Für Notizen zog ich mir einen Block und Bleistift heran.

Zuerst flimmerte eine Reihe von Daten auf dem Bildschirm, die wohl aus seinem Facebook-Profil stammten. Er war 18 und ein ziemlicher Herumtreiber gewesen.

Ich versuchte es mit dem zusätzlichen Schlagwort »Hellseher«. Das brachte leider nicht viel außer ein paar kostenpflichtige Rufnummern, die mir versprachen, für eine Menge Geld meine Zukunft vorherzusagen.

Dann fiel mir ein, dass Trinity erwähnt hatte, dass Scott von einem in Elfen- und Feenkreisen wohl sehr berühmten Propheten abstammte. »St. Malachy« tippte ich daraufhin ein. Die Infos über ihn waren zumindest halbwegs interessant:

> *Malachias, St. Malachy* (1094–1148): Irischer Heiliger und Erzbischof von Armagh. Neben seinem Wirken als Geistlicher ist St. Malachy heute besonders für seine Papstweissagung bekannt, der zufolge es 267 Päpste geben wird. Dabei weist seine Vision faszinierende Parallelen mit der Realität auf: So sollte der 265. Papst außergewöhnlich lange im Amt bleiben, während der 266. Papst nur eine kurze Amtszeit innehaben würde. Dies trifft auf den 265. Papst, Johannes Paul, und seinen Nachfolger, Benedict, zu. Für den letzten Papst besagt die Prophezeiung, dass dieser sich Petrus nennen wird und in der Folge die Welt untergeht. [...] *Er wird die Sünder unter den Menschen identifizieren, die Stadt der sieben Hügel wird zerstört werden und sein furchtbarer Vollstrecker wird über alle richten.*

Hm. Das war ja mal ein merkwürdiger Text. Bestimmt entsprach der Wahrheitsgehalt in etwa dem der Hellseher-Hotlines, die mir kurz zuvor angezeigt worden waren. Der Interneteintrag stammte aus dem Jahr 2011. Verblüffende Prophezeiung, aber soviel ich mich erinnerte, hieß der aktuelle 267. Papst Perez und nicht Petrus, also stimmte sie wohl doch nicht zu 100 Prozent. Vielleicht war das genauso wie mit meinen Todeszahlen. Manchmal änderten sie sich doch noch ... Dann musste ich mir am Ende womöglich doch keine allzu großen Sorgen machen, was Scott für meine Zukunft vorhergesehen haben könnte? Unschlüssig kaute ich auf meinem Bleistift herum.

Zu guter Letzt versuchte ich mein Glück noch mit dem Schlagwort »Merrow«, da Scott und sein Vorfahre St. Malachy ja Trinitys Aussage zufolge diese Art magischer Kreatur gewesen waren.

Was das Internet an Merkwürdigkeiten über Merrows ausspuckte, überraschte mich dann doch. Auf vielen Bildern wurden sie wie Arielle mit einem Fischschwanz dargestellt, auf anderen wie normale Menschen mit rot leuchtenden Augen.

Gut, Trinity hatte ja erklärt, dass sich Feen und Elfen mit den Menschen immer mehr vermischt hatten und jetzt irgendwie alle von uns eine menschliche Form besaßen. Irgendwie auch einleuchtend. Die Natur passte sich schließlich immer an die gegebenen Verhältnisse an.

Am Ende eines Eintrages fand ich einen Absatz darüber, dass ihre Augen rot aufleuchteten, wenn sie eine Vision empfingen, was wohl in der Häufigkeit von etwa ein- bis fünfmal im Monat geschah. Wirklich spannend fand ich die Information, dass Merrows eine seltene Kreuzung zwischen Feen und Elfen waren und sie so zu beiden Arten gehörten. Sie waren sowohl der Natur (dem Meer) verpflichtet als auch dem Schicksal der Menschen, das sie für sie vorhersahen.

»Mischlinge«, murmelte ich. In meinem Kopf formte sich ein vager Gedanke. Was suchten die Dunkelfeen? Wieso holten sie sich zunächst das Blut einer Sheerie, also eines elfenartigen Luftgeistes, und dann das eines Merrows, einem Mischling? Und heute waren sie wieder hinter einer elfenartigen Hexe her gewesen ...

Ich googelte noch »Sheerie« und »Cailleach«, fand aber nichts Außergewöhnliches mehr, worauf ich entschied, ins Bett zu gehen. Morgen würde ich mir noch mal *das* Buch vornehmen, aber vor allem musste ich morgen fit und schlagfertig für mein nächstes Treffen mit Detective Sockenschuss sein.

8

Am nächsten Morgen klopften Clay und ich schon früh an Morgans Tür. Sie wohnte in einem verfallenen Pueblo-Haus, das im Stil der alten mexikanischen Bauweise gehalten war. Doch sie schien nicht zu Hause zu sein.

»Wieso ist sie nicht da?«, nörgelte ich. »Und warum habe ich dich dabei, wenn du mir dann gar kein Glück bringst?«

Clay lachte. »Auch Leprechauns haben nicht immer nur Glück. Du weißt ja, dass wir einen großen menschlichen Anteil in uns tragen?«

Ja, das wusste ich. Zu meinem Missfallen lief seine Lebenszeit in knapp vier Tagen ab, was auch nicht gerade von besonders großem Glück zeugte.

»Unfähiger Kobold …«, murmelte ich, während ich an meiner geblümten Shorts zupfte. »Stimmt denn wenigstens das Gerücht, dass ihr wiedergeboren werdet, wenn ein vierblättriges Kleeblatt erblüht?«, fragte ich hoffnungsvoll. In meinem Kopf stellte ich mir vor, wie sich ein Kleeblatt entrollte und ein winziger Baby-Clay zum Vorschein kam. Irgendwie passten meine Gedanken heute zu dem weißen Shirt mit dem Aufdruck »Dream Big«, das ich trug.

»Das hab ich auch gehört, aber komm, wir holen dir erst mal einen Kaffee, Sonnenschein«, grinste Clay, packte meine Hand und zog mich zum American Diner. Auf dem Weg dorthin wechselten mehrere Stadtbewohner die Straßenseite, als sie meinen grimmigen Gesichtsausdruck sahen. Ein kleines Mädchen mit Hund stieß bei meinem Anblick sogar einen Quieklaut aus, worauf der Hund den Schwanz einkniff.

Wenn das mit diesen Kleeblattgeburten stimmte, vielleicht hatte Clay dann gar keine richtigen Eltern? Mist, diesen Punkt auf meiner To-do-Serviette musste ich dann wohl streichen. Aber immerhin bestand somit die Chance, dass ich ihn irgendwann wiedersehen würde.

Als wir Siris Diner betraten, wandten sich wie üblich alle Köpfe zu mir um. Nur dieses Mal wusste ich, warum. Trinity zufolge waren hier fast alle Gäste magisch. Unwillkürlich überlegte ich nun bei jedem, der mir ins Auge fiel, welche Art Elfe oder Fee er sein mochte. Dabei richtete ich mein Augenmerk besonders darauf, welches magische Wesen wohl auf der Seite der Dunkelheit stehen könnte.

Auf einer der ersten Seiten des Feenlexikons hatte ich heute früh einen recht verstörenden Eintrag gefunden:

Dunkelelfen und Dunkelfeen sind arglistige, launische Geschöpfe, eifersüchtig auf die Menschen, da diese ein besonderes Verhältnis zu Gott genießen.

Okay, einerseits konnte man verstehen, dass sie sauer waren, aus dem Himmel verbannt worden zu sein, aber laut dem Lexikon bereitete es vielen von ihnen diebische Freude, Naturkatastrophen wie Flutwellen und Waldbrände zu erzeugen, um dadurch Menschen zu töten. Das konnte ich wiederum weder verstehen noch gutheißen.

Energisch schüttelte ich meine Gedanken ab, während ich mich bemühte, die rothaarige Frau an der Tür nicht weiter anzustarren, die ich für eine Cailleach hielt.

»Hey, Siri!« Clay ließ sich auf einen Barhocker plumpsen. »Machst du uns zwei Kaffee zum Mitnehmen, bitte?«

Siri sah übermüdet aus. Dunkle Ringe zeichneten sich unter ihren Augen ab.

»Hey!«, versuchte ich es eine Spur zaghafter als Clay. »Wie geht's dir?«

Siri sah auf. Ihre türkisfarbenen Haare hingen heute in glanzlosen Wellen an ihr herunter. »Es geht so. Morgen ist Shellys Beerdigung.« Seufzend machte sie sich daran, zwei Pappbecher mit Kaffee zu füllen. Plopp, plopp machte es, als sie die dampfenden Becher mit zwei Plastikdeckeln verschloss.

»Mhm«, nickte ich. »Kommst du heute Abend bei uns vorbei? Dann bist du nicht so alleine.«

Siri nickte.

»Ach, sieh einer an!«, rief Clay in diesem Moment. Vor Schreck wäre ich beinahe von meinem Barhocker gefallen, krallte mich aber in letzter Sekunde an Clays Oberarm fest.

»Morgan!«, jubelte Clay. »Hier sind wir!« Er hob eine Hand.

Inzwischen hatte sich das komplette Diner inklusive eines rothaarigen Mädchens erneut zu uns umgedreht.

»Herrgott, Clay, geht es noch ein wenig auffälliger, bitte!«, fuhr ich ihn an.

Doch das interessierte Clay offenbar wenig. Er klemmte sich mich quasi unter den Arm und schleppte mich zu Morgan, die alleine mit einer Teetasse an einem der Fenstertische saß.

Morgans Augen wurden groß, als sie sah, dass wir auf sie zusteuerten. Wie ein gehetztes Reh zuckte ihr Blick in alle Richtungen, als ob sie nach einem Fluchtweg suchte.

»Morgen, Morgan!«, strahlte Clay, dem offensichtlich nicht auffiel, dass sich Morgan so gar nicht über unser Auftauchen freute.

Nun ja, wer freute sich schon über eine gut gelaunte Koboldarmada, die quer durch ein American Diner auf einen zugestürmt kam? Trotzdem war da noch etwas anderes in ihrem Blick.

Energisch knuffte ich Clay in die Rippen. »Dieser Scherz wird auch nicht witziger, je öfter du ihn wiederholst.«

Aber immerhin ließ er mich nun endlich los. Zumindest hatte er seine gute Laune noch nicht verloren. Während er sich auf das rote Sitzpolster gegenüber von Morgan fallen ließ, checkte ich unauffällig ihre Ziffernanzeige.

19:05:11:33

Sie hatte nur noch 19 Monate zu leben. Was hatte das zu bedeuten?

»Hi, ich bin Alana und du musst Morgan sein«, versuchte ich die Situation zu retten, bevor unser Image komplett den Bach runterging.

»Ähm ... hi«, nickte Morgan.

Ich setzte mich neben Clay, der sich sofort zu mir herüberbeugte. »Und du sagst, ich bringe kein Glück!« Dann wandte er sich wieder an Morgan. »Hör mal, wir sind gerade auf dem Weg zum Polizeirevier Santa Fe. Würdest du uns begleiten? Wir denken, dass deine Fast-Entführung mit den beiden Mordfällen in letzter Zeit zusammenhängt. Deine Aussage wäre der Polizei sicher eine große Hilfe.«

Morgan sah wenig überzeugt aus. »Ähm ... eigentlich muss ich ...«, sie sah sich gehetzt um, »also heute ist es leider ganz schlecht.«

Soso, Morgan zierte sich. Das stieß bei mir nicht gerade auf Verständnis in dieser Angelegenheit. Sie hatte es nicht anders gewollt. Ich holte noch einmal tief Luft, bevor ich die Bombe platzen ließ. »Nach unserer Aussage wird die Polizei so oder so bei dir auf der Matte stehen. Besser, du kommst jetzt gleich mit. Immerhin hast du mit uns einen Glückskobold an deiner Seite.« Mit dem Daumen deutete ich auf Clay.

Sofort richtete sich der Glückskobold zu seiner vollen Größe auf. »Ganz genau!«

Ich schüttelte den Kopf. Wenn Clay sich noch mehr aufplusterte, würde er demnächst platzen. Dass ich dafür zuständig war, Unglück zu bringen, verschwieg ich wohlweislich. »Wir passen schon auf dich auf. Diese Typen werden nicht noch mal versuchen, dich zu entführen«, versuchte ich sie zu beruhigen.

»Das ist es nicht.« Morgan biss sich auf die Lippen. Mir fiel auf, dass sie ihre Fingernägel fast bis zum Nagelbett abgekaut hatte und sie von ebensolchen Augenringen wie Siri gezeichnet war. Wieder scannte Morgan unter halbgeschlossenen Lidern den Raum um uns herum ab. Der Löffel, mit dem sie ihren Tee umrührte, zitterte. Vor was oder vor wem hatte dieses Mädchen solche Angst? Ihre Nervosität war beinahe körperlich zu spüren.

In Gedanken fügte ich meiner To-do-Serviette einen weiteren Punkt hinzu:

Herausfinden, was mit Morgan nicht stimmt und warum sie nur noch weniger als zwei Jahre zu leben hat.

»Jetzt weiß ich's!«, kreischte Clay plötzlich unvermittelt los.

Genervt rieb ich mir übers Ohr. »Dass du die peinlichste Person in diesem Raum bist? Das hätte ich dir auch so sagen können.«

»Nein, was anderes!« Clay machte eine wegwerfende Handbewegung. »Mir ist gerade eingefallen, wo ich Morgan schon mal gesehen habe!« Clay strahlte, doch Morgan versteifte sich auf diese Ankündigung hin.

Was verdammt noch mal war hier los? Augenblicklich schlugen meine detektivischen Sensoren an.

»Du bist Avas Nichte!«, stellte Clay triumphierend fest.

Mir stockte der Atem. Was? Wieso wusste ich davon nichts? Irritiert schaute ich zwischen Morgan und Clay hin und her. Ava war Morgans Tante gewesen?

Laut klirrend fiel der Teelöffel, den sie gerade abgeleckt hatte, aus Morgans Hand. Daraufhin wurde das arme Mädchen von einem Hustenanfall geschüttelt, der sich gewaschen hatte.

Mit vor Anspannung bebenden Nasenflügeln legte ich beide Unterarme auf dem Tisch ab. Dann beugte ich mich, so weit es ging, zu ihr nach vorn. »Stimmt das? Ava war deine Tante?« Meine Haare kitzelten mich an den Schultern und meine ganze Haut kribbelte, als ich auf Morgans Antwort wartete. Zwar konnte ich nicht genau sagen, warum, aber irgendwie wusste ich, dass viel von Morgans Antwort abhing. Dieses Verwandtschaftsverhältnis war, warum auch immer, bedeutsam für meine Ermittlungen, da war ich mir sicher.

Ärgerlicherweise ließ sich Morgan viel Zeit mit ihrer Antwort. Am liebsten hätte ich mich über den Tisch geworfen, sie an den Schultern gepackt und geschüttelt. Aber da ja wenigstens einer von uns vernünftig bleiben musste und Clay in dieser Hinsicht ausfiel, beugte ich mich nur ein klein wenig weiter nach vorn, sodass ich jetzt fast in Morgans Minztee hing.

Aus den Augenwinkeln beobachtete ich, wie Clay seelenruhig einen von Morgans Mini-Donuts vom Teller klaute. Typisch. Jetzt war ich plötzlich der »böse Cop«, während er das Geschehen verfolgte, als wären wir im Kino!

Wenn Morgan wirklich Avas Nichte war, war sie etwa deshalb gestern fast entführt worden? War Ava vielleicht von demselben womöglich übernatürlichen Verbrecher getötet worden, so wie Trinity es bei Shelly und Scott vermutete? Nein, der Fall lag zu weit zurück. Oder?

Aber wenn sie wirklich verwandt waren, warum hatte ich Morgan dann nicht bei Avas Beerdigung gesehen?

»Morgaaaan«, sagte ich gefährlich ruhig. »Stimmt das?«

Morgan schluckte. »Ja.«

Beherzt stieß ich Clay in die Seite. »Wieso weiß ich nichts davon?«

Nachdem sich Clay den Puderzucker aus dem Gesicht gewischt hatte, blinzelte er mich unschuldig an. »Ich hab Morgan auch nur einmal in Avas Coffeeshop gesehen. Ava meinte, sie hätten sich zerstritten.«

In diesem Moment kam Siri zu uns herüberstolziert. »Leute, hört mal ...«

Sie stellte unsere zwei Pappbecher auf den Tisch. »Müsst ihr hier so einen Aufruhr veranstalten?«

»Ah, meine Lieblings-Sheerie!«, schmatzte Clay. »Deine gute Laune ist immer so ansteckend!«

»Oh, hi ihr!« Bevor Clay sich eine von Siri fangen konnte, erschien Trinity neben ihr. »Ich nehme einen Kamillentee, danke, Siri.« Und damit ließ sich Trin neben Morgan auf der Polstercouch nieder.

Toll, na da waren wir ja jetzt alle beisammen. Meine magischen Freunde und ich.

»So ein Zufall, ihr auch hier!«, sagte Trinity eine Spur zu unschuldig.

Ich kniff die Augen zusammen.

Heute trug sie ihr weißblondes Haar als langen Zopf über der Schulter. Egal, um Trinity und was sie wollte, würde ich mich später kümmern.

Siri, der die Unterbrechung gar nicht recht zu sein schien, war in Windeseile wieder zurück und knallte eine Tasse heißes Wasser sowie einen Teebeutel vor Trinity auf den Tisch. Dann zog sie sich einen Stuhl heran. »Was schreit ihr so laut herum? Muss das sein?«, zischte sie. »Shelly ...« Ihre Stimme brach.

Sofort bekam ich ein schlechtes Gewissen wegen Shellys Tod.

Doch Trinity winkte ab. »Ihr Sheeries werdet doch zu Wind, nachdem ihr das Zeitliche segnet. Sie ist doch praktisch immer noch da!«

Siri kniff die Lippen zusammen, sagte jedoch nichts.

»Ganz genau! Seite 128 des magischen Buchs!« Clay hob eine Hand und Trinity schlug ein.

Warum waren die beiden heute eigentlich so gut gelaunt? Mein Gesicht verfinsterte sich, während ich meine Arme vor der Brust verschränkte. »Was lacht ihr eigentlich hier so rum, ihr zwei Glückskekse?«

Clay gluckste. »Wir freuen uns einfach, dass wir dich endlich überzeugen konnten und jetzt auch nicht mehr vor dir verheimlichen müssen, wer wir sind. Du kennst endlich die Wahrheit.« Trinity und Siri stimmten ihm mehr oder weniger fröhlich nickend zu.

Aha. Wenn die drei Clays Lebensuhr sehen könnten, würden sie sich wahrscheinlich nicht mehr so freuen.

»Morgan wollte uns gerade erzählen, wieso sie sich mit Ava zerstritten hat und warum sie so wirkt, als wäre sie auf der Flucht.« Ich legte den Kopf schief und bedeutete Morgan, weiterzureden. Jetzt war ich aber mal gespannt.

Unsicher blickte der rothaarige Teenager zwischen uns hin und her.

Wenn ich mit meiner Vermutung richtiglag, dass Avas Tod etwas mit den aktuellen Mordfällen an Magischen zu tun hatte, dann konnten mir Morgans Informationen vielleicht helfen, Clay zu retten.

»Nun«, begann Morgan etwa zwei Sekunden, bevor ich mit dem Teelöffel auf sie losgegangen wäre. »Ava kam in die Stadt, um mich zu überreden, meine Bestimmung als Cailleach anzunehmen.«

Trinitys Augen wurden groß. »Oh, du bist eine bestimmte Cailleach? Eine Beschützerin?«

Morgan nickte.

»Hä?«, fragten Clay und ich gleichzeitig. Scheinbar waren wir die Einzigen, die nichts verstanden.

Siri seufzte. »Manche Cailleachs sind nicht nur Wetterhexen, sondern auch Beschützer bestimmter Tierarten, Berge oder Flüsse, so was in der Art.«

»Ja«, nickte Morgan. »Allerdings möchte ich damit nichts zu

tun haben. Das ist mir zu viel Verantwortung. Deshalb bin ich hierhergekommen, um ein neues Leben fernab der Familie zu beginnen. Aber Ava hat mich gefunden.« Sie stockte. Ihre Stimme klang piepsiger als zuvor.

Da Morgan jetzt den Kopf senkte und im Begriff war, wieder zu verstummen, sprang mein Detektor für unausgesprochene Geheimnisse an. »Was noch, Morgan?«

Ehe sie antwortete, sog Morgan geräuschvoll eine große Menge Luft durch ihre Nasenflügel ein. »Ava wollte, dass ich ihr bei einem Ritual helfe, für das sie eine Cailleach brauchte, aber ich habe mich geweigert. Also ist sie sauer geworden …«

»Moment mal!« Trinitys Augen wurden groß. »Soll das heißen, Ava war gar keine Cailleach?«

Wie bitte? Irgendwie war ich noch zwei Schritte hinter Trinity. Aber es machte Sinn. Wenn Morgan magisch war und außerdem Avas Nichte, musste Ava ebenfalls eine Fee oder Elfe gewesen sein. Und wenn sie eine Cailleach für ein Ritual benötigt hatte, ließ das darauf schließen, dass sie selbst keine Cailleach gewesen war. Alles in meinem Kopf drehte sich. Dennoch wurde somit meine Theorie letztendlich bestätigt: Ava war ebenfalls magisch gewesen.

»Leute, wir müssen jetzt echt zum Bus, sonst kommen wir zu spät«, informierte uns Clay. »Wir wollen doch Alanas Lieblingsdetective nicht warten lassen.« Er zwinkerte mir zu, worauf ich zusammenzuckte.

Ach ja richtig. Ich hatte Clay schon gesteckt, was für ein Idiot dieser Dylan Shane war. Natürlich musste er mich jetzt damit aufziehen.

»Ich komme mit!« Trinity sprang auf.

»Ich auch«, echote Siri.

Na, ganz klasse. »Nein, das tut ihr nicht. Wir sprechen später weiter.« Inzwischen hatte ich mich wahrlich genug im Polizeipräsidium blamiert, da brauchte ich nicht noch mit vier magischen Freunden anzutanzen, für die man einfach nicht garantieren konnte. Clay und Morgan reichten mir da völlig.

»Entschuldige bitte, ich habe jahrelange Erfahrung in der Täuschung von Menschen!«, beschwerte sich Trin. »Wie wollt ihr bitte diesem Detective von Morgans Entführung erzählen, ohne darauf zu sprechen zu kommen, dass sie und die anderen Opfer magisch sind? Ich habe Übung in so was!«

Da hatte sie wiederum recht. Detective Sockenschuss würde uns direkt in die nächste Irrenanstalt schicken, wenn wir von Meermännern und Wetterhexen erzählten. Ich konnte es ja selbst kaum glauben.

»Okay, Trinity, du kommst mit.«

Siri schürzte die Lippen.

»Wir erzählen dir später alles, Siri. Du musst doch den Laden hier schmeißen.«

Da ich damit offensichtlich recht hatte, ließ Siri uns kommentarlos gehen. Mit ihr hatte ich später sowieso noch ein Hühnchen zu rupfen. Im Gegensatz zu Trinity kannten Clay und ich Siri schon eine ganze Weile. Warum hatte sie uns nicht früher über unsere Feenherkunft aufgeklärt?

Im Bus setzten wir uns auf die hinterste Bank, um ungestört reden zu können. Als zunächst niemand etwas sagte, geschweige denn erklärte, zappelte ich unruhig auf meinem Sitz herum.

Morgan neben mir ging es ähnlich. Wieder und wieder sah sie sich nach allen Seiten um.

»Morgan, jetzt spuck's aus! Warum bist du so nervös?«

»Ich?« Morgan fuhr zu mir herum.

»Nein, nicht du, ich habe mit deinem Sitz geredet, der auch Morgan heißt ...« Ich verdrehte die Augen. Diese clevere Cailleach, also wirklich.

»Na ja, also ... irgendwie komme ich mir verfolgt vor«, gestand sie schließlich.

Komisch, so wirkte sie ja jetzt gar nicht, dachte ich, wobei ich innerlich die Augen verdrehte.

»Das Ritual ...«, fuhr Morgan flüsternd fort, »es gibt Anzeichen dafür, dass jemand in dieser Stadt ein Ritual mit viel magischem Blut durchführt. Das Blut, die Morde ... Was, wenn es dasselbe Ritual ist, wie Ava es damals geplant hatte? Man braucht dafür eine Cailleach, wahrscheinlich eine tote, die es im letzten Schritt vollendet ...« Sie senkte die Stimme. »Und gestern wollte mich jemand entführen. Sie sind hinter mir her!«

Konnte das sein? War Morgan das letzte Opfer, das diese Entführer, diese Gruppe Dunkelfeen brauchte? Sollte Trinity mit ihrem Verdacht recht behalten?

Das war ja wie in einem schlechten Verschwörungsfilm. Ich hob eine Augenbraue. »Hör mal, Morgan, wir glauben auch, dass da draußen eine Gruppe Dunkelfeen etwas plant, wofür sie magisches Blut sammeln. Wahrscheinlich gehen die beiden Mordopfer von gestern und heute auf deren Konto. Wenn das dieselben sind, die dich entführen wollten, und du recht mit dem Ritual hast, was genau wäre dann ihr Ziel?«

Morgans Augenlider zuckten. »Ich weiß nicht genau, worum es bei diesem Ritual geht, nur dass im letzten Schritt – wie hat Ava es noch beschrieben? – ›sich der Auserwählte aus dem Schoß einer Cailleach erheben wird‹. Ja, so hat sie es erklärt. Das klang für mich aber so, als setze das meinen Tod voraus. Daher habe ich abgelehnt. Ava hingegen war Feuer und Flamme. Sie meinte, danach würden sich endlich alle unsere Träume erfüllen und wir müssten uns nicht mehr verstecken. Aber ... ihr habt ja mitbekommen, was mit Ava geschehen ist.«

Jetzt wurde ich hellhörig. »Wie meinst du das? Ava ist dieses Jahr bei dem terroristischen Selbstmordattentat am St. Patrick's Day in der Mall ums Leben gekommen ...«

»Ach ja?«, unterbrach mich Morgan. »Hast du je ihre Leiche gesehen?«

»Sie ... sie wurde unter acht Stockwerken zerquetscht ...«, stotterte Clay. Daher hatte es nur eine symbolische Beerdigung mit etwas Staub aus der eingestürzten Mall gegeben.

»Woher wollt ihr wissen, ob Ava nicht aus der Mall entführt wurde? Vielleicht war ihr Tod nur der Beginn des Rituals und jetzt brauchen sie noch mehr magisches Blut«, fuhr Morgan fort.

Konnte Morgan mit ihrer Theorie recht haben? Hatten all diese mysteriösen Ereignisse mit Avas Tod begonnen? Aber wieso musste sie sterben? Hatte jemand meine beste Freundin in eine Falle gelockt? Steckte noch jemand anderes hinter diesem Ritual und hatte Ava dafür zuerst geopfert?

»Okay«, schaltete sich nun Trinity ein. »Ich bin auch neugierig. War Ava wirklich keine Cailleach? Als ich hierhergezogen bin, habe ich sie ein paar Mal zufällig gesehen und sie trug die Aura einer Cailleach.«

O richtig, Trinity besaß die Begabung, andere magische Wesen zu erkennen. Also ihnen die Feen- oder Elfenart direkt an der Nasenspitze anzusehen.

»Ja, das hat Ava immer versucht, allen weiszumachen«, erklärte Morgan. »Sie ist die Schwester meiner Mutter. Alle aus unserer Familie sind Cailleachs, meine Großmutter, also Avas Mutter, sogar eine der mächtigsten: Sie war die Schutzherrin der Erde.«

»Was?«, keuchte Trinity.

Daraufhin verkrampften sich Morgans Finger und sie wich Trinitys scharfem Blick aus.

»Die Erdbeschützerin war Avas Mutter? Vilandra, die vor Kurzem ermordet wurde?«

Wieder nickte Morgan.

Offenbar handelte es sich bei Vilandra um eine wichtige, mir jedoch vollkommen unbekannte Persönlichkeit.

»Aber zurück zu Ava«, grätschte Clay in die Unterhaltung. »Ava war keine Cailleach, das heißt, sie kam nach ihrem Vater? Wer oder was waren die beiden?«

»Sie hat ihr Leben lang versucht, es zu verbergen. Sie war ein uneheliches Kind. Nicht die Tochter meines Großvaters. Ihre Mutter bekam Ava von einem anderen Magischen«, wich Morgan aus. Doch unter Clays strengem Blick, den er normalerweise für lausige Pokerspieler reserviert hatte, knickte sie ein. »Rmbhes«, murmelte sie.

»Wie war das bitte?«, hakte ich nach.

»Aiobhells«, wiederholte Morgan nun etwas deutlicher.

»Was?«, japste Trinity. Vor Schreck kippte sie beinahe von ihrem Sitz. »Aiobhells? Bist du sicher?«

Verwundert sah ich von Morgan zu Trinity. Was zum Teufel waren Aiobhells? »Kann mich mal bitte jemand aufklären?«, fragte ich genervt.

»Aaaalso«, begann Clay. »Es gibt Bienchen und Blümchen und manchmal, wenn beide es wollen, spielen sie ›Versteck den Stachel‹ …«

»Nicht das, du Idiot«, unterbrach ich ihn.

Trinity kicherte, während ich Clay aus zusammengekniffenen Augen fixierte.

»Ach, du meinst Aiobhells?« Clay schlug sich mit der Hand gegen die Stirn. »Seite 24 im Buch. Noch nicht gelesen?«

Unwirsch hob ich den Kopf und zeigte Clay das internationale Zeichen für »Du-kannst-mich-mal«. »Du bist so ein beschissener Streber!«

»Okay, schöne Zurschaustellung eurer emotionalen Reife, aber zurück zu Ava.« Trinity hob beide Hände. »Aiobhells sind inzwischen praktisch ausgestorben. Sie wurden schon immer von anderen Feen und Elfen verfolgt und getötet, weil sie unglaublich mächtig sind. Andere Magische fühlen sich durch sie bedroht, versteht ihr?« Trinity holte tief Luft und sprach dann weiter: »Es klingt unglaublich, aber sie können praktisch jede

Fähigkeit eines anderen magischen Wesens auf sich übertragen. Sie müssen eine Feuerelfe nur berühren oder etwas Blut von ihr mit sich herumtragen und schon können sie Feuerbälle erzeugen.«

»Mhm«, stieß ich hervor. »Das heißt, Ava hat einfach immer etwas Blut von einer Cailleach bei sich getragen, um sich zu tarnen?«

»Ja, so war es. Ich weiß es auch erst seit Kurzem«, bestätigte Morgan.

Ein Schauer überkam mich. Was mochte das alles bedeuten?

»Wir sind da.« Clay sprang auf. »Lasst uns jetzt einen coolen Auftritt im Morddezernat hinlegen.« Er hielt einen Moment inne. »Wir brauchen ein Codewort!«

Ich rollte mit den Augen. Irgendwie bezweifelte ich, dass wir gleich einen besonders coolen Auftritt hinlegen würden.

Als wir aus dem Bus ausstiegen, nahm ich Trinity beiseite, um mir die Sache mit den Aiobhells noch mal genauer erklären zu lassen. »Das heißt, Ava hatte Angst, wegen ihrer starken Kräfte getötet zu werden, und hat deshalb so getan, als wäre sie jemand anderes?«, fragte ich Trin.

»So muss es gewesen sein. Die anderen Magischen fürchten Aiobhells, deswegen werden sie, wie gesagt, schon seit Jahrhunderten verfolgt und getötet. Weißt du, Aiobhells haben schon furchtbar schlimme Dinge angestellt. Manche laufen Amok, wenn sie zu viele Kräfte anderer magischer Wesen auf sich übertragen haben. Deswegen fürchtet man sie … nun ja, es gibt geteilte Meinungen dazu.«

Bevor ich weiter nachhaken konnte, betraten wir das Polizeipräsidium, dieses Mal ohne peinlichen Vorfall am Lüftungsgitter.

Drinnen erwartete uns bereits ein grimmig dreinblickender Dylan Shane, der mit dem rechten Fuß auf den Boden tippte.

»Da sind Sie ja endlich. Und dieses Mal in Begleitung«, stellte er fest.

Wow. Seine Beobachtungsgabe war ja wirklich erstaunlich und sicherlich der Grund dafür, dass er Detective geworden war.

»Ihnen auch einen wunderschönen guten Morgen«, lächelte ich zuckersüß. Dann quetschte ich mich an ihm vorbei. Schließlich wusste ich ja, wo es langging! Hoch erhobenen Hauptes stolzierte ich in Richtung Morddezernat. Detective Sockenschuss brauchte gar nicht zu glauben, dass er mich mit seiner unfreundlichen Art einschüchtern oder meine Freunde nach Hause schicken konnte.

Hinter mir hörte ich, wie sich vier Personen in Bewegung setzten, eine davon stapfte besonders wütend und schneller als die anderen auf mich zu.

»Warten Sie!« Eine Hand packte mich an der Schulter. »Sie können doch nicht einfach …«

»Was?« Energisch schlug ich seine Hand weg. Seine Böser-Cop-Nummer konnte er sich ja mal so was von sparen! »Meine Freunde wurden Zeugen einer Beinaheentführung, die mit dem aktuellen Fall zusammenhängt. Also habe ich einen Rat für Sie …«, im Laufen drehte ich mich zu ihm um, »Sie sollten Ihre Informanten mit etwas mehr Respekt behandeln, sonst«, ich deutete mit dem Finger auf ihn, lief dabei weiter rückwärts und stolperte im selben Moment über etwas Großes. *Oh, oh!* Ohne es aufhalten zu können, ging ich zu Boden und ein riesiger Schwall Wasser ergoss sich über meine rechte Schulter.

»… sonst fallen Sie über meinen Wasserspender?«, beendete Dylan Shane meinen Satz. Beide Hände in die Hüften gestemmt blickte er auf mich hinab. Offensichtlich bemühte er sich, nicht in Gelächter auszubrechen, was ihm allerdings eher schlecht als recht gelang.

Hinter ihm glucksten Clay und Trinity über mein Missgeschick. Hauptsache, die beiden hatten ihren Spaß, während ich die größte Blamage des Jahrhunderts einstecken musste, die sicher in die Geschichtsbücher des Polizeipräsidiums eingehen würde.

Um mich herum sammelten sich bereits Schaulustige.

So gut es ging, versuchte ich, die zahllosen Blicke zu ignorieren. Wieso passierten die größten Missgeschicke auf diesem Planeten immer mir? Halt, Moment, ich wusste ja, wieso. Sicherlich gab es auch darüber ein einschlägiges Kapitel im Feenlexikon, dachte ich bitter.

Wenigstens hatte Clay irgendwann Mitleid mit mir und half mir vom Boden auf. »Armes Baby«, grinste er. »Immerhin hast du schon das Seepferdchen gemacht, ich muss mir also keine Sorgen machen, dass du ertrinkst.«

Ich funkelte ihn böse an. Da ging er hin, mein cooler Auftritt im Polizeirevier ...

»Ähm«, Dylan Sockenschuss räusperte sich. »Sie können sich im Umkleideraum Handtücher und ein Polizeihemd ausleihen fürs Erste.« Er deutete auf eine schmale Tür am Ende des Flurs.

Wie großzügig! War er jetzt Robin Hood oder Sankt Martin? Würdevoll vor mich hin nickend nahm ich sein Angebot an. »Morgan kann ja schon mal ihre Aussage machen, ich komme dann nach!« Und damit rauschte ich in den Umkleideraum.

Leider minderten die Wassermassen, die aus meinen Shorts und meinem Top flossen, den melodramatischen Effekt.

9

Der Umkleideraum war winzig, mit Regalen voller Textilien an allen Wänden, die mich zu erdrücken drohten, ehe ich mich einmal um mich selbst drehen konnte. Nicht gerade für Menschen mit Klaustrophobie eingerichtet. Aber bitte … Neben der Tür nahm zusätzlich ein Waschbecken entschieden zu viel Platz ein, an dem ich mich schon zweimal gestoßen hatte, bevor ich überhaupt zum Klamottenwechseln gekommen war.

Aber da musste ich jetzt wohl durch.

Wo fing ich an? Zuallererst angelte ich nach ein paar Oberteilen auf einem Brett ziemlich weit oben und fand schließlich ein hellblaues Hemd, das mir zu passen schien. Zur Not konnte ich es sogar als Minikleid tragen. Wollte ich aber nicht.

So schnell wie möglich schälte ich mich aus meinen triefenden Klamotten, was gar nicht so einfach war.

Als ich nur noch in meiner pinken Hello-Kitty-Unterwäsche dastand, merkte ich, dass mein BH ganz schön mit Wasser vollgesogen war, worauf ich mich entschied, ihn kurz über dem Waschbecken auszuwringen.

In diesem Moment – wie konnte es auch anders sein – riss jemand die Tür auf. »Ich habe noch Shorts in der Sporthalle gefun…« Detective Sockenschuss stockte, als er mich so nur mit Höschen bekleidet vor sich stehen sah.

Er blinzelte. Irgendwie wirkte der große Detective Shane nun wie ein verstörter Schuljunge, der seine Eltern beim Knutschen erwischt hatte.

Schnell hielt ich mir die Hände vor den Oberkörper, während ich scharf die Luft durch meine Nase einsog. »Schon mal was von Anklopfen gehört?«

Eilig senkte er den Kopf. »Verzeihung. Ich wollte nicht ...«

Wurde er etwa rot? Zumindest mein Gesicht hatte inzwischen sicher die Farbe eines Feuerwehrhelms angenommen. Grob geschätzt. Immerhin hatten meine langen Haare das meiste von meinem Oberkörper bedeckt, sodass er eigentlich gar nicht viel gesehen haben konnte. Oder doch?

Jetzt hielt er mir auch noch eine graue Sporthose hin.

Wie sollte ich die bitte in meiner Situation entgegennehmen? Ich schielte auf meine Hände, die, so gut es ging, meine Nacktheit verdeckten. Mit einem dezenten, aber doch eindeutigen »Ähm« versuchte ich ihm klarzumachen, dass ich gerade verhindert war.

Detective Sockenschuss hob den Blick.

»Nein!«, kreischte ich, worauf er zusammenzuckte. »Schmeißen Sie das Ding irgendwohin!«

Detective Sockenschuss blinzelte.

»Ich meine die Hose!«, schickte ich gleich hinterher. Also echt, der war auch nicht gerade die hellste Kerze in diesem Revier. Und ich dachte, er wäre für Situationen wie diese ausgebildet worden.

»O ja ... klar ... ich wollte auch nur ...« Dylan Shane deutete betreten in alle möglichen Richtungen. »Also, ich geh dann jetzt.« Er hängte die Shorts an einen Haken neben der Tür und verschwand so schnell, als wäre eine Horde tollwütiger Gorillas hinter ihm her.

Na ja, zugegeben, genauso zornig hatte ich ihn ja auch angebrüllt.

Dylan

Mit klopfendem Herzen schloss Dylan die Tür. Wie hatte er nur so dämlich sein können und war in eine Umkleide geplatzt? In der sich gerade eine Frau umzog? Mit den Händen vor dem Gesicht lehnte er sich gegen die Wand.

Zwar war es ziemlich dunkel im Raum gewesen, trotzdem hatten sich die Bilder gestochen scharf in sein Hirn gebrannt. Alana McClary nur mit einem pinken Höschen bekleidet … Er stöhnte. Peinlich und gleichzeitig atemberaubend. Ja, atemberaubend traf es ganz gut.

»Sir?« Officer Dunmore war vor ihm zum Stehen gekommen. »Ist Ihnen nicht gut?«

»Bitte?« Dylans Kopf ruckte nach oben. »Doch, doch, alles bestens!« Vor seinem inneren Auge lief immer und immer wieder dieselbe Szene ab, die er krampfhaft zu vertreiben versuchte. Privatdetektivin Alana McClary …

»Sicher?«, hakte Roy Dunmore nach.

»Ja … ich … ich muss jetzt … meine Füße … polieren«, stammelte Dylan.

Achselzuckend ging sein Kollege davon.

Kurze Zeit später, in der Dylan kaum gewagt hatte, auch nur zu atmen, öffnete sich die Tür zur Umkleide. Eine leicht verstrubbelte Alana McClary trat hoch erhobenen Hauptes in Shorts und Polizeihemd, das sie an den Ärmeln bis zu den Schultern hochgekrempelt hatte, aus dem Raum.

»Ähm, Ms McClary, wegen eben …«, begann Dylan seine Entschuldigung einzuleiten.

Doch wie schon so oft war Alana schneller. »Jaja, sparen Sie sich das. Puh, Gott sei Dank sind Sie so ein hirnloser Trottel und platzen in die Umkleide, sonst wäre mir ja echt was entgangen.« Sie deutete mit dem Finger auf ihn. »Ich meine, mein Leben ist nun wirklich komplett, nachdem mich ein heißer

Uniformträger halb nackt gesehen hat, vielen Dank. Jetzt kann ich beruhigt sterben!«

»Heiß?« Dylan Shane hob belustigt eine Augenbraue. Hatte er da eben das Wort »heiß« aus ihrer Schimpftirade herausgehört?

Alana

Verdammt! *Heiß?* War ich eigentlich noch zu retten? Gerade hatte ich diesem unverschämten Widerling die Vorlage gegeben, mich lebenslang mit der Sache aufzuziehen. Verfluchte Nilpferdkacke! Konnte dieser Tag noch schlimmer werden?

»Wie auch immer«, winkte ich ab. »Ich habe wirklich keine Zeit zu verschwenden, also können wir jetzt endlich mit meiner Aussage loslegen?« Mit hochrotem Kopf rauschte ich an ihm vorbei, in Richtung des Großraumbüros, in dem ich gestern schon mit meiner Anwesenheit geglänzt hatte.

»Was?«, hörte ich Detective Sockenschuss hinter mir murmeln. »Also bin ich jetzt schuld, dass wir nicht mehr im Zeitplan liegen, oder wie?«

Eine Antwort auf diese Frage schenkte ich mir einfach mal. Das konnte er sich ja nun selbst denken!

Als ich meine Freunde am Schreibtisch eines blonden, breitschultrigen Detectives sitzen sah, lief ich auf sie zu.

»Ah, da bist du ja, Free Willy!«, grinste Clay.

»Haha, sehr lustig«, antwortete ich patzig. Da kein Stuhl mehr frei war, ließ ich mich auf seinem Schoß nieder. »Guten Morgen, Detective …«, ich warf einen kurzen Blick auf das Namensschild, das auf dem Schreibtisch stand, »ähm … Erikson.«

»Guten Morgen, Ms McClary«, antwortete er höflich, während er sich einmal durch seinen militärischen Bürstenhaarschnitt fuhr. Ich schätzte ihn auf ungefähr 40 Jahre. Ungefähr ebenso viele hatte er auch noch zu leben, wie ich nach einem Blick auf seine Lebensuhr feststellte. Mein Blick wanderte weiter von seiner Stirn, die von einer streichholzlangen Narbe direkt über der linken Augenbraue gekennzeichnet war, über seine perfekt sitzende Uniform bis zu seinen Fingern, die einen abgewetzten Kugelschreiber hielten.

»Wie geht es Detective Rowland?«, wollte ich als Allererstes wissen.

»Ist über den Berg. Wird nach seinem Herzinfarkt aber nicht so bald wieder anfangen zu arbeiten. Er hat mich und Detective Shane gebeten, in den aktuellen Mordfällen zu ermitteln. Darunter fällt auch der Mord an Scott Dayling …« Er kramte in einer Schublade. »Wozu ich noch eine weitere Aussage von Ihnen benötige. Allerdings schließen wir zuerst noch Ms Greens Aussage ab.«

Das wurde ja immer besser! Jetzt musste ich auch noch mit diesem unverschämten, snobistischen Vollidioten …

In diesem Moment baute sich Detective Sockenschuss hinter seinem Kollegen auf. Er hatte die Arme vor der Brust verschränkt und musterte mich aus zusammengekniffenen Augen.

Ich musterte ihn genauso affektiert zurück.

Was bitte lief nur bei ihm falsch? Immer diese grummelige Art! Irritierte es ihn etwa, dass ich auf Clays Schoß saß? Augenblicklich und nur für den Fall schmiegte ich mich noch ein wenig enger an meinen besten Freund.

Dylan Shanes Nasenflügel bebten.

Aha! Treffer! Ein diabolisches Grinsen stahl sich auf meine Lippen. Er wusste es vielleicht noch nicht mal selbst, aber er mochte mich.

Innerlich jubilierte ich wie ein byzantinischer Kirchenchor. *Yes!* Ich hatte diesen verblödeten Detective ja so was von am Haken. Er *mochte* mich! Ich für meinen Teil konnte ihn zwar immer noch nicht ausstehen, aber ich würde seine Zuneigung für mich zu meinem Vorteil nutzen, so viel war klar. Vielleicht konnte ich ihn sogar dazu bringen, mich als externe Ermittlerin an dem Fall mitarbeiten zu lassen.

Aus den Augenwinkeln sah ich, dass Clay Detective Shane äußerst abschätzig musterte. Gut. Clay war also auf meiner Seite.

Ich konnte nicht widerstehen und musste noch einen draufsetzen. Also beugte ich mich näher zu Clays Ohr. »Dieser komische Detective ist in den Umkleideraum geplatzt. Er hat mich halb nackt gesehen.«

Clays linke Hand auf meinem Knie verkrampfte sich. Seine Augenlider zuckten.

Während Detective Erikson mit Morgan redete, beobachtete ich Clays Reaktion. Wenn Blicke töten könnten – ich war mir da mehr als sicher –, wäre Dylan Shane jetzt in Flammen aufgegangen.

Allerdings starrte der beinahe ebenso wütend zurück. Die Abneigung beruhte anscheinend auf Gegenseitigkeit.

Clay atmete hörbar schnaufend aus. Dann legte er den anderen Arm um meine Schulter.

Perfekt! Ich warf Detective Sockenschuss einen triumphierenden Blick zu.

»… Okay. Dann müssen Sie nur noch Ihre Aussage unterschreiben, Ms Green.« Detective Erikson schob Morgan ein Blatt Papier zu.

Unauffällig schielte ich darauf. Neben mir studierte Trinity ebenfalls Morgans Aussage. »… zwei Männer, die aus einer Limousine sprangen … Morgan Green entführen wollten …«

Doch mitten im Lesen erstarrte ich.

Morgan hatte zu Protokoll gegeben, dass ihre Angreifer zwar maskiert gewesen waren, aber beide auf ihren Unterarmen dasselbe Tattoo hatten. In verschnörkelter Schrift war dort laut Morgans Aussage »Petrus' Army« zu lesen.

Wie merkwürdig. Sie hatten sich maskiert, aber solche außergewöhnlichen Merkmale, anhand derer man sie identifizieren konnte, hatten sie nicht verhüllt? Wollten die beiden Entführer vielleicht, dass man ihre »Gang« oder was es war erkannte? Und an irgendetwas erinnerte mich der Name »Petrus' Army« – aber was war es? Leider wollte mein Gehirn absolut nicht darauf kommen.

Ansonsten stand nichts Aufregendes mehr in Morgans Bericht. Sie hatte zu Protokoll gegeben, dass Clay ihre Angreifer niedergeschlagen hätte. Natürlich hatte sie ihre magischen Kräfte mit keinem Wort erwähnt. Aber das hätten die Cops sowieso nicht geglaubt.

Im Feenlexikon hatte ich gestern unter anderem gelesen, dass es zum Ehrencodex von Feen und Elfen gehörte, sich nicht zu erkennen zu geben. Ansonsten lief das magische Volk Gefahr, von den Menschen aus Angst ausgerottet zu werden.

Aber zurück zu Morgans Angreifern. Wenn ich Trinitys Theorie Glauben schenkte, waren es Dunkelfeen, die magisches Blut sammelten. Wahrscheinlich für ein Ritual. Ich musste unbedingt mehr über solche Praktiken in Erfahrung bringen. Nur wo bekam ich um diese Uhrzeit ein paar Feen zum Vernehmen her? Wahrscheinlich im American Diner und auf Shellys Beerdigung. Ja, da würde ich ein paar von ihnen ausquetschen können!

Als würde sie meine Gedanken lesen können, nickte mir Trinity fast unmerklich zu.

»Wie war das?«, schrie Detective Sockenschuss in diesem Moment in sein Handy, sodass ich zusammenzuckte. »Wieso hat das keiner verhindert?«

Scheinbar war das eine rhetorische Frage, denn bevor jemand hätte antworten können, klappte er einfach sein Diensthandy zu. »Diese versch…« Er verstummte. Dann wandte er sich an seinen Kollegen Detective Erikson. »Es gab wieder eine Entführung. Direkt vor dem Polizeipräsidium. Ein Zeuge …«

Was? Ich sah mich um. Wer war entführt worden? Rasch zählte ich alle meine Freunde nach.

»Wer?«, fragte jetzt auch Detective Erikson.

»Justus Newman.« Dylan Shane fuhr sich mit der Hand übers Gesicht. »Verdammt! Er wurde genau wie Scott Dayling in eine abgedunkelte Limousine mit gefälschtem Nummernschild gezogen.«

Justus? Der Justus, den ich auf dem Zugdach gerettet hatte? Mist! Irgendjemand musste diese Dunkelfeen stoppen! Eilig sprang ich auf. »Wir gehen dann jetzt wohl besser.« Ich wollte so schnell wie möglich mit den Vernehmungen der Magischen im Diner beginnen.

Detective Sockenschuss sah auf. Während er mich aus zusammengekniffenen Augen musterte, konnte ich seine Gedanken praktisch hören: *Komisch, immer wenn diese kleine Privatdetektivin in der Nähe ist, werden Leute entführt oder getötet.*

Na egal!

»Sie haben Ihre Aussage bezüglich Scott Dayling noch nicht vervollständigt und unter den gegebenen Umständen würde ich Sie auch gerne zu Justus Newman befragen.« Tatsächlich besaß dieser idiotische Detective auch noch die Dreistigkeit, sich mir in den Weg zu stellen.

Allerdings biss er damit bei mir auf Granit. »Sie können bei weiteren Fragen gerne bei mir zu Hause vorbeikommen. Sie wissen ja, wo ich wohne.« Mein Mund verzog sich zu einem spöttischen Lächeln.

Dylan Sockenschuss holte tief Luft, doch ich kam ihm zuvor. So, dass nur er es hören konnte, lehnte ich mich nach vorn, um ihm ins Ohr zu flüstern: »Ich kann auch einfach eine Beschwerde wegen sexueller Belästigung im Umkleideraum bei Ihrem Vorgesetzten einreichen ...«

Darauf wusste er nichts zu erwidern, sondern starrte mich einfach nur entgeistert an.

»Super, dann steht unser Deal«, freute ich mich. »Rufen Sie

mich einfach an und bringen Sie auch gleich meine nassen Klamotten mit.« Und damit zog ich Clay und Trin, die mich belustigt musterten, nach draußen.

Morgan folgte uns.

Diesen Detective hatte ich jetzt so was von in der Hand! Schade nur, dass er so ein Kotzbrocken war, ansonsten wäre das jetzt fast ein Date.

Sobald wir im Bus saßen, fackelte ich nicht lange, bevor ich mich daranmachte, Trinity auszuquetschen. »Trin, was für ein Wesen ist dieser Justus Newman?« Da wir die einzigen Fahrgäste im Bus waren, machte ich mir nicht mal mehr die Mühe zu flüstern. Was war er? Im Geiste setzte ich 500 Dollar auf »ein magisches Wesen«. Ungeduldig strich ich mir ein paar Haarsträhnen aus dem verschwitzten Gesicht. Leider hatten sich einige in den Knöpfen meines geborgten Polizeihemds verfangen.

Trinity seufzte. Wie ich bemühte auch sie sich, ihre langen blonden Haare aus dem Gesicht und von den Schultern zu streichen, an denen sie durch die Hitze festklebten. »Ich bin mir nicht sicher, aber ich glaube, Scott hat erwähnt, dass er oft mit einem Grogoch namens Justus abhängt.«

Clay und Morgan nickten verstehend.

Oh, wie ich das hasste! Energisch stieß ich Clay meinen Ellenbogen in die Seite. »Erklär's mir!«

»Ist ja schon gut«, brummte Clay, während er sich die Rippen rieb. »Lies einfach das verdammte Buch!«

Ich warf ihm einen warnenden Blick zu und kratzte mich dann umständlich am Ohr, sodass Clay meinen Ellenbogen vor der Nase hatte. Sofort verstand er die Drohung.

»Okay, lies einfach, wenn du Zeit hast. Also Grogochs sind so was wie gute Feen im Haushalt. Früher sahen sie aus wie behaarte Kobolde, also fast wie Orang-Utans. Heute natürlich wie ganz normale Menschen.«

Justus war also ein Feenwesen. Das stützte die Theorie, dass nur Magische entführt wurden. Schade, dass ich Detective Sockenschuss diese Information vorenthalten musste, aber vielleicht konnten wir einfach so zusammenarbeiten und diese Mordserie gemeinsam aufklären – ich schluckte und warf einen Blick auf Clays Lebensuhr, die nur noch 3 Tage anzeigte –, bevor es womöglich auch Clay erwischte.

Plötzlich kam mir ein Gedanke. Als ich Justus auf dem Zug das Leben gerettet hatte, waren zwei weitere Jungs bei ihm gewesen! Scott und noch ein anderer. Vielleicht schwebte auch er in Gefahr.

War es möglich, dass die Kidnapper die beiden anderen Jungs bei Scotts Entführung bemerkt und sie anschließend auf ihre Opferliste gesetzt hatten? Aber wie waren sie dann auf Shelly und Morgan gekommen? Vielleicht durch das American Diner?

»Als ich Scott und Justus vorgestern gesehen habe, waren sie mit einem dritten Jungen zusammen...« Mist! Krampfhaft versuchte ich mich zu erinnern, wie er ausgesehen hatte, allerdings nur mit mäßigem Erfolg. Dummerweise hatte ich gar nicht auf ihn geachtet. »Braune Haare, Turnschuhe. Sie waren zu dritt auf einem Zug unterwegs.«

Bedauernd schüttelte Trinity den Kopf. »Tut mir leid, so gut kannte ich Scott nicht und diese Beschreibung hilft mir nicht weiter.«

»Schon okay«, nickte ich, »ich werde mich im American Diner umhören und auch auf Shellys Beerdigung.« Außerdem musste ich dringend ein paar Begriffe wie »Petrus' Army« und »Aiobhell« googeln und im Feenlexikon nachschlagen.

Was hatte Morgan noch gleich gesagt? Sie dachte, dass die Dunkelfeen das Blut für ein Ritual benötigten, das einen Auserwählten auferstehen ließ? Konnte das wahr sein? Und konnte es sich dabei wirklich um das Ritual handeln, das Ava geplant hatte? Hätte meine ehemals beste Freundin den Tod so vieler

Magischer in Kauf genommen? Das konnte ich mir beim besten Willen nicht vorstellen.

Der Bus ruckelte über eine Bodenwelle.

Oh, da fiel mir auf, dass ich zwei kleine Auffälligkeiten an diesem Tag noch nicht geklärt hatte.

»Trin, warum warst du heute früh eigentlich im Diner?«, wandte ich mich an Trinity. Es war ja schon komisch, dass sie den Morgen mit uns im Diner und auf dem Revier verbracht hatte.

Augenblicklich lief Trinity rot an. »Also ich … es ist so, dass ich noch mal über die Dunkelfeen nachgedacht habe und über Ava und ja, es passt alles zusammen. Auch das, was Morgan erzählt hat.« Trinity holte einmal tief Luft.

Wir anderen hingen praktisch an ihren Lippen.

»Vor drei Tagen habe ich auf dem Wochenmarkt eine Frau mit Sonnenbrille gesehen, die Ava verdammt ähnlich sah. Als ich sie ansprach, hat sie die Flucht vor mir ergriffen.« Sie blinzelte. »Tut mir leid, dass ich jetzt erst damit rausrücke, ich war mir nicht sicher und wollte euch keine falschen Hoffnungen machen, dass Ava noch lebt. Aber jetzt … Jetzt ergibt alles einen Sinn. Ich glaube, Ava hat ihren Tod vorgetäuscht, weil sie Angst hatte, dass ich sie durchschaue. Waldelfen wie ich erkennen Auren und lange hätte sie den Cailleach-Trick – also das Verheimlichen, dass sie eine Aiobhell ist – nicht mehr durchziehen können. Sie musste untertauchen, als ich hierherzog, und alle Spuren verwischen. Also ist sie wahrscheinlich selbst in diesem Einkaufszentrum Amok gelaufen und hat all diese Menschen getötet.« Trin hielt einen Moment inne und schaute halb betreten, halb gespannt in die Runde. Offensichtlich hatte sie Angst vor unserer Reaktion.

Ava … was? Das konnte doch nicht sein! Ich hielt mir die Hand vor den Mund. *Nicht meine Ava!*

»Überleg doch mal«, fuhr Trinity fort. Ihre Stimme klang wieder fester, beinahe hart. »Ava wollte Morgan überzeugen, bei ihrem Ritual mitzumachen, für das man das Blut magischer Wesen braucht, und am Ende hätte sie wahrscheinlich auch Morgan getötet, wie es scheint. Und entschuldige, wenn ich mich jetzt etwas weit aus dem Fenster lehne, aber Morgan sagte, Avas Ziel sei es, sich nicht mehr verstecken zu müssen. Was denkt ihr, was das Ziel ihres Rituals ist?«

Beklommen sahen wir uns an.

»Die Unterwerfung der Menschen?«, riet Clay.

»Die Weltherrschaft?«, versuchte ich es mal mit einem typischen Bösewichtziel, mit dem man ja meistens richtiglag. Obwohl ich mir das bei Ava überhaupt nicht vorstellen konnte …

»Ja«, nickte Trinity. »Oder im allerschlimmsten Fall: die Vernichtung aller Menschen.«

Ich schluckte. Bitte, das durfte nicht wahr sein! Trinity musste sich irren.

»Ein Drogensüchtiger hat vor ein paar Monaten Avas Mutter erstochen«, warf Morgan ein. »Das könnte der Auslöser dafür gewesen sein, dass sie Menschen hasst und zur Dunkelfee wurde.«

Was? O mein Gott!

»Wie bist du bloß auf all das gekommen?«, wandte sich Clay an Trinity.

»Na ja.« Sie zuckte mit den Schultern. »Gestern Abend habe ich mit Alana über die magische Welt geredet und ihr von meiner Theorie erzählt, dass die Entführer wahrscheinlich Dunkelfeen sind.« Trin seufzte vernehmlich. »Außerdem das Zusammentreffen mit Ava auf dem Markt, das mir einen kalten Schauer über den Rücken jagte … Ich habe einfach zwei und zwei zusammengezählt.« Trinity umfasste mit beiden Armen ihre Ellenbogen, als wäre ihr kalt. »Und dann fragte ich mich: Was ist, wenn Ava ihren Tod nur vorgetäuscht hat? Wisst ihr?«

Natürlich wussten wir anderen nichts und nickten deshalb nur dümmlich wie drei Wackeldackel (einer davon in einem übergroßen Polizeihemd) vor uns hin.

Wenn das tatsächlich stimmte … Aber die Limousine, die vermummten Männer! Wer waren dann die anderen Entführer?

»Mhm«, machte ich unwillig. »Und diese Typen mit dem Tattoo ›Petrus' Army‹? Wisst ihr, wer die sind?«

Allgemeines Kopfschütteln.

Okay, darum würde ich mich später kümmern. Irgendwie hatte ich so eine Ahnung, dass mich die Nachforschungen über »Petrus' Army« einen großen Schritt weiterbringen würden.

»Wir sollten vielleicht eine Fee bitten, ein Weissagungsritual für uns durchzuführen, danach wissen wir genauer, was das Schicksal für Ava vorhersagt«, beendete Trinity ihre Ausführungen.

Einen Moment blieb ich still, musste das erst mal verdauen. Ava! Meine Ava! *Nein, nein, nein!* Wie konnten mir das alle nur antun? Ava war gar nicht tot, aber dafür eine mehrfache Mörderin? Das wollte einfach nicht in mein Gehirn! Und noch viel schlimmer: Clay würde bald sterben!

Verdammt, wenn das wirklich wahr war, musste ich Ava aufhalten! Ich würde nicht tatenlos zusehen, wie hier mehr und mehr Magische abgeschlachtet wurden! Alleine gestaltete sich das natürlich etwas schwierig. Irgendwie musste ich Detective Sockenschuss auf die richtige Spur lenken … Er musste erfahren, wer hinter all dem steckte. Vielleicht konnte er mir auch dabei helfen, Ava ausfindig zu machen, und am Ende noch Justus' Leben zu retten. Aber wie sollte ich das anstellen? Wie konnte ich ihm alle nötigen Informationen zukommen lassen, ohne zu verraten, wer Ava und ich in Wirklichkeit waren?

Andererseits – ich hielt einen Moment inne – bedeutete das ja gleichzeitig, dass ich keine Schuldgefühle mehr zu haben brauchte, dass Ava wegen mir damals in die Mall ging, die dann über ihr zusammenstürzte … Denn wenn sie noch lebte …

Wie auch immer.

Auch wenn es komisch klang, war es mir fast lieber, Ava

wäre tot als eine heimtückische Serienmörderin. Was für eine Person konnte einem so glaubhaft vorspielen, eine enge Freundin zu sein?

Aber es war, wie Trinity sagte, tatsächlich auffällig, dass Ava ausgerechnet in dem Moment verschwand, als eine Waldelfe in die Stadt zog – jemand, der erkennen konnte, welche Art Geschöpf man wirklich war …

Bevor ich den Gedanken zu Ende fassen konnte, waren wir schon an der Bushaltestelle gegenüber des Diners in Los Verdes angekommen.

»Habt ihr Lust auf Siris Hamburger?«, fragte Clay.

Klar hatten wir das. Also begaben wir uns alle inklusive Morgan wieder ins American Diner.

»Hey, ihr!« Kaum hatten wir die Tür geöffnet, empfing uns Siri mit einem vorwurfsvollen Gesichtsausdruck und in die Hüften gestemmten Fäusten. »Nett, dass ihr auch mal wieder reinschaut.«

Oh, oh. Sie war wohl noch sauer, dass wir ohne sie nach Santa Fe gefahren waren.

»Hi, Siri!« Ich hob eine Hand zum Peace-Zeichen. »Wir kommen in Frieden. Und erzählen dir auch gleich alles, nachdem du uns ein paar Hamburger gebracht hast.« Mit geschürzten Lippen deutete ich auf meinen Bauch. Nach der ganzen Aufregung an diesem Vormittag hatte ich inzwischen Hunger bekommen.

»Wie siehst du überhaupt aus, Alana?« Siri zupfte an meinem Polizeihemd. »Ist das ein Männerhemd? Und sind das da etwa Männer-Sportshorts?«

»Jap«, nickte ich.

»Sie ist über einen Wasserspender gefallen und brauchte dann frische Windeln«, zog Clay mich auf.

»Ja, ja, vielen Dank auch. Und wo warst du bitte, als Detective Sockenschuss in die Umkleidekabine geplatzt ist? Der Idiot hat mich halb nackt gesehen!«

Neben mir prustete Trinity los und musste sich vor Lachen an einer Plastikpalme abstützen.

»Alana nennt den Polizeibeamten, der die Morde aufklären soll, ›Detective Sockenschuss‹«, erklärte Clay.

»Ja, weil er spinnt! Er hat den totalen Sockenschuss.«

»Er ist schon irgendwie ein Doofkopf«, pflichtete Clay mir bei.

Statt zu antworten, rollte Siri nur mit den Augen.

Nachdem wir uns an einen Tisch am Fenster gesetzt hatten, seufzte Siri vernehmlich und winkte dann ein zierliches Mädchen mit langen dunkelblonden Haaren heran, die ebenfalls ein rosa Kleid mit Schürze trug.

Ihre Lebensuhr zeigte in Rot 812:05:06:31 an.

»Das ist Teresa. Sie ist meine neuste Mitarbeiterin. Seid nett!« Dabei sah sie vor allem mich warnend an.

»Hi, Teresa«, Clay winkte ihr zu und legte dann den Kopf schief. »Siri hat dir sicher schon von uns erzählt.«

Teresa lächelte und gab jedem von uns die Hand. Ihre tennisballgroßen Augen leuchteten. Ich schätzte sie auf etwa 16 Jahre.

»Ja, ich habe ihr *alles* über euch drei erzählt«, Siri deutete auf Trinity, Clay und mich. »Ihr könnt offen mit ihr reden. Sie ist eine Áine.«

Neben mir gluckste Clay, woraufhin ich ihn in die Seite stieß. Also wirklich. Immer diese Kindereien.

»Eine Áine«, murmelte er glücklich.

Diesmal wusste sogar ich, was eine Áine war, da diese magische Rasse ganz vorne im Feenlexikon stand.

Soweit ich mich erinnerte, waren Áines Feen, die sich besonders um geisteskranke Menschen kümmerten und sie beschützten. Na ja, zumindest die früheren, ursprünglichen Áines.

»Interessant … eine Fee …« Trinity beugte sich über den Tisch nach vorn. »Bist du zufällig mit Wahrsageritualen vertraut, Teresa?«

Daraufhin verpasste ich Trinity einen beherzten Tritt unter dem Tisch. »Also wirklich, wir kennen Teresa erst zwei Minuten, aber ihr habt euch bereits über sie lustig gemacht und wollt sie jetzt auch noch ausnutzen!«, zischte ich so, dass es Teresa hoffentlich nicht hörte. An Teresa gewandt, fügte ich hinzu: »Wir nehmen vier Burger mit Cola und Pommes, ihr könnt euch gern zu uns setzen, dann können wir weiterquatschen.«

Siri hob eine Augenbraue. »Teresa wird heute mit Vincent die Küche schmeißen – das ist mein neuer Küchenjunge. Aber ich esse gern mit euch. Ihr dürft mich auch später auf ein Eis einladen.«

Aha.

Nachdem sich fünf Burger inklusive einer immer noch leicht gereizten Siri bei uns am Tisch eingefunden hatten, begann Trinity erneut mit dem Thema Wahrsageritual. »Wir könnten einfach nett fragen, ob sie das für uns tut.« Sie schob sich eine extralange Pommes in den Mund.

Neben mir schnaubte Siri. »Wenn ihr mir nicht sofort erzählt, was genau auf dem Polizeirevier passiert ist, bezahlt ihr für dieses Essen!«

Da wir diese Warnung durchaus ernst nahmen, begann Clay sogleich die ganze Story von vorn zu erzählen. Von unseren Erkenntnissen des heutigen Tages über die Entführungen und natürlich besonders von der Theorie über Ava.

Am Ende schlug sich Siri eine Hand vor den Mund. »Ava lebt noch und ist wahrscheinlich schuld an Shellys Tod?«

Ich griff nach ihrer Hand. Es brach mir fast das Herz, als sie mich aus tränenfeuchten Augen ansah. Irgendwie konnte ich es ja selbst nicht glauben. Ava!

»Das kann nicht sein«, hauchte Siri. »Ava war doch unsere Freundin.« Offenbar hoffte sie, dass wir das alles als Scherz meinten, denn sie sah jedem von uns der Reihe nach ins Gesicht.

»Tut mir so leid, kleine Lieblingssheerie ...« Clays Stimme brach.

Inzwischen rannen die Tränen nur so wie Sturzbäche aus Siris Augen. »Leute, ich ... ich kann das einfach nicht fassen! Ich muss hier raus.« Sie stand auf und warf ihre Schürze auf den Tisch. »Wir sehen uns morgen auf Shellys Beerdigung. Ihr kommt doch?«

Wir nickten. Selbst Morgan, die uns kaum kannte, stimmte zu. Meine Augen brannten. Eilig griff ich nach einer Serviette. Ava und Shelly ... Verbissen kämpfte ich gegen die Tränen an. Weinen half nicht. Ich musste einen klaren Kopf bewahren. Schließlich war ich hier die Detektivin!

Genau wie Siri musste auch ich jetzt abhauen. Wenn ich Justus noch retten wollte, brauchte ich so schnell wie möglich mehr Informationen!

Die Zeit lief. Auch für Clay. Wenn er auf Avas Todesliste stand und wegen ihr sterben würde, dann gnade ihr Gott! Der Gedanke verursachte mir Magenschmerzen. Ich würde alles darum geben, wenn ich Clay retten konnte und wenn das mit Ava nur ein Missverständnis war.

»Teresa! Vincent!«, schrie Siri in Richtung Küche. »Ihr müsst übernehmen!«

Hinter der Theke öffnete sich die silberne Schwingtür, als zwei Teenager herauskamen. Teresa und – nein, das konnte doch nicht wahr sein! *Das* war Vincent?

Vor Aufregung sprang ich fast von der roten Polsterbank. Er war es! Der dritte Junge vom Zugdach!

10

Ich konnte mein Glück kaum fassen. Vincent, Siris neuer Küchenjunge, war der Freund von Scott und Justus. Vielleicht konnte ich ein paar wichtige Informationen aus ihm herausquetschen. Ich musste ihn auf der Stelle vernehmen. Sofort!

»Da. Da!«, japste ich, während ich über Clays Schoß kletterte. Leider hatte ich es mal wieder zu eilig, blieb mit meinem Schuh irgendwo hängen und klatschte der Länge nach auf den Linoleumboden.

»Autsch«, protestierte Clay hinter mir.

Mist! Wie peinlich. Mal wieder.

So schnell es ging rappelte ich mich auf. »Hi, ich bin Alana McClary, Privatdetektivin. Wir haben uns vorgestern bereits kennengelernt. Erinnerst du dich?« Ich schüttelte Vincent die Hand.

Vielleicht war ich ein wenig zu euphorisch oder es lag an meinem peinlichen Auftritt, meinem schrägen Polizeioutfit oder an der Tatsache, dass er sich an unsere erste Begegnung auf dem Zugdach erinnerte – jedenfalls musterte mich Vincent mit hochgezogenen Augenbrauen, sagte jedoch kein Wort. Er trug ein weißes langärmliges Shirt, Jeans und eine Schürze. Seine kurzen, dunklen Haare waren an den Spitzen zu kleinen

Dreiecken zusammengegelt, was ihm das Aussehen eines Igels verlieh.

»Du bist doch Justus' und Scotts Kumpel?«

Er starrte mich aus seinen ebenholzschwarzen Augen an.

»Ja, wieso?«

Diese Antwort verwirrte mich. Ob er über den Verbleib seiner Freunde Bescheid wusste?

Ich wischte mir meine verschwitzten Hände am Polizeihemd ab. »Hättest du eine Minute Zeit? Ich möchte dir ein paar Fragen stellen.«

Vincent warf Siri einen fragenden Blick zu, die daraufhin nickte.

»Wirklich nur kurz«, wiederholte ich. Und damit zog ich Vincent in eine leere Sitznische.

»Okay, Vincent, ich komme gleich zur Sache: Du hast wahrscheinlich schon von Scotts Ermordung gehört? Heute Morgen wurde Justus entführt. Wir müssen schnell herausfinden, wer dahintersteckt, bevor es auch für ihn zu spät ist. Dafür brauche ich deine Hilfe. Erinnerst du dich an irgendwelche Details von Scotts Entführung? Du kannst ruhig offen sprechen. Ich weiß, wer Scott und Justus wirklich sind.«

Vincent stutzte, schien dann einen Moment zu überlegen, wobei seine Hände mit dem Salzstreuer spielten. Schließlich sah er mich aus tränenfeuchten Augen an. »Ich kann es immer noch nicht fassen. Scott, und jetzt auch noch Justus …«

»Natürlich, ich kann dich verstehen.« Behutsam tätschelte ich Vincents Unterarm. »Aber um Justus zu retten, brauchen wir wirklich alle nur möglichen Informationen. Ist dir vielleicht irgendetwas aufgefallen, als Scott entführt wurde? Etwas, das mir helfen kann, herauszufinden, wer die Entführer sind?«

Nach kurzem Überlegen schüttelte er zunächst den Kopf und wischte sich dann eine Träne von der Wange.

Ich seufzte. »Wir wissen bereits von einem weiteren Zeugen, dass die Entführer Tattoos auf den Unterarmen tragen mit dem Schriftzug ›Petrus' Army‹.« Ich verstummte, um ihm Zeit zum Nachdenken zu geben. Einerseits war es zwar nicht gerade professionell, ihm das zu sagen. Andererseits zählte jetzt wirklich jede Sekunde.

»Ja, kann sein«, gab Vincent zu. Mir fiel auf, dass er unter dem Tisch mit beiden Füßen wippte. »Hundertprozentig sicher bin ich mir aber nicht. Aber weißt du – ich darf doch du sagen?«

Ich nickte nur.

»Also, ich bin nicht gerade ein aufmerksamer Beobachter«, fuhr Vincent fort. »Das ist typisch für uns Feuerelfen. Wir sind alle etwas hyperaktiv.« Er sah sich um, ob uns jemand beobachtete, hob eine Hand und für eine Sekunde sprangen kleine Flammen aus seinen Fingerspitzen empor wie bei einem fünfarmigen Kerzenleuchter. Einen Wimpernschlag später waren sie wieder fort.

Oh, ein Feuerelf. So was aber auch.

»Also alles, was ich von vorgestern noch weiß, ist Folgendes: Kurz nachdem du am Bahnhof vom Zug runter bist, sind auch wir vom Zugdach geklettert, noch bevor sich die Türen geöffnet haben. Dann sind wir so schnell wie möglich getürmt.

Plötzlich waren da drei Typen mit Masken, die sich uns in den Weg gestellt haben. Sie packten Scott und zogen ihn in einen Wagen. Justus und mir verpassten sie ein paar Schläge, dann waren sie wieder weg. Die Tattoos, die du meinst, könnten sie gehabt haben, aber ich hab sie nicht gesehen.«

Na toll, das half mir ja unheimlich weiter …

»Okay, zuerst wurde Shelly entführt«, ich zählte alle Opfer an meinen Fingern ab, »die frühere Kellnerin hier, dann Scott, dann beinahe M… eine Cailleach und jetzt Justus. Hast du zufällig eine Ahnung, was alle diese Magischen gemeinsam haben? Wo könnten die Entführer auf euch aufmerksam geworden sein?«

»Na ja, Los Verdes ist klein. Vielleicht sind sie den Entführern einfach so vor die Flinte gelaufen«, meinte Vincent, offensichtlich verwirrt, dass ich ihn nach seiner Meinung fragte.

»Das glaube ich nicht. Es gibt irgendeinen Zusammenhang zwischen den Opfern. Abgesehen davon, dass sie alle magisch sind. Ich sehe ihn nur noch nicht richtig.« Vor lauter Anspannung tippte ich mir nervös ans Kinn.

Vincent runzelte die Stirn. Na toll, diese Vernehmung brachte mir ja nicht gerade viele neue Erkenntnisse. »Ja dann ...« Erneut begannen meine Augen zu brennen. Die Zeit lief mir davon. Nichts von dem half mir, Clay zu retten. Und erst recht nicht dabei, die Wahrheit über Ava herauszufinden. Verdammt, was für eine lausige Ermittlerin war ich bitte?

Gerade wollte ich enttäuscht aufstehen, als mich Vincent zurückhielt. »Warte! Da war doch noch etwas.«

»Ja?« Interessiert hielt ich inne.

Vincent hustete, wobei seine Igel-Haarspitzen auf- und abhüpften. »Sie haben etwas Merkwürdiges gesagt, nachdem einer der Entführer die Autotür hinter Scott geschlossen hatte, wenn ich mich nicht irre. ›Der nächste Schritt zum ‚Dián Mawr‘ sei getan‹. Oder so. Jedenfalls etwas in der Richtung.«

Ich runzelte die Stirn. »Was soll das heißen? Was ist ein Den Mar?« Oder Diän Mar? Mein Hirn zog sich zu einem Knoten zusammen.

Vincent zuckte mit den Schultern. »Mehr weiß ich auch nicht. Nur dass dieses Wort irgendwie irisch klingt. Nach der alten Welt, meine ich. Unserer alten Welt: Dián Mawr.«

In Gedanken machte ich mir eine Notiz, diesen Begriff ebenfalls zu googeln, gleich nach »Petrus' Army«. Im Feenlexikon konnte ich es vielleicht auch nachschlagen. Meine Güte, meine To-do-Serviette wurde immer länger, wobei ich mir Punkt 4 inzwischen wirklich abschminken musste. »Mir Dylan Shane vom Hals halten« – daran war ich kläglich gescheitert. Heute Abend würde er zu mir kommen und ich hatte vor, ihn, seine

Polizeikontakte und eventuell auch seine Schusswaffen zu benutzen, um diesen Fall aufzuklären.

»Was war das jetzt?«, fragte mich Clay, als ich zu unserem Tisch zurückkehrte.

»Detektivarbeit«, winkte ich ab.

»Ach, so nennt man das also, wenn man sich so unauffällig auf die Fresse legt wie du eben? Sind eigentlich alle Detektive so subtil in ihrer Vorgehensweise wie du?«, fragte Clay scheinheilig, während er sich eine von Morgans Pommes in den Mund schob.

»Halt die Klappe, Clay! Zeig wenigstens ein bisschen Taktgefühl.« Ich knuffte ihn in die Seite.

Dann holte ich tief Luft und berichtete meinen Freunden und Morgan von dem Gespräch mit Vincent.

»Dián Mawr?« Trinity legte den Kopf schief. »Das habe ich irgendwo schon mal gehört.« Angespannt leckte sie sich über die Lippen.

»Oh, oh«, sagte Morgan.

Ich hob den Kopf. »*Oh, oh* was?«

»Dieses Wort habe ich schon mal gehört«, erklärte sie. »Es ist in der Unterhaltung zwischen Ava und mir gefallen, kurz bevor sie gestorben ... oder eben verschwunden ist.«

»Bitte erzähl mir alles, an das du dich in diesem Zusammenhang noch erinnerst«, bat ich sie.

Morgan überlegte einen Augenblick, wobei sie an einer ihrer roten Haarsträhnen kaute. »Ava sagte, wir würden uns schon bald nicht mehr verstecken müssen, denn der Dián Mawr würde ... keine Ahnung ... irgendwas tun halt ...« Entschuldigend zuckte sie mit den Achseln. »An mehr erinnere ich mich leider nicht.«

»Oha!« Clay beugte sich scheinbar interessiert nach vorn. »Der Dián Mawr tut also irgendwas!«

Seufzend stieß ich meinem besten Freund den Ellenbogen

in die Rippen. »Hör auf, Morgan aufzuziehen. Immerhin wissen wir jetzt, dass der Dián Mawr eine Person ist.« Eine Person, die den Magischen dabei helfen würde, sich nicht mehr vor der Menschenwelt verstecken zu müssen. Was konnte das bedeuten?

Da fiel mir plötzlich ein, dass ich völlig vergessen hatte, Vincents Lebenszeit zu checken! O nein. Was war, wenn er ebenfalls auf der Entführungsliste stand?

Unauffällig schielte ich nach links zur Theke, die gerade von Vincent blitzsauber gewischt wurde. 334:12:11:09 leuchtete es in roten Ziffern über seinem Kopf. Nicht mehr wahnsinnig viele Jahre, aber immerhin. Anscheinend lief der kleine Feuerelf in nächster Zeit nicht Gefahr, als Opfer einer Feengang zu enden, die aller Wahrscheinlichkeit nach ein Ritual plante, das einen Dián Mawr beschwor, der eine Art Messias der Magischen zu sein schien.

So jedenfalls reimte ich mir die ganze Sache zusammen. Immerhin eine Spur ...

Da fiel mir auf, dass ich noch gar nichts von meiner Cola getrunken hatte. Also griff ich nach der roten Dose, um sie zu öffnen. »Gib her, Clay. Das ist meine.« Es zischte gewaltig, während mir ein riesiger Schwall Cola ins Gesicht spritzte.

»Heilige Mutter Gottes!«, japste Clay neben mir. Sein Shirt war von oben bis unten mit Colaspritzern übersät, aber nicht so sehr wie mein Polizeihemd. Zusätzlich verklebte mir das Brausezeug die Wimpern und tropfte von meiner Nase.

»Mann, Alana, pass doch auf!« Er wischte sich über die Stirn, während Trinity eilig so viele Servietten wie möglich aus dem Spender zog. »Manchmal kommt es mir so vor, als wärst du immer besonders ungeschickt, nachdem du jemandem das Leben gerettet hast.«

Trinity, die Clay gerade eine Handvoll Servietten reichte, hielt bei seinen Worten mitten in der Bewegung inne. »Ich habe zwar noch nie von einer Banshee gehört, die Leben rettet, aber es wäre nur logisch, dass es nicht spurlos an Alana vorbeigeht, wenn sie Schicksale verändert. Kann es sein, dass du das Unglück der Menschen, die du vor dem Tod rettest, auf dich überträgst?«

Jetzt riss auch Morgan die Augen auf. »Was? Du rettest tatsächlich die Totgeweihten? Davon habe ich noch nie gehört. Da bist du wohl die erste Banshee.«

Meine drei engsten Freunde und Morgan blinzelten mich mit großen Augen an wie Marionetten in einem Kasperletheater.

Jetzt wurde es mir aber echt zu bunt. »Könnt ihr mal aufhören, mich anzustarren wie einen Pavian mit Partyhut? Gleich verlange ich Eintritt!«

Behutsam tätschelte mir Trinity den Arm. »Du bist eben was Besonderes, Süße.«

»Von mir aus. Jedenfalls …« Umständlich erhob ich mich von der Sitzecke. »Ich muss ein paar Recherchen durchführen. Wir sehen uns dann später beziehungsweise morgen bei Shellys Beerdigung. Tut mir einen Gefallen und lauft nicht allein durch die Stadt.«

»Keine Sorge, ich bringe Morgan nach Hause«, nickte Clay.

Ich machte mir allerdings mehr Sorgen um ihn als um die kleine Cailleach.

Aber ein paar Tage hatte Clay ja noch, zumindest wenn man seiner Uhr glaubte. Wenn er wirklich auf der Todesliste von Petrus' Army stand – die womöglich mit Ava zusammenarbeitete! –, würde er erst in zwei oder drei Tagen entführt werden. Bis dahin musste ich unbedingt die Täter finden und verstehen, was hier vor sich ging.

Also straffte ich die Schultern und verließ so selbstbewusst, wie es mit einem durchweichten Polizeihemd möglich war, das American Diner.

Zu Hause setzte ich mich sofort mit dem Feenlexikon an den PC. Bevor er ganz hochgefahren war, nutzte ich die Zeit, um meine polizeiliche Ersatzkleidung gegen ein Blümchenkleid zu tauschen und Trinity eine SMS zu schicken.

Denn auf dem Weg nach Hause hatte ich mir überlegt, dass ich dieses Feenritual wirklich durchführen wollte, und zwar so schnell wie möglich. Besser, wir fanden früher als später heraus, ob Ava tatsächlich in diese Sache verwickelt war. Also schrieb ich ihr, dass sie einen Termin mit Teresa vereinbaren sollte, damit wir die Weissagung zu Avas Schicksal hören konnten. Außerdem wollte ich Teresa noch um eine zweite Weissagung bitten, aber das brauchte Trin erst mal nicht zu erfahren.

Nachdem ich die SMS versendet hatte, bemerkte ich, dass Dylan Shane mir geschrieben hatte. Seine Nachricht war kurz. Er würde zwischen 17 und 18 Uhr bei mir vorbeikommen. Von mir aus. Mit geschürzten Lippen legte ich mein Handy zur Seite. Hoffentlich brachte er meine Klamotten mit.

Aber weiter im Text. Wo fing ich an? Unsicher klapperte ich auf der Tastatur herum. Am besten beim Dián Mawr oder wie der Typ hieß.

Leider spuckte mir Google dazu absolut rein gar nichts aus.

Nach langem Suchen fand ich aber zumindest einen kurzen Abschnitt im Feenlexikon darüber. Auf Seite 384 stand bei einem Kapitel über die Befreiung des magischen Volkes:

> »Die ersten Feen und Elfen, die sich aus den gefallenen Engeln entwickelten, glaubten fest daran, dass ihnen eines Tages ein Erlöser erscheint, durch dessen Hilfe ihnen die Gunst Gottes wieder zuteilwird. Der Dián Mawr, was in einer Mischung aus Engelssprache und alter irischer Sprache so viel bedeutet wie »der blutbefleckte Erlöser« – an dieser Stelle lief mir ein Schauer über den Rücken –, »wird durch einen Seelentausch von einem magischen Wesen Besitz ergreifen und damit eine

neue Weltordnung einläuten. In dieser neuen Welt wird sich das magische Volk nicht mehr verstecken müssen. Auf die Menschen wird der Dián Mawr dabei keine Rücksicht nehmen.«

Unter diesen Zeilen befand sich eine Zeichnung. Eine Art geflügelter Dämon mit roten Augen und Krallen deutete auf zusammengekauerte Menschen. Um ihn herum waberten Feuerschwaden, hinter ihm stiegen Feen und Elfen in die Luft auf und verwandelten sich in Engel mit weißen Schwingen. Die neuen Engel wurden oben im Himmel von einem weiß gekleideten Mann an einem goldenen Tor empfangen.

Oje. Diese Zeichnung empfand ich als reichlich Furcht einflößend. Allein die schwarz-rote Farbgebung vermittelte den Eindruck, als käme der Dián Mawr direkt aus der Hölle. Zumindest nahm ich an, dass es sich bei dem geflügelten Dämon um den Dián Mawr handelte, da er den Mittelpunkt der Zeichnung darstellte und sowohl Menschen als auch Engel nur ganz klein im Hintergrund oder zu Füßen des Dämons abgebildet waren.

Mit klopfendem Herzen las ich weiter:

»Die erste Weissagung zum Dián Mawr besagt, dass er einen magischen Wirtskörper wählt und zunächst in Gestalt dieses Magischen erscheint. Allerdings kann er diesen Körper nur während eines Seelentausch-Rituals übernehmen und auch nur unter der Bedingung, dass es dem Wirt selbst möglich ist, sich die Kräfte anderer einzuverleiben.«

Ein Wirt, dem es selbst möglich ist ... Moment mal! Ava war eine Aiobhell, ihr war es möglich, die magischen Kräfte anderer Feen und Elfen auf sich zu übertragen! War sie vielleicht vom Dián Mawr besessen? Oder plante sie den Seelentausch erst noch und brauchte dafür so viel Blut? Der *blutbefleckte Erlöser ...*

Nein, das konnte nicht sein, oder? Nicht meine ehemalige beste Freundin!

O mein Gott! Fieberhaft blätterte ich weiter und weiter im Buch, um einen Anhaltspunkt dafür zu finden, wie viel Blut für so ein Dián-Mawr-Seelentausch-Ritual nötig war.

Leider fand ich dazu nichts mehr, aber eventuell konnte Teresa da weiterhelfen.

Okay, das bedeutete also jemand, womöglich Ava – meine Ava! – wollte die Magischen wieder zu Engeln erheben und über die Menschen herrschen. Oder alle Menschen vernichten? So genau verstand ich den Text leider nicht. Beides schlimm genug.

Angestrengt legte ich die Stirn in Falten.

Da alles Nachdenken mich letztendlich kein Stück weiterbrachte, beschloss ich, als Nächstes mehr über »Petrus' Army« herauszufinden.

In diesem Moment piepste mein Handy, was mich vor Schreck fast vom Stuhl fallen ließ.

Es war eine SMS von Trinity. »Weissagungsritual morgen 10 Uhr bei mir, noch vor Shellys Beerdigung. XOXO«

Okay, das war gut. Dann würden wir hoffentlich ein paar Antworten zu Ava erhalten.

Doch zurück zu Petrus' Army ... Meine Finger flogen nur so über die Tastatur, als ich den Begriff eingab.

Zu meinem großen Missfallen fiel die Ergebnisliste dazu ebenfalls äußerst mager aus. Laut Google war »Petrus' Army« einfach eine Armee, die das Tor zum Himmel bewachte.

Mhm. Half mir das weiter? Wohl eher nicht ...

Aber ich war mir sicher, dass ich irgendwo schon mal etwas darüber gelesen hatte. Nur wo? Das war ein weiteres Puzzleteil in diesem Fall, das spürte ich.

Eine Weile drehte ich mich auf meinem Drehstuhl hin und her, bis mir schwindelig wurde. Auf der Zeichnung des Dián Mawr war ein goldenes Tor auf einer Wolke zu sehen. Langsam sah ich klarer. Diese Army bewachte das Himmelstor, also hatten sie wahrscheinlich etwas mit diesem Dián Mawr am Hut. Das bedeutete: Trinity musste richtigliegen mit ihrer Vermutung, dass all die Vorfälle auf das Konto von Dunkelfeen oder meinetwegen auch Dunkelelfen gingen, die ja bekanntlich Menschen hassten.

Jetzt musste ich nur alle Informationen richtig zusammensetzen und dann ... Ich spürte, wie mein linkes Auge anfing zu zucken. Verflucht! Wo waren meine detektivischen Fähigkeiten hin? Wahrscheinlich spielten sie gerade *Fang den Hut* mit meinem Verstand. Müde rieb ich mir die Augen.

Glücklicherweise hörte ich in diesem Augenblick, wie Clay nach Hause kam.

Sofort sprang ich auf, um ihm von meinen neusten Erkenntnissen zu berichten.

»Hey, Glückskind, willkommen zu Hause. Du darfst mir gleich helfen!«, begrüßte ich ihn.

Clay drehte sich mit einem leicht entrückten Lächeln zu mir um.

Okay ... Was war nun wieder mit ihm los? Offensichtlich hatte er kein Wort von dem verstanden, was ich gesagt hatte. Stattdessen grinste er verzückt unsere Vorhänge hinter mir an.

»Hallo, ich rede mit dir!«, beschwerte ich mich, während ich mit einer Hand vor seinem Gesicht herumschnippte.

»Was? Ich ... ja, ja ... ich bin da«, nickte Clay heftig.

Alles klar. Ich verschränkte die Arme vor der Brust, beschloss, es aber dann doch dabei bewenden zu lassen. Darum würde ich mich später kümmern. Stattdessen zog ich meinen besten Freund auf die Couch, wo ich ihm von meinen neusten Erkenntnissen berichtete. »Und was meinst du dazu?«, schloss ich meinen Bericht ab. »Irgendwelche Ideen?«

Doch Clay zuckte nur mit den Schultern. »Keine Ahnung. Das sollten wir auf jeden Fall der Polizei erzählen. Vielleicht besprichst du das mit deinem Detective und verkaufst es so, als wäre Petrus' Army eine durchgeknallte Sekte?«

»*Meinem* Detective?«, japste ich. Allerdings war das gar keine schlechte Idee! Auf diese Weise konnte ich verheimlichen, mit welchen Wesen wir es hier wirklich zu tun hatten.

Nach einem Blick auf die Uhr setzte mein Herz einen Schlag lang aus. Es war schon 17 Uhr! Bestimmt würde Detective Sockenschuss gleich auf der Matte stehen. Wie von einer Horde Dunkelfeen gejagt, sprang ich auf und raste in Richtung Badezimmer.

Hinter mir hörte ich Clay lachen. »Ist dir eingefallen, dass dieser bescheuerte Detective gleich vorbeikommen wollte?«

Mist! Clay kannte mich einfach zu gut.

»Am besten, ich installiere eine Falltür unter der Fußmatte«, hörte ich ihn murmeln.

11

Als ich frisch geduscht ins Wohnzimmer zurückkehrte, saß Clay immer noch mit verträumtem Gesichtsausdruck auf der Couch.

Grinsend ließ ich mich neben ihn fallen, wobei ich darauf achtete, dass mein Styling nicht ruiniert wurde. Schließlich ging ich davon aus, dass wir bald von einem gewissen Detective Besuch bekommen würden. Zu diesem Anlass hatte ich dunkelblaue Shorts und ein weißes Chiffon-Top hervorgekramt, was meinen goldbraunen Hautton unterstrich.

So, jetzt war Clay fällig. Zeit, herauszufinden, was hier gespielt wurde.

»Was grinst du so wie ein Affe mit Gesichtslähmung?«, wollte ich wissen.

»Wer, ich?«

Ich verdrehte die Augen, verlegte mich dann aber darauf, Clay die Haare zu verwuscheln. »Bist du etwa verknallt?«

»Lass das, Alana! Und das geht dich gar nichts an!«

Oh, und ob mich das etwas anging! Um noch mehr Informationen aus ihm herauszupressen, begann ich ihn zu kitzeln. »Gib es zu!«

»Schon gut, schon gut! Ich gestehe alles«, japste Clay nach etwa dreißig Sekunden. Sein Widerstand war gebrochen.

Gutmütig, wie ich war, ließ ich von ihm ab. »Also stimmt es? Du bist verknallt?«

»Ja. Aber keine Sorge. Du wirst für immer meine beste Freundin sein und ich werde hier auch vorerst nicht ausziehen. Wir beide werden noch lange, lange zusammenbleiben.« Er zog mich in seine Arme und seufzte, wobei er sein Gesicht in meinen Haaren vergrub.

Ich schluckte. Ja, wenn er irgendwann auszog ... was sollte ich dann ohne ihn machen? Mein ganzes Leben lang war ich noch keinen einzigen Tag von Clay getrennt gewesen. Das würde ich nicht überleben! Allerdings gab es momentan auch noch ein größeres Problem als seinen Auszug. Gerade als ich auf seine Lebensuhr schielte, sprang sie auf genau 3 Tage und 6 Stunden und ich war immer noch keinen Schritt weitergekommen in der Sache. Um Clays willen musste ich Ava so schnell wie möglich aufspüren und aufhalten. Aber vielleicht konnte ich noch etwas anderes tun.

»Ähm, Clay«, ich räusperte mich. »Mir wäre es ganz lieb, wenn du die nächsten drei Tage zu Hause bleibst. Kannst du das für mich tun? Bis ...«, ich rechnete kurz, »bis Montagabend um Mitternacht.«

»Was?« Clay legte die Stirn in Falten. »Alana, was soll das heißen?« Er hielt mich auf Armeslänge von sich entfernt und durchbohrte mich praktisch mit seinen Blicken. Dann blitzte Verstehen in seinen Augen auf. »Ist was mit meiner Lebenszeit passiert? Aber du hast gar nicht geschrien. Moment mal! Wie lange weißt du es schon?« Verdammt, Clay war schnell und clever dazu.

»Ich ... ähm ... weiß es seit gestern. Deine Uhr muss sich verändert haben, als du Morgan gerettet hast. Ich nehme an, die Dunkelfeen wollen dich als eines ihrer nächsten Opfer ...«

»Warum sagst du mir das erst jetzt? Ich dachte, wir hätten keine Geheimnisse voreinander! Wie konntest du mir das verheimlichen?« Clay sprang auf.

Wut und Enttäuschung verzerrten seine Gesichtszüge.
Ohne ein weiteres Wort stapfte er in sein Zimmer und schlug die Tür hinter sich zu. Vor Schreck und Entsetzen zuckte ich heftig zusammen.

Das war schlecht. Ganz schlecht. Wenn Clay jetzt schmollte und sich zurückzog, was wahrscheinlich auch eine Schutzmaßnahme von ihm war, um nicht an seinen bevorstehenden Tod zu denken, konnte das übel enden. Seufzend ließ ich meinen Kopf zwischen die Knie sinken. Wirklich übel.

Clay konnte störrischer sein als ein griechischer Maulesel bei 40 Grad im Schatten, den man über eine Straßenkreuzung befördern wollte ... Und diese Nummer konnte er wirklich lange durchziehen. Wenn nötig, schmollte er tagelang.

Immerhin wusste Clay, dass ich bereits recht viele Leute vor ihrem bevorstehenden Tod gerettet hatte – etwa jeden Zweiten –, weshalb ich mir erhoffte, dass er sich beruhigen und mit mir reden würde.

Allerdings hatte ich bisher noch keins der jüngsten Opfer retten können. Ob Justus inzwischen bereits tot war? Leider lag das absolut im Bereich des Möglichen.

In diesem Moment klingelte es an der Haustür. Oje, das konnte ja nur eine Person sein! Eilig sprang ich auf und zog an meinen Shorts.

Ich sollte recht behalten. Als ich die Tür öffnete, stand Detective Sockenschuss vor mir, in brauner Leinenhose und hellblauem Hemd.

Seine Augen funkelten mich beinahe hasserfüllt an. »Hier!« Er drückte mir eine Plastiktüte in die Hand. »Ihre Kleidung.«

Aha. Immerhin hatte er an meine Klamotten gedacht. Allerdings schien er nicht erfreut darüber, dass ich ihn dazu gebracht hatte, seine Befragung bei mir zu Hause durchzuführen. Was eine kleine Drohung so alles bewirken konnte.

»Danke. Kommen Sie doch rein«, zwitscherte ich gut gelaunt, während er mich wütend anstarrte. Also bitte, etwas mehr Freundlichkeit konnte man doch selbst als Cop an den Tag legen.

Unverschämt wie eh und je schob er sich an mir vorbei. Sein breites Kreuz passte beinahe nicht durch die Tür, weswegen ich einen Schritt zurücktreten musste. Ja, von hinten sah er gar nicht übel aus. Breite Schultern, ausgeprägte Muskeln …

Schnell schüttelte ich den Kopf, um mich auf das Wesentliche zu konzentrieren.

Derweil inspizierte Detective Sockenschuss meine Wohnung. Ich blinzelte, als ich mit ansah, wie er sogar ein Sofakissen anhob.

»Hey! Das ist kein Tatort, lassen Sie das!«, schnauzte ich ihn an.

Erst als ich mich vernehmlich räusperte, blickte er auf. »Bitte?«

Ich verschränkte die Arme vor der Brust. »Wollen Sie einen Kaffee zu Ihrer Befragung?«

Als ob er meinem selbstlosen Angebot, wie ich fand, nicht so recht über den Weg traute, legte er den Kopf schief. »Ist das eine ernst gemeinte Frage? Ich bin Polizist. Wir ernähren uns quasi nur von Kaffee. Ausschließlich.«

Genervt warf ich die Arme in die Luft. »Also gut, aber Donuts habe ich nicht im Haus.« Ohne ihn noch eines weiteren Blickes zu würdigen, stolzierte ich um die Theke herum in die Küche. Immer dieses Klischee! Manchmal fragte ich mich, ob Männer nur Polizist wurden, weil man dann den ganzen Tag Kaffee trinken und Donuts essen konnte.

Unglücklicherweise folgte mir Detective Sockenschuss. Wahrscheinlich, um auch der Küche eine gründliche Inspektion zukommen zu lassen.

Spitze!

Nach kurzem Überlegen entschied ich mich dafür, ihn einfach zu ignorieren.

Während ich so über meine Kaffee-Donut-Cop-Theorie

nachdachte, öffnete ich die Abdeckung der Kaffeemaschine und griff gleichzeitig nach der großen Tüte Pulverkaffee. Leider starrte mich eines ebendieser Cop-Exemplare immerzu unverwandt an.

»Was?«, brummte ich. Ich gab das Kaffeepulver in die Maschine, allerdings etwas zu schwungvoll, sodass mir eine große Pulverwolke entgegenkam.

»Passen Sie mit dem Kaffee auf«, meldete sich Detective Sockenschuss.

Wütend und mit dem Gesicht voller Kaffeepulver drehte ich mich zu ihm um. »Ach, ehrlich? Und damit kommen Sie mir jetzt?« Hätte er das nicht fünf Sekunden früher sagen können, statt mich ständig abzulenken?

Seine Mundwinkel zuckten. Er schien sich ein Lachen kaum noch verkneifen zu können.

Ja-ha! Sehr witzig, wirklich! Scharf sog ich die Luft durch meine Nase und versuchte dabei streng zu gucken, wenn möglich so wie eine Rachegöttin. Nur leider funktionierte das nicht so richtig, wenn man ein Pfund Kaffee im Gesicht hatte. Stattdessen musste ich husten.

»Wirklich, jedes Mal, wenn ich Sie treffe ...« Er wollte sich geradezu ausschütten vor Lachen. »Jedes Mal passiert Ihnen so etwas! Und jetzt sehen Sie wie ein Schornsteinfeger aus«, grinste Detective Oberschlau.

»Ach, ist das so?«, japste ich. Beherzt griff ich in die Kaffeetüte und warf diesem unverschämten Mistkerl eine Handvoll Kaffee ins Gesicht. Mir doch egal, wenn er mich jetzt verhaften ließ! Außerdem konnte ich ihn immer noch mit der Sache im Umkleideraum erpressen. »Und Sie sehen wie ein erschrockenes Streifenhörnchen aus, so mit einem Streifen Kaffee im Gesicht«, befand ich eine Spur eloquenter.

Detective Sockenschuss blinzelte. Das hatte er wohl nicht erwartet. Gut so.

Zufrieden verschränkte ich die Arme vor der Brust. »Sie

können sich ja dann Ihren Kaffee selber machen, die Menge in Ihrem Gesicht sollte für eine kleine Tasse reichen.«

Vor mir kniff Detective Sockenschuss die Augen zusammen. Sein Gesichtsausdruck wechselte binnen einer Sekunde von erschrockenem Streifenhörnchen zu zornigem Rhinozeros. Schneller, als ich gucken konnte, griff er sich die Kaffeetüte und warf mir ebenfalls eine Ladung Pulver ins Gesicht.

»*Sie …!*«, kreischte ich, nachdem ich erfolglos die Hände schützend vor mein Gesicht gehalten hatte. Wie konnte man nur so kindisch sein? Bei Kaffee hörte bei diesem Polizisten anscheinend der Spaß auf.

»Ja?« Er sah mich herausfordernd an.

Jetzt war es an mir, das aufgebrachte Rhinozeros in mir zu entfesseln. Ich schnaubte: »Sie unverschämter …« Ich griff nach der Kaffeetüte in seiner Hand, doch er wich mir geschickt aus.

Darauf folgte ein wildes Gerangel, weil jeder von uns zuerst seine Hand in die Tüte bekommen wollte.

Schließlich stellte ich ihm ein Bein, worauf Detective Sockenschuss zu Boden ging, mich aber mit sich riss.

Er kugelte sich vor Lachen, während ich wütend nach seiner Hand schnappte, die meinen Arm umklammert hielt.

Es endete damit, dass er mir den restlichen Inhalt der Kaffeetüte über Kopf und Genick ausleerte.

»Manno«, jammerte ich.

Auf Mitleid konnte ich bei diesem Mistkerl aber vergeblich warten. Dylan Shane hielt mich am Boden fest, während er mit etwas Sicherheitsabstand neben mir kniete – als hätte er Angst, dass ich ihn wieder beißen würde.

Dabei hatte ich das doch erst zweimal versucht.

Drohend sah ich zu ihm auf. »Wenn Sie Ihre Hand behalten wollen, dann …« Ich warf erst ihm und dann seiner Hand auf meinem Oberarm böse Blicke zu.

»Ich glaube, wir können langsam zum ›Du‹ übergehen«, unterbrach er mich.

Seufzend ließ ich meinen Hinterkopf auf den Linoleumboden klatschen. Heute blieb mir aber auch gar nichts erspart.

Eigentlich wollte ich meinen Sicherheitsabstand zu ihm, den mir das förmliche Siezen gewährte, nur ungern aufgeben. Aber vielleicht gab er sich ja dann zufrieden und ließ mich vom Boden aufstehen. Also nickte ich.

»Gut. Ich bin Dylan und ich hoffe, du kannst mir bei den aktuellen Mordfällen weiterhelfen.« Endlich ließ er meinen Arm los. Etwas umständlich zog er an seinem Hemd, um sich anschließend das Kaffeepulver abzuklopfen. »Der Polizeichef wird dich sogar dafür bezahlen. Wenn ich mit meiner Vermutung richtigliege, arbeitest du als Privatdetektivin doch bereits an den Mordfällen, oder? Wegen deiner Freundin Shelly King? Wir könnten deine Hilfe gebrauchen.«

Wow, wer hätte das gedacht? Die Polizei von Santa Fe bat mich um meine Mithilfe. Mhm, das konnte eigentlich nur einen Grund haben: Sie nahm an, dass ich bereits mehr in diesem Fall herausgefunden hatte als sie …

»Okay, von mir aus«, murmelte ich großmütig. Warum war er mir immer noch so nah? Wollte er sich nicht endlich etwas zurückziehen? »Ich bin Alana. Aber was ist das?« Ich riss die Augen auf und fixierte einen Punkt hinter ihm.

»Was?« Detective Sockenschuss sah sich verwirrt um, konnte aber natürlich nichts entdecken, denn er war ja auch nur auf den ältesten Trick der Welt reingefallen!

Eilig rappelte ich mich auf.

»Clever, Alana, sehr clever«, seufzte Dylan.

Ja, das fand ich auch. Unauffällig versuchte ich mich an ihm vorbeizuschieben, doch wieder hielt er mich am Oberarm fest und drückte mich dann mit dem Rücken gegen den Kühlschrank. Scheinbar hatte er es nicht gern, wenn er die Kontrolle verlor.

»Nicht so schnell! Was ist mit meinem Kaffee?«

»Der ist alle.«

»Haben Sie keine zweite Packung?«

»Haben Sie keine Manieren?«, fragte ich zurück.

»Waren wir nicht schon beim Du?« Seine Stimme klang heiser.

Diese Nähe zwischen uns machte mich ganz kribbelig.

Angst, dass ich ihn beißen könnte, schien er keine mehr zu haben. Oder vielleicht legte er es gerade darauf an? Ich schluckte.

Auf einmal bemerkte ich es: Dylans kaffeepulverbeschmiertes Gesicht kam meinem immer näher. Seine Augen leuchteten wie die eines Piraten, der gerade einen riesigen Goldschatz gefunden hatte.

Wie kann man nur so schöne Lippen haben?, dachte ich.

Als hätte jemand auf Zeitlupe gedrückt, näherten sie sich mir langsam, beinahe unmerklich ... also quasi fast rückwärts, aber dennoch vorwärts.

Unterschwellig registrierte ich, dass ich die Luft anhielt. Himmel, was passierte hier nur gerade?

Dylans Atem ging flach. Inzwischen trennten unsere Lippen nur noch etwa drei Zentimeter. O Gott, o Gott! Detective Sockenschuss, also Dylan, würde mich gleich küssen. Dieser Gedanke veranlasste mein Herz dazu, in wildem Galopp zu schlagen. Unsicher öffnete ich meinen Mund einen winzigen Spalt.

Ausgerechnet in diesem Moment fing meine Nase an zu jucken. Etwas kitzelte mich darin, wahrscheinlich handelte es sich bei diesem Etwas um Kaffeepulver.

Was es auch war, es war schuld daran, dass ich zuerst den Mund aufriss und dann Dylan direkt ins Gesicht nieste. Und das in einer Lautstärke, dass ich mich wunderte, warum unsere Fenster nicht aus den Rahmen sprangen. O Mist!

Dylan sah mich verdattert an, so als könne er das jetzt echt nicht glauben.

Ich biss mir auf die Lippen.

Glücklicherweise kam eine Sekunde später Clay in die Wohnküche geschlurft. Er hielt inne, als er Dylan und mich so nah beieinander am Kühlschrank stehen sah. »Störe ich?«

»Oh, hi, Clay, nein, nein!« Energisch schob ich Dylan von mir weg. Das hatte sich ja nun sicherlich sowieso erledigt. Ich meine, ich hatte ihm ins Gesicht *geniest*! Das würde er sicherlich nicht noch einmal riskieren.

Warum sollte er auch jemanden anziehend finden, der so peinlich war wie ich? Aber was viel schlimmer war: Ich hatte mich von Dylan ablenken lassen. Und Ablenkungen konnte ich mir jetzt überhaupt nicht leisten, so kurz vor dem Tag, an dem Clay womöglich sterben würde! Innerlich verpasste ich mir selbst eine Ohrfeige. *Alana, konzentrier dich auf das Wesentliche!*

»Wir ... wir machen nur Ka...Kaffee...ee«, stotterte ich unbeholfen.

»Mit euren Gesichtern?«, fragte Clay. Sein Blick wanderte über unsere kaffeepulverbedeckten Oberkörper. »Du weißt schon, dass wir dafür eine Kaffeemaschine haben?«

O ja, die Kaffeemaschine hatte ich ja völlig vergessen! Rasch griff ich danach, um sie wieder aufrecht hinzustellen. Während unserer kleinen Kaffeeschlacht war sie quasi als Kollateralschaden umgestoßen worden. »Ist noch etwas Pulver drin!«, freute ich mich. »Das reicht!« Dann drückte ich Dylan ein Handtuch in die Hand. »Am besten, du machst dich kurz sauber«, ich deutete auf die Badezimmertür im Flur, »und dann besprechen wir den Fall. Es gibt da etwas, das du wissen solltest.«

Dylan runzelte die Stirn, nahm dann aber kommentarlos das Handtuch entgegen. Nachdem er an Clay, der ihm böse Blicke zuwarf, vorbeigehuscht war und im Badezimmer verschwand, atmete ich auf.

Ich musste dringend meine Gedanken ordnen. Immer noch leicht neben mir stehend, nahm ich zwei Tassen und schaltete die Kaffeemaschine ein.

»Wie sieht's hier eigentlich aus?«, brummte Clay.

Ich griff nach einem Stück Küchenpapier und rieb mir damit übers Gesicht. »Sorry, ich räume das später auf. Aber jetzt hab ich etwas wirklich Wichtiges mit Dylan – ich meine mit Detective Shane – zu besprechen.«

Aus dem Blick, den Clay mir daraufhin zuwarf, konnte ich eindeutig ablesen, dass er langsam verstand, was hier vor sich ging. »Du glaubst, mein bevorstehender Tod hat etwas mit den Morden in Santa Fe zu tun und du willst das Ganze ohne mich, dafür aber mit diesem Düüläään«, er betonte seinen Namen absichtlich falsch, »aufklären!« Mit einem Gesichtsausdruck, der kleine Häschen hätte zu Stein erstarren lassen können, verschränkte Clay die Arme vor der Brust. »Obwohl es hier auch um mein Leben geht! Um *mein* Blut, das die Dunkelfeen offensichtlich wollen!«

»Pssst. Leise!« Ich hielt mir den Zeigefinger an die Lippen, der natürlich nach Kaffee roch. »Dylan darf davon nichts erfahren. Zu heikel, das Thema! Ich will einfach nur, dass du die nächsten drei Tage in Sicherheit bleibst!«

Kaum zu glauben, dass Clay auf diese Warnung hin Würgegeräusche von sich gab. »Dieser Typ ist so ein Idiot. Wimmel ihn ab!«

»Nein.« Mein Entschluss stand fest. Wenn ich mit der Polizei zusammenarbeitete, hatten Clay und auch andere mögliche Opfer eine größere Überlebenschance, davon war ich fest überzeugt. Noch drei Tage. Ich hatte nur noch drei Tage, um meinem besten Freund das Leben zu retten.

»Vertrau mir einfach. Der Idiot und ich klären die Sache schon auf!« Meine Stimme klang weitaus überzeugender, als ich mich fühlte.

»Heute Morgen hast du mir noch erzählt, dass dieser unverschämte Typ in die Umkleide geplatzt ist und dich halb nackt gesehen hat!«, beschwerte sich Clay.

»Das war ein … äh … Unfall.«

Clay lachte hysterisch auf. »Ein Unfall? Und das hier mit dem Kaffeepulver, war das auch nur ein Unfall?« Er deutete auf die völlig eingesaute Küche.

Als Antwort nickte ich heftig. Genau, es war ein Unfall gewesen. Der Kaffee hatte mein Hirn vernebelt, ich war nicht mehr Herr meiner Sinne gewesen, deshalb hatte ich mich auch fast auf einen Kuss eingelassen. Wie gesagt: fast.

»Hör zu, Clay, ich weiß, du kannst Dylan nicht leiden. Wir machen das ganz einfach so, dass ich mit ihm über den aktuellen Stand der Mordermittlungen rede und dann später, wenn Siri und Trinity vorbeikommen, besprechen wir zusammen, was wir unternehmen, okay? Es geht einfach viel schneller, wenn ich das mit ihm allein regle, ohne dass ihr beiden euch gegenseitig an die Gurgel geht.«

Clay öffnete den Mund, wie um zu protestieren, schloss ihn dann aber gleich wieder. Scheinbar hatte er eingesehen, dass das gar kein so schlechter Plan war.

»Meinetwegen. Aber pass bei diesem Detective auf. Wer weiß, ob man ihm trauen kann? Was, wenn er in der Sache mit drinsteckt? Ich meine, er schleicht immerzu um dich herum. Außerdem hat er Scott und Justus verhört und vielleicht auch Shelly wegen ihrer Drogenprobleme. Vielleicht ist er das Bindeglied in diesem Fall und besorgt die Opfer für die Dunkelfeen, hast du schon mal daran gedacht?«

Mir klappte der Mund auf.

Wie bitte? Ich hatte mich da bestimmt verhört. Glaubte Clay wirklich an diese Möglichkeit?

Bevor wir weiter über die Dylan-steht-auf-der-Seite-der-Bösen-Theorie diskutieren konnten, öffnete sich die Badezimmertür. Unser Hauptgesprächsthema alias Detective Sockenschuss kehrte ins Wohnzimmer zurück.

Ich kniff die Augen zusammen. Zeigte er Anzeichen davon, dass er einen bösen Plan verfolgte? Steckte Dylan am Ende tatsächlich mit den Dunkelfeen unter einer Decke? Sah er irgendwie böse aus? Angestrengt analysierte ich seinen Gesichtsausdruck, wobei ich den Kopf zur Seite neigte. Hm, eigentlich nicht, fand ich. Aber wer tat das schon? Waren die Bösen in den Büchern nicht auch immer diejenigen, die man als Letztes verdächtigt hätte? Ich seufzte. Als Privatdetektivin hatte ich auch schon das ein oder andere Mal diese Erfahrung gemacht. Zum Beispiel, als ich herausgefunden hatte, dass das verschwundene Geld aus der Kasse des China-Restaurants von der zwölfjährigen Tochter des Besitzers gestohlen worden war.

Schweigend setzte sich Detective Sockenschuss auf die Rücklehne unseres Ledersofas, wobei er die Arme vor der Brust verschränkte. Die Stirn in tiefe Falten gelegt, fragte er sich offensichtlich, was hier vor sich ging.

Denn genau wie ich beobachtete auch Clay ihn mit Adleraugen.

So, wie er da neben Clay stand, stach mir die Ungerechtigkeit der Welt besonders ins Auge.

Auf einmal wurde mir übel. Um nicht umzukippen, musste ich mich am Küchentresen abstützen.

Die beiden Jungs warfen mir besorgte Blicke zu, aber die ignorierte ich geflissentlich. Das Einzige, um was meine Gedanken kreisten, waren ihre Lebensuhren. Während über Dylans Kopf noch über 600 Monate in roten Ziffern leuchteten, zeigte Clays Uhr nur noch drei Tage und vier Stunden an. Das war einfach nicht fair!

»Ist dir nicht gut?«, wollte Clay wissen. Innerhalb einer Millisekunde war er an meiner Seite und stützte mich. »Jetzt sag nicht, du bist schwanger«, raunte er mir ins Ohr. Dann warf er abwechselnd mir und Dylan böse Blicke zu.

»Mann, Clay, was glaubst du, wie schnell so was geht? Nein, natürlich nicht!« Einen Moment hielt ich inne. »Moment mal, jetzt sag mir nicht, dass das bei Magischen anders läuft als bei normalen Menschen?«, flüsterte ich.

Clay, der die Panik in meiner Stimme wohl lustig fand, kicherte. »Nein, nein, alles wie gewohnt – Bienchen und Blümchen und so. Auch beim magischen Volk.« Zufrieden klopfte er mir auf die Schulter.

Hinter ihm räusperte sich jetzt Dylan. »Ich hätte da noch ein paar Informationen, die die Mordfälle betreffen, über die wir dringend sprechen sollten. Unter vier Augen.« Er sah mich eindringlich an, bevor seine Augen kurz zu Clay wanderten.

Manchmal konnte er so ein Arsch sein … Immerhin verstand Clay den Wink und verließ, ohne zu murren, das Wohnzimmer. Dass er einfach so in sein Zimmer ging, wunderte mich allerdings doch. Ich würde ein Auge auf ihn haben müssen. Vielleicht plante er irgendetwas …

Seufzend stieß ich mich von der Küchentheke ab. »Bitte mach's dir bequem«, ich deutete auf die Couch und holte den frischen Kaffee, bevor ich mich neben Dylan niederließ.

Eine Weile nippten wir schweigend an unseren Tassen.

Dann, als mein Kaffee bereits begann, kalt zu werden, räusperte sich Dylan ein zweites Mal. »Heute wurden in Santa Fe zwei Leichen gefunden.« Langsam und bedächtig stellte er seine Kaffeetasse auf dem Couchtisch ab. Das braune Leder ächzte bei jeder Bewegung.

Was? Am liebsten hätte ich ihm den Hals umgedreht. Wieso musste er es jetzt so spannend machen?

Doch anstatt zu antworten, sah er mich nur eindringlich aus seinen grünbraunen Augen an.

»Ja?«, fragte ich, wobei ich versuchte, die Anspannung und rasende Neugier in meiner Stimme zu unterdrücken.

Detective Sockenschuss faltete die Hände, bevor er erneut anfing zu sprechen. »Zum einen Justus Newman, wie du wahrscheinlich schon vermutet hast.«

Der arme Junge. Ich nickte. »Und wen haben sie noch umgebracht?«

»Sie?« Erstaunt legte Dylan die Stirn in Falten.

Verdammt!

12

Ich hielt mir die Hand vor den Mund, tarnte meine verräterische Reaktion dann aber sofort als Gähnen. Ich war ja so was von dämlich!

»Das klingt so, als wüsstest du, wer dahintersteckt?«, hakte Dylan nach. »Mehrere Täter statt nur einem?«

Stöhnend senkte ich den Kopf. »Ich bin zu dem Schluss gekommen, dass es sich um eine Sekte handeln muss, die rituelle Morde durchführt«, nickte ich schließlich. Das hätte ich ihm weiß Gott eleganter beibringen können. Jetzt hielt er mich sicher für eine absolute Stümper-Detektivin. Egal, was scherte es mich schon, was Detective Sockenschuss dachte? »Aber dazu später. Wer ist das zweite Mordopfer? Und gehe ich richtig in der Annahme, dass die beiden Opfer wie die anderen blutleer aufgefunden wurden?«

Dylan nickte. »Serena Bishop wurde heute in einem Müllcontainer in der Harkins Lane nahe dem Hillside Park aufgefunden. Allerdings ist sie schon vor drei Tagen gestorben. Sie muss das allererste Mordopfer gewesen sein.«

Eine Serena Bishop kannte ich gar nicht. »Wer war sie?«

»Sie war 28 Jahre alt und hat hier in Los Verdes im Videospielladen gearbeitet. Außerdem war sie im Kirchenchor der San Miguel Chapel in Santa Fe.«

Das hörte sich verdächtig danach an, als wäre sie auch eine Magische gewesen. Wie ich bereits wusste, spielte San Miguel für das magische Volk eine extrem große Rolle – Trinity hatte mir erzählt, dass der heilige Michael sozusagen der Schutzheilige der magischen Wesen war und man ihm zu Ehren diese Kirche gebaut hatte. Wenn diese Serena dort regelmäßig gesungen hatte, gehörte sie höchstwahrscheinlich auch zum magischen Volk. Nervös kaute ich an meiner Nagelhaut herum. Ich musste unbedingt mit Trinity darüber reden.

»Das bedeutet«, fuhr Dylan fort, »wir sind inzwischen bei vier Mordopfern desselben Täters.« Erwartungsvoll sah er mich an, so als würde er auf meine Reaktion warten.

Ich dachte an die Weissagung über den blutbefleckten Erlöser, den Dián Mawr. War es wirklich das, was Avas Anhänger da gerade versuchten? Ava zum Dián Mawr aufsteigen zu lassen? War ich auf der richtigen Spur? Und wenn ja: Wie viel Blut war für so was noch nötig?

Wieder neigte Dylan den Kopf wie ein aufmerksames Rotkehlchen zur Seite.

Nachdem eine Weile niemand von uns etwas sagte, knickte ich irgendwann ein. »Vor Kurzem kam mir der Gedanke, dass eine Sekte hinter den Morden stecken muss. Sie töten Menschen, um an ihr Blut zu kommen, weil sie damit irgendein perfides Ritual planen. Verstehst du?«

Dylans Augen blieben ausdruckslos. Ob er mir glaubte oder nicht, konnte ich nicht sagen.

»Außerdem bin ich zu dem Schluss gekommen, dass Ava Kendrick, die bei dem Anschlag auf die Mall angeblich umgekommen ist, ihren Tod nur vorgetäuscht hat und jetzt als Anführerin dieser Sekte fungiert.« Ich schluckte. Beinahe war ich überrascht, wie leicht mir diese Lügen von den Lippen gingen. Na ja, genau genommen log ich nicht, sondern ließ nur den magischen Aspekt dieses Falls aus. »Zumindest ist es das, was ich annehme. Morgan Green, die Nichte von Ava Kendrick, und mein Mitbewohner Clay O'Connor«, ich senkte die Stimme aus Angst, Clay könnte unser Gespräch belauschen, »schweben meiner Meinung nach in großer Gefahr. Die Sekte, die sich aller Wahrscheinlichkeit nach ›Petrus' Army‹ nennt, ist gestern Abend auf die beiden aufmerksam geworden.«

Damit Morgan nicht in Schwierigkeiten geriet, musste ich an dieser Stelle etwas flunkern. »Ich glaube, Ava braucht ihre Nichte zwingend zur Vollendung des Rituals. Sie ist in akuter Gefahr.« Während ich es aussprach, merkte ich, wie recht ich damit hatte. Wieso hatte ich da nicht schon früher daran gedacht? Morgan brauchte unbedingt Polizeischutz.

»Könntest du ein paar deiner Kollegen abkommandieren, um die beiden zu beschützen? Vielleicht ist Petrus' Army auch hinter dem Freund von Scott und Justus her. Er heißt Vincent und arbeitet im American Diner hier in der Stadt. Vorsichtshalber sollten wir auch ein Auge auf ihn haben.«

Wieder starrten mich Dylans grünbraune Augen ausdruckslos an. Dann, als ich schon beinahe dachte, er würde nie wieder ein Wort mit mir wechseln, schlug er mit der Faust auf den Couchtisch.

Mist, war ich zu weit gegangen? Würde er mir je verzeihen, dass ich ihm diese Information so lange vorenthalten hatte? Bevor ich mich entschuldigen konnte, sprang er auf und wandte mir den Rücken zu.

Betroffen senkte ich den Kopf.

»Wir wussten, dass du uns etwas verheimlichst. Aber das? Ava Kendrick? Sektenführerin?« Wieder schwieg er eine Weile. »Bevor ich das glauben kann, brauche ich noch mehr Details. Und einen genauen Bericht, wo du heute den ganzen Tag über warst.«

Ich schluckte. Er hatte recht. Spätestens heute Morgen auf dem Revier hätte ich auspacken müssen.

Es folgte ein fast zweistündiges Verhör.

Nachdem die Befragung geendet hatte, sank ich tiefer in das Couchpolster. Jetzt hatte ich ihm wirklich haarklein erzählt, was in den letzten drei Tagen vorgefallen war. Bis auf die Sache mit den Magischen, selbstverständlich.

Am Ende sah Dylan halbwegs überzeugt aus. »Gut. Du hast also Hinweise gesammelt, die auf Ava Kendrick deuten. Die Tattoos auf den Handgelenken der Entführer von Morgan Green sprechen dafür, dass diese Gruppierung sich Petrus' Army nennt. Eine sektenartige Gruppierung, geleitet von Ava Kendrick, die deine Freunde kürzlich noch lebend auf einem Markt gesehen haben und die ihre Nichte Morgan zu einem Sektenritual eingeladen hat, bei dem es um viel Blut geht?«, fasste er zusammen.

Ich hielt einen Daumen hoch, worauf er sich mit einer Hand über das Gesicht rieb. »Wir jagen also ein paar Irre. Wenn diese Sekte weiter wie bisher vorgeht und jeden Tag ein Opfer entführt, steht morgen die nächste Entführung an. Serena wurde vor vier Tagen entführt und vor drei Tagen getötet, bei den anderen verhielt es sich ähnlich. Das bedeutet, sie lassen die Opfer einen ganzen oder zumindest einen halben Tag am Leben, bevor sie sie töten. Ich werde ein paar Officers anfordern, die auf deine Freunde und diesen Vincent aufpassen.«

Mir fiel ein Stein vom Herzen. Hatte ich mit dieser Entscheidung vielleicht sogar schon Clays Leben gerettet? Auf einmal konnte ich es kaum erwarten, einen Blick auf seine Lebensuhr zu werfen. Unruhig rutschte ich auf meinem Couchpolster hin und her.

Dylan blinzelte auf seine Armbanduhr. »Ich sollte jetzt besser gehen.«

Als er aufstand, schimmerte das Licht der Deckenlampe auf seinen Haaren. Zudem betonte das Licht von oben seine Augenringe. Der Arme! Wahrscheinlich ließen ihn die Morde nachts nicht schlafen.

Eilig sprang ich auf.

Bevor ich etwas sagen konnte, fuhr sich Dylan nachdenklich durch die Haare, was mich innehalten ließ. Diese Geste erinnerte mich an leichtbekleidete Calvin-Klein-Models. Dylan würde hervorragend in diese Liga passen. Nur dass er muskulöser war ... Meine Augen weiteten sich unmerklich.

Ohne von mir Notiz zu nehmen, fuhr er fort: »Ich denke, wir machen morgen weiter. Egal wie, wir müssen diese Morde stoppen. Wenn Ava Kendrick wirklich dahintersteckt, müssen wir sie und ihre Sekte aufspüren.«

»Wie?«, wollte ich, immer noch leicht verwirrt, wissen.

»Vielleicht können wir ihr eine Falle stellen. Du meintest, Ava braucht Morgan unbedingt für das Ritual? Das könnten wir zu unserem Vorteil nutzen.«

Oh, oh. Das klang reichlich gefährlich für Morgan.

»Ich weiß nicht, ob mir diese Idee gefällt«, gab ich zu.

Seufzend ging Dylan in Richtung Tür. »Mir gefällt hier so einiges nicht, aber wir müssen diese Verrückten aufhalten. Bevor noch mehr Menschen sterben.«

Menschen war gut ...

An der Tür drehte er sich noch einmal zu mir um. »Bist du sicher, dass *du* nicht in Gefahr schwebst? Wir haben bisher nur über die Sicherheit deiner Freunde gesprochen, nicht über dich.« Jetzt sah mich Dylan auf einmal beinahe zärtlich an. Sein Ärger von vorhin war verflogen.

Fast rührte es mich, dass er sich Sorgen um mich zu machen schien. »Ähm ...« Irgendwie hatte ich noch nicht richtig darüber nachgedacht. »Bisher hat noch niemand versucht, mich zu entführen.« Ich hob die Schultern. Dann öffnete ich die Haustür für Dylan. »Sorge ist also nicht angebracht.«

»Nein, um dich hätte ich mir auch keine Sorgen gemacht«, lächelte Dylan.

Was? Augenblicklich war ich beleidigt. Mit geschürzten Lippen deutete ich nach draußen. »Na dann. Gute Nacht!«

Dylan

Dass die Wohnungstür heftiger hinter ihm zugeschlagen wurde als nötig, nahm Dylan gar nicht mehr wahr.

Alana war sogar noch tougher, als er gedacht hatte. Sie konnte sich wirklich gut selbst behaupten. Zwar würde er ein Auge auf sie haben müssen, aber letztendlich war sie eine stolze, schöne Frau, um die er sich keine Sorgen machen musste. Wenn auch ziemlich tollpatschig.

Wie hatte sie nur in diese Sache hineingeraten können? Nicht nur, dass sie Scott und Justus begegnet war, Alana hatte auch Shelly King gekannt und war mit Ava Kendrick befreundet gewesen. Vielleicht hatte sie gerade deshalb den Durchblick in dieser Sache. Eigentlich sehr clever, welche Schlüsse diese kleine Privatdetektivin bereits gezogen hatte. Und das, obwohl sie sich von Ava Kendrick schrecklich geohrfeigt fühlen musste. Sicherlich war es nicht leicht zu akzeptieren, dass die ehemals beste Freundin eine geisteskranke Killerin war. Aber Alana McClary blieb gefasst. Sie war eine starke Persönlichkeit und das mochte er so an ihr.

Nur eine leise Stimme in seinem Kopf riet ihm, wachsam zu bleiben. Eine Stimme, die flüsterte, dass Alana ihm alles einfach so auf dem Silbertablett präsentiert hatte. Es war praktisch zu schön, um wahr zu sein. Etwas verbarg sie vor ihm. Doch was war es?

Er seufzte. Diese Frau ... Andauernd stellte sie etwas sehr Dummes an. Steckte im Lüftungsgitter fest, fiel über seinen Wasserspender ... Er schüttelte den Kopf, als er an ihre Kaffeeschlacht von vorhin dachte und daran, dass sie ihm ins Gesicht geniest hatte. Unwillkürlich stahl sich ein Lächeln auf seine Lippen. Alana McClary war wirklich einmalig auf diesem Planeten. Aber auch irgendwie einmalig süß. Wie sie immer ihr Kinn reckte, als wollte sie ihn herausfordern!

Gott, auf was hatte er sich da eingelassen? Wie unprofessionell konnte man sein? Eine Kaffeeschlacht! War er eigentlich noch bei Sinnen? Okay, das war eine rhetorische Frage: Alana McClary brachte ihn um den Verstand.

Schnaubend kniff er die Augen zusammen. Ihre Anwesenheit führte ständig dazu, dass er alles um sich herum vergaß. Dabei konnte er sich das auf gar keinen Fall leisten. Die Arbeit ging vor. Immer.

»Okay, Dylan Shane, reiß dich zusammen«, murmelte er.

Verwundert stellte er fest, dass er immer noch vor Alanas Tür stand. »Zeit, nach Hause zu gehen«, grummelte Dylan mehr zu sich selbst, dann nahm er die Treppe nach unten.

Alana

Sobald die Tür hinter Dylan ins Schloss gefallen war, zwang ich mich, meinen Ärger über ihn abzuschütteln. Er machte sich also keine Sorgen um mich, soso.

Aber egal! Viel wichtiger war in diesem Moment, Clays Uhr zu checken. Mit etwas Glück hatte er, dank des angekündigten Polizeischutzes, bereits wieder einige Hundert Monate auf der Uhr.

Hastig spurtete ich in Richtung seines Zimmers. »Clay!«, brüllte ich, noch bevor ich sein Zimmer ganz erreicht hatte.

Schlitternd kam ich vor der weißen Holztür zum Stehen. Ohne mich groß mit Anklopfen aufzuhalten, riss ich sie auf, worauf die Angeln quietschend protestierten.

Hier drin war es dunkel. Ich blinzelte und sah mich dann in dem Zimmer, das nur schwach durch die Straßenlaternen erhellt wurde, um. Ein gezielter Griff zum Lichtschalter und die Deckenbeleuchtung erwachte.

»Clay?«, fragte ich, diesmal etwas zaghafter.

Doch das Zimmer war leer. Absolut menschen- beziehungsweise leprechaunleer.

Tief atmete ich ein und dann wieder aus. Als ich in Richtung des Fensters blickte, wurde mir schlagartig klar, was hier gespielt wurde. Vor dem offenen Fenster flatterten die Vorhänge wie geisterhafte Wegweiser.

Clay war aus dem Fenster geklettert und hatte die Wohnung über die Feuertreppe verlassen. Er war getürmt! Verdammt, wie konnte mir mein bester Freund das nur antun? Dieser verfluchte, kleine Kobold! Mein Herz raste wie nach einem Marathonlauf. Selbst für einen Glückskobold war diese Aktion gefährlich, da war ich mir sicher. Was, wenn sich dadurch alles veränderte und die Dunkelfeen ihn sich schon heute Nacht schnappten?

Um nicht umzukippen, stützte ich mich an Clays Schreibtischstuhl ab. Und da sah ich den Zettel. Auf einem hellblauen Notizzettel stand mein Name über ein paar Zeilen in Clays krakeliger Handschrift.

Meine Fingerspitzen kribbelten, als ich den kleinen Block hochhob.

Alana,
sei mir nicht böse, aber ich muss noch mal weg. Wenn du und der Trottel von einem Polizist recht habt, bleiben mir noch 2 Tage, bis ich entführt werde, und die werde ich auskosten, falls es wirklich meine letzten sein sollten. Bitte versteh das. Wir sehen uns morgen früh auf der Beerdigung. Ich hab dich lieb. Clay

O Mist! Clay hatte mein Gespräch mit Dylan also tatsächlich belauscht.

Und in diesem Moment zählte ich zwei und zwei zusammen: Clays merkwürdiges Verhalten von heute Abend – er hatte zugegeben, verknallt zu sein – und seine Flucht. Er war abgehauen, wahrscheinlich zu seinem Mädchen! Hatte sich Clay etwa so heftig verliebt, dass er seine letzten Stunden mit ihr verbringen wollte? Wenn ja, warum hatte er mir nichts davon erzählt? Wer war sie?

Eilig kramte ich mein Handy aus der Tasche, um ihn anzurufen.

Natürlich nahm Clay nicht ab, sodass ich nach zehnmal klingeln schlussendlich aufgab.

Frustriert ließ ich mich auf den Schreibtischstuhl fallen und vergrub mein Gesicht in den Händen. Was sollte ich jetzt tun? Ihn suchen? Warum hatte er das getan? Die Antwort darauf kannte ich allerdings.

Clay und ich waren, obwohl mittlerweile volljährig, tief in uns drinnen immer noch kleine, trotzige Kinder. Seit damals im Kinderheim hatten wir immer nur uns beide gehabt. Ausschließlich. Allen Erziehern zum Trotz hatten wir uns jeden Tag nur miteinander beschäftigt und kaum mit anderen gesprochen. Das war unser Weg gewesen, uns eine kleine heile Welt zu erschaffen. Die Folge daraus war: Kein Erwachsener hatte uns je gezeigt, wie man das machte mit dem Erwachsenwerden.

Wieder zückte ich mein Handy, diesmal, um Dylan anzurufen.

Glücklicherweise nahm Dylan im Gegensatz zu Clay nach dem ersten Klingeln ab.

Ich bat ihn, seine Kollegen darüber zu informieren, heute Nacht besonders aufmerksam durch die Straßen zu fahren, weil sich ein unvernünftiger Zwanzigjähriger durch einen nächtlichen Ausflug selbst in Gefahr brachte.

Danach legte ich auf, den Kopf voller widersprüchlicher Gedanken, die mich zu zerreißen drohten.

Wahrscheinlich hatte Clay recht. Er hatte es verdient, seine letzten zwei Tage zu genießen.

Obwohl ich mir immer noch Sorgen machte, ging ich

schließlich unverrichteter Dinge ins Bett. Es musste einfach gut gehen. Heute Nacht musste das Glück einfach noch einmal für Clays Sicherheit sorgen!

Nachdem ich mich ins Bett gekuschelt hatte, dachte ich über den morgigen Tag nach. Morgen stand Shellys Beerdigung an und davor noch zwei Wahrsagerituale bei Trinity – wobei Trin nur von einem der beiden wusste. Das zweite würde ich irgendwie heimlich mit Teresa über die Bühne bringen müssen ...

Meine letzten Gedanken vor dem Einschlafen kreisten um Clay und meine anderen Freunde, die immer noch in Gefahr schwebten. Am Rande registrierte ich, dass weder Siri noch Trinity heute Abend bei uns vorbeigekommen waren, wie sie es eigentlich angekündigt hatten. Dabei hätte ich gerne mit ihnen über Ava gesprochen. Mein Gesprächsbedarf bezüglich meiner ehemals besten Freundin war immer noch groß. Ihr Betrug an mir zu furchtbar. Falls all das, was ich über sie gehört hatte, wirklich wahr war ... Doch ehe ich den Gedanken ganz zu Ende gefasst hatte, war ich eingeschlafen.

Am nächsten Morgen war ich schon wesentlich früher wach als ursprünglich geplant.

Hoffnungsvoll warf ich zuerst einen Blick in Clays Zimmer, aber nur um festzustellen, dass es leer war – natürlich. Ich konnte nur hoffen, dass er über Nacht bei einem Mädchen geblieben war und sich nicht selbst in Schwierigkeiten gebracht hatte, sonst würde ich ihn umbringen! Auch wenn ich nicht annahm, dass er mir antworten würde, schrieb ich ihm eine SMS, die die drei magischen Wörter beinhaltete: »Lebst du noch?«

Nach einem Blick in den Spiegel, der mir versicherte, dass ich wie die böse Hexe aus »Schneewittchen und die sieben Zwerge« aussah, mit tiefen Augenringen und abstehenden Haaren, wollte ich mich am liebsten zurück ins Bett verkriechen. Leider war das natürlich keine Option.

Also schlüpfte ich in ein schwarzes Kleid, legte eine Perlenkette um und band mein Haar mit einer schwarzen Schleife zu einem Pferdeschwanz zurück. Jetzt sah ich immerhin nur noch wie eine müde Audrey Hepburn auf Zigarettenentzug aus. Dieser Morgen würde mir immerhin mehr Erkenntnisse über Ava bringen. Wenn das bevorstehende Ritual funktionierte. Und falls Ava wirklich für Shellys Tod und all die anderen verantwortlich war ... dann würde ich meine Trauer um Ava in Wut umwandeln. Nein, nicht in Wut, besser in eine tatkräftige Ermittlung, bis ich sie zu fassen bekam!

Gerade als ich meine Jacke vom Haken nahm, piepste mein Handy in der Tetris-Melodie. Es war eine SMS von Clay: »Mehr oder weniger.« Dann kam ein Smiley, der entweder große Schmerzen oder ein gequältes Lächeln ausdrücken sollte. Ich tippte auf Letzteres. »Wir sehen uns auf der Beerdigung. Ruf nicht mehr an. Clay«

Aha, wie nett. Er war wohl immer noch eingeschnappt wegen seinem bevorstehenden Tod. Allerdings ließ mich seine unverschämte SMS jetzt auch meinerseits eingeschnappt werden. So viel zum Thema unvernünftige Kleinkinder. Wenn ich darüber nachdachte, gab es dafür nicht auch einen Fachbegriff? Ja, genau! Clay und ich litten eindeutig am Peter-Pan-Syndrom. Was auch immer.

Schulterzuckend machte ich mich auf den Weg zu meinem allerersten Feenritual.

Um Punkt 10 Uhr stand ich vor Trinitys Tür. Sie öffnete mir in einem bodenlangen, schwarzen Kleid mit Fledermausärmeln. Dazu trug sie eine Kette mit türkisfarbenen Edelsteinen. Ihre elfenhaften Haare umspielten ihre Oberarme, an denen noch mehr solcher Edelsteine an goldenen Armbändern funkelten. Dieses Outfit plus der goldene Haarreif auf ihrem Kopf ließen sie wie eine strahlende Göttin wirken.

Ich schluckte. Ob Trinity wohl bewusst war, wie viel Macht

sie ausstrahlte? Beinahe war mir, als würde ich der Göttin der Jugend persönlich gegenübertreten oder einer extrem mächtige Beschwörerin – so etwas in der Art jedenfalls. Auf einmal fühlte ich mich ganz klein.

Doch das schien Trin nicht zu bemerken. Lächelnd winkte sie mich in ihre Wohnung.

Nach ein paar Schritten kitzelte mich ihr blumiges Parfum in der Nase, worauf ich niesen musste.

Augenblicklich erinnerte ich mich an meine gestrige Niesattacke auf Dylan. Oh, wie peinlich ich manchmal war! Mit geschlossenen Augen rieb ich mir über die Nasenwurzel, wobei ich versuchte, alle Gedanken an Dylan aus meinem Kopf zu verbannen. Nicht gut! Jetzt bloß nicht an Detective Sockenschuss denken, Alana!

Als ich die Augen wieder öffnete, stand die süße stupsnasige Teresa vor mir. In ihren dunkelblonden Haaren steckte ein Blumenkranz. Im Gegensatz zu Trinity trug Teresa ein dunkelgraues Toga-Kleid, das eine Schulter frei ließ. »Hi, Alana.« Sie hob eine Hand, wobei sie Mittel- und Ringfinger V-förmig zum Star-Trek-Gruß spreizte.

Mir klappte der Mund auf. Ein Trekkie-Fan würde das Ritual leiten! Und wieso konnte sie das nur so gut? Bei mir sah das Star-Trek-Zeichen immer so stümperhaft schief aus. Ich blinzelte.

»Wir haben schon alles vorbereitet«, plapperte Teresa drauflos. Dann trippelte sie auf ihren winzigen Füßen in Richtung Trinitys schwarzer Ledercouch. Bei jedem Schritt hüpfte sie ein winziges bisschen über den Boden, fast wie ein sehr zufriedener kleiner Kobold.

Was hatte die denn bitte genommen und wie bekam ich sie dazu, mir etwas davon abzugeben?

Oder war das so eine Feensache, von der ich noch nichts wusste? Man berauschte sich am Blütenduft und schwebte dann praktisch über dem Boden?

Nein, die gute Teresa wurde wahrscheinlich einfach nur langsam zutraulich. Und wenn ich diese Frage jetzt auch noch auf meine To-do-Serviette setzte, würde die sicher wegen Überarbeitung in den Streik treten oder sich selbst in winzig kleine Papierfetzen zerreißen.

»Ist Clay gar nicht mitgekommen?«, wollte Trinity wissen. Sie kniete sich auf den Boden vor der Couch, wo sie auf die dunklen Holzdielen einen fünfzackigen Stern gezeichnet hatte.

Mir fiel auf, dass sich dessen fünf Sternspitzen perfekt an die Linie eines Kreises schmiegten, der sie umgab. Ich neigte den Kopf, um dieses Kunstwerk ausführlich zu betrachten. Am Ende jedes Sternenzackens stand eine dicke weiße Kerze. Ganz wie in diesen Gruselfilmen, in denen moderne Hexen Geister anriefen. Sehr beeindruckend!

Als ich näher trat, bemerkte ich, dass die weißen Linien aus einem dünnen Pulver bestanden. Waren das Salzkristalle?

»Nein. Clay hat so was wie ein Date, glaube ich.«

»Interessant.« Trinity schob sich eine blonde Strähne hinters Ohr. Dann deutete sie auf den Stern am Boden. »Das ist ein Feenkreis. Und ja, der wird mit Salz gezogen«, erklärte sie, als würde sie wissen, dass ich das soeben hatte fragen wollen.

Augenblicklich war ich noch fasziniert. Ein magischer Feenkreis aus Salz und Kerzen!

Die neuesten Ereignisse zwischen Clay, Dylan und mir mussten warten, beschloss ich. Das konnte ich Trinity auch später noch erzählen.

»Und dieser Feenkreis wird uns über Avas Schicksal Auskunft geben?« Irgendwie stellte ich mir das wie bei einer Telefonvermittlung vor. Man rief an und bekam Antworten auf die Fragen »Lebt Ava noch?«, »Steckt sie hinter den ganzen blutleeren Leichen?«, »Will sie die Weltherrschaft an sich reißen?«.

»Ja, ganz genau!« Stolz reckte Teresa das Kinn.

»Und wie geht das jetzt? Verbrennen wir ein paar Kräuter

oder spielen wir Gläserrücken?« Fragend sah ich von meiner Freundin, der Waldelfe, zu der kleinen Fee.

Teresa blinzelte, dann stieß sie Trinity mit dem Ellenbogen in die Seite. »Du hast recht, sie hat ja wirklich gar keine Ahnung.«

»*Sie* kann euch hören«, grummelte ich.

»Erklär's ihr, Teresa«, forderte Trinity die Fee auf.

Einen Moment lang schien Teresa überrumpelt, kratzte sich dann aber am Nacken und begann zu sprechen: »Es ist ganz einfach. Alles, was wir für ein Schicksalsritual brauchen, ist Blut und Kaffee.« Sie stemmte beide Hände in die Hüften, wobei ihr graues Taftkleid raschelte, hob dann den Kopf und sah mir fest in die Augen, wie um meine Reaktion zu testen.

Erstaunt schnappte ich nach Luft. »Was?« Davon hatte ich ja noch nie gehört! Blut und Kaffee? Veralberten die beiden mich etwa? Das waren ja mal merkwürdige Zutaten.

»Ist doch ganz einfach«, Teresa ging in die offene Küche. Dort zog sie eine riesige weiße, mit Kaffee gefüllte Tasse aus der Abdeckung unter der Kaffeemaschine hervor. Mit dem Monster-Kaffeepot in beiden Händen kehrte sie zum Feenkreis zurück. »Du hast doch sicher schon davon gehört, dass man mit Kaffee gut wahrsagen kann. Viele unserer magischen Mitbürger lesen aus dem Kaffeesatz, also dem Rest, der am Ende auf dem Boden der Kaffeetasse übrig bleibt. Außerdem kann man eine volle Tasse Kaffee prima dazu nutzen, das Wetter vorherzusagen.«

O richtig, davon hatte ich gehört.

Trinity bedeutete mir, mich zu setzen, während Teresa mit ungebrochener Begeisterung ihren Monolog fortsetzte. So als würde sie mit dem Kaffee und nicht mit mir reden, starrte sie angestrengt in die Tasse in ihren Händen. »Wenn du morgens in deinen Kaffee schaust und die Luftbläschen schwimmen in der Mitte, wird das Wetter schön werden. Aber wenn die Bläschen am Rand der Tasse schwimmen, deutet das auf Regen hin. Das hat mit dem Luftdruck zu tun, der unterschiedlich hoch oder tief ausfällt, je nachdem, ob sich ein Wetterhoch oder ein Wettertief über uns befindet.«

Darüber hatte ich neulich einen Zeitungsartikel gelesen. Also nickte ich.

»Und genauso sprechen die großen Schicksalsfeen zu uns. Also unsere Ahnen. Sie verändern den Luftdruck in einem Feenkreis, um uns unsere Fragen nach dem Schicksal zu beantworten.« Teresa deutete nach oben und ich schaute blödsinnigerweise an die Zimmerdecke.

Neben mir kicherte Trinity. Dann fasste sie mich am Arm und zog mich nach unten auf den Boden. »Lass uns anfangen. Und Alana: Zerstör den Kreis nicht.«

»Wer, ich?«, nuschelte ich. So unauffällig wie möglich schob ich mit dem kleinen Finger ein paar Salzkörner an ihren Platz zurück, die verrutscht waren, als ich mich unbeholfen im Schneidersitz vor ihnen hatte fallen lassen.

»Also«, inzwischen hatte sich auch Teresa vor mich auf den Boden gekniet. Sie stellte den Kaffeepot genau in die Mitte des Salzsterns. Dann ordnete sie ihr Kleid. »Wenn wir jetzt eine Frage stellen und die Bläschen schwimmen in der Mitte der Tasse, bedeutet das: Ja. Treiben sie an den Rand, bedeutet es: Nein.«

Gespannt sah ich zwischen Trinity und Teresa hin und her.

Trin nickte. »Genau. Die großen Schicksalsfeen werden den Luftdruck innerhalb dieses magischen Feenkreises verändern, um uns die Antworten zu schicken, nach denen wir uns sehnen. Manchmal sind sie aber auch stur und lassen einfach alle Bläschen verschwinden.«

Oha, übellaunige Feen. Na danke, mit mir selbst hatte ich da echt schon genug zu tun!

Teresa räusperte sich. »Allerdings haben wir noch etwas Wichtiges vergessen.« Sie sah mich an, als erwartete sie, dass ich von selbst darauf kam.

Aber da sich alles in meinem Kopf drehte und ich befürchtete, dass die großen Feen gerade einen Druckausgleichs-Test in meinem Gehirn durchführten, so zermatscht jedenfalls fühlte es sich an, zuckte ich nur mit den Achseln.

Teresa warf beide Hände in die Luft. »Was uns fehlt, ist das Blutopfer!«

Blutopfer?

»Blut?«, kreischte ich etwas lauter als nötig. Ich sah mich um und senkte dann die Stimme aus Angst, Trinitys Nachbarn könnten uns hören. »Das ist ein Scherz, oder? Ich töte sicherlich keine magischen Wesen nur für ein dämliches Ritual! Schließlich bin ich nicht so wie diese Dunkelfeen da draußen!«

Beschwichtigend legte mir Trinity eine Hand auf die Schulter. »Keine Sorge. Das hier ist nur ein ganz kleines, einfaches Ritual. Was immer Petrus' Army für ein Ritual plant, es scheint sehr mächtig und kompliziert zu sein, wenn sie dafür wirklich so viel Blut braucht, wie es die ganzen Leichen erzählen.«

Ich hob eine Augenbraue. Sicher meinte sie nicht, dass die Toten ihr wirklich etwas erzählt hatten, sondern nur, dass sie das aus den blutleeren Leichen schlussfolgerte.

Bevor ich antwortete, holte ich noch einmal tief Luft. »Und wie viel Blut brauchen wir jetzt für dieses Wahrsageritual?«

»Wirklich, Alana, du brauchst deswegen nicht an die Decke zu gehen. Beruhig dich. Für jedes Ritual braucht man ein Blutopfer, damit es in Gang gesetzt wird. Das ist ganz normal.« Trinity drückte meine Hand. Dann fuhr sie fort: »Für eine Schicksalsweissagung reichen drei Tropfen Blut. Der, der die Antworten aus tiefstem Herzen begehrt und die Fragen stellt, muss das Blut in die Tasse träufeln.« Trinity sah mir tief in die Augen. »Bist du bereit?«

Ich straffte die Schultern. »Bereiter geht nicht!«

Teresa entfuhr ein Hüsteln.

»Gut, Schatz, dann nimm das hier.« Trinity reichte mir ein Desinfektionstuch und eine Schere vom Couchtisch.

Fast wurde mir ein wenig mulmig zumute, als ich die Reflexion der brennenden Kerzen in den Schneideblättern der Schere sah. Das Schicksal machte wirklich ernst!

Gut, Alana – einatmen, ausatmen, befahl ich mir selbst. So ein bisschen Blut würde mich schon nicht umbringen, schließlich hatte ich mit angesehen, wie ein Mann von einem Zug überrollt wurde. Mist, das half mir jetzt auch nicht weiter.

Aber ich tat das hier für Clay. Er musste leben. Und dafür musste ich einfach wissen, was mit Ava passiert war! Nachdem ich das Desinfektionstuch benutzt hatte, fixierte ich mit flatterndem Magen die Schere in meiner Hand. »Denk an was Schönes«, murmelte ich. Rosa Einhörner, blaue Einhörner, lila Einhörner … betete ich in Gedanken herunter, während ich diese schönen Tiere vor meinem geistigen Auge vorbeiziehen ließ.

Irgendwann, so etwa bei »gelbe Einhörner«, hatte ich mich halbwegs im Griff und nahm all meinen Mut zusammen.

Ich atmete einmal tief ein. Das würde nicht so schlimm werden. Denk an was Schönes. »Pinke Einhörner«, japste ich, dann zog ich mir die Klinge über die Zeigefingerspitze.

Teresa warf Trinity einen vielsagenden Blick zu. Wahrscheinlich sollte er in etwa so viel bedeuten wie »Diese Banshee hat sie irgendwie nicht mehr alle«.

Leider musste ich ihr da irgendwie recht geben. Wie paralysiert starrte ich auf meinen Zeigefinger. Eine rote Linie hatte sich dort gebildet, aus der nun ein fetter Blutstropfen hervorquoll. Das war ja beinahe so wie bei einer Lavalampe. Ich biss mir auf die Lippe.

»Himmelherrgott …«, stöhnte Trinity rechts von mir. Energisch packte sie meine angeschnittene Hand und hielt sie über den Kaffeepot.

»Hey!«, protestierte ich.

»Was? Willst du deinen Finger noch länger wie ein Wiener Würstchen anstarren?«, meinte Trinity, ohne sich zu mir umzudrehen.

Okay, da hatte sie auch wieder recht.

»Eins!«, jubelte Teresa, als der erste Tropfen in den Kaffee fiel.

Das Ganze wirkte so unrealistisch auf mich! Wenn mir vor drei Tagen jemand erzählt hätte, dass ich heute bei Trinity sitzen und ein magisches Ritual mit Blut und Kaffee durchführen würde, das von einer Fee geleitet wurde, die auf den Star-Trek-Gruß bestand und sich üblicherweise um Geisteskranke kümmerte – ja, da hätte ich doch sehr gelacht.

»Zwei!«, freute sich der kleine Trekkie-Fan jetzt.

Konzentriert drückte Trin an meinem Finger herum.

»Aua«, meckerte ich, nur um auch etwas zu sagen zu haben.

Darauf quetschte sie meinen Finger nur noch fester zusammen, damit ein weiterer Tropfen entwich. »Vielleicht streichelst du das nächste Mal nicht nur deinen Finger, sondern schneidest richtig, dann fließt auch etwas mehr Blut!«

Na danke.

»Drei!«, quiekte Teresa. Sie hielt sich die Hände vor den Mund.

Gebannt betrachteten wir gemeinsam die Oberfläche des Getränks. Ein Flimmern, fast wie ein kleiner Blitz, durchzuckte das Getränk.

»Sie haben das Opfer angenommen«, flüsterte Teresa ehrfürchtig. »Jetzt sind sie bereit.«

Aha, dann hatte ich mir das mit dem Blitz wohl doch nicht eingebildet.

Leise vor sich hin stöhnend, verpasste mir Trinity einen Schubs, sodass ich fast vornüber in den Salzkreis gekippt wäre. »Fang an«, zischte sie mir zu.

O richtig. Ich musste etwas sagen. Vor den Schicksalsfeen. Ich. Einfach so. Jetzt gleich.

Mit gemischten Gefühlen betrachtete ich die Tasse. Da sich momentan ein Hoch über Los Verdes, New Mexico aufhielt, schwammen die Kaffeebläschen in der Mitte.

Wieder versuchte ich zuerst, tief Luft zu holen. »Hallo erst mal … Ich bin Alana McClary, Banshee, soviel ich weiß, und das ist mein allererstes Ritual – also falls ich jemanden aus Versehen beleidigen sollte …«

Trinity stöhnte. »Meine Güte, wir sind hier nicht bei einer Quizsendung. Fang endlich an!«

Na gut. Verlegen biss ich mir auf die Lippen. Dann räusperte ich mich erneut. »Also, ich hätte gerne ein paar Antworten zum Schicksal einer früheren Freundin«, erzählte ich dem Kaffee mit seinen etwa vier Dutzend Bläschen, die träge in der Tasse rotierten, was wohl so viel wie »Ja, komm zum Punkt« hieß.

»Weiter«, ermutigte mich Teresa. Sie schien sich vor Aufregung kaum noch auf ihren Knien halten zu können. »Das ist jedes Mal so spannend!«

»Ja, auch wenn man Schicksalsrituale nicht allzu oft durchführen sollte, sonst dreht man irgendwann durch«, flüsterte Trinity mir ins Ohr, wobei sie in Richtung Teresa nickte.

Das erklärte natürlich einiges.

»Sie hat letzte Nacht wohl geübt, um heute nichts falsch zu machen«, raunte mir Trin weiter zu.

Uh, das war gar nicht gut. Hoffentlich knallte mir der kleine Trekkie nicht komplett durch, wenn ich sie gleich noch um ein weiteres Schicksalsritual bat.

»Ach, Alana – versuch maximal vier Fragen über Ava zu stellen. Präzise und genau. Nur zu ihr. Danach verlieren die großen Schicksalsfeen meist die Geduld. Das kann böse enden, wenn du es mit der Menge an Fragen übertreibst.« Trinity deutete nach oben, doch dieses Mal machte ich nicht den Fehler den Kopf zu heben, um an die Decke zu schauen.

13

Gut. Das hieß dann wohl, dass ich nur begrenzt viele Fragen stellen und mit den wichtigsten anfangen sollte.

Wieder räusperte ich mich, diesmal lauter. Fast war mir so, als wäre das Geräusch wie ein Echo zu mir zurückgeworfen worden, als hätte sich plötzlich die Akustik des Raums verändert.

Ich beugte mich weiter nach vorn, um einen besseren Blick auf den Kaffeepot zu erhaschen.

»Lebt Morgan Greens Tante, die Aiobhell Ava Kendrick, die früher meine Freundin war, noch?« Ich konnte nur hoffen, dass diese Frage präzise genug gewählt war.

Die Bläschen im Kaffee blieben, wo sie waren. In der Mitte.

Fragend hob ich den Kopf. »Seid ihr sicher, dass das funktioniert?«, flüsterte ich.

»Positiv«, nickte Teresa freudestrahlend. »Deine erste Antwort ist *ja*.«

O mein Gott, das bedeutete ... Ich griff nach Trins Hand. »Ava lebt.« Obwohl wir es uns schon gedacht hatten, war es doch ein Schock, Gewissheit zu erlangen.

Weiter im Text. Ich musste mich konzentrieren. »Steckt sie hinter den Morden an den ganzen magischen Wesen in Santa Fe und Los Verdes in den letzten vier Tagen?«

Wieder schwammen die Bläschen in der Mitte der Tasse. Also wieder *ja*.

»Ist es ihr Ziel, die magischen Wesen zurück in den Himmel zu führen?« Gebannt hielt ich die Luft an.

Immer noch blieben die Blubberblasen, wo sie waren.

O verdammt, wir hatten mit allem recht gehabt! Ava wollte die Welt ins Chaos stürzen. Es war tatsächlich Ava!

Vorausgesetzt, dieses Kaffeeritual funktionierte, denn groß passiert war ja noch nichts bisher.

»Kann ich eigentlich nur Fragen zu Ava stellen oder auch zu mir und Clay?«, wollte ich wissen.

»Du hast dieses Ritual Ava Kendrick gewidmet. Alle Fragen müssen mit ihrem Schicksal zu tun haben.«

Das hatte ich mir irgendwie schon gedacht. Daher wählte ich meine nächsten Worte sorgfältig.

»Will sie Clay töten?« Schnell schloss ich die Augen, da mir vor der Antwort graute. Als ich sie einen Moment später wieder öffnete, wurde mein schlimmster Albtraum wahr.

Die Bläschen hatten sich nicht von der Stelle bewegt. Die Antwort lautete *ja*.

Ich schluckte. Funktionierte dieses Ritual überhaupt? Bisher war ja überhaupt nichts passiert. Sollte Ava wirklich hinter Clay, ihrem beziehungsweise unserem gemeinsamen Freund, her sein? O Mann, das war zu bizarr.

»Wird Clay ...«

»Du hast schon vier Fragen gestellt und außerdem muss es in der Frage um Ava gehen«, unterbrach mich Trinity.

»Fünf Fragen sind gefährlich«, bestätigte Teresa. »Wir müssen das Ritual beenden. Keine weiteren Fragen.«

Doch ich konnte jetzt nicht aufhören. Ich musste es versuchen. Vielleicht hätte ich die nächste Frage als vierte Frage stellen sollen, wie dumm ich doch war. Egal. Dafür war es jetzt zu spät. Ich musste es einfach wissen. Also warf ich alle Vorsicht über Bord. »Wird Clay ihren Mordversuch überleben?«

Auf die Schnelle fiel mir keine bessere Formulierung ein. Aber so musste es auch gehen.

Kaum hatte ich die Frage ausgesprochen, flitzten die kleinen Bläschen an den Rand der Tasse.

»Nein!«, entfuhr es mir panisch. »Dieses Ritual muss kaputt sein!« Weil ich nicht wusste, was ich tun sollte, griff ich nach der Tasse, um sie zu schütteln und die Bläschen mit Gewalt dazu zu bringen, in die Mitte zurückzukehren.

Aus den Augenwinkeln registrierte ich wie in Zeitlupe, dass Trinity nach meiner Hand zu greifen versuchte.

Vor mir riss Teresa die Augen auf.

Kaum hatte ich den Griff erreicht, explodierte die Tasse zwischen meinen Fingern.

Als hätte eine Bombe in ihr gesteckt, flogen uns die Keramiksplitter nur so um die Ohren. Heißer Kaffee klatschte auf den dunklen Dielenboden, spritzte auf unsere Kleider. Die braune Brühe floss über die Salzlinien und riss sie wie bei einem Tsunami mit sich. Der Feenkreis war zerstört.

»Bist du wahnsinnig?«, schrie Trinity.

Aber ich hörte gar nicht richtig zu. In meinen Ohren klingelte es. Clay würde das hier nicht überleben. Ava würde Clay umbringen!

Schwärze umgab mich. Das musste ein Albtraum sein. Mein schlimmster Albtraum. Der absolute Supergau!

Die nächsten Sekunden nahm ich nur noch wie in Trance wahr. Wie Teresa vor der Kaffeeflut zurückwich. Wie Trin aufsprang und wenig später mit Putzlappen in den Händen zurückkehrte.

Ein Gedanke tauchte in meinem Kopf auf, schlich langsam näher, bis ich ihn ganz zu fassen bekam: Konnte man die Vorhersagen aus Schicksalsweissagungen vielleicht verhindern? Genauso, wie ich manchmal die Lebensuhren austrickste, indem ich Menschen vor lebensgefährlichen Unfällen rettete? Wenn das möglich war, musste ich einfach nur besonders gut auf Clay aufpassen ... Obwohl ich es aufzuhalten versuchte, rannen mir die Tränen nur so in Sturzbächen herunter. Stumme Tränen.

Neben mir fluchte Trinity über ihr durchweichtes Kleid.

Und ich trauerte um den bevorstehenden Tod meines besten Freundes. Ohne ihn wollte ich nicht mehr leben. Wen hatte ich denn dann noch? Clay war so etwas wie mein Zwillingsbruder.

»Shhh, Kleines.« Trinity zog mich in ihre Arme, wobei sie darauf achtete, mich nicht mit ihrem tropfnassen, kaffeeverschmierten Kleid zu berühren.

»Ähm«, räusperte sich Teresa schließlich. »Kannst du mir etwas Trockenes zum Anziehen leihen, Trinity?«

Eilig wischte ich mir mit der Hand übers Gesicht. Wie dumm von mir. Ich durfte keine Zeit verschwenden. Weinen half mir nicht weiter. Weinen half *Clay* nicht weiter! Das Beste, das ich jetzt tun konnte, war, mich zusammenzureißen, Ava zu finden und dieses Miststück aufzuhalten!

»Klar«, nickte Trinity. »Ich zieh mich um und suche euch auch was Trockenes zum Anziehen raus.«

Oh, gut. Trinity verschwand in ihrem Schlafzimmer. Das gab mir die Chance, allein mit Teresa zu reden.

Kaum war Trinity verschwunden, räumte ich zusammen mit Teresa das Chaos auf. »Das mit dem Kaffee tut mir leid.«

»Tja«, die junge Fee zuckte mit den Schultern, während sie die Scherben zusammenkehrte. »Es ist gefährlich, mehr als vier Fragen zu stellen. Und dann auch noch die Tasse zu berühren, bevor das Ritual offiziell beendet wurde! Wir hätten uns zuerst bedanken und die Kerzen ausblasen sollen.«

So als würde ich verstehen, was der Trekkie da von sich gab, neigte ich den Kopf zur Seite. Dann wischte ich weiter den Boden sauber. »Weißt du, Teresa, ich wollte dich noch um einen anderen Gefallen bitten. Eigentlich muss ich unbedingt ein weiteres Schicksalsritual durchführen.«

Interessiert hob Teresa den Kopf.

Als sie mich so direkt ansah, kam ich nicht umhin, ihre jugendliche Schönheit zu bewundern. Die dunkelblonden Haare umrahmten ihr Gesicht in perfekter Herzform. Wären die flackernden, grauen Augen nicht gewesen, hätte man sie für einen Engel halten können. Aber so fragte ich mich, ob ich sie durch meine Bitte nicht noch mehr in den Wahnsinn treiben würde. Schließlich hatte die Kleine schon jetzt ganz schön einen an der Klatsche.

Nach kurzem Zögern erzählte ich ihr, was ich vorhatte. Von dem zweiten Schicksalsritual. Von meinem Plan. Von den Antworten, die ich mir erhoffte. Wenn ich Glück hatte, würde mir das Ritual sogar dabei helfen, Clays Tod aufzuhalten, und gleichzeitig könnte ich dadurch einen weiteren Punkt auf meiner To-do-Serviette abhaken. Ein wenig egoistisch war meine Bitte zwar schon, aber darauf konnte ich in meiner Situation nun wirklich keine Rücksicht nehmen. Nein, Rücksicht war im Angesicht von Clays baldigem Ableben ein Luxus, den ich mir nicht erlauben konnte.

Okay, wahrscheinlich war mein Plan riskant. Eine riesige, riskante Dummheit. Das konnte ich an Teresas Augen ablesen, während ich ihr davon erzählte.

Zunächst sah mich die kleine Áine einfach nur wortlos an, so als überlegte sie, ob sie mich nicht einfach in Stücke reißen und wie Konfetti im Raum verteilen sollte. Irgendwie konnte ich ihr das auch nicht verübeln. Schließlich kannten wir uns gerade einmal 24 Stunden und ich verlangte etwas so Riskantes von ihr, wobei ich sie noch nicht einmal dafür bezahlen konnte.

Als ich beinahe schon die Hoffnung aufgegeben hatte, seufzte Teresa. »Das, was du da verlangst, ist ziemlich gefährlich. Ich würde in diesem Fall kein Schicksalsritual empfehlen. Und schon gar nicht direkt nach dieser Explosion eben.«

Enttäuscht drückte ich den Schwamm in meiner Hand etwas heftiger als ursprünglich geplant zusammen, sodass etwas von der Kaffee-Salz-Mischung auf meinen Schoß tropfte.

Eine Weile sagte niemand von uns etwas, während wir den Boden weiter sauber wischten.

Irgendwann fing Teresa an, wie ein kleines Kind auf den Knien vor- und zurückzuwippen. »Es gibt vielleicht noch eine andere Möglichkeit, Antworten zu erhalten.«

Wie bitte? Ihr Tonfall versprach nichts Gutes. »Aber ...?«

»Aber ich muss dieses spezielle Ritual alleine am Fluss durchführen und ich brauche dazu ein paar Haare von dir.«

Bevor wir weiterreden konnten, kam Trinity zurück ins Wohnzimmer.

Ein Ritual mit meinen Haaren. Was zum Teufel ...? Ach, sei's drum! Inzwischen hatte ich gelernt, bei dieser ganzen Feensache keine Fragen mehr zu stellen. Während meine Gedanken rotierten wie ein Hamster im Laufrad, stellte ich die Putzsachen zurück.

»Schaut mal, ob euch das passt.« Trinity warf mir ein schwarzes und Teresa, die nicht zu Shellys Beerdigung ging, ein rosafarbenes Kleid zu. Kichernd fing der Trekkie-Fan seinen rosa Traum aus Polyester auf.

»Können wir dann jetzt los? Wir kommen zu spät«, meinte Trinity, nachdem wir uns umgezogen hatten. Ihre Augen waren gerötet, sicherlich gingen ihr die Antworten zu Clay aus dem Ritual genauso nahe wie mir, doch sie bemühte sich, stark zu bleiben.

»'kay-kay«, nickte Teresa.

Meine Hand klammerte sich um die Küchenschere, die ich mir unauffällig gegriffen hatte. »Ja, lass uns gehen. Moment mal, was ist das?!« Mit aufgerissenen Augen deutete ich auf die Zimmerdecke.

Die beiden folgten meiner Bewegung.

»Was?«, fragte Trinity.

Sobald sie abgelenkt waren, zückte ich die Schere. Schnell säbelte ich mir damit eine meiner braunen Haarsträhnen aus meinem Pferdeschwanz ab.

»Da ist doch nichts«, murmelte Trin mit zusammengekniffenen Augen.

Kurz bevor sie sich wieder zu mir umdrehte, versteckte ich die abgeschnittene Strähne hinter meinem Rücken. »Ich ... äh ... dachte, ich hätte da eine Spiegelung von einem Feenkreis gesehen. 'tschuldigung.«

»Aha.« Trinity sah nicht sehr überzeugt aus. »Können wir jetzt gehen oder sieht noch jemand rosa Elefanten?« Sie strich sich ihren Haarreif hinter die Ohren, dann öffnete sie die Tür.

»Nein, keine rosa Elefanten«, versicherte Teresa nickend.

Unten auf der Straße, auf dem Weg zu Trins Auto, verabschiedeten wir uns von Teresa. Ich hatte den beiden gegenüber abgelehnt, über Clay zu sprechen, und sie akzeptierten meine Entscheidung. Ich konnte und wollte keine Zeit mit Tränen um Clay verschwenden. Lieber konzentrierte ich mich auf seine Rettung. Das Ritual hatte alles offengelegt, jetzt musste ich handeln.

»Danke für deine Hilfe, Teresa. Wir sehen uns später im Diner, ja?«

»Klar und gern geschehen«, antwortete Teresa, während sie sich schulterzuckend die Ärmel nach oben rollte.

Ich umarmte meine neue Feenfreundin, wobei ich meine Haarsträhne unauffällig in ihre Handtasche gleiten ließ. »Danke, dass du mir hilfst. Die Haare sind in deiner Tasche«, flüsterte ich ihr ins Ohr. »Sei vorsichtig.«

Da ich mir zu 99 % sicher war, dass Trinity versuchen würde, mir meinen Plan auszureden, wollte ich sie lieber nicht darin einweihen. Ich wusste selbst, dass es riskant war. Wenn ich Pech hatte, ging das Ganze schief und die arme kleine Teresa knallte bei ihrem »Spezialritual« vollends durch.

»Lebet lang und in Frieden!« Die kleine Fee hob die rechte Hand wie Mr Spock zum traditionellen Star-Trek-Gruß.

Trinity und ich versuchten es ihr lächelnd nachzumachen.

Teresa lächelte zurück. Dennoch: Irgendwie kam sie mir nicht mehr ganz so aufgekratzt vor. Im Gegenteil – plötzlich wirkte Teresa bedrückt.

Teresa

Sobald Trinity und Alana außer Hörweite waren, zückte Teresa ihr Handy. Nach ein paar Mal Klingeln hob jemand ab.

»Ja?«

»Hier ist Teresa.« Im Laufen wandte sich die kleine Fee immer wieder um, um sicherzugehen, dass sie nicht verfolgt wurde. Die harten Sohlen ihrer Riemchensandalen klapperten über den Asphalt. »Sie will noch ein Ritual. Was soll ich machen?«

Am anderen Ende atmete jemand hörbar schwer ein und wieder aus.

»Das bringt alles durcheinander! Ich dachte, mit dem Schicksalsritual ist meine Pflicht erfüllt. Aber jetzt das!«, fuhr Teresa fort. Als sie immer noch keine Antwort von ihrem Gesprächspartner erhielt, fügte sie seufzend hinzu: »Ich brauche noch einmal deine Hilfe.«

»Na gut. Welches Ritual will sie?«

»Eine Stammbaum-Weissagung.«

»Hast du ihre DNA?«

»Ja.«

»Gut. In einer Stunde unten am Fluss. Dort, wo sich die Strömung vor der Insel teilt. Dann besprechen wir alles Weitere.«

»Hab ich mir schon gedacht …« Bevor Teresa noch etwas ergänzen konnte, war die Leitung tot.

Finster starrte sie auf das Handy. Das war doch nicht ihre Schuld! Egal. Es würde schon alles gut gehen. Leise vor sich hin summend steckte sie das Handy zurück in ihre Handtasche. Sich um etwas Sorgen zu machen, das man sowieso nicht selbst in der Hand hatte, brachte einfach nichts. Also schob Teresa energisch alle negativen Gedanken von sich. Dann hüpfte sie wie ein kleines Kind in Richtung ihrer Wohnung, wobei sie ausgelassen die Star-Trek-Titelmelodie pfiff.

Alana

Trinity und ich kämpften uns von der Bushaltestelle aus durch den einsetzenden Nieselregen in Richtung des Friedhofs hinter dem Anbau der San Miguel Chapel. Das gute Wetter von heute Morgen war nur noch Geschichte. Über Santa Fe dunkelte der Himmel in einem unfreundlichen Taubengrau, was wirklich Seltenheitswert für unsere Wüstenstadt hatte. Er schien zusammen mit uns um Shelly weinen zu wollen.

Shelly, die arme wunderschöne Barbie-Shelly. Zwar hatte ich sie nicht besonders gut gekannt und außerdem gewusst, dass sie Siri immer einige Probleme bereitet hatte, aber jetzt war sie tot. Jemand hatte ihr das Leben auf brutale Art und Weise genommen. Das war so entsetzlich grausam. Einfach schrecklich. Niemand hatte das verdient!

Als ich den Blick zur Seite wandte, konnte ich sehen, dass auch Trinitys Augen in Tränen schwammen. Die Beerdigungs-Melancholie gepaart mit der Vorhersage über Clay hatte uns beide bereits vor Betreten des Friedhofs eingeholt.

Da fiel mir plötzlich ein, dass ich ihr noch von meinem gestrigen Gespräch mit Dylan und dem weiteren Mordopfer Serena erzählen musste. »Trin, kennst du zufällig eine Serena Bishop?« Eilig gab ich die Umstände ihres Todes wieder und alles andere, was ich am Abend zuvor mit Detective Sockenschuss besprochen hatte.

Kurz bevor wir am schmiedeeisernen Friedhofstor angekommen waren, beendete ich meinen Bericht mit dem Hinweis, dass Clay sauer auf mich war und sich über Nacht vom Acker gemacht hatte.

»Du hast diesen launischen Detective in alles eingeweiht?« Trinity starrte in die Wolken.

»*Fast* alles …«, murmelte ich, wobei ich unter gesenkten Lidern zu meiner Freundin hinüberschielte. »Nicht in die Sache mit Clay.«

Der Wind wirbelte ihre nassen blonden Haare durcheinander. »Ich bin mir nicht sicher, ob das besonders klug von dir war.«

Bei vielen Dingen in meinem Leben war ich mir nicht so sicher, ob das besonders klug von mir war …

So plötzlich, dass ich es nicht vorhersehen konnte, drehte sich Trinity zu mir um.

Vor Schreck zuckte ich zusammen.

Ihre grauen Augen fixierten meine. Die 450 Monate und ein paar Zerquetschte über ihrem Kopf hoben sich von dem Grau unserer Umwelt heute besonders gut ab. »Diese Serena war eine Sirene – eine Irrlicht-Fee. Scott ist mit ihr ausgegangen. Wegen des großen Altersunterschieds haben sie es geheim gehalten.«

Sofort rief ich mir Dylans Worte zu den beiden Opfern ins Gedächtnis. Scott war 18 und Serena 28 Jahre alt gewesen. Wenigstens waren die beiden jetzt im Himmel wieder vereint. So stellte ich mir das Ende ihrer tragischen Lovestory jedenfalls vor. Trotzdem … Komischerweise jagten mir Trinitys Blick und diese Information irgendwie Angst ein. Was bedeutete das alles? Oder war sie nur sauer auf mich, weil ich ihr nicht früher von Clays ablaufender Lebensuhr erzählt hatte?

Das schmiedeeiserne Tor kreischte wie eine Schicksalsfee, der man die Kaffeetasse entreißen wollte. Jedenfalls stellte ich mir das in diesem Moment so vor. Fast hätte ich mir die Ohren zugehalten, als Trinity es aufstieß.

Dahinter erstreckte sich ein etwa fußballfeldgroßes Areal. An diesem Ort war ich noch nie zuvor gewesen. Zögernd folgte ich Trinity ins Innere des Friedhofs, der direkt hinter der neuen San Miguel Chapel lag.

Ein breiter Kiesweg teilte den Friedhof in zwei Hälften. Von diesem zentralen Weg aus zweigten wiederum Dutzende schmalere Seitenwege ab. Nahe des Tors, innerhalb der linken Friedhofshälfte, öffneten gerade zwei junge Männer eine Seitentür der San Miguel Chapel. Beim Anblick der gepflegten Grünflächen des Friedhofs, die von grauen Grabsteinen durchzogen war, überlief mich ein kalter Schauer. Nein, Friedhöfe zählten sicherlich nicht zu meinen bevorzugten Orten auf dieser Welt.

»Da vorne!« Hinter einem kleinen Brunnen für Gieskannen hatte Trinity einen schwarzen Zeltpavillon über einem offenen Grab entdeckt. Da Shelly eine Sheerie, also ein Windgeist gewesen war, würde die Zeremonie draußen stattfinden.

Der Regen wurde nun stärker, prasselte auf den mit Sand gemischten Kiesweg vor uns und verwandelte ihn dadurch in eine Schlammgrube.

Trinity und ich beschleunigten unsere Schritte, bis wir das rettende Zelt erreicht hatten.

Einige Trauergäste standen bereits in kleinen Gruppen darin herum.

Schnell scannte ich die Menge. Clay befand sich nicht unter ihnen.

Offensichtlich war Trinity mein enttäuschtes Gesicht nicht entgangen, denn sie drückte plötzlich meine Hand. »Er wird schon noch kommen. Schließlich hat Clay es versprochen.«

Dankbar nickte ich ihr zu. Bei dieser Sache hatte ich ausnahmsweise mal kein schlechtes Gefühl. Clay würde sicher gleich auftauchen und danach würde ich ihn nicht mehr aus den Augen lassen.

Bevor die Zeremonie losging, beschlossen Trinity und ich, uns unter die Menge zu mischen, die Trin zufolge zu einem großen Teil aus magischen Mitbürgern der Stadt bestand, um sie nach ihren Beziehungen zu den Mordopfern auszuhorchen, inklusive der angeblich toten Ava. Außerdem hatten wir vor, vorsichtig abzuklopfen, ob sie etwas von einer Gemeinschaft namens Petrus' Army gehört hatten.

Nachdem sie sich umgesehen hatte, flüsterte Trinity mir ins Ohr, welche Art von Kreaturen sie unter den Magischen erkannte. Die meisten waren Wind- oder Wasserelfen. Allesamt Lichtelfen. Niemand strahlte Bösartigkeit aus oder wirkte, als ob er auf der Seite der Dunkelheit stand. Aber da könnte man sich auch leicht irren, meinte Trin.

So unauffällig wie möglich – was in meinem Fall gar nicht so einfach war, schließlich war ich für meine unglücklichen Stolperunfälle bekannt – schlenderte ich auf eine Gruppe Wasserelfen zu.

Die vier Wasserelfen-Mädchen standen vor der hüfthohen Säule, auf der ein Bild von Shelly neben einem Blumenkranz platziert worden war. Allesamt waren sie etwa in meinem Alter, hatten braune Haare und ein trauriges Gesicht aufgesetzt. Sofort imitierte ich ihre Körperhaltung sowie Mimik, damit sie mich als eine der ihren erkannten und in die Gruppe aufnahmen. So hatte ich das jedenfalls mal bei einer Fernseh-Dokumentationsreihe über Schimpansen gesehen.

»Hi, ich bin Alana.« Artig gab ich den vier Elfen nacheinander die Hand.

Sie schienen sich durch meine plumpe Begrüßung nicht gestört zu fühlen und nein, auch ihre Lebensuhren veränderten sich durch meinen unerwarteten Eintritt in ihr Leben nicht.

Jede von ihnen hatte noch ein langes Leben vor sich, wie ich zufrieden feststellte.

»Woher kanntet ihr Shelly?«, fragte ich in die Runde, nachdem sich alle bei mir vorgestellt hatten.

Aimée, die Elfe mit der schwarzen Sonnenbrille, fing an, von Shelly zu erzählen, die sie alle nur flüchtig gekannt hatten, aber hatten bekehren wollen. Wie sich herausstellte, handelte es sich bei diesen Wasserelfen um recht gläubige Magische, die auch Serena aus der Kirche kannten, deren Tod sich mittlerweile rumgesprochen hatte. Das Gute daran war, dass ich sie dadurch zu ihrer Ermordung befragen konnte, allerdings waren die vier von Serenas Verschwinden und Tod völlig überrascht worden. Also brachte mir das auch keine neuen Erkenntnisse. Die vier kamen mir so ehrlich vor – fast wie Nonnen –, dass ich nicht daran zweifelte, dass sie keine Ahnung hatten, was hier vor sich ging. Von Serenas Beziehung zu Scott hatten die vier offensichtlich ebenfalls keine Ahnung, denn als ich sie fragte, ob Serena einen Freund gehabt hätte, antworteten sie inbrünstig, Serena sei mit Jesus verheiratet gewesen. So viel dazu …

Trinity hatte mir schon erzählt, dass die meisten Magischen sehr gläubig waren und alles daransetzten, Gottes Gunst zurückzugewinnen, der ihre Vorfahren, die gefallenen Engel, aus dem Himmel vertrieben hatte.

Am Ende hatte ich nur noch eine Frage. »Es klingt vielleicht komisch, aber habt ihr vielleicht von einer Gruppe, die sich Petrus' Army nennt, gehört? Sie haben sich diesen Namen sogar auf den Unterarm tätowiert.«

Die Elfen schüttelten den Kopf.

»Petrus' Army?«, murmelte die Wasserelfe, die sich als Kaitlyn vorgestellt hatte. »Soll das heißen, sie verehren Petrus und kämpfen für ihn?«

»Das könnte …« Aimée tippte sich mit einem Finger ans Kinn. »Meint ihr, das könnte eine dieser radikalen Gruppen sein, die die Himmelspforten wieder für die magische Bevölkerung öffnen wollen, egal mit welchen Mitteln?«

Verdutzt hob ich den Blick. Die Elfen hatten also tatsächlich eine Theorie darüber. Allerdings verschwieg ich ihnen lieber, dass es Morgans Fast-Entführer gewesen waren, die den Schriftzug Petrus' Army eintätowiert hatten, und wir deshalb davon ausgingen, dass diese Gruppe hinter den ganzen Entführungen und Morden steckte. Ich wollte schließlich nicht die Ermittlungen gefährden und auch nicht von einem wütenden Detective Sockenschuss in der Luft zerrissen werden, wenn er herausfand, dass ich geplaudert hatte. Allerdings schienen wir auf der richtigen Spur zu sein. Wer auch immer die magischen Wesen entführt hatte, er verfolgte wahrscheinlich das Ziel, die Toten beziehungsweise ihr Blut dazu zu nutzen, um in den Himmel zurückzukehren. Dafür war offenbar ein ganz großes Ritual vonnöten, im Gegensatz zu meinem heute Morgen. Laut unserem Chaosritual von vorhin steckte Ava hinter alldem. Konnte das wahr sein?

Unwillkürlich musste ich an das Bild des Dián Mawrs, des »Blutbefleckten Erlösers«, aus meinem Feenbuch denken, der die magischen Wesen in den Himmel führte und die Menschen in die Hölle. Ich schluckte. In diesem Moment nahm Aimée ihre Sonnenbrille ab.

Und auf einmal wusste ich, warum sie die Brille die ganze Zeit über getragen hatte. Ihre Augen funkelten in einem überirdisch schönen Türkiston, der einen vor lauter Faszination zu Stein erstarren ließ.

Ehrfürchtig betrachtete ich sie.

»Du musst ihn aufhalten, Alana McClary. Du darfst keinen Fehler machen, hörst du?« Aimées Blick hatte sich verändert. Während sie benommen schwankte und ich dastand wie ein Welpe, dem man einen Eimer Wasser über den Kopf gekippt hatte, fingen Aimées Freundinnen die Elfe auf und schoben ihr die Sonnenbrille zurück ins Gesicht.

»Du musst sie entschuldigen. Aimée ist halb Merrow. Sie sieht manchmal Dinge …«, wisperte Kaitlyn, während sie sich eilig umsah, ob jemand etwas von diesem Zwischenfall bemerkt hatte.

O nein! Das wollte ich jetzt wirklich nicht hören. Bitte keine Prophezeiung wie in einem schlechten Fantasy-Film!

Wie in Trance machte ich einen Schritt rückwärts. Und dann noch einen. Ich wollte weg von diesen verrückten Elfen. Nur weg.

Plötzlich stieß ich gegen etwas Hartes.

O Mist!

Das Harte und ich taumelten. Gemeinsam. Jedenfalls fühlte es sich so an.

Verdutzt drehte ich mich um. Verdammt, ich war gegen die Säule mit Shellys Foto gelaufen, das jetzt im Begriff war, hintenüberzukippen. Wie peinlich! Kurz bevor ich mitsamt Säule, Blumen und Foto zu Boden gegangen wäre, packten uns zwei kräftige Hände.

Die Hände hatten uns gut im Griff, denn sie stellten mich und die Säule heil zurück auf den Boden – so, als täten sie das jeden Tag.

»Hat die arme Shelly denn nicht schon genug durchgemacht?«, flüsterte mir eine vertraute Stimme ins Ohr.

»Du?« war alles, was ich in diesem Moment ungläubig aushauchen konnte.

14

Clay grinste mich schief an. Natürlich war es Clay, mein Glückskobold, der mein Pech irgendwie immer ausgleichen konnte.

Auf den ersten Blick konnte ich sehen, dass er wegen gestern immer noch reichlich verstimmt war. Dann hob ich mit klopfendem Herzen den Blick, um seine verbleibende Lebenszeit zu überprüfen. Natürlich entging Clay nicht, was ich tat, weshalb er eine Augenbraue hob.

Seufzend zog ich mir die schwarze Schleife aus den Haaren, die sich bereits gelöst hatte, wodurch mir meine Haare aus dem Pferdeschwanz locker nach unten über die Schultern fielen. Wie immer in meinem Leben hatte *ich* kein Glück. Clays Uhr zeigte nur noch zwei Tage und zehn Stunden an. Super.

Wenn Dylan allerdings Wort hielt, würde er Clay von seinen Leuten überwachen lassen. Damit hatten wir eine solide Chance, dass er die nächsten Tage überleben würde. Kaffeeritual hin oder her.

Ich schielte zum Rand des Friedhofs. Stand da nicht ein abgedunkelter Wagen? Bestimmt waren wir hier in Sicherheit. Unter Polizeibewachung. Vorsichtshalber nahm ich mir vor, Dylan gleich eine SMS zu schreiben.

Aber zurück zu Clay. Ich schluckte. »Hi, Clay. Hast du gut

geschlafen?« O Mann! Augenblicklich hätte ich mich für diesen Satz ohrfeigen können.

Wieder sah mich Clay schief an. So als könnte er sich nicht entscheiden, ob er sauer oder glücklich ausschauen sollte. Außerdem war sein dunkles Haar verstrubbelt und …

»Hey, Alana.« Hinter Clay tauchte auf einmal Morgan auf, die mir schüchtern zuwinkte. Sie trug dieselbe Kleidung wie Clay: schwarze Hose und schwarzes Hemd – nur dass bei Clay noch ein Preisschild aus dem Hemd hervorlugte. Morgan lächelte mich verlegen an. Als sie sich zu uns gesellte, hoben sich auch Clays Mundwinkel deutlich.

So war das also. Meine Vermutung bestätigte sich, als Clay nach Morgans Hand griff.

Ich schielte von ihren ineinander verschränkten Händen zu ihren Gesichtern und dann zu ihren Lebensuhren. Wie kam es nur, dass die beiden Menschen beziehungsweise Magischen mit der geringsten Lebenserwartung am glücklichsten aussahen?

Genau wie gestern zeigte Morgans Uhr über ihrem roten Haarschopf nur noch 19 Monate an.

Seufzend zog ich Clay in meine Arme. »Tut mir leid, ich will nur das Beste für dich. Und ich werde das verhindern«, flüsterte ich ihm zu.

Clay nickte. Wir beide wussten, dass ich mit »das« seinen bevorstehenden Tod meinte.

Bevor ich noch etwas sagen konnte, packte mich Trinity am Arm. »Die Zeremonie geht gleich los. Oh, hi, Clay … und Morgan …« Ihr Blick wanderte zu Clays und Morgans Händen. Sie stutzte kurz, fing sich dann aber gleich wieder. Immerhin war das ja auch nicht das erste magische Liebespaar mit deutlichem Altersunterschied, das sie in letzter Zeit zu Gesicht bekam. Moment mal! Woher hatte Trinity das mit Scott und Serena eigentlich gewusst, wenn sie es doch geheim gehalten hatten, dass sie eine Beziehung führten? Doch bevor ich sie das fragen konnte, zischte sie mir zu: »Ich muss dringend mit dir sprechen.«

Okay ... Überrascht öffnete und schloss ich meinen Mund. Hatte sie etwa bei der Befragung der Gäste etwas Wichtiges in Erfahrung bringen können?

»Ihr entschuldigt uns?« Mit einem Nicken in Clays und Morgans Richtung zerrte Trinity mich weiter nach hinten, weg von der Mitte des Pavillons mit dem offenen Grab. Was wahrscheinlich auch besser war, wenn man bedachte, dass ich bei meinem Glück sicherlich dort hineingestolpert wäre.

In der Zwischenzeit war es relativ voll unter dem Trauer-Pavillon geworden. Die ganze magische Gemeinde von San Miguel schien sich hier versammelt zu haben. Da fiel mir die Geschichte dieser Kirche wieder ein ... Sie stellte einen Zufluchtsort für diejenigen Magischen dar, die aus ihrer Heimat flüchten mussten. Ich dachte an die historische Kirche, die inzwischen von einem viel größeren Nebengebäude dominiert wurde. Der neuen strahlenden San Miguel Chapel. Sicherlich hatten sie alle fleißig für diesen neuen Kirchenteil gespendet. Schließlich stellte das hier den heiligsten Ort für sie alle dar.

Als wir uns durch die letzte Stuhlreihe an der Trauergemeinde vorbeigequetscht hatten, hielt Trinity an.

Draußen prasselte immer noch der Regen auf das Zeltdach. Wirklich ungewöhnlich zu dieser Jahreszeit. Ob da eine Wetterfee ihre Hand im Spiel hatte?

»Also«, flüsterte Trinity. Endlich ließ sie meinen Arm los, was ich dazu nutzte, mir über die fingernagelförmigen Druckstellen an meinem Oberarm zu reiben.

»Ich habe mit den Feen da drüben gesprochen.« Trin nickte zu einer Gruppe überdurchschnittlich großer Damen in den Vierzigern. »Leider keine Neuigkeiten zu den Mordopfern oder Petrus' Army, aber – und jetzt halte dich fest ...« Sie legte eine dramatische Pause ein, wofür ich sie am liebsten durchgeschüttelt hätte.

Unruhig trat ich von einem Bein aufs andere.

Endlich verkündete sie: »Sila, eine Fee der Zeit, hat Ava gesehen!«

»Was?« Mein Mund klappte auf.

Bevor ich einen klaren Gedanken fassen konnte, fuhr Trinity fort: »Ja! Sie sagt, sie hätte sie mit Sonnenbrille und breitkrempigem Hut in der Innenstadt von Santa Fe entdeckt. Sila konnte es kaum glauben, hat ihren Namen gerufen, doch Ava ist einfach um die nächste Ecke verschwunden. Als Stammkundin in Avas Coffeeshop kannte Sila Ava recht gut, sie ist sich sicher.«

»O mein Gott«, entfuhr es mir. Andererseits: Wie viele Beweise brauchten wir denn noch?

Trinity nickte düster. »Es stimmt also alles höchstwahrscheinlich. Ava versteckt sich hier irgendwo, tötet magische Wesen und sammelt ihr Blut für ein Ritual.«

»Wahrscheinlich will sie sich selbst zum Dián Mawr erheben ...«, platzte ich mit meiner Theorie heraus. »Also die Seele des blutbefleckten Erlösers in sich aufnehmen und dann die Magischen zurück in den Himmel führen. Hast du davon schon mal gehört?«

Trin stutzte einen Augenblick, nickte dann jedoch. »Ja, das könnte passen. Jetzt, wo du es erwähnst ... Die Sage um den Dián Mawr kenne ich aus meiner Kindheit. Meine Mutter hat mir davon erzählt. Um das Gleichgewicht zwischen Himmel und Hölle aufrechtzuerhalten, wird der Erlöser die menschlichen Sünder in die Hölle verbannen. Verdammt! So viele werden sterben.«

Na super. Das waren ja Bombenaussichten! Unsere Stadt oder das ganze Land oder, noch besser, die ganze Welt würde untergehen?

Plötzlich fiel mir wieder Aimées Weissagung ein. »Hör mal, Trin! Ich habe mit Aimée, einer dieser Wasserelfen, gesprochen. Auf einmal ist sie ganz komisch geworden. Sie sagte so etwas wie: ›Du musst ihn aufhalten, Alana. Du darfst keinen Fehler machen.‹ Scheinbar war das eine Merrow-Weissagung.« Unsicher sah ich Trinity an, in der Hoffnung, sie würde das Ganze als großen Unsinn abtun.

Leider hatte ich kein Glück. Trin schlug sich die Hand vor den Mund. »Das ist nicht dein Ernst? Wirklich? Oh … das ist …«

»Das ist was?«, hakte ich nach.

»Ernst. Merrow-Weissagungen darf man nicht auf die leichte Schulter nehmen. Sie erfüllen sich eigentlich immer.«

Ganz klasse. Jetzt musste ich *ihn* also aufhalten.

Eine Weile sagte niemand von uns beiden etwas, während wir unseren jeweiligen eigenen Gedanken nachhingen und dem Prasseln des Regens auf dem Zeltdach lauschten.

Dann, gerade als der Priester gemeinsam mit Siri das Zelt betrat, beugte sich Trinity zu mir herüber. »Scheinbar ist es deine Aufgabe, Ava aufzuhalten. Denn Ava wird zum Dián Mawr, verstehst du? Den musst du aufhalten.«

Natürlich verstand ich. Aber davon wollte ich jetzt absolut nichts hören.

»Hey, Siri!« Ich hob eine Hand, um sie zu uns herüberzuwinken.

»Hallo, ihr zwei. Schön, dass ihr gekommen seid.« Dankbar lächelte sie uns an. Ihre hellblauen Haare klebten ihr völlig durchnässt am Kinn. »Shelly hätte sich sicher gefreut, wenn sie sehen könnte, wie viele Leute extra wegen ihr gekommen sind.«

Wir umarmten uns kurz, dann nahmen wir unsere Plätze in der zweiten Reihe ein, die Siri mit unseren Namen beschriftet hatte.

Die Zeremonie lief sehr emotional ab. Viele der Trauergäste weinten, als die Urne mit Shellys Asche hereingetragen und schließlich in die Grube gelassen wurde.

Der Priester hielt eine bewegende Rede, wofür er meinen tiefsten Respekt hatte. Neben mir schluchzte Siri immer lauter. Um sie zu trösten, legte ich einen Arm um sie.

Vielleicht war es Shelly gegenüber unfair, aber ich konnte das Ende der Zeremonie kaum erwarten. Schließlich wollte ich wissen, wie das Ritual von Teresa gelaufen war, und ich musste unbedingt noch mit Trin über Scott sprechen. Merkwürdigerweise wusste sie ziemlich viel Privates über ihn, dabei wohnte sie noch gar nicht lange in Los Verdes. Außerdem wurde ich das bohrende Gefühl nicht los, dass ich etwas Wichtiges vergessen hatte. Und das war bei mir noch nie ein gutes Zeichen gewesen.

Mein Blick fiel auf Clay und Morgan, die gerade zwei weiße Rosen auf die in die Erde gelassene Urne warfen.

Dabei fiel mir auf, dass ich nicht die Einzige war, die die beiden beobachtete. Die magische Gemeinde, darunter ein paar, die ich schon mal im Diner gesehen hatte, musterten die beiden unverhohlen. Offensichtlich waren alle Anwesenden ebenso irritiert wie ich. Aus irgendeinem Grund, den ich mir selbst nicht ganz erklären konnte, passte mir die Beziehung zwischen Clay und Morgan ganz und gar nicht.

Egal, darum würde ich mich später kümmern. Zuerst musste ich diese Zeremonie hinter mich bringen.

Als eine der Letzten reihte ich mich in die Schlange vor dem Kübel weißer Rosen ein.

»Wir werden dich vermissen, Shelly. Ich hoffe, dir geht es gut, da, wo du jetzt bist.« Damit warf ich die Rose auf die Urne in der Grube.

Zehn Minuten später war alles vorbei. Eilig verabschiedete ich mich von Siri, dann zog ich Trinity beiseite. Durch den Regen klebten ihre langen blonden Haare wie ein nasser Mopp an ihrem Kopf. Auch ihre Mascara hatte schon bessere Zeiten gesehen und sich wie bei einem Pandabären um die Augen verteilt.

In diesem Moment vibrierte meine Handtasche. Ausgerechnet jetzt! Allerdings hatte ich das Gefühl, dass die Nachricht entweder von Teresa oder Dylan stammte. Also zog ich mein Handy aus der Tasche.

Mein Gefühl hatte mich nicht getrogen. Die SMS stammte von Dylan. Mit zusammengekniffenen Augen überflog ich die Nachricht. »Der Personenschutz ist eingerichtet. Deine Freunde Clay O'Connor und Morgan Green werden von nun an rund um die Uhr von Polizeibeamten bewacht. Können wir uns zum Mittagessen treffen? Ich hätte da noch ein paar Fragen an dich.«

Auch das noch ... Aber das war machbar.

Rechts von mir beugte sich Trinity interessiert zu mir herüber. »Was ist los?«

»Ach, nichts.« Eilig ließ ich mein Handy zurück in meine Tasche gleiten.

»Was ich dich noch fragen wollte, Trin: Woher wusstest du all die Sachen über Scotts Beziehung? Das hatte er doch versucht geheim zu halten.«

Trinity runzelte die Stirn. »Warum willst du das wissen? Verdächtigst du mich etwa?«

Eilig schüttelte ich den Kopf. »Natürlich nicht. Ich möchte nur verstehen, wie alles zusammenpasst.«

Nach einigem Zögern begann Trin zu erzählen. »Scott war im selben Bogenschützenverein wie ich. Wir haben uns immer gut verstanden. Als dann dieser neue Junge – jetzt weiß ich, dass er damit Vincent gemeint haben musste – in die Stadt kam und Scotts Freund wurde, begann es für Scott anscheinend, eng zu werden.« Trinity sah sich um, als ob sie Angst hätte, jemand würde uns belauschen. »Dieser Junge kam Scotts Geheimnis auf die Spur. Deshalb bat er mich um Rat. Irgendwie denkt alle Welt, Waldelfen seien besonders einfühlsam und verschwiegen.« Sie zuckte mit den Schultern. »Stimmt auch irgendwie. So sind wir. Ich mochte Scott sehr. Auf diese Weise habe ich von seiner Beziehung zu Serena erfahren.«

Während sie sprach, hielt sie den Blickkontakt zu mir. Ihr Tonfall klang aufrichtig. »Und konntest du ihm einen guten Rat geben?«

»Selbstverständlich! Ich habe ihm geraten, auf sein Herz zu hören.«

Aha. Immer ein guter Rat. Der Klassiker sozusagen. Leise vor mich hin murmelnd zog ich an meinem Kleid.

Wo steckte eigentlich Clay? Leider konnte ich ihn nirgendwo entdecken. Ob er schon wieder mit Morgan abgehauen war? Um sicherzugehen, schrieb ich ihm eine SMS.

Clays Antwort kam sofort: »Ich bin mit Morgan unterwegs. Mach dir keine Sorgen. Übrigens folgt uns ein Polizeifahrzeug in Zivil. Ich nehme an, das geht auf deine Rechnung? Wir sehen uns heute Nachmittag zu Hause. Clay«

Was sollte man nur darauf antworten? Weil sich in diesem Moment jedoch Trinity bei mir unterhakte und mich durch den Nieselregen zum Ausgang des Friedhofs schleppte, konnte ich sowieso nicht mehr antworten. Ich hatte genug damit zu tun, den Kopf einzuziehen und die Augen zusammenzukneifen.

Dylans Kollegen würden sicher auf Clay aufpassen. Zumindest bis es morgen ernst wurde. Da er Dienstag früh, kurz nach Mitternacht sterben sollte, würde er erst morgen oder am Montag entführt werden. So nahmen wir das jedenfalls aufgrund der Analyse der anderen Fälle an.

Als wir aus dem Friedhofstor traten, räusperte sich plötzlich jemand links von uns.

Fast wäre ich vor Schreck in die nächste Pfütze gehüpft.

Dylan lehnte lässig mit dem Rücken am Zaun, den Blick fest auf mich gerichtet. »Ich war gerade in der Nähe und dachte, ich hole dich gleich zu unserem Mittagessen ab.«

Neben mir pfiff Trin leise durch die Zähne.

Ich verpasste ihr einen Stoß in die Rippen, dann funkelte ich Detective Sockenschuss böse an. War das sein Ernst? Jetzt schon? Und musste er mich derart überrumpeln? Eigentlich hatte ich vorgehabt, zuerst mit Teresa zu sprechen – und außerdem hatte ich ihm noch gar nicht zurückgeschrieben, ob ich seine Einladung zum Mittagessen annehmen würde! Missmutig betrachtete ich meine mit Matsch beschmierten Ballerinas. Was hatte ich nur getan, dass mich das Universum mit diesem unmöglichen Kerl bestrafte? Wenn er jetzt nicht mit wichtigen Neuigkeiten herausrückte, die mir halfen, Clays Leben zu retten, würde ich ihn umbringen.

Leise vor mich hin fluchend ergab ich mich in mein Schicksal.

»Ich hab noch was zu erledigen. Können wir später weiterreden?«, bat ich Trin.

Statt zu antworten, grinste sie mich nur verschlagen an.

»Können wir dann jetzt?«, meldete sich Dylan zu Wort.

Ich nickte, was er zum Anlass nahm, wortlos auf einen dunkelblauen BMW zuzusteuern. Genervt trottete ich ihm hinterher.

Bevor wir den Wagen ganz erreicht hatten, warf ich einen Blick über die Schulter zurück zu Trin, die immer noch grinsend an derselben Stelle stand.

Jetzt reckte sie auch noch einen Daumen.

Ich verdrehte die Augen. Was fand sie nur an diesem dumpfbackigen Detective? Soo gut sah er jetzt auch wieder nicht aus.

»Du darfst auch das Blaulicht anmachen, wenn du magst«, bot Dylan an, wobei er auf ein Blaulicht deutete, das auf seinem Armaturenbrett klebte.

Da fuhr ich doch lieber in Handschellen auf dem Rücksitz mit! »Liebend gern, aber ich bin nicht mehr drei Jahre alt und möchte zu meinem Mittagessen kommen, ohne dass mich die halbe Stadt dumm anglotzt.«

Als ich mich missmutig auf den Beifahrersitz fallen ließ, bemerkte ich, dass mich Dylan mit einer Miene ansah, die gleichermaßen überrascht wie verletzt wirkte. Was sollte das denn jetzt?

Da fiel mir ein, dass er einen kleinen Bruder hatte, Rider, der wahrscheinlich gerne das Blaulicht bediente. Allerdings war ich eine Frau ... Ob ihm das bewusst war? Unter halb gesenkten Lidern beobachtete ich, wie Dylan ebenfalls in den Wagen stieg und den Motor anließ. Zu seinem Verdruss ganz ohne Blaulicht. Viele Verabredungen mit Frauen schien er in letzter Zeit nicht gehabt zu haben, wenn er sich so dämlich anstellte.

Irgendwie musste ich bei diesem Gedanken grinsen. Dann wurde mir klar, dass das ja eigentlich gar kein Date war, sondern nur ein gemeinsames Mittagessen. Augenblicklich fielen meine Mundwinkel wieder nach unten. Es war nur ein Mittagessen und ich hatte ja auch wirklich wichtigere Dinge zu tun, als mir Gedanken um Dylan Shane zu machen.

Detective Heute-ohne-Blaulicht-unterwegs fand tatsächlich einen Parkplatz ganze zwei Blocks von dem China-Restaurant entfernt, in das er unbedingt gehen wollte. Ich war heute offenbar noch nicht genug durch den verdammten Regen gelaufen.

Zu allem Überfluss bot mir Dylan auch noch seinen Arm an, damit ich mich bei ihm einhaken konnte, während er den Schirm über uns hielt. Selbstverständlich quittierte ich diese Geste mit einem wütenden Blick. Man würde uns noch für ein Pärchen halten! Dennoch nahm ich seinen Arm. Die Alternative war schließlich noch weniger erfreulich: nasse Haare.

Während wir zum Restaurant liefen, meckerte ich fortwährend wegen dem zu weit vom Restaurant entfernten Parkplatz, nur um nicht über andere Dinge mit Dylan reden zu müssen.

Als wir um die letzte Ecke bogen, passierte es. Ich hatte heute aber auch wieder ein Glück ...

Es war ein Würstchenverkäufer, der auf uns zulief.

Wie immer kündigte sich der Schrei an, aber wie jedes Mal konnte ich ihn nicht aufhalten.

Der grauhaarige Mann mit dem Würstchengrill, den er um den Bauch gebunden vor sich hertrug, schien etwa 70 Jahre alt zu sein. Er sah wie ein typischer Durchschnittsopa aus – und er hatte nur noch 6 Tage und 11 Stunden zu leben.

Bevor ich weglaufen oder wenigstens Dylan in einen Busch schubsen konnte oder so, renkte sich mein Kiefer aus. Der mir leider schon allzu bekannte Banshee-Schrei entfuhr meiner Kehle. Verfluchter Mist aber auch! Ausgerechnet heute zog sich der Schrei auch noch mindestens zehn Sekunden lang hin. Oder fühlte er sich einfach nur so lange an, weil Dylan neben mir stand? Wenn das so weiterging, würde er irgendwann meinem Geheimnis auf die Schliche kommen. Meine Hände krallten sich in den feuchten Baumwollstoff meines Kleides. Zu mehr war ich allerdings nicht in der Lage. Natürlich starrten mich sowohl Dylan als auch der Wurstverkäufer mit großen Augen an.

»Ähm, tut mir leid.« Verlegen zuckte ich mit den Schultern.

Die beiden musterten mich weiter stumm. Nilpferdkacke, Nilpferdkacke, Nilpferdkacke!

»Ich hab eine Allergie«, fuhr ich so selbstbewusst wie möglich fort, »gegen … gegen Würstchen!« Nachdem ich diese fadenscheinige Entschuldigung über die Lippen gebracht hatte, straffte ich die Schultern. Ein Blick in Dylans Gesicht verriet mir allerdings, dass er mir das ganz und gar nicht abnahm.

Wenigstens tippte sich der Würstchenverkäufer an die Stirn und verschwand daraufhin.

Seine Rettung musste ich auf später verschieben. In Gedanken fügte ich einen weiteren Punkt auf meiner To-do-Serviette hinzu: »Wurst-Opa retten«.

Gerade als ich mich von dem Schock erholt hatte und weitergehen wollte, packte mich Dylan am Oberarm und drehte mich so, dass ich ihn ansehen musste. »Was war *das* denn?«

»Was meinst du?« So unschuldig wie möglich blickte ich mich über meine Schulter hinweg um. »Ach, du redest von meiner Würstchenallergie? Ja, schlimme Sache …« Mit klimpernden Wimpern sah ich zu ihm empor. Das musste ich jetzt durchziehen.

»Du erwartest nicht ernsthaft von mir, dass ich dir das abnehme?«

»Ich verstehe dein Problem nicht. Du hast doch gesehen, wie allergisch ich reagiert habe«, versuchte ich die Situation zu retten. Da mir in diesem Moment Angriff die beste Verteidigung schien, warf ich Dylan einen vorwurfsvollen Blick zu. »Machst du dich etwa über mich lustig? Können wir nicht endlich mal zur Sache kommen?«

Dylan hob eine Augenbraue. Seine Mundwinkel zuckten plötzlich verdächtig.

»Meine Güte!« Ich warf die Arme in die Luft. »Ich meine ›zum Geschäftlichen‹ kommen. Nicht, was du denkst. Können wir jetzt gehen? Ich bin hungrig und muss mich aufwärmen, bevor ich mir eine Erkältung einfange.«

Als mich Dylan daraufhin besorgt musterte, wusste ich, dass ich gewonnen hatte. Innerlich gab ich mir selbst einen High-Five. Andererseits war mir klar, dass ich zwar diese eine Schlacht gewonnen hatte, aber nicht den Krieg.

Gewiss würde Dylan später auf den Banshee-Todesschrei zurückkommen. Er war wirklich ganz schön nah dran, meinem Geheimnis auf die Spur zu kommen.

Ohne weitere Zwischenfälle gelangten wird zum China-Restaurant »Ming Garden«. Bedeutete Ming nicht »Licht«? War das ein Zufall? Gedankenverloren betrachtete ich das Türschild.

»Ich liebe diesen Laden.« Galant ließ mir Detective Sockenschuss den Vortritt.

Das Restaurant lag im ersten Stock, weshalb wir zuerst eine mit rotem Samt ausgelegte Treppe emporsteigen mussten.

Bei jedem Schritt quietschten meine Ballerinas – wie diese Plastikenten im Badezimmer. Peinlich. Mein geliehenes Kleid klebte an mir, aber ich hatte keine Wahl. Ich musste die neusten Informationen mit Dylan austauschen, bevor ich mich zu Hause umziehen konnte. Hoffentlich brachte uns das Gespräch einen Schritt weiter.

»Tisch für zwei Personen? Am Fenster?«

Ich wandte den Kopf nach links, wo mich eine winzig kleine Chinesin im schwarzen Kleid freudig anstrahlte.

»Genau, danke!« Dylan schob mich einfach vor sich her, auf den Tisch zu, den uns die Kellnerin gewiesen hatte.

Ich beäugte ihn misstrauisch. Auf dem runden Tisch für zwei Personen, der direkt neben einem riesigen Koi-Aquarium stand, waren Rosenblätter und Kerzen um die Teller drapiert. Wahrscheinlich hielt uns die Kellnerin für ein Pärchen.

Dylan schien allerdings nichts zu bemerken.

Na, von mir aus. Mit einem dramatischen Seufzer ließ ich mich auf meinen Stuhl fallen. Dieser Tag wurde ja immer besser.

Da Zeit bekanntlich Geld war, begann ich direkt von meinen neuesten Erkenntnissen zu berichten, noch bevor uns die Kellnerin die Menükarten gebracht hatte.

Dylan runzelte die Stirn, als ich anfügte, dass ich die Informationen von einem geheimen Informanten hätte, dessen Identität ich nicht preisgeben wolle. Was hätte ich auch anderes sagen sollen? Dass mir eine Tasse mit Blut und Kaffee verraten hatte, dass Ava tatsächlich hinter den Morden steckte und Clay in großer Gefahr schwebte? Nein, sicher nicht.

»Das bedeutet, Ava Kendrick muss sich hier irgendwo in der Gegend aufhalten. Mit ihren Anhängern, die sich Petrus' Army nennen. Vielleicht in einer verlassenen Lagerhalle, in jedem Fall aber brauchen sie einen großen Raum, wo sie die Opfer gefangen halten und ihre geheimen Sektentreffen abhalten«, schloss ich meinen Bericht.

Dylan sah mich einfach nur an. Sagte aber nichts.

Okay, etwas mehr Begeisterung hätte ich mir da schon erwartet! Schließlich waren meine detektivischen Fähigkeiten ganz schön beeindruckend, fand ich.

Nachdem wir beide chinesische Nudeln mit Riesengarnelen bestellt hatten, lehnte sich Detective Sockenschuss über den Tisch in meine Richtung. »Das passt zu den Informationen, die mir unsere Profiler über Sektenführer gegeben haben. Sie planen irgendetwas. Vielleicht in einer Art ›geheimen Gemeinschaftsraum‹.« Er malte Anführungszeichen in die Luft.

Mhm, wo konnte das sein? Angestrengt durchforstete ich mein Gehirn. Hatte Ava mir gegenüber Andeutungen über so einen Ort gemacht?

Leider kam ich zu keinem Ergebnis. Eine Weile spielte ich schweigend mit meinen Essstäbchen, wobei mir bewusst war, dass Dylan mich erwartungsvoll ansah.

»Nein, tut mir leid«, gab ich letztendlich auf. »Ava hat mir nie von einem besonderen Ort erzählt.« Die Essstäbchen fielen klackernd auf meinen Teller.

Ich konnte die Enttäuschung in seinen Augen sehen und irgendwie machte mich das betroffen. Heute Abend würde ich noch mal in Ruhe darüber nachdenken.

Die Kellnerin brachte unsere Nudeln. Endlich konnte ich meine Stäbchen benutzen und die peinliche Stille am Tisch überbrücken.

»Kannst du mit Stäbchen umgehen?«, wollte Detective Neunmalklug wissen.

Deutlich hörbar sog ich die Luft ein. »Durchaus.«

»Du hältst sie aber falsch.«

»Nein.«

Während er die Augen nach oben verdrehte, griff er ohne viel Federlesen über den Tisch nach meiner Hand. »So hält man sie!« Er schob mein unteres Stäbchen einen Finger nach oben und auch weiter zurück.

Oh. Ja, so fühlte es sich tatsächlich sicherer an.

Eigentlich hätte er jetzt meine Hand loslassen können. Tat er aber nicht. Stattdessen fuhr er mit dem Daumen über die Kuhle zwischen meinem Daumen und Zeigefinger.

Meine Haut kribbelte dort, wo er sie berührte. Als hätte seine Berührung einen Staudamm geöffnet, spülte eine Welle heiß-kalter Gefühle über mich hinweg.

Ich schluckte. Dann sah ich von unseren Händen zu Dylans Gesicht.

Er lächelte. Nach zwei Atemzügen zog er seine Hände zurück.

Huch, was war das denn? Ich senkte den Blick auf meine Nudeln.

Wieder sagte eine Weile niemand von uns ein Wort. Die Stille wurde nur von den Klappergeräuschen der Teller und von vereinzelten Gesprächsfetzen auf den Nachbartischen unterbrochen.

Ich sah mich um. Mehrere Zweiertische waren mit Rosenblättern verziert. Wahrscheinlich war heute der chinesische Valentinstag oder so. Spitzenklasse.

Irgendwann räusperte sich Dylan. »Wir sind außerdem zu dem Schluss gekommen, dass Ava Kendrick, da sie sich selbst versteckt hält, einen Späher haben muss, der geeignete Opfer für sie auswählt. Sich in ihrem Umfeld bewegt, verstehst du?«

Wie bitte? Ich hob den Kopf.

»Unsere Analyse hat ergeben, dass alle Opfer keine Angehörigen hatten, außerdem waren sie allesamt Kunden im American Diner in Los Verdes. Jemand muss sie ausspioniert und dann den anderen Sektenmitgliedern einen Tipp gegeben haben, an welchen Tagen sie abends alleine unterwegs waren.«

Ach du Scheiße! Daran hatte ich noch gar nicht gedacht! Petrus' Army musste jemanden in unserer Mitte haben, der für Ava arbeitete – einen Spion. Dylan hatte recht!

Zwischen zwei Bissen tippte er sich mit den Stäbchen ans Kinn. »Wenn wir herausfinden, wer das ist, führt er uns wahrscheinlich zu Avas Versteck.«

Ich nickte. »Ich werde darüber nachdenken und eine Liste

möglicher Personen aufstellen, die als Späher infrage kommen.«

»Gut.« Dylan widmete sich wieder seinen Nudeln. »Wir könnten Ava Kendrick auch eine Falle stellen. Morgen Abend findet der jährliche Kostümball des Polizeireviers statt. Du meinst, dein Mitbewohner Clay sei ins Visier der Sekte geraten. Er könnte mit dieser Morgan Green, die ihn heute schon auf die Beerdigung begleitet hat, auf den Ball kommen. Danach lassen wir es so aussehen, als ob die beiden alleine nach Hause gehen. Aber natürlich postieren wir an jeder Hausecke Kollegen von mir. Die perfekte Falle.«

Vor Schreck verschluckte ich mich an einer Riesengarnele. Clay sollte als Köder herhalten?

»Nein«, fuhr ich auf. »Niemals!«

»Überleg doch mal. Wir erzählen im American Diner herum, dass ihr alle hingeht. Diese Siri McNamara, der der Diner gehört, kann auch kommen. Um die Tarnung aufrechtzuerhalten.«

Aha. Siri war also Tarnung. Nein danke.

»Außerdem seid ihr den ganzen Abend im Polizeipräsidium. Einen sichereren Ort gibt es nicht!« Er sah mich eindringlich an.

»Ich halte das für eine Scheißidee!« Erbost wedelte ich mit meiner Garnele zwischen den Essstäbchen vor seinem Gesicht herum. Das Ding schien aus Gummi zu bestehen, so wie es sich zusammenquetschen ließ. »Was, wenn der Plan schiefgeht? Sie könnten euch ablenken und Clay in ein Auto ziehen! Was, wenn sie euch entwischen? Dann haben wir den Salat!« Um meinen Worten Nachdruck zu verleihen, beschrieb ich mit meinen Essstäbchen einen großen Halbkreis.

Leider flutschte mir die Gummi-Garnele dabei weg. In hohem Bogen flog sie über Dylans Kopf hinweg in das Aquarium, wo sie platschend auf der Wasseroberfläche aufschlug.

Die Koi-Karpfen stoben auseinander.

O Mist! Natürlich wandten in diesem Moment alle Restaurantgäste den Kopf in meine Richtung.

Und wieder einmal stand ich im Zentrum der allgemeinen Aufmerksamkeit.

Mit der linken Hand versuchte ich so gut wie möglich mein Gesicht abzuschirmen.

»Du weißt also, wie man mit Stäbchen isst, ja?«, prustete Dylan los.

»Wirklich witzig.« Angriffslustig fuchtelte ich erneut mit den Stäbchen vor seinem Gesicht herum und ließ sie kurz vor seiner Nase zuschnappen.

»Hast du vielleicht auch eine Stäbchen-Allergie?« Er wollte sich geradezu ausschütten vor Lachen.

Dieser Blödmann! Vor mich hin schmollend wartete ich darauf, dass er sich wieder beruhigte.

Gerade als ich die letzte Nudel hinuntergeschluckt hatte, erstarrte Dylan auf einmal. »Moment mal. Das mit diesem komischen hohen Schrei hast du doch schon mal gemacht. Als mein kleiner Bruder Rider beinahe ertrunken wäre!« Dylan beugte sich weit über den Tisch. Seine Augen fixierten meine.

Verflixt aber auch! Ich war so was von geliefert.

15

Mit beiden Händen schlug Dylan links und rechts seines Tellers auf die Tischdecke, sodass die Rosenblätter in die Höhe hüpften. »Und vorgestern auf dem Revier hast du doch auch geschrien!«

»Kann sein. Vielleicht waren da auch Würstchen in der Nähe«, tat ich seinen Einwand ab. »Aber zurück zu diesem Kostümball. Gibt's da ein bestimmtes Motto?«, versuchte ich vom Thema abzulenken. Nicht, dass ich vorhatte, da hinzugehen.

Dylan kratzte sich am Kinn. Er trug heute diesen wahnsinnig attraktiven Dreitagebart ...

Aber ich musste mich zusammenreißen.

»Ja, gibt es. Das Motto ist *Fairytales* – also Märchen.« Wieder fuhr er sich über Kinn und Mund. »Willst du mit mir zum Ball gehen?«

»Wie bitte, was?«

»Willst du ...«

»Nein!« O Gott, hatte er das gerade ernst gemeint? Hatte er keine anderen Probleme? Ich und Detective Sockenschuss? Das war gar keine gute Idee in unserer momentanen Situation.

»Gut«, meinte Dylan. Allerdings hörte sich seine Stimme ganz und gar nicht so an, als ob alles gut wäre. »Dann frage ich Siri McNamara.«

»Wie bitte?« Fast hätte ich mich an meiner Cola verschluckt. Ganz genau wie die Koi-Karpfen neben mir im Aquarium öffnete und schloss ich den Mund immer wieder.

»Überleg es dir einfach noch mal, Alana. Der Ball könnte *die* Möglichkeit sein, uns diese Sekte endlich zu schnappen. Bevor noch weitere Morde geschehen.«

Weitere Morde wie der an Clay ... Und wer weiß, wen sie sich als Nächstes aussuchen würden. Vielleicht Trinity oder Siri. Ich schluckte. Womöglich hatte Dylan recht. Es war unsere beste und einzige Chance.

»Also wenn ich es mir recht überlege, brauchen Clay und ich sowieso eine Mitfahrgelegenheit zum Ball. Du kannst uns abholen«, nuschelte ich in mein Glas.

»Wie war das bitte?«

»Ist ja gut, ich gehe mit dir zum Ball!«, schnappte ich.

Mit einem zufriedenen Lächeln im Gesicht lehnte sich Detective Sockenschuss auf seinem Stuhl zurück.

Ja, er hatte wirklich den totalen Sockenschuss. Eindeutig. So eine blödsinnige Idee hatte ich ja noch nie gehört!

Und was verflucht noch mal sollte ich zu diesem Märchenball bloß anziehen?

Als wir schließlich das China-Restaurant verließen, war ich immer noch tief in Gedanken versunken. Wieder und wieder spielte ich im Geist mehrere Möglichkeiten durch, was Clay alles zustoßen konnte. Und eine war dabei schlimmer als die andere.

Wenigstens hatte der Nieselregen inzwischen aufgehört.

Gerade als ich einen Fuß auf den Bürgersteig setzen wollte, zog mich Dylan an meinem Kleid zurück. Dabei grub sich der Baumwollstoff schmerzhaft in meine Halsbeuge.

»Vorsicht!« Seine Warnung kam keine Sekunde zu früh, denn fast wäre ich in jemanden hineingelaufen. In jemanden, den ich kannte. Jemand, der sein Handy fest ans Ohr gedrückt hielt und mich gar nicht bemerkt hatte.

Es war Vincent. Die neue Küchenhilfe von Siri. »... nein, so nicht«, nuschelte er in sein Handy. »Sag es ihr selbst!« Der junge Feuerelf zog sich seine schwarze Basecap tiefer in die Stirn.

Ich wollte schon hi sagen, aber er schien so beschäftigt, dass ich ihn in Ruhe ließ. Vorerst, denn ein Gespräch mit ihm konnte mir vielleicht helfen herauszufinden, wer der Spion war.

»Kenne ich den nicht?« Dylan verzog das Gesicht.

»Ja«, nickte ich langsam. »Das ist Vincent. Er arbeitet für Siri im Diner. Und er war ein Freund von Justus und Scott. Ich glaube, er ist auch in Gefahr. Du wolltest deine Kollegen schicken, um auf ihn aufzupassen.«

»Ach ja, richtig. Das konnte ich aber nicht durchsetzen. Wir haben nicht genug Personal und Clay und Morgan scheinen gefährdeter zu sein als dieser Vincent. Nach allem, was wir wissen, ist Morgan das aktuellere Entführungsopfer, auf das sie ein Auge geworfen haben, und nicht Vincent.« Dylan bedachte mich mit einem Blick, der besagte, dass er den Personenschutz für Clay sowieso nur mir zuliebe durchgesetzt hatte.

Vielleicht hatte er seinen Namen gehört, vielleicht waren Feuerelfen auch einfach nur besonders einfühlsam – jedenfalls drehte sich Vincent in diesem Moment zu uns um. Sein Gesicht spiegelte Überraschung wider, dann hob er die Hand und winkte mir zu.

Genau wie er hob auch ich die Hand.

Da er nicht aufpasste, wo er hinlief, prallte er in der nächsten Sekunde mit dem Wurst-Opa zusammen, der ebendiesen Moment wählte, um um die Ecke zu biegen.

Wie zwei Güterzüge, die einander nicht mehr ausweichen konnten, krachten die beiden ineinander.

Es krachte und schepperte, der Wurst-Opa grunzte überrascht, kippte nach hinten und ging zu Boden. Die Würstchen, die auf seinem Bauchladen gelegen hatten, flogen nur so durch die Luft.

Vincent hinterher.

Ich schlug mir die Hand vor den Mund. Wie in Zeitlupe sah ich mit an, wie die kleine mit Gas gefüllte Kapsel auf dem Rücken des Würstchen-Opas leckschlug. Das Grillgas, das er zum Warmhalten für die Würstchen benutzte! Ach du Scheiße, hier würde gleich alles in die Luft fliegen!

Panisch zog ich Dylan ein paar Schritte mit mir zurück.

»Was?«, keuchte Dylan.

»Arrrghh«, schrie der Wurst-Opa.

Doch Gott sei Dank war Vincent, der mit dem Würstchen-Opa zu Boden gegangen war, eine Feuerelfe. Blitzschnell fuhr er mit der Hand über die Stichflamme, die soeben aus der Gasflasche entwich. Wie ein Staubsauger sog er die Flamme mit seiner Hand ein, sodass Schlimmeres verhindert wurde.

Ich blinzelte. War das gerade wirklich geschehen?

Dylan, der noch nicht bemerkt hatte, dass die Gefahr vorüber war, riss mich zu Boden. »Deckung!« Dann versuchte er mich mit seinem Körper vor der nahenden Explosion abzuschirmen. Durch sein Shirt konnte ich seinen donnernden Herzschlag spüren.

Irgendwie war es ja niedlich, wie er sich so auf mich warf, nur leider quetschte er mir dabei die Luft ab und brach mir beinahe die Rippen. Herrgott, war dieser Kerl ein Schrank von einem Mann! Halb unter Dylans Hemd und Lederjacke begraben, konnte ich fast nichts mehr sehen.

Sein Kopf lag an meiner rechten Schläfe und seine Hände an meinen Hinterkopf.

»Hmpf«, machte ich.

»Shhh«, meinte Dylan.

Es ploppte hinter uns, als es die Gasflasche zerriss. Den Druck hatte Vincent anscheinend nicht von der Flasche nehmen können.

Ich konnte fühlen, wie sich Dylans Körper über mir verspannte.

Doch dann passierte nichts mehr, außer dass mir ein Hotdog ans linke Ohr flog. Na super.

Dylan hob den Kopf. Mit zusammengekniffenen Augen scannte er den Wurst-Opa und seinen Bauchladen. Als er merkte, dass außer dem Platzen der Gasflasche nichts weiter Schlimmes geschehen war, wandte er sich wieder mir zu, fixierte erst mich und dann das Würstchen, das gerade von mir wegkullerte.

»Du hast ja gar nicht geschrien«, stellte er fest.

Oh, oh …

»Ja, das war, weil …«, begann ich, während ich fieberhaft nach einer passablen Erklärung suchte, »… weil ich nur gegen Bratwurst allergisch bin, aber nicht gegen Hotdogs.«

»Aha.« Natürlich glaubte mir Dylan kein Wort.

»Könntest du jetzt vielleicht von mir runtergehen, bevor ich hier ersticke?«, meckerte ich. Das war noch nicht mal gelogen. Dylan wog sicher über 80 Kilo und die Reißverschlüsse an den Taschen seiner Lederjacke stachen mir unangenehm in die Seiten.

»Nicht, bevor du mir sagst, was wirklich mit dir los ist.«

Für eine Sekunde schloss ich die Augen. Auf gar keinen Fall konnte ich ihm die Wahrheit erzählen. Selbst wenn er mir glauben würde, wäre er danach sicherlich schockiert darüber, wer ich wirklich war. Eine Todesfee. Konnte ich es ertragen, dass er mich mit Abneigung oder gar Angst in den Augen ansah? Nein. Ganz zu schweigen davon, dass ich damit die magische Gemeinschaft in Gefahr bringen würde. Oder Dylan glaubte mir erst gar nicht, dass ich eine Banshee war, und erklärte mich stattdessen für verrückt. Beides kaum wünschenswerte Zukunftsaussichten.

Also tat ich das einzig Logische: Kaum merklich hob ich den Kopf und drückte Dylan dann meine Lippen auf den Mund.

»Hrrg?« Zuerst schien er überrascht, doch dann entspannten sich seine Hände, die er immer noch um meinen Kopf gelegt hatte, merklich. Auch seine Brustmuskeln wurden augenblicklich weicher.

Und mir wurde mal wieder schrecklich heiß. Was war nur mit mir los, wenn dieser verblödete Detective in meiner Nähe war? Den schmerzhaften Druck der Reißverschlüsse vergaß ich auf der Stelle. Sogar die Gedanken an meine Serienkiller-Freundin Ava und ihre bösartigen Pläne lösten sich während diesem süßen Kuss, der nach Glückskeksen schmeckte, in Luft auf.

Dylans typischer Geruch nach Kaffee und Tannenzweigen stieg mir in die Nase. Wie ich erwartet oder eher gehofft hatte, erwiderte er den Kuss.

Als ich einen leisen Keuchlaut von ihm vernahm, sah ich, dass er die Augen geschlossen hatte.

Ach, was sollte es schon. Warum konnten wir nicht eine kurze Erholung genießen und ein paar Sekunden Spaß haben? Das bedeutete schließlich gar nichts. Daher schloss ich ebenfalls die Augen und schob meine Zunge in seinen Mund.

Meine Güte, fühlte es sich gut an, von Detective Sockenschuss geküsst zu werden! Sein Dreitagebart kratzte an meinem Kinn, was sich aber alles andere als schlecht anfühlte.

Das Nächste, das ich bemerkte, war, dass Dylans Hände über mein Gesicht strichen. Sein Daumen fuhr über meine Wangenknochen, sein Ringfinger über mein Ohrläppchen, während seine Zunge mit meiner spielte, was mich erzittern ließ. Bei diesem Kuss fiel es mir nicht schwer, all unsere Probleme auszublenden.

Mein Herzschlag beschleunigte sich. Einen so zärtlichen Kuss hätte ich von diesem Idioten gar nicht erwartet.

Schließlich räusperte sich jemand neben uns.

O verdammt, ich hatte alles um mich herum völlig vergessen. Um Dylan, der scheinbar nichts gehört hatte, zu stoppen, boxte ich ihm in die Seite.

»Hm?«, murmelte er.

»Geh runter von mir!«

Als ich den Blick hob, sah ich Vincent auf uns herabblicken. Seine gegelten Haarspitzen lugten vom Regen durchnässt schlaff unter seiner Basecap hervor. »Brauchst du Hilfe, Alana?« Ein Lächeln umspielte seine Mundwinkel. »Oder kann ich euch ein Hotelzimmer empfehlen?«

Augenblicklich wurden meine Wangen heiß. Himmel, diese Situation war einfach zu abgedreht. Ich lag mit Detective Sockenschuss knutschend auf dem Bürgersteig! Dass noch niemand die Polizei gerufen hatte, war aber auch alles. Nein, Moment, die war ja bereits da.

Schwerfällig erhob sich Detective Dylan Shane und zog mich ebenfalls auf die Beine. Im Gegensatz zu mir schien ihm die Situation ganz und gar nicht peinlich zu sein. Er grinste selbstzufrieden vor sich hin, während er seine Jacke glatt zog, wofür ich ihm am liebsten gegen das Schienbein getreten hätte.

Bevor ich Vincent antwortete, klopfte ich mir zuerst den Schmutz von meinem Kleid. Das gab mir außerdem ein paar Sekunden Zeit, um meinen Herzschlag zu beruhigen.

»Alles okay, Vincent. Danke. Wir sehen uns später im Diner, ja?« Hätte er nicht einfach verschwinden können, ohne mich derart zu blamieren?

»Okay.« Vincent tippte sich an sein Basecap und wandte sich dann zum Gehen.

Gott sei Dank war es nur Vincent und niemand anderes, der uns gesehen hatte. Wenn man von dem Wurst-Opa einmal absah. Wo steckte der eigentlich?

Ich wandte den Kopf und sah das wirklich Allerallermerkwürdigste, was ich an diesem Tag bisher gesehen hatte.

Mein Mund klappte auf.

»Was ist los?« Dylan, der meinen aufgerissenen Mund bemerkt hatte, fasste mich am Arm.

Eigentlich war es unmöglich. Der Würstchen-Opa, der gerade seine Hotdogs und Bratwürstchen aufsammelte, um sie in den nächsten Mülleimer zu werfen, hatte plötzlich wieder über 61 Monate auf seiner Lebensuhr! Das waren über fünf Jahre.

Wie zur Hölle …?

Vor dem Zusammenstoß mit Vincent waren doch nur noch sechs Tage auf seiner Uhr gewesen? Das bedeutete… ja, es musste bedeuten, der Zusammenprall hatte sein Schicksal verändert.

Hatte am Ende Vincent dem Wurst-Opa das Leben gerettet? Mein Blick fiel auf die zerrissene Gasflasche. Ob sie ihn nächste Woche das Leben gekostet hätte, wenn sie heute nicht in Anwesenheit eines Feuerelfs geborsten wäre? Das schien mir auf den ersten Blick am wahrscheinlichsten. Wow, damit war Vincent ein Held!

Dylan

Neben Dylan erstarrte Alana plötzlich zur Salzsäule. Als er ihrem Blick folgte, sah er aber nur den Würstchenverkäufer seine Ware einsammeln. Was fand Alana nur so faszinierend daran? Nun übertrieb sie es aber wirklich mit ihrer angeblichen Würstchenallergie.

Von so etwas hatte sicherlich noch nie jemand gehört.

Was war bloß mit dieser verrückten Frau los?

Zögerlich stupste er sie am Ellenbogen an, doch sie zeigte keine Reaktion. Anscheinend war sie tief in Gedanken versunken.

Genauso tief, wie eben noch ihre Zunge in seinem Hals gesteckt hatte. Bei diesem Gedanken wurde Dylan augenblicklich siedend heiß. Leise vor sich hin murmelnd zog er an seinem Hemdkragen.

Dieser Kuss … Er sah zu Boden. Leider war es mehr als unprofessionell, doch er konnte es nicht abstreiten: Er fühlte sich zu dieser kleinen, tollpatschigen Detektivin hingezogen. Am Anfang hatte er versucht, dagegen anzukämpfen, war nun aber endgültig eingeknickt. Leider ertappte er sich ständig selbst dabei, wie er sich wünschte, ihre Lippen auf seinen zu spüren. Doch was verheimlichte Alana McClary vor ihm?

Nach einer gefühlten Ewigkeit drehte sie sich endlich zu ihm um.

Er hob eine Augenbraue. »Ist irgendwas? Haben dir die Würstchen etwa Angst eingejagt? Ein Allergieschock?«

Missbilligend sah Alana zu ihm auf. »Wirklich sehr witzig. Bist du jetzt im Komikermodus oder wie?«

»Geladen und entsichert«, grinste Dylan.

»Du ...« Sie hob einen Zeigefinger dicht an seine Nase. Doch bevor sie auf ihn losgehen konnte, klingelte ihr Handy.

»Ja?«, motzte sie den Anrufer ohne Umschweife an. Die arme Person am anderen Ende der Leitung tat Dylan jetzt schon leid.

Während sie telefonierte, zog er ihr aus Langeweile ab und zu an den Haarspitzen.

Jedes Mal schlug sie seine Hände weg, was ihm ein Lächeln entlockte. Sie war wirklich zu niedlich. Und es machte einfach viel zu viel Spaß, sie zu ärgern.

Für den Kostümball würde er sich etwas Besonderes ausdenken, um sie zur Weißglut zu bringen. Denn es war einfach viel zu lustig, mit anzusehen, wie Alana McClary in die Luft ging. Dylans Lippen kräuselten sich. O ja – unbeschreiblich amüsant.

Alana

»Wie bitte?« Ich klemmte mir mein Handy ans Ohr und schlug gleichzeitig nach Dylan, der sich darauf verlegt hatte, an meinen Haaren zu ziehen. »Bitte wiederhol das, Teresa.«

»Es gab ein Problem beim Stammbaum-Ritual. Du musst sofort zum Fluss kommen. Allein.«

»Über was von eine Art Problem reden wir hier? Ein ›Ich habe mir einen Fingernagel abgebrochen‹-Problem oder ein ›Fieses Monster greift die Bevölkerung an‹-Problem?«

»Ähm …«, druckste Teresa herum. An der Art, wie sie reagierte, merkte man deutlich, dass sie sich die Schuld an dem gab, was auch immer schiefgelaufen war.

»Welches Ausmaß, Teresa?«

»Ähm … Ein ›Dem fiesen Monster ist ein Fingernagel abgebrochen‹-Problem.«

Ich verdrehte die Augen. »Lass das!«, zischte ich gleichzeitig Dylan an, der meine Haare einfach nicht in Ruhe lassen wollte. Küsste ich so gut oder warum wirkte er auf einmal so aufgedreht wie ein kleines Kind?

»Okay, Teresa, ich bin gleich da.« Damit ließ ich mein rosa Handy zurück in die Tasche gleiten.

»Könntest du mich an der Flussbiegung unten in Downtown Los Verdes rauslassen?«, fragte ich so liebenswürdig wie möglich, wobei ich, so gut es ging, die Verärgerung in meiner Stimme zu unterdrücken versuchte. Warum brachte mich Detective Sockenschuss eigentlich immer auf die Palme? Vom Küssen einmal abgesehen konnte er gar nichts. Na gut, außer nerven.

»Oh. Ja, kann ich machen.« Fast unmerklich ließ er die Schultern hängen. War er etwa enttäuscht? Und wenn ja, weswegen?

Das hier war schließlich kein Date und demnach bedeutete dieser Kuss nichts! Das war eine Extremsituation, in der wir uns während des Kusses befunden hatten. Schließlich wären wir fast von einer Gasflaschenexplosion gegrillt worden. Also hatten wir uns nur aus Erleichterung, weil wir mit dem Leben davongekommen waren, geküsst. Genau genommen hatte ich den Kuss sogar nur als Ablenkungsmanöver eingesetzt, damit er nicht weiter wegen meinen Schrei-Anfällen nachbohrte. Was auch funktioniert hatte.

Und weil ich auch mal wieder etwas Spaß vertragen konnte.

Aber jetzt würden wir uns wieder unseren jeweiligen Jobs zuwenden. Denn die waren wichtiger. Leben zu retten war wichtiger.

Ich straffte die Schultern und marschierte los, in Richtung Auto.

Dylan trottete mir schweigend hinterher.

»Fahr hier rechts ran!«, befahl ich, wobei ich auf einen Taxihaltestand am Flussufer deutete.

»Zu Befehl!«, salutierte Dylan.

Gerade als ich aussteigen wollte, hielt er mich am Arm zurück. Zuerst dachte ich, er wolle mich schon wieder küssen, doch er sagte bloß: »Bist du später zu Hause? Wir sollten die Liste an Verdächtigen durchgehen, um so schnell wie möglich Avas Spion zu finden. Er kann uns womöglich zu ihrem Versteck führen.«

Das wusste ich selbst. Was glaubte er, wer ich war? Eine Dreijährige, der man alles zweimal erklären musste? »Ist klar. Ich übernehme die Befragung der Leute im Diner und erstelle die Liste. Du und deine Kollegen sollten sich um den Bogenschützenverein und die Kirchgänger kümmern.«

»Um acht bei dir?«, rief mir Dylan hinterher.

Mit einem tiefen Seufzer stieg ich aus und knallte die Autotür zu, worauf er sich in meine Richtung beugte, um mir immer noch ins Gesicht sehen zu können. Ich verdrehte die Augen und ließ ihn dann einfach stehen. Er kam und ging doch sowieso, wann er wollte – mein reizender, überaus charmanter Detective Sockenschuss.

Detective Sockenschuss, der eine Beziehung mit mir nicht überleben würde. Zu seiner eigenen Sicherheit musste ich ihn auf Abstand halten. Sonst würden seine momentanen 610 Monate alsbald den Bach runtergehen, so viel war sicher. Genau wie bei meinen bisherigen Beziehungen auch.

Egal, zurück zum Wesentlichen. Ich wollte unbedingt wissen, was Teresa beim Stammbaum-Ritual erfahren hatte und was genau dabei schiefgelaufen war.

16

Zunächst sah ich niemanden an der Flussbiegung stehen, an die mich Teresa hinzitiert hatte. Der graue Himmel über mir ließ so wenig Sonnenstrahlen durch, dass man meinen könnte, es sei bereits Abend statt 15 Uhr nachmittags.

»Teresa?«, rief ich in alle Richtungen, während ich mich im Kreis drehte. Niemand war zu sehen, was wohl auch am Wetter lag. Wer ging schon bei Nieselregen an den Fluss – außer eine aufgedrehte kleine Fee, die auf den Namen Teresa hörte, selbstverständlich.

»Ähm, hallo?«, versuchte ich es wieder.

»Hier drüben.« Teresa trat hinter einem Baum hervor. Irgendetwas war anders an ihr als am Morgen. Während sie heute früh noch wie ein Eichhörnchen mit Zuckerschock gewirkt hatte, waren ihre Gesichtszüge nun reichlich angespannt.

»Was ist los?«, wollte ich von der kleinen Áine wissen.

Bevor sie anfing zu sprechen, scharrte Teresa mit ihren Ballerinas auf dem sandigen Boden. »Alana, ich glaube, ich muss dir was gestehen.«

»Ach ja?« Verwundert hob ich eine Augenbraue.

Wind zog auf. Er zerrte an meinen Haaren und wehte sie mir ins Gesicht, sodass ich fast nichts mehr sehen konnte. Teresas blonder Pferdeschwanz flog hinter ihr durch die Luft wie bei einer Marionette, bei der man einen Faden zog.

»Ja?«, hakte ich nach, wobei ich mir meine Haare aus dem Gesicht zu kämmen versuchte. Doch diesen Kampf konnte ich einfach nicht gewinnen. »Ich höre!«

»Bitte werd jetzt nicht sauer.« In einer Art Abwehrhaltung hob Teresa beide Hände. »Verdammt, warum tut mir das Universum das nur an?«, murmelte sie mehr zu sich selbst.

Ich neigte den Kopf zur Seite. »Also, das Ritual ist schiefgegangen, sagtest du?«

»Genau.« Sie zog die Schultern ein und vergrub die Hände in den Ärmeln ihres grauen Pullovers. »Ich hab dir und allen anderen bisher etwas verschwiegen – und bitte werd jetzt nicht sauer! Ich kann gar keine richtige Magie wirken. Eigentlich bin ich so was wie eine magische Analphabetin.« Sie ließ den Kopf hängen.

War das ihr Ernst? Das war es, was sie mir sagen wollte?

Teresa warf mir einen unsicheren Blick zu, fuhr dann aber fort: »Ein Freund hat mir bei der Vorbereitung des Kaffeerituals geholfen und auch bei deinem Stammbaum-Ritual. Irgendwie habe ich die Verbindung dabei aus Versehen intensiviert. Auf jeden Fall: Wir haben deine Mutter gefunden. Aber sie hat uns gespürt und ist nun auf dem Weg hierher. Sie muss eine sehr mächtige Banshee sein.« Unter ihren dichten Wimpern schielte sie vorsichtig zu mir empor. »Ich weiß nicht, ob du das wolltest, oder dich wie fast alle anderen hier vor deiner Familie versteckst. Dann wäre das natürlich äußerst ungünstig ...«

Einen Moment lang erfasste mich ein Gefühl, als hätte mir jemand den Boden unter den Füßen weggezogen. Meine Augenlider flatterten. Teresa hatte tatsächlich meine Mutter gefunden!

Seit ich von diesen Feenritualen gehört hatte, hatte ich überlegt, ob man auf diese Weise nicht auch meine Mutter finden konnte. Und jetzt war sie auf dem Weg zu uns nach Los Verdes! Wenn sie nur früh genug auftauchte, konnte sie mir mit etwas Glück vielleicht helfen, Clays Leben zu retten.

Ich brauchte den Rat von einer erfahrenen Banshee zu Clays ablaufender Uhr. Noch nie in meinem Leben hatte ich meine Mutter so sehr gebraucht! Und außerdem würde ich sie endlich kennenlernen und ihr die Fragen stellen können, die ich mir seit den ersten Tagen im Kinderheim gestellt hatte …

Nach einem tiefen Atemzug öffnete ich meine Augen. »Wer ist meine Mutter?«

»Ihr Name ist Brianna Clary.« Teresa hob und senkte beide Schultern. Dann schob sie sich ein Zugbändel ihres Kapuzenpullis in den Mund. »Bist du jetzt sauer auf mich?«

Sauer war ich eigentlich nicht. Nur überrumpelt. Meine Mutter war auf dem Weg hierher! Bevor ich antwortete, musste ich aber erst einmal tief einatmen. »Nein, bin ich nicht. Aber wer hat dir jetzt bei dem Ritual geholfen?«

»Das war ich«, sagte eine Stimme hinter Teresa. Ein schlaksiger Typ, etwa in meinem Alter, trat hinter einem Baum hervor. Moment mal! Ich stutzte. Irgendwoher kannte ich ihn doch! Aber woher?

»Das ist mein Freund Roy«, erklärte Teresa.

Der schlaksige Typ mit den dunklen Haaren legte einen Arm um ihre Schultern, und bei mir machte es plötzlich »klick«.

Mit dem Finger deutete ich anklagend auf Roy. »Dich habe ich doch gestern auf dem Polizeirevier gesehen!«

»Ja, das stimmt. Ich bin Officer Roy Dunmore.«

»Und …?«, wollte ich wissen.

»Und halb Cailleach, halb Wasserelf.«

»Bestimmter oder unbestimmter Cailleach?«, hakte ich nach. Schließlich wusste ich von Morgan, dass es bestimmte Cailleachs gab, die Tierarten und so weiter beschützten.

Anstelle von Roy reckte Teresa stolz das Kinn. »Er ist der Flussbeschützer.« Sie zeigte auf den Albertson River.

Aha. So war das also. Mein Blick glitt von Teresas Schulter, auf der Roys Hand lag, zu Roys Gesicht.

»Weiß er Bescheid?«

»Ja. Entschuldige, ich hätte dir erzählen sollen, dass er mir bei Ritualen hilft. Aber ich wollte nicht, dass Trinity und du mich für eine Versagerin haltet.« Sie senkte den Blick.

»Ist schon okay. Also kennst du inzwischen auch die Wahrheit über Ava und Petrus' Army?«, wollte ich von Roy wissen.

»Ja, aber erst seit heute. Keine Sorge, das bleibt unter uns.«

Vielleicht war das gar nicht so schlecht, wenn jemand im Polizeirevier die Wahrheit kannte. Auch um Clays Sicherheit während des Balls morgen zu gewährleisten.

Als hätte Roy meine Gedanken gelesen, nickte er langsam mit dem Kopf. »Ich kann euch helfen.«

Da fiel mir etwas ein. »Gibt es noch mehr magische Wesen bei der Polizei in Santa Fe?«

»Ja. Detective Dylan Shane«, nickte Roy.

»Waaaas?« Mein Kopf ruckte nach oben.

»Kleiner Scherz.« Augenblicklich färbte sich Roys Gesicht puterrot, so als wäre er selbst über seinen eigenen Witz erschrocken.

Teresa rammte ihm ihren Ellenbogen in die Seite. »Das ist nicht witzig.«

»Ich dachte nur, weil die beiden ...«, setzte Roy zu einer Erklärung an, doch Teresa unterbrach ihn. »Roy ist der einzige Magische im Polizeirevier. Und keine Sorge, deine Geheimnisse sind bei ihm sicher. Magische-Wesen-Ehrenkodex.« Sie hob die Hand zum Star-Trek-Gruß.

Nachdem ihr Ellenbogen ein weiteres Mal Bekanntschaft mit Roys Rippen gemacht hatte, hob auch er die Hand zum Star-Trek-Gruß.

O Gott, da hatten sich ja zwei richtige Nerds gefunden. Und wieso konnten das nur alle so gut mit den Fingern?

Der Wind frischte auf, sodass ich mir erneut in die Haare

greifen musste, um überhaupt etwas zu sehen. Hoffentlich wehte es den spindeldürren Roy nicht auf und davon.

»Also, wenn ich das kurz zusammenfassen darf: Ihr zwei habt das Stammbaumritual zum Aufspüren meiner Mutter durchgeführt und jetzt ist sie auf dem Weg hierher?«

Roy nickte.

Mir lag ein Siegfried-und-Roy-Tigerwitz auf der Zunge, aber ich verkniff ihn mir, weil ich den armen Jungen nicht noch mehr verunsichern wollte. Mhm, das war wirklich gar nicht so schlecht, dass meine Mutter nach Los Verdes kam ... *Meine Mutter* – wie das klang! Mein Herz flatterte.

»Und Clay ...?« Ich biss mir auf die Lippe.

Roy warf mir einen mitleidigen Blick zu. Er schien zu verstehen, was ich fragen wollte. »Tut mir leid. Es hätte keinen Sinn, wenn wir ein Ritual für ihn abhalten. Er ist ein Leprechaun, die haben keine Eltern. Sie werden geboren, wenn ein vierblättriges Kleeblatt erblüht.«

Mist! Es stimmte also wirklich. Damit konnte ich zwar den Punkt »meine Eltern finden« auf meiner To-do-Serviette beinahe abhaken, nur bei »Clays Eltern finden« musste ich wohl endgültig passen ...

Da ich keine weitere Zeit verlieren wollte, beschloss ich, gemeinsam mit Teresa zurück in den American Diner zu fahren, um dort die Gäste zu befragen und herauszufinden, wer Avas Spion war. Teresa musste sowieso arbeiten und zeigte außerdem deutliches Interesse an der Aufklärung der Mordfälle.

Mit einem Kuss auf die Lippen verabschiedete sich der kleine Trekkie von Roy.

Irgendetwas an der Art, wie sich die beiden zärtlich verabschiedeten, ließ mich beschämt zu Boden starren.

»Bis später«, murmelte Roy.

Obwohl er sicherlich Teresa damit meinte, hob ich die Hand, ließ sie aber recht schnell wieder sinken.

Als wir schließlich mit Teresas verrostetem Chevrolet, der bei jedem Schlagloch wie ein achtzigjähriger Kettenraucher hustete, einen Parkplatz gefunden hatten, war es bereits weit nach 17 Uhr und damit recht dämmrig.

Da wir noch mehr als einen Block weit laufen mussten, trieb ich sie zur Eile an.

Bald war auch dieser Tag vorüber und wir kamen Clays Todestag gefährlich nah.

An der nächsten Ecke blieb Teresa wie angewurzelt stehen. »Mist, ich hab meine Arbeitsklamotten im Auto vergessen. Die waren in der Reinigung. Sorry.« Sie schlug sich mit der Hand gegen die Stirn.

»Okay, hol sie einfach. Ich gehe schon mal vor«, lenkte ich ein. Noch mehr Verzögerungen konnte ich nun wirklich gar nicht gebrauchen.

Immerhin war es von hier aus nicht mehr weit bis zum Diner.

Teresa kickte eine leere Coladose aus dem Weg, entschuldigte sich nochmals und spurtete dann zurück Richtung Auto.

Ich zuckte mit den Schultern.

Die Coladose kam scheppernd vor dem nächsten Müllcontainer zum Stehen, dafür setzte ich mich umso entschlossener in Bewegung.

Die Straßen um diese Uhrzeit waren wie leergefegt. Natürlich lag das zum Teil auch daran, dass Los Verdes nur eine Kleinstadt war.

Was Clay wohl gerade machte? Ob er seine letzten Stunden, wie er glaubte, mit Morgan verbrachte?

Ein Gefühl, gleichzeitig heiß wie Lava und kalt wie Stahl, durchfloss mich. War ich etwa eifersüchtig? Energisch schüttelte ich den Kopf. Nein, natürlich nicht!

Um auf andere Gedanken zu kommen, zählte ich die Pflastersteine vor mir auf dem Gehweg.

Doch plötzlich nahm ich am Rande meines Sichtfelds eine

Bewegung wahr. Eine Frau mit Kopftuch und Sonnenbrille huschte in eine Seitengasse.

Irgendetwas störte mich an diesem Anblick, obwohl ich zuerst nicht genau zu benennen vermochte, was es war.

Wer in Gottes Namen rannte so spät am Abend in eine dunkle Gasse? Das war doch gefährlich und ... Da ging mir plötzlich auf, was an der Szene nicht gestimmt hatte. Wer trug um diese Uhrzeit eine Sonnenbrille? Genau. Niemand!

Wie versteinert blieb ich auf Pflasterstein Nummer 37 stehen. Diese verhüllte Frau – hatte die nicht wahnsinnige Ähnlichkeit mit Ava gehabt? Mein Herz schlug schneller.

Natürlich war es unvernünftig. Aber da mich vernünftige Handlungen in letzter Zeit sowieso nicht weiterbrachten, straffte ich die Schultern und folgte der vermummten Frau in die Gasse.

Zunächst musste ich ein paar Mal blinzeln, um mich an die veränderten Lichtverhältnisse zu gewöhnen.

Hier standen noch mehr graue Müllcontainer.

Eine Ratte huschte über die Pflastersteine direkt vor mir.

Unwillkürlich krallten sich meine Fingernägel in die Handballen. Ich schluckte. Was für eine nette Gesellschaft!

Wie ein dunkler Irrgarten lag die Gasse vor mir – links und rechts zogen sich Backsteinmauern etwa vier Stockwerke nach oben.

Wie schon zuvor sprach ich mir leise Mut zu. Das war nur eine Gasse und die Frau war ebenso wie ich ganz allein hier reingegangen. Trotzdem erkundete ich den vor mir liegenden Weg vorsichtig und in leicht gebückter Haltung, sodass ich jederzeit wegrennen konnte, falls mich jemand angreifen sollte. Bei diesem Gedanken schlackerten mir die Knie.

Im Vorbeigehen registrierte ich den modrigen Geruch, der mir aus den Müllcontainern entgegenschlug.

Das hier musste ein verwinkelter Weg über die Hinterhöfe

sein, der die Melbourne Avenue mit der Second Street verband. Wahrscheinlich ging es noch um eine Ecke, dann würde ich auf der Second Street stehen. Mit gemischten Gefühlen schlich ich weiter. Meine Güte, das war ja fast wie in einem Sherlock-Holmes-Film!

An der nächsten Mülltonne konnte ich mein Glück kaum fassen. Eine rostige Schaufel lugte aus dem Abfallbehälter hervor. Jemand musste sie achtlos hineingesteckt haben.

Da mir inzwischen vor Anspannung sämtliche Gliedmaßen zitterten, entschied ich, dass ich eine Waffe gut gebrauchen konnte und sei sie noch so rostig.

Als ich – nun mit Schaufel bewaffnet – weiterschlich, entdeckte ich nach etwa fünf Schritten, dass die Gasse eine Biegung nach rechts machte, die vor mir im Dunkeln lag.

Im Augenblick war ich noch etwa eine Schulbuslänge davon entfernt.

Wenn mich jemand hierhin gelockt hat, um mich zu überfallen, dann würde er sicher hinter dieser Ecke auf mich lauern. So würde ich es jedenfalls machen.

Und wenn es Ava war, die mit mir reden wollte? Das war schließlich auch eine Möglichkeit.

»Ava?« Natürlich wusste ich, dass es nicht die beste Idee war, mich durch Rufen zu verraten, aber was zur Hölle sollte ich sonst tun?

»Ava?« Jetzt war es eh schon egal.

Nur noch zwei Schritte von der Biegung entfernt atmete ich einmal tief durch. Sollte ich besser umkehren? Aber wenn es wirklich Ava war, durfte ich keine Zeit verlieren!

»Alana«, flüsterte plötzlich eine mir vertraute Stimme.

»Ava?«, flüsterte ich zurück. Doch ich brauchte nicht mehr zu fragen. Es war eindeutig Avas Stimme, die da meinen Namen ausgesprochen hatte. Ich hielt die Luft an. Dann machte ich zwei Schritte vorwärts, die Schaufel immer noch hoch erhoben. Es konnte schließlich eine Falle sein. Und wie ich bereits erfahren hatte, gab es die unschuldige Ava, die ich zu kennen geglaubt hatte, nicht.

»Halt!« Wie aus dem Nichts packten mich zwei Hände, die mich grob zurückrissen.

Vor Schreck schlug ich mit der Schaufel nach hinten aus, um den Angreifer zu verjagen.

»Bist du wahnsinnig?«

Erst jetzt registrierte ich, dass es Clay war, der mich da gepackt hatte.

»Willst du mich jetzt auch noch mit einer Schaufel erschlagen? Musste ich nicht schon genug leiden?«, setzte er seine Schimpftirade fort. Da hatte er allerdings recht.

An den Schultern drehte er mich zu sich herum. »Was hast du dir dabei gedacht, alleine in diese finstere Gasse zu laufen? Du hättest von diesen Verrückten entführt werden können!« Kurz hielt er inne, um mich von oben bis unten zu mustern. »Geht es dir gut?«

Ich nickte, worauf er mich in seine Arme zog.

Die Schaufel fiel klappernd zu Boden. Das Geräusch hallte geisterhaft von den Wänden wider.

»Ich war gerade auf dem Weg zum Diner, da hab ich dich hier abbiegen sehen«, murmelte Clay an meiner Schulter.

Oh. Hatte er etwa Angst um mich? Mein bester Freund Clay, der immer noch reichlich sauer auf mich war?

Von meiner doch sehr eingeschränkten Position in Clays Klammergriff aus tätschelte ich ihm die Schulter. »Alles gut, aber Ava ...« Ich deutete um die nächste Ecke. »Sie war hier. Wir müssen hinterher!«

»Was?« Clay sah auf. »Und wenn das eine Falle ist?«

»Wenn wir hier noch weiter Zeit verschwenden, ist sie jedenfalls weg!« Ich reckte das Kinn. »Komm schon. Hinterher!«

Vorsichtshalber ging ich vor. Clay sollte dieser Tage lieber nicht zu viele Risiken eingehen.

Als ich um die Ecke lugte, sah ich allerdings nichts außer

einer ebenso engen Gasse, vollgestellt mit Müllcontainern und Ratten, die darunter verschwanden. Mist!

»Hier ist nichts.« Enttäuscht ließ ich meinen Blick über die menschenleere Gasse schweifen.

Clay lugte über meine Schulter. »Immerhin kein Killerkommando oder so, das auf uns wartet.«

Moment mal. »Was ist das?« Ich deutete auf den grauen Müllcontainer rechts von mir. »Ist das … ist das eine Nachricht?«

Tatsächlich! Jemand hatte mit roter Farbe etwas auf die vordere Wand des Containers geschrieben. Es war Avas Handschrift, unverkennbar! Die durchgängigen Großbuchstaben und die Kringel statt Punkten.

»Ist das Blut?«, wollte Clay wissen.

Langsam streckte ich meine Hand aus und fuhr über die Buchstaben. »Nein, das ist Lippenstift.«

»Was soll das bedeuten?«

Nach einem tiefen Atemzug las ich die Nachricht. Zweimal. »Ich weiß es auch nicht«, antwortete ich schließlich achselzuckend.

NICHTS IST SO, WIE ES SCHEINT!
VERTRAUE NIEMANDEM, ALANA!

»Das muss Ava hier gerade hingekritzelt haben«, schlussfolgerte Clay. »Die Schrift ist genau dieselbe wie auf den Tafeln in ihrem Coffeeshop.«

Ich nickte. Nach und nach setzten sich die Puzzleteile in meinem Kopf zusammen.

»Meinst du … Meinst du, jemand anderes steckt hinter den Morden? Benutzt irgendjemand Ava als Sündenbock? Oder will jemand Ava zum Dián Mawr aufsteigen lassen, weil er es selbst nicht kann? Ich meine, für diesen Seelentausch-Kram braucht man doch eine Aiobhell? Jemanden, der die Kräfte anderer auf sich übertragen kann. Aber wer ist es dann? *Wem* dürfen wir nicht trauen, Clay? Oder will uns Ava einfach nur auf eine falsche Fährte führen?«

»Was?« Natürlich konnte Clay mir nicht folgen.

»Komm, wir gehen in den Diner, dann erkläre ich dir alles.« Außerdem musste ich dort sowieso noch die Gäste befragen, um den Spion zu finden, der für Ava – oder wer auch immer der Anführer von Petrus' Army war – arbeitete.

17

Bei einer großen Schale Käsenachos erzählte ich letztendlich alles, was ich gemeinsam mit Dylan herausgefunden hatte. Clay musste wegen des Balls sowieso auf den aktuellen Stand der Ermittlungen gebracht werden – vielleicht war das auch besser so. Vorausgesetzt, er versuchte nicht den Helden zu spielen.

Teresa brachte uns zwei Cokes, bestätigte die Story mit dem Kaffeeritual und dass meine Mutter bald in der Stadt auftauchen würde, um mich zu suchen.

Letztlich war Clay Dylans Meinung: Es sei am sichersten für ihn, morgen zum Polizeiball zu gehen, denn welchen besser bewachten Ort gab es schon zu diesem Zeitpunkt? Und vielleicht konnten wir Petrus' Army sogar so eine Falle stellen.

Gebannt wartete ich darauf, dass vielleicht schon diese Entscheidung dazu führte, dass seine Lebensuhr umsprang, aber natürlich geschah nichts dergleichen.

Clays Uhr behauptete weiterhin hartnäckig, dass er nur noch rund zwei Tage und sieben Stunden zu leben hätte.

Gegen 18 Uhr kam Morgan in den Diner und setzte sich zu uns.

»Hi!« Clays Blick wurde weich, als er sie sah. Seine Hände griffen nach ihren. Sofort war ich abgeschrieben, was ich aber lächelnd hinnahm.

»Hi, Morgan«, räusperte ich mich. »Ähm, ich muss sowieso noch mit Siri sprechen.« Umständlich erhob ich mich von der roten Polsterbank.

Morgan lächelte mich herzlich an, so als genieße sie es, dass ich jetzt über Clay und sie Bescheid wusste. Dann wandte sie sich ihrem Freund zu, um ihm etwas ins Ohr zu flüstern. Na, wenigstens hatten die beiden ihren Spaß.

Als ich mich zu Siri an die Theke setzte, stieß sie gerade einen Zuckerstreuer um. »Mist!«

»Ist doch nur Zucker.« Um sie zu beruhigen, legte ich eine Hand auf ihren Arm.

Siri fuhr sich durch die türkisfarbenen Haare. »Und Streichhölzer habe ich auch keine mehr für die Teelichter!«

»Da kann ich doch helfen!« Grinsend schnappte sich Vincent, der hinter Siri aufgetaucht war, ein Teelicht. Wie bei einem Feuerzeug ließ er aus seinem Zeigefinger eine Flamme aufschnappen.

»Vincent!«, zischte Siri.

»Was denn? Sind doch ausschließlich magische Gäste anwesend.«

Aha. Das war schon mal ein guter Hinweis. Ich sah mich um. Heute Abend hielten sich nur wenige Gäste im Diner auf, von Clay und Morgan einmal abgesehen.

»Hat Alana dir schon von unserem Würstchenunfall von vorhin erzählt?«, hörte ich Vincent an Siri gewandt loslegen.

»Was hab ich verpasst?« Teresa, die gerade aus der Küche kam, nahm ihre Schürze ab, um sich unserem Gespräch zuzuwenden.

Na super, auch das noch! Aber egal, ich musste mich auf das hier und jetzt konzentrieren. Wo fing ich an? Außer Clay und Morgan saß ein älteres Pärchen an einem Ecktisch, ein jugendlicher Hipster nahe der Tür und eine junge Frau mit Laptop nahe der Theke. Gut, die würde ich alle befragen können, ohne unnötig Staub aufzuwirbeln.

Aber zuallererst: »Vincent, kann ich dir kurz ein paar Fragen stellen? Ich denke, das reicht jetzt.«

Vincent, der gerade wild gestikulierend zum Besten gab, wie ich mit Detective Sockenschuss zu Boden gestürzt war, weil er und die Gasflasche uns alle fast in die Luft gejagt hätten, zuckte zusammen. »Schon wieder?«

Statt zu antworten, verschränkte ich nur die Arme vor der Brust. Da musste der tratschfreudige Feuerelf jetzt durch.

Leider brachte mir Vincents Befragung keine neuen Erkenntnisse.

Laut seiner Darstellung war er ein hyperaktiver Feuerelf, der erst seit Kurzem in der Stadt lebte, ohne besonders viel Kontakt zu anderen Personen zu pflegen. Vor allem unmagische, normale Menschen mied er, weil er Angst hatte, sie könnten bemerken, was er mit Feuer alles anstellen konnte. Er liebte es zu kochen und ich hatte den Eindruck, er stand insgeheim auf Jungs, aber das ging mich nun wirklich nichts an.

Bei den restlichen Dinerbesuchern hatte ich auch kein Glück. Meinem Urteilsvermögen zufolge waren das alle grundanständige Feen und Elfen ohne irgendwelche bösen Absichten.

Seufzend fragte ich Trinity per SMS, ob ich mir ein Kleid von ihr für den Ball morgen leihen könnte. Ich hatte bereits eine Idee, wie ich aus Trins ausufernder Kleidersammlung und meinen eigenen Sachen eine passende Verkleidung zaubern konnte. Irgendwie würde ich diesen Abend schon überstehen.

Schließlich rutschte ich von meinem Barhocker. »Wir sehen uns morgen früh, okay?« Ich gab Siri einen Kuss auf die Wange. »Ruh dich mal ein bisschen aus.«

Siri nickte nur. Die Ringe unter ihren Augen sprachen eine deutliche Sprache. Daher war es unsinnig, sie zu fragen, ob sie zum Kostümball mitkommen wollte. Bestimmt war ihr so kurz nach Shellys Tod auch nicht nach Tanzen zumute.

Da Clay bereits mit Morgan nach Hause gegangen war – eskortiert von einem Polizeiwagen –, verließ ich den Diner allein. Wahrscheinlich wartete Dylan schon eine Weile vor meiner Wohnung auf mich. Bei diesem Gedanken umspielte ein Lächeln meine Lippen.

Kaum hatte sich die Glastür hinter mir geschlossen, trat eine Gestalt aus den Schatten links von mir.

Es war eine dunkelhaarige Frau mit harten Gesichtszügen, als hätte sie schon viel Leid in ihrem Leben gesehen.

Irgendetwas störte mich an ihr. Kannte ich sie von irgendwoher? Nein, das war es nicht. Der Blick, mit dem sie mich musterte, jagte mir einen kalten Schauer über den Rücken.

»Du musst Alana sein.« Die fremde Frau lächelte mich an. »Du siehst gut aus.« Während sie meinem Blick weiterhin standhielt, strich sie sich über ihren schwarzen Mantel. Sie wirkte, als versuchte sie vergeblich, die richtigen Worte zu finden.

Moment mal. Diese Frau ... war etwa so groß wie ich, hatte dieselbe Haarfarbe wie ich und – o mein Gott! – keine Lebensuhr über ihrem Kopf! Das hatte ich noch nie zuvor bei einem noch lebenden Menschen gesehen. Jedenfalls abgesehen von mir und meinem Spiegelbild. Innerhalb einer Millisekunde zählte ich eins und eins zusammen. »Sie, Sie sind ...« Ich schluckte.

Die Worte wollten mir einfach nicht über die Lippen kommen. Auf einmal fühlte sich mein Hals ganz trocken an, was komisch war, denn gerade hatte ich ungefähr einen halben Liter Eistee hinuntergekippt.

»Deine Mutter?«, half mir die Frau nach. Ihre Mundwinkel hoben sich, was sie auf einmal viel jünger wirken ließ.

Heilige ...! Dieses Lächeln sah dem, das ich gewöhnlich für Fotoaufnahmen zur Schau stellte, erschreckend ähnlich. Damit ich nicht hintenüberkippte, musste ich mich an der nächsten Laterne festklammern. Ich schloss die Augen. Dann flüsterte ich nur ein einziges Wort: »Warum?«

Meine »Mutter« war außerhalb des Lichtkreises der Laterne stehen geblieben. Dennoch war ich mir sicher, dass sie mich verstanden hatte.

»Warum hast du mich damals weggegeben?« Es gehörte außerdem nicht viel dazu, zu begreifen, dass ich jetzt eine Erklärung wollte. Eine Erklärung dafür, warum sie mich als Baby vor dem Kinderheim in Santa Fe ausgesetzt hatte. Sich nie bei mir gemeldet hatte ...

Aber jetzt, ausgerechnet heute tauchte sie wieder auf. Einfach so. Nur wieso?

»Mein Name ist Brianna Clary. Ich bin extra aus Boston hierhergekommen und ich weiß, dass du Antworten willst. Und die sollst du auch bekommen, versprochen. Nur würde ich es vorziehen, an einem ungestörten Ort mit dir zu reden.«

Daraufhin konnte ich nur nicken. Bei Einbruch der Dunkelheit war es sowieso nicht mehr sicher auf den Straßen von Los Verdes. Nicht, seit eine Gruppe namens Petrus' Army magische Wesen entführte.

Obwohl es mir widerstrebte, lud ich Brianna Clary – meine Mutter – zu mir nach Hause ein.

Den ganzen Weg sagte keiner von uns ein Wort. Über was hätten wir uns auch unterhalten sollen? Über das Wetter sicherlich nicht.

Meine Gedanken kreisten die ganze Zeit um ihren Nachnamen. In dem Brief an das Kinderheim, der mit mir im Korb gelegen hatte, stand, mein Name sei Alana McClary. Dieses »Mc« – bedeutete das im Schottischen nicht »Sohn von...«? Hatte ich sie deshalb nicht finden können? Weil sie über 2000 Meilen entfernt wohnte und nicht exakt denselben Nachnamen wie ich trug?

»Schöne Wohnung«, lobte Brianna, als ich die Tür hinter uns schloss. Ich ließ meinen Blick über unser Wohnzimmer mit den kahlen Backsteinwänden und der schäbigen Einrichtung schweifen. Wirklich? War das ihr Ernst?

Achselzuckend nahm ich Brianna den Mantel ab. Darunter trug sie ein smaragdgrünes Businesskleid, das an der Taille von einem goldenen Gürtel zusammengehalten wurde. Augenblicklich fühlte ich mich in meinem muffigen Beerdigungs-Outfit unwohl.

»Möchten Sie …« Ich stockte. »Möchtest du einen Kaffee trinken?«

Brianna strich sich die Haare zurück. »Sehr gern.«

Meine Mutter war in meiner Wohnung. Meine Mutter, nach der ich mich als Kind so sehr gesehnt hatte!

Immer noch konnte ich kaum glauben, was hier gerade geschah. Wie in Trance schwebte ich geradezu in die Küche.

Brianna folgte mir. »Wohnst du alleine hier?«

»Nein, ich wohne hier zusammen mit meinem Freund Clay.«

Ein zufriedenes Lächeln stahl sich auf die Lippen meiner Mutter.

»Er ist mein bester Freund«, stellte ich klar.

Wo steckte er eigentlich? Ich warf einen Blick auf die Garderobe neben der Tür. Dort hing unter anderem Morgans roter Mantel. Das bedeutete wohl, die beiden saßen gerade in Clays Zimmer. Was sie wohl machten? Irgendwie behagte mir dieser Gedanke gar nicht.

»Wo hast du die Tassen?«, unterbrach Brianna meine Grübeleien. »Oben rechts«, murmelte ich.

Glücklicherweise hatte Clay inzwischen frischen Kaffee gekauft, nachdem die letzte Packung praktisch komplett auf mir und Detective Sockenschuss gelandet war …

Bei diesem Gedanken fingen meine Finger komischerweise an zu zittern.

Als ich etwas Kaffeepulver in die Maschine geschüttet hatte, musterte ich das Gerät finster. War das nicht gerade eine typische Mutter-Tochter-Situation? Gemeinsam Kaffee kochen und so? Dafür war ich definitiv noch nicht bereit.

Wie sehr hätte ich so etwas vor zehn Jahren gebraucht!

Urplötzlich wurde mir schwarz vor Augen. Am Rande registrierte ich, dass die Tüte mit Kaffeepulver meinen Händen entglitt, konnte aber nichts mehr dagegen tun.

»Langsam, langsam!« Brianna fing die Tüte auf und schaffte es wundersamerweise gleichzeitig, mich zu stützen.

Meine Mutter … meine Mutter hielt mich im Arm. Als ich die Augen wieder aufschlug, blickte ich geradewegs in Briannas Augen, die genauso unergründlich tiefbraun waren wie meine.

Ein Sturm an Emotionen spülte über mich hinweg. Ich wollte weinen, ja, in diesem Moment wollte ich wirklich wie ein Schlosshund losheulen. Doch die Tränen kamen einfach nicht. Es war, als würde heiße Wut sie auf dem Weg nach oben trocknen. Warum? Warum hatte sie mir das nur angetan? Warum hatte sie mich damals allein gelassen, sodass ich ohne sie hatte aufwachsen müssen?

Die Kaffeemaschine stotterte, als würde sie langsam den Geist aufgeben.

So würdevoll wie möglich richtete ich mich zu meiner vollen Größe auf.

»Gut. Der Kaffee ist fertig. Du kannst jetzt anfangen, mir alles zu erklären.« Bevor sie meinen Händen entglitten, schaffte ich es irgendwie, die zwei Tassen auf unserer Theke, die die Küche vom Wohnzimmer trennte, abzustellen.

Brianna betrachtete mich auf ihre ganz eigene Art, als versuchte sie, in mir wie in einem Buch zu lesen. Dann folgte sie mir und glitt auf den gegenüberliegenden Barhocker auf der Wohnzimmerseite. »Ich verstehe, dass du sauer auf mich bist …«

Bei diesem Satz musste ich laut losprusten. »Natürlich. Jeder Mensch wäre an meiner Stelle stinksauer! Allerdings habe ich nicht die ganze Nacht Zeit, um mir Entschuldigungen anzuhören. Im Gegenteil: Ich habe jede Menge wichtige Fragen an dich und die Zeit drängt. Also erzähl mir einfach die Kurzfassung.« Außerdem würde gleich Detective Sockenschuss vor meiner Tür stehen, da war ich mir sicher.

Einen Moment lang wirkte Brianna überrascht, fing sich dann aber wieder. Sie strich mit dem Daumen über den Henkel ihrer Tasse. »Weißt du, ich habe dich sehr geliebt, als du geboren wurdest. Mehr als alles andere auf der Welt. Es gab nur uns zwei. Dein Vater ... ist noch vor deiner Geburt abgehauen.« Sie schwieg einen Moment.

Reizend, mein Vater schien ja ein ganz feiner Kerl zu sein.

»Dann kam deine Taufe. Am Abend danach habe ich gemeinsam mit ein paar engen Freunden ein magisches Ritual durchgeführt, um deine Zukunft vorherzusagen ...« Brianna unterbrach unseren Blickkontakt, doch ich ahnte bereits, was kommen würde.

»Die Sterne sagten voraus, dass nur du den Tag des Jüngsten Gerichts verhindern kannst. Verstehst du? Den Tag, an dem die Erde, wie wir sie kennen, untergeht. Den Tag, an dem Petrus die Himmelstore für die Seelen öffnet, die ein anständiges Leben geführt haben, und die Sünder in die Hölle verbannt. In dessen Folge die Welt untergeht. Es steht geschrieben, dass es einmal an dir liegen wird, das zu verhindern.«

Mein Kiefer klappte nach unten, während ich Brianna entgeistert ansah. Wollte sie mich verarschen?

Scheinbar nicht, denn sie fuhr ungerührt fort: »Das Ritual zeigte dies sehr deutlich. Mir war auf der Stelle klar, in welch großer Gefahr du schwebst. Viele magische Wesen sehnen den Weltuntergang herbei. Sie wollen in den Himmel zurückkehren. Es gibt eine Sage, nach der ein magischer Anführer auferstehen wird, der uns alle in den Himmel führt, sobald das

Himmelstor offen ist. Egal, welche Sünden wir Magischen begangen haben.«

Oh, damit meinte sie sicher den Dián Mawr. Allerdings verzichtete ich darauf, meine Mutter zu unterbrechen. Noch vertraute ich ihr nicht vollkommen. Vielleicht war sie in Wirklichkeit ja gar nicht meine Mutter, sondern irgendeine Banshee, die Petrus' Army geschickt hatte. Dass sie eine echte Banshee war, schloss ich daraus, dass ihr keine roten Todeszahlen über dem Kopf schwebten. Trotzdem traute ich ihr nicht weiter über den Weg, als ich sie werfen konnte.

»… der 267. Papst.« Vor sich hin nickend beendete Brianna ihren Vortrag.

Wie bitte? Mist, ich hatte nicht richtig zugehört. Aber irgendwoher kam mir das bekannt vor – hatte ich nicht neulich einen Wikipedia-Eintrag zum Thema Päpste gelesen? Irgendetwas sagte mir, dass diese Information wichtig war, doch ich wollte jetzt erst mal zum Punkt kommen. »Also?«, hakte ich nach.

»Na ja«, begann Brianna. Von einer Sekunde auf die andere hob sie den Kopf, straffte die Schultern und sah mir tief in die Augen.

»Es lag einfach auf der Hand. Viele magische Wesen hätten deinen Tod gewollt, wenn sie davon gewusst hätten. Damit du den Weltuntergang nicht aufhalten kannst. Keiner weiß, wie es genau passieren wird, aber vermutlich schon sehr bald, falls ich den Sternen trauen kann. Deshalb bin ich heute zu dir gekommen. Nicht nur, weil ich gespürt habe, dass du mich mit einem Ritual zu finden versucht hast. Ich werde dir dabei helfen, den Weltuntergang zu verhindern. Wie dem auch sei – ich kann mir vorstellen, wie sauer du auf mich sein musst.« Sie biss sich auf die Lippe. »Aber damals, vor 20 Jahren, war es die einzige Möglichkeit, die mir in den Sinn kam, um dich zu beschützen. Die Information über deine Zukunft wäre irgendwann durchgesickert. Jemand anderes hätte schon bald durch ein Ritual oder von meinen Freunden erfahren, was dein Schicksal ist. Ich musste dich zu deinem eigenen Schutz verstecken. Also brachte ich dich von Schottland, wo wir gewohnt hatten, nach Santa Fe – in die Stadt, in die viele ausgestoßene Magische fliehen, weil sie dort vom heiligen Sankt Michael beschützt werden.« Leise seufzend griff Brianna nach meiner Hand.

Ich ließ es zu.

»Zu deinem Schutz gab ich dir ein Amulett, das deine Kräfte neutralisiert. Wie ich sehe, trägst du es nicht mehr, also ist es wahrscheinlich irgendwann verloren gegangen. Außerdem erschuf ich einen Gefährten, der auf dich aufpassen und das Unglück, das einer noch nicht ausgewachsenen Banshee normalerweise widerfährt, ausgleichen sollte.«

Als ob sie sich fragte, ob ich ihr noch folgen konnte, hielt Brianna inne. »Falls dir das noch niemand erzählt hat: Bevor eine Banshee ihre Kräfte voll entfaltet, was an ihrem 21. Geburtstag geschieht – bei dir also in zwei Monaten –, zieht sie das Unglück magisch an. Vor allem, wenn sie auf Totgeweihte trifft. Sie überträgt deren Unglück auf sich. Deshalb habe ich vorgesorgt. Mit dem Amulett und einem Gefährten.«

O mein Gott! Das war jetzt aber nicht ihr Ernst. Geschockt presste ich mir eine Hand vor den Mund. »Clay?«, flüsterte ich undeutlich.

Brianna nickte. »Aus einem magischen Kleeblatt erschuf ich damals ein Leprechaun-Baby, das durch seine Seele an dich gebunden ist. Für immer.«

Es war wohl das Unglaublichste, was ich jemals gehört hatte. Das schlug sogar diese ganze Blutritualnummer. Meine Mutter hatte meinen besten Freund aus einem Kleeblatt gezaubert wie ein Magier den verdammten Hasen aus einem Hut!

»Du … du hast mich und Clay also einfach so vor einem Kinderheim abgelegt?«

»Ja. Natürlich habe ich an der nächsten Ecke gewartet, bis man euch die Tür öffnete.«

Aus irgendeinem Grund wollten meine Augen einfach nicht aufhören zu blinzeln. »Und was soll das heißen: Clay ist durch seine Seele an mich gebunden? Stirbt er, wenn ich sterbe, mit mir?«

»Nein. Es heißt nur, dass ich einen Teil deiner Seele nahm, um ihn zu erschaffen. Ihr zwei seid also sprichwörtlich Seelenverwandte.« Briannas Mundwinkel zuckten.

Na, das hatte sie sich ja fein ausgedacht.

»Ich wollte einfach, dass du einen echten Freund hast, der auf dich aufpasst, verstehst du?«

Irgendwie tat ich das schon. Funktioniert hatte es ja auch. Nur warum fühlte es sich dann so falsch an?

»Und heute bist du hergekommen, weil du glaubst, der Weltuntergang, den angeblich nur ich aufhalten kann, sei nahe und du willst mir helfen?« Bei dem Gedanken wurde mir ganz anders. *Weltuntergang!* Wenn ich die einzige Hoffnung der Menschheit war, sollte die sich lieber warm anziehen. Ich meine, niemand legt sich so oft auf die Schnauze wie ich! Wie sollte das gut gehen?

Auf einmal fiel mir Aimées Prophezeiung auf Shellys Beerdigung ein. *Du musst ihn aufhalten, Alana McClary. Du darfst keinen Fehler machen, hörst du?*, hatte die Wasserelfe gesagt. Aimées eindringlicher Tonfall jagte mir immer noch einen Schauer über den Rücken. Leider passte diese Prophezeiung nur allzu gut zu Briannas Theorie, dass nur ich diesen Weltuntergang und *ihn* – also wahrscheinlich den Dián Mawr – aufhalten konnte.

»Warum ich?«, flüsterte ich, wobei ich nicht Brianna, sondern meine Finger, die die Kaffeetasse umklammert hielten, anstarrte. »Und weiß Clay von alldem?«

»Nein, Clay weiß von nichts.« Bevor sie weitersprach, leckte sich Brianna die Lippen. Am Rande registrierte ich, dass ihre dunklen Haarsträhnen leicht verstrubbelt aussahen, so als hätte sie sich aus Verzweiflung die Haare gerauft. »Warum du diejenige bist, die den Weltuntergang aufhalten soll, kann ich nicht sagen. Ich denke, niemand kann das.« Wieder strich sie mit dem Daumen über den Henkel der Kaffeetasse. »Du musst dein Schicksal annehmen, Alana. Wie jeder von uns.«

Eine Weile dachte ich über ihre Worte nach.

Nur mit äußerstem Widerwillen verarbeitete mein Hirn diese Information und nahm sie in seinen Speicher auf. Ohne aufzublicken, nickte ich. Niemand konnte mir eine Antwort geben. So einfach war das. Nur die Zukunft würde zeigen, was passieren würde. Denn auch ich schrieb, wie jeder andere, meine Geschichte selbst.

Schließlich erhob sich Brianna und ging schnurstracks auf ihren Mantel zu, der noch an der Garderobe hing. »Allerdings habe ich etwas für dich, das dir helfen wird.« Sie kramte einige Sekunden in der Manteltasche und zog dann etwas Silbernes daraus hervor.

Im Lichtschein der einsamen Glühbirne an der Wohnzimmerdecke funkelte mir ein Medaillon entgegen. An der langen, feingliedrigen Kette hing ein daumengroßer Eulenanhänger mit rosa Augen. Es war genauso eine Kette, wie es sie üblicherweise für drei Dollar in Chinatown zu kaufen gab.

Doch Brianna hielt sie mir wie einen Schatz entgegen. »Für dich.«

Als ich ihr das Schmuckstück aus der Hand nahm, zwang ich mich zu einem mehr oder weniger überzeugenden Lächeln. Was sollte das denn jetzt? Meine Mutter kreuzte nach 20 Jahren wieder bei mir auf und das Einzige, was sie mir mitbrachte und was mir angeblich bei der Rettung der Welt helfen sollte, war eine schäbige Kette?

Scheinbar musste Brianna mitbekommen haben, welcher innere Kampf in mir tobte, denn sie setzte ein breites Lächeln auf. »Dieses Amulett beinhaltet einen mächtigen Kontrollzauber für Banshees, wie ihn nur wenige Feen zustande bringen. Sobald du es trägst, wirst du keinen Bansheeschrei mehr ausstoßen müssen. Siehst du, ich trage auch eines.« Etwas umständlich zog sie eine lange Kette aus dem Ausschnitt ihres Kleides hervor.

Das Schmuckstück, das daran baumelte, bestand aus grüner Jade. Eine Schlange mit schwarzen Augen.

Ich schluckte.

»Diese Amulette unterdrücken unseren Schreireflex. Du kannst dich unauffälliger unter Menschen bewegen. Und schon bald, wenn die abtrünnigen Magischen den Weltuntergang einleiten, werden fast alle Menschen, die dir begegnen, nur noch wenige Tage zu leben haben.«

Oh. Jetzt verstand ich.

»Du kannst ja schlecht die Welt retten, wenn du jeden entgegenkommenden Menschen wie eine wild gewordene Sirene anbrüllst.« Brianna schob sich eine Haarsträhne hinters Ohr. Wenn sie lächelte, sah sie wie 25 aus.

Schweigend betrachtete ich die Eule in meiner Hand. Das Metall fühlte sich kühl auf meiner Haut an. »Und die Todesuhren?«

»Die verschwinden nie, Liebes.«

Mir kam ein Gedanke. »Warum bist du damals nicht zusammen mit mir weggelaufen? Wir hätten als Familie untertauchen können.«

Das Lächeln auf Briannas Gesicht verschwand. »Darüber habe ich zuerst auch nachgedacht. Aber es schien mir sicherer, deinen Tod vorzutäuschen, sodass erst niemand nach dir suchen würde. Dann habe ich dir einen anderen Vornamen gegeben, den nur ich kannte und über den ich dich wiederfinden konnte. Statt Yolanda schrieb ich Alana in den Brief an das Kinderheim.«

Yolanda. Mein früherer Name war Yolanda gewesen. Mein richtiger Name ... Ob ich an Briannas Stelle genauso gehandelt hätte? Ein wenig bequem hatte sie es sich ja dadurch schon gemacht. Eine Flucht aus Europa gemeinsam mit mir wäre sicher anstrengender gewesen, als mich mal eben vor einem Kinderheim auszusetzen.

Ein Klopfen an der Tür riss mich aus meinen Gedanken. Das konnte ja nur eine Person sein!

Meine Vorahnung bestätigte sich, als ich die Tür öffnete und mir Detective Sockenschuss entgegenstrahlte.

Na super.

Jetzt war auch noch Brianna hinter mir aufgetaucht wie ein Spürhund, der einen Hasen gewittert hatte. Mir entging nicht, wie sie Dylan von oben bis unten musterte.

»Hi«, sagte der nun.

»Ähm, hi.« Um eine Vorstellung kam ich wohl nicht drum herum. »Das ist sozusagen mein Kollege, Detective Dylan Shane«, ich deutete auf Dylan, der sich bei der Nennung seines Namens zu seiner vollen Größe aufrichtete. »... und das ist meine Mutter Brianna.« Ohne hinzusehen, deutete ich vage in Briannas Richtung.

Das waren also diese peinlichen Mutter-Tochter-Erlebnisse, von denen man so sprach. Darauf hätte ich gut und gerne noch weitere 20 Jahre verzichten können.

18

Dylan warf mir einen ungläubigen Blick zu, der wahrscheinlich so viel bedeutete wie »Was, deine Mutter?«.

Leider sagte er aber nichts.

Brianna hielt sich auch bedeckt. Bestimmt musste sie sich genau wie ich noch an diese Situation mit männlichen Bekannten ihrer Tochter gewöhnen. Also trat ich schließlich einfach wortlos zur Seite, um ihn hereinzulassen.

Unglücklicherweise wählte Clay ebendiesen Moment, um nur mit einem Handtuch um die Hüften bekleidet aus seinem Zimmer zu stürzen. Hinter ihm hörte ich Morgan kichern, sah sie allerdings nicht, woraus ich schloss, dass sie noch auf Clays Bett saß. Als er uns drei an der Haustür stehen sah, hielt er inne. »Oh.«

Ja, das wollte ich auch gerade sagen. Konnte dieser Abend noch peinlicher werden?

Während Brianna rechts von mir grinste wie ein Kind an Weihnachten, als sie den halb nackten Clay musterte, verschränkte Dylan links von mir die Arme vor der Brust.

Urplötzlich kam mir ein Gedanke: Wie sollte ich Clay bloß die Sache mit Brianna erklären, vor allem den Teil mit seiner magischen Geburt?

Gerade als ich anfangen wollte, irgendetwas Belangloses

von mir zu geben, eilte mir Brianna zu Hilfe. »Kinder, es ist ganz schön spät geworden. Am besten, wir sprechen morgen früh weiter. Ich könnte euch Frühstück vorbeibringen.« Sie zwinkerte mir verschwörerisch zu. »Für drei oder vier Personen?« Wahrscheinlich glaubte sie auch noch, ich hätte mit den beiden hier eine Art Dreiecksgeschichte am Laufen. Das wurde ja immer besser.

»Bitte tu das«, murmelte ich. Für einen Augenblick musste ich die Augen schließen. Das war einfach zu viel für mich. »Mit dir wären wir drei Personen. Obwohl ... vier mit Morgan«, ergänzte ich schließlich.

Die Luft war inzwischen zum Schneiden dick geworden. Wie immer, wenn die beiden aufeinandertrafen, warfen sich Dylan und Clay böse Blicke zu. Beinahe erwartete ich, dass eine handfeste Schlägerei ausbrechen würde, wenn einer von beiden ein falsches Wort sagte.

Die ganze Sache erinnerte mich irgendwie an diese *Twilight-Saga* mit dem Vampir und dem Werwolf. Als hätte Clay meine Gedanken gelesen, verschränkte jetzt auch er beide Arme, wobei er nicht vergaß, dabei seine Muskeln spielen zu lassen. Leider rutschte ihm bei dieser Aktion das Handtuch zu Boden.

Schnell hielt ich mir mit einer Hand die Augen zu, während ich versuchte, mit meiner anderen Hand Briannas Augen zu verdecken, die wie ein Schulmädchen zu kichern anfing. Diese Frau war schlimmer als ich!

Neben mir grunzte Dylan merkwürdig.

Seufzend ließ ich die Szene vor meinem inneren Auge Revue passieren. Das konnte doch alles nicht wahr sein! Mein Leben war zu einer verdammten, klischeehaften Sonntagsnachmittags-Soap geworden. Das Universum zeigte mal wieder absolut kein Erbarmen mit mir. Aber wieso sollte es auch?

»Warum nur ist jedes Mal, wenn ich auf dich treffe, überdurchschnittlich viel Nacktheit im Spiel?«, wollte Dylan wissen.

Da hatte er allerdings recht. Erst gestern im Polizeirevier hatte er mich halb nackt im Umkleideraum gesehen ... Augenblicklich wurden meine Wangen heiß, was mich aber nicht davon abhielt, nach Dylans Fuß zu treten. Natürlich traf ich ihn nicht richtig. Mit geschlossenen Augen funktionierte das einfach nicht besonders gut. Das Leben war aber auch ungerecht.

Gott sei Dank konnte ich in diesem Augenblick hören, wie Clay sich bemerkbar machte, woraus ich schloss, dass er sein Handtuch wieder vorschriftsmäßig umgebunden hatte. Vorsichtig ließ ich die Hand sinken.

»Schön, euch alle mal gesehen zu haben«, grinste Brianna. Sie drückte noch einmal kurz meinen Arm und spazierte dann zur Tür hinaus. Den ganzen Weg die Treppe hinunter konnte ich sie lachen hören. Wie schön, dass meine Mutter ihren Spaß hatte.

Heftiger als eigentlich beabsichtigt, ließ ich die Tür ins Schloss knallen.

Clay räusperte sich. »Kann ich kurz mit dir reden, Alana?« Sein giftiger Blick in Richtung Dylan entging mir dabei nicht.

Als hätte er seinen Endgegner gefunden, starrte Dylan mit zusammengekniffenen Augen zurück. Das Testosteron, das in der Luft lag, war fast körperlich zu spüren. Es hätte mich nicht gewundert, wenn es die Glühbirnen zum Klirren gebracht hätte.

»Alana und ich haben ein paar wichtige Dinge zu besprechen, vielleicht kannst du das auf später verschieben?«, hörte ich Dylan neben mir sagen.

Waren wir jetzt in Bitch-Hausen? Ehrlich, die zwei waren schlimmer als kleine Mädchen, die sich um eine Barbie stritten.

»Du kannst auch dabei sein und zuhören, Clay«, bot ich an. Es war schließlich so, dass ich Clay nicht länger von den Ermittlungen ausschließen wollte.

Leider hatte ich da die Rechnung ohne Detective Sockenschuss gemacht. »Tut mir leid, Alana, die Informationen sind streng geheim. Wir können nicht riskieren, die laufenden Ermittlungen zu gefährden ...«

»Jaja, schon gut«, unterbrach ihn Clay. Mit hoch erhobenem Kopf öffnete er die Badezimmertür. »Komm einfach in mein *Schlafzimmer*, wenn du mit dem da fertig bist.«

O Mann! Ich schlug die Augen nieder. Manchmal konnte Clay so kindisch sein. Das war eine dermaßen offensichtliche Ansage Dylan gegenüber, dass es mich beinahe rot anlaufen ließ.

Auch wenn zwischen Clay und mir nie mehr gewesen war als Freundschaft, gefiel es ihm anscheinend, einen anderen Eindruck zu erwecken, um Dylan zu ärgern.

»Hast du einen Kaffee für mich?«, schnaubte Dylan. »Und ich ertrage jetzt keinen deiner Kaffee-Donut-Cop-Scherze!«

Beleidigt schloss ich meinen Mund wieder. Dann eben nicht.

»Und dieses Mal hätte ich meinen Kaffee gern in einer Tasse und nicht im Gesicht!«, rief mir Dylan hinterher, als ich in die Küche stiefelte.

»Hör mal«, mit reichlich Schwung knallte ich Dylan, der bereits seinen Stammplatz an meiner Küchentheke eingenommen hatte, zwei volle Kaffeetassen vor die Nase. »Im Diner hatte ich kein Glück bei der Gästebefragung. Keine Auffälligkeiten. Wer auch immer der Spion ist, noch habe ich ihn nicht entdeckt.«

Dylan nahm einen Schluck Kaffee. »Das ist schlecht. Ich hatte heute leider auch kein Glück.«

Seufzend ließ ich mich auf den Barhocker direkt neben ihm fallen. »Da wäre allerdings noch etwas ...«

Interessiert hob Dylan den Kopf.

Okay, das würde jetzt unangenehm werden. Während ich mir durch die Haare fuhr und tunlichst seinen Blick mied, erzählte ich ihm von der Sache mit Ava und der Lippenstiftnachricht.

Natürlich fiel Dylans Reaktion wie erwartet heftig aus. Schneller als eine Silvesterrakete ging er in die Luft. »Warum zum Teufel folgst du ganz alleine einer verdächtigen Person in eine dunkle Gasse? Bist du wahnsinnig? Das hätte eine Falle sein können! Das hätte deine blutleere Leiche sein können, die sie heute aus dem Fluss gezogen haben!«

»Was?« Ich zuckte so heftig zusammen, dass es plötzlich unter mir knackte.

Eine Sekunde später brach der uralte Barhocker, auf dem ich saß, zusammen. Die Kaffeetasse entglitt meinen Fingern. Auch das noch! Nilpferdkacke!

Geistesgegenwärtig schoss Dylan nach vorn, um mich aufzufangen, was ihm gerade so gelang.

»Danke«, murmelte ich an seiner Brust. Ich war viel zu perplex, um in diesem Moment etwas Intelligentes zu sagen. Warum passierten mir immer solche peinlichen Sachen? Na gut, eigentlich kannte ich die Antwort darauf bereits.

Wieder ein Leichenfund? Und warum roch Dylan eigentlich so gut? Klebte ich etwa immer noch an seiner Brust? Verdammt, ja.

»Ah, heiß!« Dylan schüttelte mich ab.

Seine Brust hatte mit meinem Kaffee Bekanntschaft gemacht. Und dieses Mal war der Kaffee auch noch heiß und flüssig gewesen.

Entschuldigend hob ich beide Schultern.

Eilig knöpfte er sein weißes Hemd auf, um es abzustreifen. Dann rieb er sich mit dem Stoff über die Brust. »Verdammt!«

Ja, verdammt ... war es plötzlich heiß hier drin geworden. Ich biss mir auf die Lippen, die plötzlich ein Eigenleben zu führen schienen, denn sie wollten einfach nicht aufhören zu grinsen.

»Was?«, wollte der oberkörperfreie Detective Sockenschuss wissen.

»Nichts, nichts!«, antwortete ich eine Spur zu hastig. Die

Ironie dieser Situation entging mir nicht. War das Zufall oder warum ging es bei unseren Treffen andauernd um »Kaffeeunfälle« und, wie Dylan schon richtig angemerkt hatte, überdurchschnittlich viel Nacktheit? Jedenfalls konnte sich Dylans Oberkörper sehen lassen – das war mir auch schon aufgefallen, als er Rider und mich aus dem Fluss gezogen hatte. Es war kein richtiges Sixpack, aber die Ansätze waren da. Und diese Brustmuskeln ...

»Bekommst du Fieber? Deine Augen werden ganz glasig.«

»Ich ... Was? Nein!« Ich blinzelte heftig und rieb mir über die Augen. »Soll ich dir ein Shirt von Clay bringen?«

»Danke. Das wäre überaus nett.« Dylan grinste, als wüsste er nur zu gut, dass meine Beine gerade überlegten, ihren Dienst aufzugeben und sich in Kaugummi zu verwandeln. Warum musste dieser unverschämte Detective auch halb nackt in meiner Küche stehen?

Ich machte einen Schritt nach vorn – und natürlich knickten meine Beine ein. Zum zweiten Mal an diesem Abend fing mich Dylan gerade noch auf, bevor ich auf den Fußboden klatschte. O verflixt!

»Was ist nur mit dir los?«, gluckste er.

»Meine Beine ...«, antwortete ich unbestimmt.

»Die solltest du mal untersuchen lassen.« Ohne hochzusehen, wusste ich, dass er sich gerade dermaßen einen abgrinste.

Irgendwie schaffte er es, mich schließlich wieder auf die Füße zu stellen.

Vorsichtshalber hielt ich mich noch ein wenig länger an seinen Oberarmen fest. Man konnte ja nie wissen, wann meine Kaugummiknie wieder ihre Funktion einstellten.

Das Zahnpastalächeln, das mir von Dylan entgegenstrahlte, ließ mich erneut blinzeln. Das war vollkommen unangemessen, was wir hier machten. Wir waren praktisch Kollegen und hatten Mordfälle aufzuklären. Und doch konnte ich mich Dylans Charme nicht entziehen. Je mehr ich mich dagegen wehrte, so schien es, trieb mich das Schicksal nur umso stärker in seine Arme.

Sein Gesicht kam meinem immer näher. Täuschte ich mich oder hatten seine Augen einen fiebrigen Glanz angenommen? Seine erweiterten Pupillen wirkten beinahe hypnotisch.

»Hör auf, dagegen anzukämpfen.« Seine Stimme war kaum mehr als ein Flüstern.

Meine Reaktion musste mich verraten haben. Warum hatte ich mich nicht mehr im Griff? Dylans Augen fixierten meine, bevor sich seine Lippen langsam näherten. Diese Augen! Und dieses Kribbeln in meinem Bauch …

Nein, das war nicht der richtige Zeitpunkt! Eilig zog ich meine Hände, die wie von selbst über seine Arme zu seiner Brust gewandert waren, zurück. Böse Hände!

Doch Dylan schien nicht gewillt, mich entwischen zu lassen. Er packte mich an den Schultern. »Alana, hör auf zu denken!«

Aber Denken war doch gut? Denken war sicher. Auf keinen Fall wollte ich ihn erneut dazu ermuntern, mich zu küssen. Einmal reichte doch. Mehr war einfach zu gefährlich für ihn! Dieser Idiot hatte ja keine Ahnung, in welche Schwierigkeiten ich ihn bringen konnte. Unsicher schielte ich auf seine Lebensuhr. Puh, alles noch beim Alten! Nur wie lange noch?

Plötzlich spürte ich seinen Atem an meinen Lippen.

Inzwischen war Dylans Gesicht nur noch wenige Zentimeter von mir entfernt.

Warum war er bloß so toll und seine Lippen so verführerisch? Obwohl er sich oft wahnsinnig arrogant aufführte.

Und dann schaltete sich tatsächlich mein Gehirn ab. In diesem Augenblick gab es nur noch ihn und mich. Ich war wie gefangen in dem Moment. Das Licht um uns herum wurde weicher, meine Haut prickelte immer stärker, in meinem Bauch fuhren die Schmetterlinge Achterbahn. Und natürlich gaben meine Beine wieder nach. Aber das war egal, denn Dylan zog mich einfach fester an sich, wodurch dieses Problem gelöst war.

»Du machst mich wahnsinnig, Alana McClary«, murmelte er mit rauer Stimme und glasigen Augen.

Darauf konnte ich nichts erwidern. Was auch – außer dass ich ihn unmöglich mehr in den Wahnsinn treiben konnte als er mich! In meinem tiefsten Inneren wollte ich ja, dass es passierte, nur die Vernunft riet mir davon ab. Wie immer griff ich daher auf meinen Notanker zurück: *Ein Kuss bedeutete gar nichts! Damit waren wir noch lange kein Paar!* Zumindest versuchte ich mir das einzureden ... Ich schluckte.

Und dann kam der Moment. Der Moment, in dem Dylan seine Lippen sanft auf meine drückte, als wolle er herausfinden, wie sie schmeckten.

Kurzerhand warf ich alle Bedenken über Bord und genoss den Augenblick. Wie hätte ich mich diesem Wahnsinnskuss auch entziehen können? Seine Lippen passten so perfekt auf meine.

Schnell fand er den richtigen Rhythmus, in dem er mich herausforderte, ihn zurückzuküssen. *Dylan Shane. Dieses Schlitzohr!*

Wenn ich es nicht besser wüsste, hätte ich gesagt, dieser Kuss wäre magisch. Einfach pure Magie! Denn ich hätte noch bis in alle Ewigkeit hier stehen und ihn küssen können.

Natürlich hielt das Schicksal nichts von Ewigkeit. Denn kaum hatte ich den Gedanken zu Ende gedacht, knallte hinter mir eine Tür mit solcher Wucht zu, dass ich das Holz krachen hörte. Was zur Hölle ...?

Clay stand im Wohnzimmer, die Augen zu Schlitzen verengt. Immer noch nur mit einem weißen Handtuch bekleidet.

Mehr als deutlich konnte ich die Verachtung in seinem Blick

erkennen, als er Dylans nackten Oberkörper, an dem ich mich festklammerte, musterte.

Zwei oberkörperfreie Streithähne konnte ich jetzt gar nicht gebrauchen. Eilig machte ich mich von Dylan los. Das war ja mal wieder typisch. »Ich ... ähm, hol dir jetzt mal was Trockenes zum Anziehen.«

Um mein Vorhaben in die Tat umzusetzen, packte ich Clay am Oberarm und zog ihn bis vor seine Zimmertür in den Flur. »Kannst du ihm bitte ein Shirt leihen?«

Mein bester Freund sah mich an, als würde er lieber ein Kilo Feuerameisen schlucken, als Dylan auch nur eine einzige Büroklammer zu leihen.

Augenrollend schob ich ihn in sein Zimmer. »Mach schon.«

»Du weißt doch, dass ich ihm nicht traue!«, sträubte sich Clay.

»Und wenn schon, was soll er mit einem T-Shirt schon groß anrichten? Den dritten Weltkrieg auslösen?«

Im selben Moment registrierte ich, dass Morgan auf Clays Bett saß. Nur in schwarzer Spitzenunterwäsche und pinken Seidenstrümpfen, die ihr ungewöhnlich gut standen, wenn man ihre roten Haare bedachte.

Ich blinzelte. »Hi, Morgan.«

»Hallo.«

Da störte ich wohl gerade.

»Rück das Shirt raus, Clay!«, presste ich hervor.

»Aber ...«

»Her damit!« Ohne einen Widerspruch zuzulassen, streckte ich die Hand aus.

Mit dem Objekt der Begierde, einem uralten Hardrock-Café-Shirt, kehrte ich wenig später zu Dylan ins Wohnzimmer zurück.

»Danke. Alles okay bei dir?« Er neigte den Kopf zur Seite.

Ob alles okay war? Nein, seit ungefähr drei Tagen war ganz

und gar nichts mehr okay. Aber jetzt musste ich mich um andere Dinge kümmern, anstatt meine Probleme bei Dylan abzuladen – mal ganz abgesehen davon, dass ihn vieles davon gar nichts anging. »Bestens«, antwortete ich demnach.

Ich gab ihm genau zwei Sekunden, um das Shirt anzuziehen. »Wessen Leiche habt ihr heute aus dem Fluss gezogen?«

Vom plötzlichen Themenwechsel überrascht zuckte Dylan zusammen. »Ein Mädchen. Sie hieß Olivia Shoemaker, 17 Jahre alt, rote Haare.«

Dieser Name sagte mir gar nichts. Aber bei der Erwähnung ihrer roten Haare musste ich unwillkürlich an Morgan und Cailleachs, also Hexen, denken. Hatten die Täter Olivia entführt, weil sie an Morgan nicht herangekommen waren? Sie stand ja wie Clay auf meine Bitte hin unter Polizeischutz.

»Mhm«, murmelte ich.

Eine Weile starrte ich an die Decke. Wie lange würden diese Morde noch weitergehen? Und wer steckte dahinter? Sollte ich Avas Warnung ernst nehmen? Konnte ich wirklich niemandem trauen? Ich schielte zu Dylan hinüber. Zumindest durfte ich kein Risiko eingehen.

Nachdem ich lange kein Wort mehr gesagt hatte, gab Dylan schließlich auf. »Es ist schon spät. Ich sollte jetzt gehen.«

Darauf nickte ich nur. Immer noch in Gedanken versunken, begleitete ich ihn zur Tür.

»Also dann, Alana …« Er räusperte sich. Der Abschiedskuss, den er mir eine Sekunde später auf die Wange drückte, riss mich in die Wirklichkeit zurück. Huch, was war denn mit dem sonst so knallharten Detective Sockenschuss los?

»Bis morgen Abend beim Ball. Um 19 Uhr in der Sporthalle des Polizeipräsidiums. Sei pünktlich.«

Aha. Also holte er mich noch nicht mal ab?

Als hätte er meine Gedanken gelesen, fügte Dylan hinzu: »Vorher muss ich leider arbeiten. Tut mir leid.«

Von mir aus. Ich zuckte die Achseln, dann schlug ich ihm die

Tür vor der Nase zu. Jetzt musste ich also auch noch mit dem Bus oder einem Taxi, das ich mir nicht leisten konnte, zum Ball fahren! Selbst Cinderella war eine Kürbis-Kutsche gestellt worden.

Seufzend schlich ich zurück in die Küche. Meine Gedanken kreisten immer wieder um dieselben Fragen. Vielleicht sollte ich morgen früh mit Siri sprechen, um mich zu sortieren. Sie war eine wirklich gute Zuhörerin. Hoffentlich verkraftete sie den Tod von Shelly allmählich.

Gerade als ich den verschütteten Kaffee aufwischen wollte, klingelte mein Handy. Augenblicklich machte sich ein ungutes Gefühl in meinem Magen breit. Es war beinahe Mitternacht. Wer zum Teufel rief so spät noch an? Es war ein anonymer Anrufer. Mit unterdrückter Rufnummer.

»Hallo?«, nahm ich ab. Stille. Niemand antwortete.

Allerdings hörte ich am anderen Ende der Leitung jemanden atmen.

»Hallo?« Sollte das ein Scherz sein? Wenn ja, war er nicht besonders lustig.

»Alana«, flüsterte eine Frauenstimme nach ein paar Sekunden. Noch bevor sie meinen Namen ganz ausgesprochen hatte, rutschte mir das Herz in die Hose. Es war Avas Stimme. Unverkennbar.

Vor Schreck stolperte ich rückwärts über die Reste des zu Bruch gegangenen Barhockers.

»Hör zu, ich habe keine Zeit für lange Erklärungen.« Ava sprach so hastig ins Telefon, dass ihr Atem Störgeräusche verursachte. »Du bist in Gefahr, Alana, genau wie Clay.«

Was? Unwillkürlich hielt ich die Luft an. Meine totgeglaubte Freundin Ava gab mir am Telefon Ratschläge für meine Sicherheit?

»Wie bitte?«

»Damals dachte ich, sie brauchen nur mich, um den Dián Mawr zu erwecken, deshalb …«, sie stockte, »habe ich meinen

Tod vorgetäuscht.« Der Klang ihrer Stimme erinnerte mich an eine Patientin in der Irrenanstalt.

Ja, das wusste ich bereits, nur wie hatte sie das mit der Mall angestellt? Oder war es nur Zufall gewesen, dass sie sich am Tag des Einsturzes dort aufgehalten hatte? Hatte sie dort spontan beschlossen, ihren Tod vorzutäuschen?

Konnte sie mit der ganzen Geschichte nicht einfach von vorne anfangen? War das zu viel verlangt?

»Und der Dián Mawr leitet wirklich den Weltuntergang ein?«, hörte ich mich stattdessen fragen, wobei ich das Zittern in meiner Stimme nicht unterdrücken konnte. Die Vorahnung, die mich bei der Erwähnung des Dián Mawrs erfasste, rollte wie ein 40-Tonnen-LKW über mich hinweg. Oh, oh. Das war ganz und gar nicht gut.

»Ja. Ich habe ein paar Nachforschungen angestellt. Nur du und ich werden die Auferstehung verhindern können. Die Schicksalssterne stehen eindeutig.«

Aha. Man hatte mir bereits erzählt, dass Ava eine mächtige Fee oder besser gesagt Aiobhell war. Scheinbar nutzte sie dieses Universumsding mit den Sternen, um die Zukunft zu deuten. Aber konnte ich ihr trauen? Stand Ava wirklich auf der Seite des Lichts oder war sie doch eine Dunkelfee und verarschte mich bloß?

Die Information, dass ich den Weltuntergang aufhalten sollte, war inzwischen nichts Neues mehr. Gewissermaßen fundiert.

»Weißt du auch, wie?«

»Nun, ich habe eine Lösung gefunden. Denke ich zumindest«, begann Ava. Sie legte eine bedeutungsschwere Pause ein, allerdings nur eine klitzekleine. »Wir beide müssen Selbstmord begehen. Wenn wir uns umbringen, haben sie keine Möglichkeit mehr, den Dián Mawr zu erwecken, bevor Petrus die Himmelstore wieder schließt. Und das wird schon bald geschehen. Hast du mich verstanden?«

Nein, ich verstand nichts. Rein gar nichts.

»Aber du bist doch schon tot«, sagte ich lahm. Zumindest hatte sie ihren Tod recht erfolgreich vorgetäuscht.

»Nein. Leider bin ich aufgeflogen. Sie haben mich entdeckt.«

»Wer?«

»Die Dunkelfeen. Alana, jetzt denk bitte mal scharf nach. Sie brauchen mich, genauer gesagt meine Seele, für das Seelentausch-Ritual und du sollst die entscheidende Person sein, die den Weltuntergang entweder stoppt oder versagt und durch ihr Scheitern in Gang setzt.« Avas Stimme überschlug sich beinahe. »So steht es in den Sternen. Was ist, wenn die Dunkelfeen uns beide lebend brauchen? Für das Ritual? Jedenfalls habe ich gesehen, wie sie dich beobachten.«

Tatsächlich?

»Diese Leute sammeln Blut von unterschiedlichen magischen Kreaturen. Vielleicht brauchen sie am Ende noch genau eine Banshee für das Ritual, die ja recht selten sind. Und mich brauchen sie für den Seelentausch mit dem Dián Mawr. Er wird meinen Körper übernehmen und damit wird der Weltuntergang losgehen. Wenn wir uns beide vorher umbringen, können sie uns nicht mehr benutzen!«

Das ... das war doch jetzt etwas weit hergeholt ... Aber natürlich erinnerte ich mich sofort daran, dass wer auch immer den Dián Mawr erwecken wollte, eine Aiobhell für den Seelentausch brauchte. Denn Aiobhells waren die einzigen magischen Wesen, die die Kräfte anderer auf sich übertragen konnten. Und laut der Legende konnten nur solche Magische die Seele des Dián Mawrs aufnehmen, sodass er auf der Erde auferstehen konnte, um als Richter des Jüngsten Gerichts über Himmel und Hölle zu entscheiden.

»Wir müssten nur irgendwie sicherstellen, dass nichts mehr von unseren Körpern übrig bleibt ... o verdammt, ich glaube, sie haben mich entdeckt. Ich muss Schluss machen!«

Und dann war die Leitung mit einem Mal tot.

»Ava? Ava?« Fassungslos starrte ich auf mein Handy. War das gerade wirklich geschehen? Bei dem Gedanken an all das Unfassbare, von dem Ava gesprochen hatte, wurde mir schwarz vor Augen.

Glücklicherweise konnte ich mich noch gerade so an der Küchentheke abstützen, sonst wäre ich kopfüber in der Kaffeepfütze gelandet.

Durch meine nach vorne geneigte Haltung baumelte das Amulett von Brianna vor und zurück wie ein Pendel. Vor und zurück. Die rosa Augen der Eule glitzerten bei jeder Bewegung.

Was für eine schwachsinnige Idee! Ich würde mich niemals freiwillig selbst umbringen – zumindest solange nicht hundertprozentig klar war, ob mein Tod irgendetwas bringen würde. Selbstmord war keine Lösung. Niemals.

»Und wenn dein Tod Clays Leben retten würde?«, fragte eine leise Stimme in meinem Kopf.

Ich kniff die Augen zusammen. Solche Gedanken wollte ich gar nicht erst zulassen. Es war Samstagabend, kurz nach Mitternacht. Damit blieben mir noch 48 Stunden, um das Leben meines besten Freundes zu retten.

19

»Alles okay bei dir?«, wollte eine Stimme hinter mir wissen. Ich fuhr herum.

Es war Morgan. Immerhin trug sie jetzt einen Bademantel. Und zwar Clays Bademantel aus grauem Frottee. Die pinken Feinstrümpfe darunter ließen den Teenager viel älter wirken. Und viel damenhafter.

»Alles bestens«, keuchte ich. Dass mir ihre Tante gerade einen Doppelselbstmord vorgeschlagen hatte, verschwieg ich ihr lieber.

Morgan spielte am Gürtel ihres Bademantels. »Warum ist hier der ganze Boden nass?«

Konnte dieses Mädchen Fragen stellen!

»Ich konnte es nicht mehr halten und hab's nicht bis zur Toilette geschafft«, sagte ich, ohne sie anzusehen. »Und was machst du in der Küche, Morgan?«

Sie hüstelte kurz auf meinen Scherz hin, meinte dann aber tonlos: »Ich wollte etwas Wasser für meine Tabletten holen. Brauchst du meine Hilfe beim Aufwischen?«

Als ich mich zu ihr umdrehte, konnte ich nicht erkennen, ob sie meinen Scherz verstanden hatte oder ihn mir am Ende sogar übel nahm. »Gern. Danke.«

Ich schnappte mir zwei Lappen, damit wir die Kaffeesauerei

gemeinsam aufwischen konnten. Morgan machte sich sofort an die Arbeit, den Mund zu einem schmalen Strich verkniffen.

Nach einer Weile des schweigenden Arbeitens kam mir ein Gedanke.

Augenblicklich hielt ich in der Bewegung inne. Was war, wenn Morgan der Spion war, der die Opfer für Petrus' Army auswählte? Schließlich hatte sie Trinity und mich dazu gebracht anzunehmen, Ava würde hinter alldem stecken.

Meine Augen weiteten sich. Schlief der Feind vielleicht in Clays Bett? War er mit Morgan mitten unter uns? Hatte sie nicht erzählt, Ava brauchte angeblich ihr Blut für ein Ritual? Dass sie einen Auserwählten suchte? Oder hatte sie damit am Ende mich gemeint und gar nicht den Dián Mawr?

Aber da Ava mich mit Morgan gesehen hatte, hätte sie mich doch sicherlich gewarnt, wenn ihre Nichte eine Dunkelelfe war.

Ich schüttelte den Kopf. Das konnte nicht sein. Morgan war doch erst wie alt? 16? Angestrengt legte ich die Stirn in Falten.

Vor mir schrubbte die kleine Cailleach den Boden. Die roten Haare klebten ihr an der schweißnassen Stirn. Eventuell sah sie ein wenig krank aus, aber nicht wie jemand, der den Weltuntergang mithilfe einer Mordserie herbeiführen wollte.

Da ging mir auf, dass ich sie noch gar nicht nach ihrer Bestimmung gefragt hatte. So weit waren wir in unserem Gespräch über Bestimmungen nie gekommen. Deswegen hatte ich die ganze Zeit das Gefühl gehabt, etwas vergessen zu haben! Innerlich schlug ich mir mit der Faust ins Gesicht.

So als wäre mir die Antwort gar nicht so wichtig, fragte ich beiläufig: »Du, Morgan, wie ist das eigentlich? Neulich hast du erwähnt, du seist eine der bestimmten Cailleachs. Wen oder was beschützt du denn genau?«

Daraufhin erntete ich einen Blick mit hochgezogenen Augenbrauen, als läge das ja völlig auf der Hand.

Einen Moment stutzte ich. Und dann zählte ich zwei und zwei zusammen. Morgan hatte erwähnt, dass Avas Mutter, die Erdbeschützerin, ermordet worden war, dass ihre eigene Bestimmung zu schwer wog und sie deshalb vor ihren manipulativen Verwandten geflohen war.

»Du hast nach dem Tod deiner Großmutter die Bestimmung der Erdbeschützerin geerbt, richtig?« Meine Augen wurden groß wie Tennisbälle.

Morgan nickte.

Unwillkürlich hielt ich mir die Hand vor den Mund. Morgans Aufgabe war also quasi Earthsitting. Sie war die große Beschützerin, konnte mit der Erde kommunizieren und musste Umweltsünder bestrafen ... So in etwa stellte ich mir jedenfalls ihre Aufgaben vor. Morgan Green, Hüterin der Erde! Hui, das war in der Tat eine Riesenbürde. Kein Wunder, dass die kleine Hexe auf und davon gelaufen war.

Aber was mir noch wichtiger war: Wenn Morgan die Beschützerin der Erde war, konnte sie ja kaum deren Untergang herbeiführen wollen. Aber warum benahm sie sich dann so merkwürdig?

Ich beobachtete, wie sich der Teenager ein Glas Wasser einschenkte. Selbstverständlich war Morgan dabei – wie immer – stumm wie ein Fisch. Dann drückte sie mit einem leisen Plopp zwei Tabletten aus einer silbernen Verpackung, um sie hinunterzuspülen.

»Bis dann, Alana.« Ohne sich noch einmal umzudrehen, verschwand sie samt Wasserglas in Clays Zimmer.

Mich schüttelte es. Wirklich, ich wollte gar nicht wissen, was die beiden dort trieben.

Gerade als ich mich mit dem halbherzigen Vorsatz, noch ein wenig im Feenbuch zu blättern, in mein Zimmer verziehen wollte, klingelte erneut mein Handy. »Ja?«

»Ich bin's noch mal«, keuchte eine ziemlich außer Atem geratene Ava. »Ich glaube, ich habe diese verrückten Bastarde abgehängt.«

»Wo bist du?«, wollte ich wissen. Zwar traute ich Ava immer noch genauso wenig wie Brianna über den Weg, allerdings hätte ich gerne gewusst, wo sie sich herumtrieb.

»Das behalte ich lieber für mich, falls dein Handy abgehört wird, sorry.«

»Gut. Wie du meinst.«

»Hast du über meinen Vorschlag nachgedacht?«, fuhr Ava ungerührt fort.

Für einen kurzen Moment schloss ich die Augen. »Nein, ich werde mich nicht umbringen, Ava. Wer soll dann Clays Leben retten?«

»Verstehst du denn nicht? Das hängt alles zusammen!« Ava brüllte so laut ins Telefon, dass ich mein Handy einige Zentimeter von meinem Ohr weghalten musste, um keinen dauerhaften Hörschaden zu erleiden.

»Beruhig dich«, fuhr ich sie an. »Bevor ich die ganze Sache nicht haarklein verstehe, opfere ich noch nicht mal einen Fingernagel, klar?«

Anscheinend haute meine Ankündigung Ava derart aus den Socken, dass sie darauf nichts erwiderte. Oder ihr war vor Schreck das Handy aus der Hand gefallen.

Seufzend nahm ich mir zwei Sekunden, um meine Gedanken zu ordnen. »Wer steckt deiner Meinung nach hinter Petrus' Army? Wer tötet all die magischen Wesen? Könnte es deine Nichte Morgan sein? Clay und ich haben sie diese Woche kennengelernt.«

»Was, Morgan? Sie ist doch noch ein Kind!« Avas Stimme schwoll noch ein wenig lauter an wie eine Springflut im Frühjahr.

»Aber sie hatte dich im Verdacht, hinter diesen Verbrechen zu stecken. Clay und mir hat sie erzählt, du hättest von ihr verlangt, bei einem gefährlichen Ritual mitzumachen, bei dem ein

Auserwählter aus dem Schoß einer Cailleach aufersteht und mit dessen Hilfe sich die magischen Wesen nicht länger vor den Menschen verstecken müssen.«

»Was?« Avas Stimme brach. »Morgan glaubt, ich ...? O mein Gott!« Dann sagte sie lange Zeit nichts mehr, sodass ich schon beinahe dachte, sie hätte aufgelegt.

Gerade als ich aufgeben wollte, hörte ich, wie sie sich am anderen Ende die Nase schnäuzte. »Okay, das habe ich Morgan gegenüber wirklich etwas ungünstig ausgedrückt. Weißt du, ich hatte eine Vision. Eine Vision, in der ich gemeinsam mit einer Auserwählten den Weltuntergang verhindere. Ich sah, dass es mir mit einem Ritual aus Erde und Blut möglich wäre herauszufinden, wer den Weltuntergang aufhalten kann ... Zuerst dachte ich, ich bräuchte für dieses komplizierte Ritual das Blut der Erdbeschützerin. Nachdem Morgan abgelehnt hatte, konnte mir eine andere Cailleach, die Beschützerin der Rocky Mountains, jedoch genauso gut helfen. Und jetzt rate, wer sich bei dem Ritual als Auserwählte herausstellte: Du!«

Stöhnend ließ ich mich auf einen Barhocker fallen. Konnte das wahr sein? Avas Erläuterungen passten ins Gesamtbild. Aber damit wären alle meine Verdächtigen unschuldig! War ich eigentlich nur noch auf dem Holzweg?

Entnervt trommelte ich mit den Fingerspitzen auf der Theke herum. Wieso musste alles immer so kompliziert sein? Meine Welt war gerade zum gefühlt hundertsten Mal aus dem Rahmen gesprungen, hatte sich neu geformt und war dann lustig wieder zurück an ihren Platz gehüpft. Verfluchte Nilpferdkacke aber auch!

»Begreifst du jetzt? Du und ich – wir beide sind die entscheidenden Elemente für den Ausgang des Jüngsten Gerichts. Wie gesagt halte ich es für die einzige Lösung, dass wir beide sterben, bevor wir dieser dunklen Gruppierung in die Hände fallen. Tot nützen wir ihnen nichts mehr.«

»Nein, nein, ich muss Clay retten. Meinen Seelenverwandten ...«, stotterte ich. Als ob die Finger meiner linken Hand ein Eigenleben führten, trommelten sie unkontrolliert auf der Küchentheke herum.

»Wie war das?« Avas Stimme stand dem Kreischen einer Motorsäge in nichts nach.

Schnell erklärte ich ihr, was Brianna über Clays Herkunft erzählt hatte. Er war aus einem Teil meiner Seele geformt worden.

»Verflucht!«, rief Ava. »Jetzt verstehe ich! Du musst zweimal sterben! Obwohl ... nein, warte!«

Ein Knall im Hintergrund unterbrach ihren Redeschwall. Es knackte und dann war die Leitung tot.

»Ava?« Diesmal wusste ich sofort, dass etwas passiert war.

Avas Handy schien runtergefallen und damit Schrott zu sein. Wahrscheinlich hatte da jemand nachgeholfen.

Meine Hand krallte sich um mein rosa Telefon, bis die Knöchel weiß hervortraten. Verdammt! War Ava geschnappt worden? Was sollte ich jetzt machen? Ich musste diese verrückten Dunkelfeen aufhalten! Wenn Ava die Wahrheit sagte, stand sie auf der Seite des Lichts. Dann war sie immer noch meine beste Freundin. Sie hatte sich nur die ganze Zeit vor diesen verrückten Mördern versteckt. Das passte immerhin mehr zu ihr, als eine durchgeknallte Serienkillerin zu sein.

Obwohl ich nicht wusste, wo sich Ava genau aufhielt, war ich mit zwei Schritten an der Tür. Wild entschlossen griff ich nach meinem Schlüsselbund. Natürlich war mir klar, dass meine Rettungsaktion übel für mich ausgehen konnte. Andererseits war dies vielleicht die Chance, Petrus' Army aufzuspüren. Mittlerweile hatte ich nur noch 48 Stunden Zeit, um Clays Leben zu retten, und ich hatte immer noch nicht die leiseste Ahnung, wie ich das anstellen sollte. Aber falls ich das Versteck von Petrus' Army fand, konnte ich Dylan anrufen, damit er diese Verrückten festnahm. Hoffentlich war das wirklich so einfach, wie ich es mir in meinem Kopf ausmalte.

Gerade hatte ich mir meine Jeansjacke übergeworfen und die Hand an der Türklinke, da rief jemand meinen Namen.

»Alana! Wohin willst du so spät?«

Ich zuckte zusammen.

Wie aus dem Nichts war Clay im Flur aufgetaucht, diesmal immerhin mit Boxershorts und einem weißen T-Shirt bekleidet.

Sobald ich mich von meinem Schock erholt hatte, reckte ich das Kinn: »Ich muss mal kurz vor die Tür.«

»Soso, nur mal kurz vor die Tür?« Mit verschränkten Armen lehnte sich Clay gegen die Wand. Den Blick, mit dem er mich musterte, hätte man auch gut und gerne im Krankenhaus in der Röntgenabteilung einsetzen können.

Womöglich konnten Leprechauns am Ende tatsächlich Gedanken lesen oder mein bester Freund kannte mich einfach zu gut. Meine Augenlider zuckten. Mist! Ohne an den Erfolg zu glauben, versuchte ich einen betont unschuldigen Gesichtsausdruck aufzusetzen. Ich hatte keine Zeit, Clay alles zu erklären. Das konnte ich auch noch beim Frühstück tun.

»Ich habe ein Date«, log ich. »Mit Dylan. Jetzt gleich bei ihm.«

Augenblicklich verdüsterte sich Clays Blick. Seine Wangen sowie die Stirn färbten sich glutrot. »Wegen diesem Typen wollte ich sowieso noch mit dir reden«, presste er zwischen seinen geschlossenen Zähnen hervor. Dann machte er einen Schritt auf mich zu, sodass wir nun ganz nah beieinanderstanden. »Weißt du, ich habe echt ein schlechtes Gefühl bei ihm. Man sieht doch auf den ersten Blick, was das für ein Aufreißer ist, dieser aufgedonnerte, gelackte Vogel! Fehlt nur noch, dass er sich so eine Kakadufrisur zulegt. Stolziert immer rum, als könnte er jede Frau haben. Er ist einfach nicht gut genug für dich!«

War das sein Ernst? So aufbrausend kannte ich Clay gar nicht. Da ich wirklich nicht wusste, was ich darauf erwidern sollte, öffnete und schloss ich ein paar Mal den Mund.

»Hör zu«, seufzend legte Clay seine Hände auf meine Schultern. »Ich mache mir einfach bloß Sorgen um dich. Du bist etwas ganz Besonderes.«

»Ich verliebe mich schon nicht in diesen Trottel«, entgegnete ich. »Keine Sorge.«

Zwei Küsse bedeuteten gar nichts. Wir hatten keine Verpflichtung gegenüber dem anderen ausgesprochen.

Clay schloss die Augen und zog mich dann in seine Arme. »Ich will nur, dass du glücklich bist. Dieser Idiot ist ein Schlitzohr! Ich weiß es.«

Das klang irgendwie fast so, als hätte Clay sich damit abgefunden, schon bald das Zeitliche zu segnen.

Um ihn zu beruhigen, klopfte ich ihm auf den Rücken. »Schon okay. Alles wird gut. Ich finde diese Serienkiller und dann werden wir beide glücklich bis an unser Lebensende zusammen sein. Du darfst noch etwa 60 Jahre auf mich aufpassen.«

Bei meinen Worten durchfuhr ein Ruck seinen Körper. »*Glücklich*, genau.«

»Was ist plötzlich los mit dir?« Trotz des schönen Gefühls der Vertrautheit, das ich in Clays Armen empfand, machte ich mich von ihm los. »Warum bist du in letzter Zeit eigentlich so komisch?«

Clay biss sich auf die Lippe.

»Rück schon raus damit!«, forderte ich ihn auf.

»Na gut«, knickte er endlich ein. Seine Augen suchten meine. »Eigentlich wollte ich es dir ja nicht sagen, aber da ich sowieso nur noch zwei Tage zu leben habe …« Er deutete auf seine Lebensuhr, die natürlich nur ich sehen konnte und die im Augenblick noch genau zwei Tage und vier Minuten anzeigte.

»Sag so was nicht!«, erboste ich mich. »Ich finde einen Weg, das zu stoppen!«

»Daran, dass du es versuchst, zweifle ich nicht.« Er hob eine Hand, um mir eine Haarsträhne aus dem Gesicht zu streichen.

Seine Stimme war ganz weich geworden. »Wie soll ich es dir sagen? Weißt du, Alana, du bedeutest mir mehr als alles andere auf der Welt.«

Ich hielt die Luft an. Was war denn mit ihm los? Kam jetzt das, was ich dachte, das er sagen würde?

»Du bist meine beste Freundin und ich will dich nie verlieren. Aber seit ein paar Monaten – seit wir gemeinsam um Ava geweint haben – fühle ich mehr als nur Freundschaft für dich.« Er seufzte tief, als wüsste er, dass dieses Geständnis nicht auf eine positive Reaktion von mir stoßen würde.

»Aber … aber Morgan …« Verwirrt deutete ich auf Clays Schlafzimmer. Wenn Clay in mich verliebt war, warum war er dann mit Morgan zusammen?

»Ich mag Morgan.« Während er zu Boden sah, kratzte sich Clay am Nacken. Seine dunklen Haare standen ziemlich verstrubbelt vom Kopf ab.

Mein Herz verkrampfte sich zu einem Klumpen, während ich darauf wartete, dass er fortfuhr. »Aber nicht so wie dich. Es ist so: Sie hat nicht mehr lange zu leben. Ein Gehirntumor.«

»Was?«, krächzte ich. Vor meinen Augen flackerten blaue Punkte. Das war einfach alles zu viel für mich. Avas Anruf, Clays Geständnis, Morgans Krankheit … Mein Hirn schleuderte wie in einer Waschmaschine in meinem Kopf um sich selbst.

»Morgan ist in mich verliebt und ich will, dass sie ihre letzten Tage glücklich verbringt. Die Ärzte geben ihr maximal ein paar Wochen. Bald könnte es vorbei sein. Außerdem ist sie echt süß.«

Oh, warum hatte er mich denn nicht gefragt! Morgans Uhr zeigte doch noch anderthalb Jahre an! Gerade öffnete ich den Mund, um ihm zu sagen, dass seine kleine Freundin gar nicht so bald von uns gehen würde, doch etwas hinderte mich plötzlich daran. Ich würde es ihm nicht sagen. Im Gegenteil, er sollte weiter daran glauben, dass sie nur noch wenige Wochen hatte.

Clay mochte Morgan und vielleicht gab ihm die zusätzliche Zeit mit ihr die Möglichkeit, sich in den nächsten Monaten noch richtig in sie zu verlieben. Er hatte es verdient, glücklich zu sein!

Denn wie Clay schon gesagt hatte: Wir zwei waren beste Freunde und sollten das auch bleiben. Eine Beziehung würde am Ende alles zwischen uns kaputt machen. Außerdem fühlte Clay vielleicht am Ende nur unsere Seelenverwandtschaft und verwechselte unsere geteilte Seele mit Liebe.

Mein Entschluss stand fest. Obwohl mir der Gedanke an Clay und Morgan einen Stich versetzte, würde ich einen Weg finden, Clays Leben zu retten und danach einen magischen Heiltrank – oder was auch immer – für Morgan besorgen. Und nichts würde mich dabei aufhalten!

»Ehrlich gesagt bin ich gerade etwas verwirrt«, stammelte ich, wobei ich mir eine Haarsträhne um den Zeigefinger wickelte. »Ich liebe dich wie einen Bruder ...«

»Weiß ich ja.« Clays Stimme war kaum mehr als ein Flüstern. »Aber es musste einfach mal gesagt werden.«

Ich seufzte, wobei mir auffiel, dass Clay es vermied, mich anzusehen.

Eigentlich hätte ich ihm jetzt auch die Sache mit Brianna und unseren Seelen erklären müssen, aber irgendwie brachte ich es nicht über mich. Letztendlich hatte ich schon genug Zeit verloren. Zeit, in der Ava vielleicht in ein dunkles Verlies gezerrt wurde.

»Können wir morgen darüber reden?«

Clay nickte. Ich wusste, dass er Dylan jetzt zwar noch mehr hassen würde, aber es war das kleinere Übel.

»Pass auf dich auf.«

»Keine Sorge, ich habe noch Trinitys Stinkepilz in der Tasche, der Angreifer bewusstlos zusammenbrechen lässt«, grinste ich, wobei das Grinsen mehr ein schiefes Mundwinkelgezucke war.

Bevor Clay mich aufhalten konnte, schlüpfte ich aus der Tür. Wahrscheinlich hatte ich gerade wertvolle Zeit verschwendet, in der ich Avas Leben hätte retten können.

20

Draußen auf der Straße sah ich mich um. Wo sollte ich anfangen? Auf jeden Fall musste ich die Stadt durchkämmen und nach Verdächtigen Ausschau halten. Die Chance war gering, aber immerhin hatte ich Ava noch vor ein paar Stunden nahe des Diners gesehen.

Einen Moment überlegte ich, Dylan anzurufen, aber der würde mich nur anmotzen, wenn er erfuhr, dass ich auf eigene Faust losgezogen war. Abgesehen davon würde er mich für völlig verrückt erklären, wenn er erfuhr, dass ich eine potenziell gefährliche Sektenführerin retten wollte, die ich aufgrund eines netten Telefonats plötzlich für unschuldig hielt. Aber genauso war es. Ich spürte es einfach: Meine Ava war keine Mörderin.

So schnell mich meine Beine trugen, lief ich in Richtung der großen Lagerhallen am Fluss, die ich schon geraume Zeit unter Verdacht hatte. Wenn sich eine Sekte in dieser Kleinstadt verstecken wollte, wäre dort der ideale Ort. Das Industriegebiet war abends menschenleer und in den verlassenen Hallen konnte man sicherlich gut geheime Treffen abhalten.

Da es langsam kühl wurde, zog ich meine Jacke enger um meinen Oberkörper und schlug den Kragen hoch.

Das orangene Licht der Straßenlampen erinnerte mich an

Kürbis-Ufos, die ich mal in einem schlechten Horrorfilm gesehen hatte. Im Laufen versuchte ich den Lichtschein, so gut es ging, zu meiden. Im Hellen würde man mich leichter ausmachen können und ich würde wiederum weniger gut erkennen können, was sich in den Schatten bewegte.

Nach etwa zehn Minuten Joggen auf vollkommen leeren Straßen zwang mich heftiges Seitenstechen dazu, langsamer zu laufen.

Gott sei Dank war ich fast da. Leider musste ich, um die Lagerhallen zu erreichen, den Park durchqueren. Das war der kürzeste Weg – allerdings auch der dunkelste, ganz ohne große Laternen und nur vereinzelt mit Bodenleuchten versehen. Egal! Ich straffte die Schultern. Wenn ich wirklich über den Ausgang des Weltuntergangs entscheiden sollte, würde ich doch jetzt noch nicht draufgehen, oder?

Nach einer kurzen Verschnaufpause, in der ich den Pfad, der mir am hellsten beleuchtet erschien, wählte, rannte ich los. Meine Finger steckten in meiner Handtasche, wo sie den Stinkepilz fest umklammert hielten.

Ganz ruhig, befahl ich mir selbst. Leider ging mein Atem viel zu schnell. Die Sorge um Ava, dazu noch der dunkle Park – vor lauter Anspannung war ich kurz davor zu hyperventilieren.

Kaum hatte ich ein paar Meter hinter mir gelassen, schien mich der Park zu verschlucken. Wie das Maul eines Ungeheuers. Die dichten Hecken schirmten gemeinsam mit den Bäumen jegliches Licht der Straße ab.

Ich konnte es schaffen! Noch um eine Biegung, dann müsste ich eigentlich das Industrieviertel mit den Lagerhallen am Fluss sehen können.

Einatmen. Ausatmen. Leichter gedacht als getan.

Auf einmal knackte es hinter mir, als wäre jemand auf einen Zweig getreten. Ich fuhr herum. War mir jemand gefolgt? Zu allem Überfluss hatte sich eine meiner Haarsträhnen an einem

Knopf meiner Jeansjacke verfangen, was ein unangenehmes Ziehen verursachte.

Wieder ertönte ein Geräusch, diesmal lauter und wesentlich näher.

Adrenalin schoss durch meinen Körper. Ich musste Deckung suchen. Ein Versteck! Schnell! Als stände ich unter Drogen, sah ich alles plötzlich deutlich klarer und wusste, wohin ich mich wenden musste. Der Pfad war zu hell, besser, ich tauchte zwischen den Büschen ab! Die Hand noch immer fest um den Stinkepilz geschlossen, sprang ich nach rechts, wo sich nach einigen Metern wilde Büsche dicht an dicht im vollkommenen Dunkel aneinanderreihten. Hinter einem besonders ausladenden Gewächs mit dichtem Blattwerk ging ich in Deckung. Wenn der Verfolger über den Parkweg lief, würde er mich hier nicht sehen können, ich aber ihn! Außer natürlich, er lauerte irgendwo in der Dunkelheit. Oder es war nur eine Taube. In diesem Fall versteckte ich mich gerade vor einem Vogel …

Die Sekunden verstrichen. Außer meinem eigenen Herzschlag, der in meinen Ohren wie ein Bassverstärker dröhnte, hörte ich nichts mehr. Rein gar nichts, was an sich schon gruselig genug war. Also was nun? Sollte ich weiter hier im Dunkeln sitzen – mitten in einem gruseligen Park – oder, so schnell ich konnte, davonlaufen? Ich biss mir auf die Lippe. Zeit, eine Entscheidung zu treffen. Gut. Ich würde einfach hier sitzen bleiben und bis 100 zählen. Wenn so lange alles ruhig blieb, würde ich verschwinden.

Mein Herzschlag beruhigte sich bei jeder Zahl, die ich im Geist aufsagte, ein Stück weit mehr.

Schließlich flüsterte ich »Einhundert«. Angestrengt lauschte ich in die Dunkelheit. Irrsinnigerweise erwartete ich irgendwie, dass nach der Zahl 100 etwas passieren würde. Zum Beispiel ein Donnerschlag. Oder jemand, der auf mich zugestürzt kam. Glücklicherweise passierte nichts dergleichen. Weit und breit waren keine roten Ziffern zu sehen, die meinen Verfolger verraten hätten. Denn in der Dunkelheit hätte ich die Leuchtziffern ihrer Lebensuhren sicher als Erstes gesehen.

Für einen Moment umklammerte ich die Halskette von Brianna, dann erhob ich mich. Obwohl ich der Stille im Park noch nicht hundertprozentig über den Weg traute, wollte ich doch von hier verschwinden. Langsam machte ich ein paar Schritte rückwärts, den beleuchteten Pfad noch immer im Blick. Besser, ich haute durch die Büsche ab. Es konnte nicht mehr allzu weit bis zum Industrieviertel sein.

Das mit dem Rückwärtslaufen hätte ich allerdings wohl lieber sein lassen sollen. Denn in der nächsten Sekunde stolperte ich über etwas Weiches.

Mist! Wenig elegant versuchte ich meinen Fall mit den Armen abzufangen. Dabei flog mir der blöde Stinkepilz aus der Hand. Nilpferdkacke aber auch! Ich rollte mich auf die Knie. Den bohrenden Schmerz in meinem Hüftknochen ignorierend tastete ich nach dem Pilz. Na super. Konnte ja auch nur mir passieren. Wo war meine einzige Waffe gegen die Dunkelfeen nur abgeblieben? Fluchend kroch ich auf allen vieren herum.

Hätte mich jetzt jemand beobachtet, hätte derjenige bestimmt angenommen, ich sei auf der Suche nach meiner Kontaktlinse.

Auf einmal fasste ich in etwas Feuchtes. Eine Pfütze? Komisch. Das Gras war doch ganz trocken? Erst jetzt ging mir auf, dass hier etwas nicht stimmte. Nein, hier stank etwas sprichwörtlich zum Himmel!

Nachdem ich einmal tief eingeatmet hatte, denn mir graute gewaltig davor, was ich vermutlich gleich sehen würde, wandte ich den Kopf nach rechts, um herauszufinden, über was ich gestolpert war.

O mein Gott! Selbst in dieser Dunkelheit konnte ich erkennen, dass neben mir ein Mädchen, ungefähr in meinem Alter, auf dem Boden lag. Ein sehr hübsches Mädchen. Und ein sehr totes.

Nicht nur, dass ihre aufgerissenen Augen ins Leere starrten, nein, der ausschlaggebende Hinweis auf ihren Tod waren die fehlenden roten Ziffern über ihrem Kopf. Ohne Lebensuhr kein Leben. So lief das. Außer man war eine Banshee, aber da die recht selten vorkamen, schloss ich das in diesem Fall einfach mal aus.

Die Haare des Mädchens schwammen praktisch in Blut. Es war überall. Es musste aus einer großen Kopfwunde ausgetreten sein.

Am ganzen Körper zitternd, zog ich mich am Stamm einer Eiche nach oben. O Gott. *O Gott!* Ich war über eine Leiche gestolpert.

Es half alles nichts. Ich musste den Leichenfund melden. Schnell zog ich mein Handy aus der Tasche. Zweimal wäre es beinahe meinen zitternden Fingern entglitten. Ich musste den Notruf wählen. Und dann am besten auch gleich Dylan verständigen, Ärger hin oder her.

Als ich wenig später beides erledigt hatte, leuchtete ich mit dem Handydisplay in das Gesicht der Toten.

Nein, dieses Mädchen, das offensichtlich indianischer Abstammung war, kannte ich nicht. Irgendein sechster Sinn verriet mir jedoch, dass sie wie ich magisch war ... Wahrscheinlich entwickelte ich langsam ein Radar dafür, magische Wesen zu erspüren, wenn ich ihnen begegnete. Aber Moment mal! Das Blut. Dieses Mordopfer war nicht blutleer wie die anderen Toten aufgetaucht! Aufgeregt schaltete ich die Taschenlampenfunktion meines Handys ein und leuchtete das Mädchen genauer ab. Eindeutig. Überall sickerte Blut in den Boden. Sogar ein roter Handabdruck von mir prangte auf dem Stamm der Eiche.

Immerhin sah ich jetzt auch, wo mein Stinkepilz abgeblieben war. Fast hätte ich vor lauter Freude losgeschrien, doch ich beherrschte mich in letzter Sekunde.

Eilig wischte ich meine blutverschmierte Hand an einem sauberen Stück Rasen ab, dann schnappte ich mir meine pilzige Geheimwaffe.

Gerade als ich ihn zurück in meine Handtasche gleiten ließ, räusperte sich jemand hinter mir vernehmlich.

Das Geräusch ließ mich zusammenfahren. Alles in mir erstarrte. War der Mörder zurückgekehrt?

Als ich mich umdrehte, sah ich Brianna hinter mir stehen. In ihrem schwarzen Mantel und ohne leuchtende Ziffern über ihrem Kopf war sie kaum zu erkennen.

»Was willst *du* denn hier?«, japste ich.

»Dich suchen. Mir war, als hättest du das Haus verlassen. Ich wohne in dem Motel schräg gegenüber von eurer Wohnung, habe ich das nicht erwähnt?« Den unschuldigen Gesichtsausdruck nahm ich ihr nicht ab. War sie mir hierher gefolgt?

»Nein«, gab ich gepresst zurück.

»Oh, hallo!«, sagte eine dritte Stimme.

Wieder zuckte ich zusammen. Das wurde ja immer besser!

»Trin? Was machst du denn hier?« Meine Finger verkrampften sich. Was wurde hier gespielt? Damit ich die beiden besser sehen konnte, leuchtete ich in ihre Richtung.

Trinity, die mich mit ihrem geflochtenen Haarzopf, der über ihren rosa Trenchcoat fiel, heute Abend stark an Rapunzel erinnerte, sah erst mich und dann die Leiche zu meinen Füßen an. Ihre Augen weiteten sich vor Entsetzen.

»Die Frage ist wohl eher, was *du* hier machst.«

Jetzt hatte auch Brianna die Leiche erspäht. Sie schlug sich die Hand vor den Mund.

»O Gott«, kreischte Trin plötzlich. »Ist das eine von den Chenao-Zwillingen? Das ist doch Samira Chenao! Ist sie tot?« Unter ihrem Trenchcoat angelte sie nach ihrer Hosentasche und beförderte daraus ihr Handy zutage. Panisch begann sie gleich darauf den Tatort abzuleuchten.

»Mausetot«, nickte Brianna gefasst. Wie ich hatte sie als Banshee wohl schon viele Leichen gesehen.

»Ich … ich bin über sie gestolpert«, begann ich zu erklären.

Brianna hob eine Augenbraue. »Wirklich?« Der sarkastische Unterton in ihrer Stimme entging mir nicht. »Wieso ist dann dein Handy und dein Gesicht blutverschmiert? Und dieser Handabdruck da«, Brianna nickte in Richtung der Eiche, »stammt der von dir? Wie willst du das den Cops erklären?«

Sollte das jetzt etwa ein Verhör werden?

»Ich. Bin. Über. Sie. Gestolpert«, beharrte ich. »Warum sollte ich jemand töten, den ich nicht mal kenne? Ich dachte, ich hätte jemanden gehört – einen Verfolger. Im Weglaufen bin ich dann über sie gestolpert. Ich wollte doch bloß Ava retten!« Dafür war es inzwischen natürlich reichlich spät. Ich hatte bereits zu viel Zeit verloren.

»*Ava retten?*« In Trins Stimme schwang Hysterie mit.

»Erzähle ich dir später. Verrat du mir mal lieber, was du hier machst.« Jetzt war ich aber gespannt.

»Ich wollte dir zwei Ballkleider zum Anprobieren vorbeibringen. Clay meinte, du seist noch mal rausgegangen. Irgendwie dachte ich, du könntest in Gefahr sein, und bin deshalb deiner Spur gefolgt.«

»Meiner Spur?« Wovon bitte redete Trin? Waren wir jetzt bei Hänsel und Gretel im Wald oder wie?

»Du trägst schließlich den Bannpilz mit dir rum.« Sie räusperte sich. »Waldelfen wie ich riechen so was. Also bin ich der Spur von deiner Haustür aus gefolgt. Oder besser gesagt dem Duft, der in der Luft lag.«

Aha.

»Und dann bin ich am Parkeingang beinahe in deine Mutter hineingerannt.« Trinity nickte in Richtung Brianna, die zurücklächelte.

Oha. Warum kam es mir nur so vor, als seien Trinity und meine Mutter bereits die besten Freundinnen?

Trin seufzte. »Teresa ist vorhin im Diner herausgerutscht, dass deine Mutter hierher unterwegs ist. Da habe ich einfach eins und zwei zusammengezählt. Ihr seht euch wirklich ziemlich ähnlich.« Sie zuckte mit den Schultern.

»Das heißt *eins und eins*.«

Doch Trinity tat meinen Einwand mit einer Handbewegung ab.

»Ich meine ja nur, Liebes«, meldete sich Brianna zu Wort. »Du solltest eine plausible Erklärung für all das zur Hand haben, wenn die Polizei eintrifft.« Mit einer Handbewegung schloss sie die tote Samira Chenao und die Blutlache mit ein.

Ich nickte.

Da standen wir also. Meine sogenannte Mutter, meine Waldelfenfreundin mit der Spürnase eines Trüffelschweines und ich, um die Leiche einer jungen indianischstämmigen Amerikanerin herum und warteten auf die Cops, die mir hoffentlich glauben würden, dass ich das Opfer nur gefunden hatte. Konnte mein Leben noch verrückter werden?

Es konnte.

Keine zehn Minuten später fand ich mich inmitten eines halben Dutzends Polizisten von der Spurensicherung wieder. Sie machten gefühlte zweitausend Fotos, nahmen noch mehr Bodenproben auf und stellten unzählige Fragen.

Irgendwann tauchte auch Dylan auf, musterte mich böse und sprach dann nur mit dem zuständigen Leichenbeschauer und nicht mit mir.

Als sie den schwarzen Leichensack endlich in den Transporter verluden, war es bereits zwei Uhr nachts.

Damit konnte ich die Suche nach Ava endgültig abhaken.

Seufzend machte ich ein paar Schritte auf Trinity zu, die mit einem blonden Officer zu flirten schien. Da Brianna sich offenbar aus dem Staub gemacht hatte, wollte ich mich wenigstens gemeinsam mit Trinity auf den Heimweg machen. Warum verdammt noch mal hatte Brianna auch keine Lebensuhr, die über ihrem Kopf leuchtete, wie andere Leute auch? Im Dunkeln konnte man sie so nirgends ausfindig machen.

Vielleicht konnte ich ja Dylan per SMS darum bitten, einen Suchtrupp für Ava zu schicken. Warum war mir das eigentlich nicht schon früher eingefallen? Ich schloss die Augen, um über mich selbst den Kopf zu schütteln. Kaum hatte ich den Gedanken zu Ende gefasst, legte sich von hinten eine Hand auf meine Schulter.

Vor Schreck schrie ich auf.

Es war allerdings nur Dylan.

»Warum?«, knurrte er. »Warum nur finde ich dich immer inmitten des größten Chaos? Warum musst du mit jedem verdammten Mord in Verbindung stehen?«

Das fand ich jetzt aber doch ein bisschen unfair. Diese Serena und das Opfer von gestern, Olivia Shoemaker, hatte ich doch weder gekannt, noch war ich neben ihrer Leiche aufgetaucht.

Da ich einen stechenden Blick gepaart mit einer vorgeschobenen Unterlippe einer verbalen Antwort vorzog, fuhr Dylan nach einem genervten Stöhnen fort: »Und was in Gottes Namen machst du um diese Uhrzeit im Park?« Seine Zähne knirschten so laut, dass ich beinahe Angst hatte, er würde mich beißen.

»Ich hatte ein Date«, sagte ich, wobei ich sorgfältig seinen Blick mied und mir stattdessen meine Fingernägel besah.

Dylan atmete hörbar laut ein. Als ich den Kopf anhob, sah ich sein Gesicht ebenso rot anlaufen wie vorhin Clays.

»Das war ein Scherz«, beeilte ich mich zu sagen. »Hör mal, du musst mir da bei einer Sache helfen ...«

Detective Sockenschuss verzog sein Gesicht zu einer gequälten Miene.

Dylan

Diese Frau war der sprichwörtliche Nagel zu seinem Sarg. Nicht nur, dass Dylan einen halben Herzinfarkt erlitten hatte, als er im Schlaf von ihrem Anruf geweckt wurde. Nein. Durch die Befragungen der anderen Zeugen hatte er auch noch erfahren, dass sie alleine im Park unterwegs gewesen war. Nachts. Obwohl sie wusste, dass in dieser Gegend eine Serienkillerbande ihr Unwesen trieb.

Und jetzt verlangte sie auch noch von ihm, eine Spezialeinheit loszuschicken, um die mordverdächtige Ava Kendrick zu finden, die anscheinend keine Sektenführerin war, aber ein Telefonat abgebrochen hatte und womöglich irgendwo in den Straßen von Los Verdes Hilfe brauchte.

Das war für Dylan allerdings kein stichhaltiger Grund, um ein Team loszuschicken. Diese Aktion würde gut und gerne 3000 Dollar kosten. Wie sollte er das seinem Chef erklären? Mal ganz davon abgesehen, dass er Alanas Geschichte über Avas Unschuld nicht ganz so einfach glauben wollte, wie sie es allem Anschein nach tat.

»Wahrscheinlich ist deiner Freundin nur das Handy aus der Hand gefallen.«

Alana schnappte nach Luft. »Da war ein Knall wie ein Schuss!«

Besser, er verschwieg ihr, dass er dachte, dass sie hier wohl diejenige mit einem Schuss war. Stattdessen hob er beide Hände. »Bestimmt ist ihr Handy bloß auf die Pflastersteine geknallt und war danach kaputt.«

Der Blick, den sie ihm daraufhin zuwarf, hätte jeden Pflasterstein wahrscheinlich pulverisiert. Diese verrückte Frau! Einen Moment konnte er sich nicht entscheiden, ob er genauso böse zurückschauen oder grinsen sollte. Denn Alana McClary sah ganz schön niedlich aus, wie sie da, die Hände in die Hüften gestemmt, vor ihm stand.

Schlussendlich entschied er sich dafür, ihrem Blick einfach standzuhalten und die Sache auszusitzen.

Tatsächlich gab sie nach ein paar Sekunden auf. »Na gut, dann gehe ich Ava eben alleine suchen!« Das Kinn hoch erhoben, drehte sie sich um, zweifellos um ihr Vorhaben in die Tat umzusetzen.

»Warte!« Er hielt sie am Oberarm zurück. »Das hat doch keinen Sinn. Geh schlafen, du brauchst etwas Ruhe. So nutzt du dieser Ava gar nichts. Falls sie tatsächlich entführt wurde, können wir morgen früh gemeinsam auf die Suche nach ihr gehen.«

»Wirklich?« Alana hielt inne. »Das würdest du tun? Du und ich?«

In Dylans Kopf rauschte es bei diesen Worten. Alana McClary hatte »Du und ich« gesagt. Bei der Vorstellung, wie sie gemeinsam auf Verbrecherjagd gingen, biss er sich auf die Lippe, denn das rief bei ihm unwillkürlich die Erinnerung an ihren letzten Kuss hervor. Dieser Gedanke trieb ihm Schweißperlen auf die Stirn. Obwohl er sein Leben als Single in vollen Zügen genoss, konnte er eins nicht abstreiten: Zu dieser Frau fühlte er sich so hingezogen wie noch zu keiner anderen bisher.

»Wie viele von deinen Kollegen könntest du dazuholen?«, fügte sie mit kokettem Augenaufschlag hinzu.

Und da platzte die Seifenblase. Das würde keine romantische Suchaktion zu zweit werden ...

»Vielleicht sechs Personen.«

Alana

Nur sechs? Das war ganz schön wenig.

Wenn Trinity, Siri, Clay, Morgan und Brianna mithelfen würden, wären wir allerdings zu dreizehnt. Clay wollte ich in seinen letzten Stunden zwar lieber nicht dabeihaben, aber wie ich ihn kannte, würde er um jeden Preis mitkommen wollen. Ab jetzt hatte er nur noch ungefähr 45 Stunden zu leben. Ein fürchterlicher Gedanke – aber noch hatte ich Zeit, sein Schicksal zu ändern!

»Einverstanden«, nickte ich. »Wir legen dann gleich morgen früh los?«

»Also kommt er auch zum Frühstück?« Brianna war plötzlich hinter mir aufgetaucht. Dass ich bei ihren Worten auffuhr, schien sie nicht zu stören.

»Ähm, nein.« Ich schüttelte den Kopf.

Mich komplett ignorierend warf Brianna Dylan einen Blick zu, der dem eines bettelnden Eichhörnchens in nichts nachstand.

»Gerne, Miss McClary. Wie könnte ich da Nein sagen«, lächelte Dylan. Der Zynismus in seiner Stimme entging mir nicht. Er tat das nur, um mich zu ärgern. Dieser Idiot! Reichte es nicht, dass ich morgen schon den halben Tag mit ihm verbringen würde, während wir gemeinsam Ava suchten? Und dann war er ja unglücklicherweise auch noch mein Date für den Ball. Zu dem er mich nicht einmal abholen würde!

»Dann ist es abgemacht.« Brianna klatschte in die Hände. »Ich bringe Brötchen für alle mit!«

Und hoffentlich Valium-Tabletten für mich!, fügte ich in Gedanken hinzu. Wie sollte ich sonst den morgigen Tag überstehen?

Zu Hause im Bett lag ich noch lange wach, um Pläne zu schmieden. Trinitys Kleidersack mit den zwei Ballkleidern, den sie hiergelassen hatte, bevor sie mich suchen gegangen war, lag unangetastet über meiner Stuhllehne am Schreibtisch. Allerdings war mein Outfit für den Ball momentan mein geringstes Problem. Im Grunde genommen würde es mir nichts ausmachen, dort mit einem Kartoffelsack bekleidet aufzutauchen. Viel wichtiger war, dass wir morgen systematisch die Stadt durchkämmten und falls wir nichts fanden, danach auch noch Santa Fe. Jetzt, wo wir mit Sicherheit wussten, dass Ava in der Gegend war und sie sich außerdem nicht vor uns, sondern vor Petrus' Army versteckte. Außerdem würde ich Clay nicht aus den Augen lassen. Nur noch weniger als zwei Tage, bis ich ihn womöglich für immer verlor! Das musste ich verhindern! Leider brauchte ich vorher noch ein paar Stunden Schlaf, sonst würde ich morgen dem Suchtrupp nicht viel nützen. Mit diesem Gedanken schlief ich ein.

21

»Alana!« Clay steckte seinen Kopf durch meine Zimmertür. »Aufstehen. Gleich gibt's Frühstück!«

Ich blinzelte. Wie viel Uhr war es? Acht? Für mich fühlte es sich so an, als hätte ich gerade mal zehn Minuten geschlafen.

»Ja, komm schon, Alana!« Ein zweiter Kopf erschien im Türspalt hinter Clays. Es war Dylan.

Ich grunzte, dann warf ich ein Kissen nach den beiden. »Darf ich mich noch alleine anziehen?«

»Darfst du«, grinste Clay, dessen guten Duckreflexen es zu verdanken war, dass das Kissen statt ihn Dylan mitten ins Gesicht traf.

Bei dem Gedanken, dass Dylan halb in meinem Schlafzimmer stand und ich gerade nur ein Schlaftop mit Pantys trug, begannen meine Wangen förmlich zu glühen.

»Morgen!«, begrüßte mich Brianna in der Küche. »Gut geschlafen?«

»Nein.«

Sie ließ mir gerade mal genug Zeit, um auf einen Barhocker zu gleiten, dann legte sie auch schon los: »Übrigens habe ich Clay über mich informiert. Wer ich bin und was ich hier will.« Während sie sprach, füllte sie jede Menge Brötchen in eine

Schüssel. »Keine Sorge, ich habe ihm das mit seiner Herkunft schonend beigebracht.«

Ich verschluckte mich beinahe an meinem O-Saft. »Was?«

Brianna zuckte mit den Schultern. »Er hat es relativ gelassen aufgenommen. Wahrscheinlich war ihm längst klar, dass Leprechauns aus vierblättrigen Kleeblättern schlüpfen und keine Eltern haben, sondern von den Menschen, die sie finden, aufgezogen werden.«

Vielleicht hatte meine Mutter da recht und es war kein so enormer Schock für ihn, wie ich befürchtet hatte.

Bevor ich weiter darüber nachdenken konnte, kam Dylan durch die Tür ins Wohnzimmer. An seinem verkniffenen Blick und dem Handy in der Hand erkannte ich, dass er gerade im Treppenhaus telefoniert haben musste. »Mein Team ist im Anmarsch«, verkündete er. »Dafür musste ich einen gewaltigen Gefallen einlösen.«

Als er sich neben mich auf einen der Barhocker fallen ließ, fiel mein Blick auf die Tablettenschachtel, die Morgan dort liegen gelassen hatte. *Xenox.* Das musste ein Schmerzmittel für Krebspatienten sein.

»Kaffee?«, riss mich Brianna aus meinen Gedanken.

»Okay.« Etwas Schlagfertigeres fiel mir auf die Schnelle nicht ein. Das Bild, das sich mir in der Küche bot – meine Mutter, die mir Frühstück zubereitete –, machte mich ziemlich nervös.

»Morgen.« Morgan ließ sich rechts von mir auf einem Barhocker nieder, gefolgt von Clay, der sich neben sie setzte.

Ich schob ihr ihre Tabletten zu.

Einen Moment sah sie mir fest in die Augen. »Du weißt Bescheid.« Es war keine Frage, sondern eine Feststellung.

Ich nickte. »Es tut mir leid.«

»Braucht es nicht. Ist ja nicht deine Schuld. Aber ... falls ich in den letzten Tagen dir gegenüber irgendwie unfreundlich gewesen sein sollte, tut es mir leid. Diese Tabletten wirken sich negativ auf meine Stimmung aus.« Als Morgan den Blick senkte, legte Clay seine Hand auf ihre.

»Schon okay. Ach, übrigens, Morgan«, ich nahm mir ein Brötchen, »wegen Ava …«

Da Dylan mit am Tisch saß, konnte ich nicht die komplette magische Story wiedergeben, also ließ ich diese Details aus. Morgan, da war ich mir sicher, verstand aber, dass ihre Tante Ava anscheinend nicht hinter den Morden steckte, sondern nur aus Angst vor der mörderischen Sekte untergetaucht war. Und dass sie wahrscheinlich von den Killern entführt wurde.

Schließlich bat ich Dylan, mehr über die Leiche des Mädchens von letzter Nacht zu erzählen.

Er bestrich sich ein Brötchen mit Frischkäse. »Wir wissen noch nicht mit Sicherheit, wer sie ist. Im Gegensatz zu den anderen Opfern wurde sie erschlagen, und das nur wenige Minuten bevor Alana sie gefunden hat …«

Oh.

»Außerdem wurde sie nicht blutleer wie die anderen Opfer aufgefunden.«

»Mhm.« Ich nahm einen Schluck Kaffee. »Trotzdem glaube ich, dass dieser Mord mit den anderen zusammenhängt.«

Für den Rest des Frühstücks schwiegen wir.

Als Dylan kurz ins Bad verschwand, räusperte ich mich. »Morgan, wegen Ava … du meintest ja, sie hätte dir schaden wollen, aber das stimmt nicht. Sie brauchte einfach nur eine Cailleach für ein Ritual, das ihr verraten würde, wie sie den anrückenden Weltuntergang verhindern kann. Aus irgendeinem Grund glaubt sie, dass nur sie und ich diesen Dián Mawr aufhalten können.« Ich verfiel in ein hysterisches Lachen, doch keiner der anderen lachte mit mir.

Dafür zuckte Brianna kurz zusammen.

Neben mir hob Morgan eine Augenbraue. »Wirklich? Und du glaubst, sie wurde entführt? Angenommen, du hast recht, ihr zu glauben, und es ist wahr, was sie sagt. Warum ist sie dann zurückgekommen? Die Sekte wird versuchen sie zu töten, damit sie freie Bahn haben. Warum ist sie bloß wieder hier? Es wäre doch sicherer gewesen, ans andere Ende der Welt abzuhauen.«

»Sie wollte mich warnen, glaube ich.« Dass Ava der Ansicht war, wir zwei könnten durch unseren gemeinsamen Selbstmord die Menschheit vor dem Untergang bewahren, verschwieg ich lieber. Mittlerweile glaubte ich Avas Theorie beinahe – so weit jedenfalls, dass diese Sekte aus Dunkelfeen uns beide brauchte und Ava zurückgekommen war, um mich zum gemeinsamen Selbstmord zu überreden. Auch wenn sie mir die Sache mit der Aiobhell verschwiegen hatte, war unsere Freundschaft doch immer aufrichtig gewesen. Wie hatte ich nur an ihr zweifeln können?

»Bereit?« Als ich Dylans Stimme hinter mir hörte, zuckte ich zusammen. »Mein Team ist in fünf Minuten am Ausgangspunkt.« Er erklärte uns, welches Gebiet wir gemeinsam mit ihm absuchen sollten. Nach meiner Empfehlung würden wir uns die Lagerhallen am Fluss vornehmen und dann das Gebiet bis Downtown durchkämmen. Die zweite Gruppe würden Trinity, Siri, Teresa, Roy und Vincent bilden und den Rest von Los Verdes übernehmen. Da Dylan und seine Leute zuvor schon mehr oder weniger intensiv nach den Tätern gesucht hatte, konnten wir einige Teile der Stadt ausschließen.

Ich hob den Kopf. »Und wenn wir sie nicht finden?«

»Dann denken wir uns was Neues aus.« In einer beruhigenden Geste legte er mir eine Hand auf die Schulter.

Clay sah von Dylans Hand zu meinem Gesicht, aber er riss sich zusammen. »Dann los!«

Und so legten wir los, durchkämmten systematisch das uns zugeteilte Gebiet. An jeder Lagerhalle und jedem größeren Haus bat Dylan um eine Auskunft zu den Räumlichkeiten. Ab und zu nahmen wir über ein Funkgerät Kontakt zum anderen Team auf, doch auch die anderen schienen kein Glück zu haben.

Leider brachte die ganze Aktion am Ende rein gar nichts. Nichts außer Zeit zum Grübeln.

Gegen Nachmittag kam ich zu dem Schluss, dass sich die Dunkelfeen verdammt gut versteckt hatten! Außerdem war ich mir mit jedem Schritt sicherer, dass Ava noch lebte.

Die Dunkelfeen brauchten sie für diesen Seelentausch. Solange der Weltuntergang nicht eingeleitet war, hatte sie eine Chance. Bis der Dián Mawr ihren Körper übernahm ...

»Wir sollten abbrechen. Es ist beinahe drei Uhr und wir haben unser Gebiet gründlich durchkämmt.« Dylan legte mir einen Arm um die Schultern, was Clay mit einem finsteren Blick quittierte.

»Okay. Aber ihr sucht doch weiter nach Ava, oder?« Mit einem hoffnungsvollen Augenaufschlag drehte ich mich in Dylans Arm zu ihm um. Irgendwie war es nett, wie er mich so hielt. *Ja genau. Nett, Alana!*, wisperte eine Stimme in meinem Kopf.

»Alana, keiner von uns will weitere Tote. Das ganze Dezernat arbeitet mit Hochdruck daran, die Verantwortlichen für die Morde zu finden. Das wird uns zu Ava führen, ganz sicher.«

Super. Damit blieb mir nur übrig, zu hoffen, dass die Polizei in Santa Fe ihren Job machte. Super. Die ganze Sache lag nicht mehr in meiner Hand. Dylan drückte kurz meinen Arm, dann entfernte er sich ein Stück von unserer Gruppe, um zu telefonieren.

Jemand zupfte an meinem Mantel. »Trinity will dich sprechen.« Es war Brianna, die mir ihr Handy entgegenhielt.

Was? Wieso telefonierte meine Mutter mit Trin? Ich legte die Stirn in Falten, doch Brianna zuckte nur mit den Schultern. »Sie hat mich gebeten, ein Ritual für sie durchzuführen. Scheinbar hat die letzte Fee es ziemlich verbockt.«

Genervt rollte ich mit den Augen. Tatsächlich. Brianna und

Trin waren bereits Best Friends. Entging mir hier etwas? Und ja, Teresa hatte dieses Ritual anscheinend gründlich in den Sand gesetzt, trotz der Hilfe von Roy. Sonst hätte es nicht angezeigt, dass Ava die Böse war.

»Ja?«, blökte ich unwirsch ins Telefon.

»Dir auch einen wunderschönen guten Tag, Alana.«

»Ob dieser Tag gut wird, habe ich noch nicht entschieden.«

»Hey, ich wollte nur fragen, ob du Hilfe mit dem Ballkleid brauchst … Soll ich später vorbeikommen?«

»Von mir aus.«

Und damit reichte ich Brianna das Handy zurück.

Das *Ballkleid*! Hatte Trinity eigentlich keine anderen Sorgen? Clays Lebensuhr zeigte nur noch einen Tag und neun Stunden an und Ava befand sich vermutlich gerade in den Händen von Petrus' Army, die wer weiß was mit ihr anstellen konnten! Herrgott, *das* waren Probleme.

»Können wir?« Dylan kehrte zu unserer kleinen Gruppe zurück. »Ich bringe euch noch nach Hause.« Und damit legte er mir eine Hand um die Taille.

Hinter uns hörte ich Clay schnauben. War das jetzt sein Ernst?

Als ich mich zu ihm umdrehte, sah ich, wie er nun ebenfalls den Arm um Morgan legte.

Kopfschüttelnd ließ ich mich von Dylan vorwärtsschieben. Dieses pubertäre Jungsgehabe. Na ja, ich hatte weitaus wichtigere Dinge, mit denen ich mich beschäftigen musste.

Nachdem Dylan uns zu Hause abgesetzt hatte, stritt ich mit Clay noch eine Weile darüber, ob es klug war, auf den Ball zu gehen. Aber er hatte recht: Ein Kostümball mit Dutzenden von Police Officern in Santa Fe, New Mexico, war wahrscheinlich der sicherste Ort weit und breit. Und wenn dadurch Petrus' Army in eine Falle gelockt werden konnte, umso besser!

Schließlich klingelte es.

»Hey, Trin!« Clay öffnete ihr die Tür. »Kommst du auch mit heute Abend?«

»Nein«, lachte Trin. Sie hängte ihren Mantel an die Garderobe und legte Clay beschwörend eine Hand auf die Schulter. »Ich helfe Alana nur beim Anziehen und Stylen. Wir beide wissen doch, dass sie ansonsten mit Laufmasche und zwei unterschiedlichen Schuhen aufkreuzen würde.«

Clay kicherte, wofür ich ihn mit einem vernichtenden Blick bedachte. Natürlich konnte ich mich nicht gerade als Fashionqueen bezeichnen, aber so dämlich war ich auch nicht.

»Ich muss dann auch mal los und mich zurechtmachen.« Morgan sprang auf, gab Clay einen Kuss auf die Wange und verschwand schneller als ein vorbeihuschender Windhauch durch die Tür, die Trin offen gelassen hatte.

»Hi, Trinity!« Brianna beugte sich über den Küchentresen, um Trin zuzuwinken. Dabei stieß sie leider auch mein Orangensaftglas um. Ich legte die Stirn in Falten. Warum verstanden die beiden sich eigentlich so blendend? Meine Mutter musste um die 40 Jahre alt sein und Trin war Mitte 20. Trotzdem spürte ich eine Verbindung zwischen ihnen, so als seien sie Seelenverwandte. Merkwürdig.

»Hi, Brianna, ich helfe Alana kurz beim Stylen, dann können wir das Ritual wiederholen.« Trin packte mich am Arm und zog mich in mein Zimmer.

Hilfesuchend sah ich mich nach Clay um, doch der zwinkerte mir nur scheinheilig zu.

Da musste ich jetzt wohl durch. Hoffentlich ging das schnell! Schließlich hatte ich immer noch nicht das Rätsel um Petrus' Army und den Weltuntergang gelöst. Und wie sollte ich in einem Ballkleid eigentlich Avas und Clays Leben retten?

In meinem Zimmer schnappte sich Trinity sofort den schwarzen Kleidersack mit ihren Ballkleidern, der immer noch unangetastet über meiner Stuhllehne hing.

»Ah«, seufzte sie, während ich meinen trübsinnigen Gedanken zu Clays bevorstehendem Todestag nachhing. Nur am Rande nahm ich wahr, wie Trin ein rosa- und ein lavendelfarbenes Kleid auspackte.

»Darin wirst du wirklich fabelhaft aussehen!« Sie hielt mir das lange lavendelblaue vor die Brust.

»Von mir aus.« Ich zuckte mit den Schultern. »Aber das ist ein Kostümball mit dem Motto Fairytale. Was soll ich damit darstellen?« Eigentlich hatte ich vorgehabt, ein schwarzes Kleid mit Hexenhut zu tragen. Jeder normale Mensch hatte doch ein schwarzes Ballkleid! Warum Trinity nicht?

»Warte!« Sie wühlte in einer Seitentasche des Kleidersacks und zog kurz darauf einen Haarreif aus geflochtenen Stoffblüten hervor.

»Du gehst als Waldelfe!«, triumphierte Trin.

»Aha. Ich gehe also streng genommen als du!«

Trinity nickte eifrig. Dann stopfte sie mich in das Kleid, was ich nur widerwillig zuließ. Der leichte Tüllstoff kratzte an meinen Beinen. Allerdings musste ich zugeben, dass mir dieses bodenlange lavendelblaue Kleid mit den Schmucksteinchen an der Taille tatsächlich gar nicht so schlecht stand.

Gerade als Trinity damit fertig war, mir gefühlte zehn Kilo Haarspray und zwei Kilo Make-up ins Gesicht zu klatschen, klopfte es an meiner Zimmertür.

»Kann ich reinkommen?« Clay steckte den Kopf durch einen schulterbreiten Spalt herein.

»Weißt du, diese Frage ergibt nur dann einen Sinn, wenn du auf die Antwort wartest, bevor du reinkommst«, erklärte Trinity mit hochgezogenen Augenbrauen.

Aber Clay hörte gar nicht mehr zu. »Wow, Alana! Du siehst unglaublich aus!« Wie versteinert stand er da. Mit heruntergeklapptem Unterkiefer.

»Nicht schlecht, oder?«, grinste ich, wobei ich mich einmal

um mich selbst drehte. Der Tüllstoff umspielte meine Knie wie ein Schwarm quirliger Schmetterlinge. »Und was soll das für ein Kostüm sein?« Ich deutete auf Clays karierte Latzhose und den komischen Hut.

»Hänsel«, nuschelte er. »Morgan geht als Gretel.«

Oh. Ich hoffte, dass das kein Zeichen war und die böse Hexe aus dem Märchen sich nicht noch dazugesellte, um Hänsel in einen Ofen zu schieben.

Um halb sieben schmissen Brianna und Trin uns beinahe aus der Wohnung. Da Clay und ich sowieso irgendwann los mussten, nahm ich einfach seine Hand.

Verdutzt verschränkte er seine Finger mit meinen.

Das Lächeln, das ich ihm zuwarf, erstarb, als mein Blick auf die Lebenszeitanzeige über seinem Kopf fiel. Nur noch 1 Tag, 6 Stunden und 47 Minuten.

Brianna hatte es sich nicht nehmen lassen, unser Taxi zu bezahlen, und so erwartete uns bereits – ganz highschoolmäßig – eine Stretchlimousine vor dem Haus.

Clay klemmte beinahe seine riesigen Hobbitfüße in der Tür ein, als der Chauffeur sie schloss, was mich schmunzeln ließ. Trotz der angespannten Stimmung.

Immer wieder sah ich mich nach allen Seiten um, ob wir verfolgt wurden. Doch alles blieb ruhig.

Über einen kleinen Umweg, während dem wir Gretel einsammelten, kamen wir schließlich am roten Teppich des Polizeipräsidiums an. Wie nett. Fast kam ich mir wie in Hollywood vor.

Nachdem wir angehalten hatten, starrte ich eine kleine Weile wie paralysiert in die Dunkelheit.

Am Eingang vor den geschmückten Türen der Turnhalle sah ich Dylan im hellblauen Smoking stehen. Merkwürdigerweise schlug mein Herz bei seinem Anblick plötzlich schneller. Beinahe wäre die Clutch meinen glitschigen Fingern entglitten. Also wirklich! *Alana McClary*, ermahnte ich mich selbst. *Reiß dich zusammen!*

Detective Sockenschuss beziehungsweise der berüchtigte Dylan Shane wandte genau in diesem Moment den Kopf in meine Richtung. Obwohl die Scheiben getönt waren und er mich eigentlich nicht sehen konnte, hoben sich seine Mundwinkel. Unwillkürlich duckte ich mich. Am liebsten hätte ich den Fahrer darum gebeten, wieder umzudrehen. Dummerweise stieg der jetzt aber aus, um mir die Tür zu öffnen.

Hilfe!

Clay beugte sich zu mir herüber. »Willst du nicht aussteigen?«

»Nein«, wisperte ich.

Clays Mundwinkel zuckten. »Na gut, dann feiern wir eben eine Party in der Limousine.«

»Sei nicht albern.«

»Wovor hast du Angst, Alana?«

Ja, wovor hatte ich Angst?

»Davor, dass dieser Abend beginnt.«

Noch einmal warf ich einen Blick in Richtung des Eingangs, wo etwa ein halbes Dutzend Polizisten standen, darunter auch Dylan. Egal wie, ich musste das jetzt durchziehen. Schweißnasse Hände und Panik hin oder her. Am Ende würde schon alles gut gehen. Und die Falle für die Dunkelfeen zuschnappen.

Neben mir nahm Clay meine Hand. »Du siehst wirklich wunderschön aus heute Abend.« Er drückte meine Hand etwas fester. »Und wenn er dich verletzt, hau ich ihm eine rein!« Mit dem Kinn deutete er in Richtung Dylan.

Das brachte mich dann doch zum Lächeln. Mein bester Freund und, im wahrsten Sinne des Wortes, Seelenverwandter Clay O'Connor würde sich mit Dylan Shane um mich prügeln, wenn es sein musste. Obwohl mir vor Rührung fast die Tränen kamen, biss ich mir auf die Lippe. Mit der freien Hand tätschelte ich Clays Wange.

Er verzog das Gesicht. »Und jetzt los. Alles wird gut.«

»Ja, alles wird gut!« Morgan beugte sich nach vorn. »Keine Sorge.« Als Gretel sah sie wirklich niedlich aus. Ich schenkte ihr ein dankbares Lächeln. Und für alle Fälle hatte ich ja auch den Stinkepilz dabei.

Nach dieser Aufforderung versuchte ich mich so elegant wie möglich aus dem Inneren der Limousine zu quetschen, was mir zweifellos nicht so ganz gelang.

Schließlich stand ich dann doch noch aufrecht auf dem roten Teppich. Hinter mir kletterten Clay und Morgan aus dem Wagen.

Dann mal los. Energisch straffte ich die Schultern. Jetzt nur nicht auf dem roten Teppich stolpern! Einen gelassenen Gesichtsausdruck vortäuschend lief ich auf Dylan zu, dessen Grinsen immer breiter wurde, je näher ich kam. Meine Hände krallten sich in den Stoff meines Kleides, als ich die drei Stufen zu ihm emporstieg.

»Wow«, sagte er, als ich schließlich direkt vor ihm stand. »Du siehst unglaublich aus.«

Das hatte ich heute zwar schon öfter gehört, aber als er es aussprach, glaubte ich es zum ersten Mal selbst.

Mein Herzschlag beschleunigte sich unwillkürlich auf Einparkhilfenniveau. Ich brauchte dringend einen Drink oder einen Eimer Eiswürfel für mein Gesicht, das gerade im Begriff war, einer reifen Tomate Konkurrenz zu machen. Am besten beides. Dieser Mann …

Um etwas Zeit zu gewinnen, glättete ich die Falten an meinem Kleid.

»Was ist das für ein Kostüm? Elbe?«

»Waldelfe«, nuschelte ich. »Und deins? Papa Schlumpf?«

Dylan richtete sich zu seiner vollen Größe auf. »Prinz Charming natürlich.«

Ich hustete. Natürlich.

Bevor ich erwidern konnte, dass er vielmehr wie ein dressierter Affe aussah, bot er mir seinen Arm an. »Kommst du?«

Ich sah mich nach Clay um, der geduldig mit Morgan am Arm hinter mir gewartet hatte.

Zwar warf er Dylan immer noch böse Blicke zu, doch nun nickte er. »Lasst uns reingehen.«

Also hakte ich mich bei Prinz Charming unter, der mich daraufhin in die festlich geschmückte Turnhalle des Polizeipräsidiums von Santa Fe führte. »Schöne Kette übrigens.«

»Oh, danke.« Ich tastete nach Briannas Eulenamulett. Es baumelte über meinem Ausschnitt, wobei die Kristallaugen wie die von einer echten Eule funkelten. Dank diesem Ding würde ich heute keine Würstchenallergie vortäuschen müssen. Vorausgesetzt, es funktionierte wirklich.

Im Inneren der Turnhalle musste ich ein paar Mal blinzeln, bis ich mich an die Dunkelheit gewöhnt hatte. Scheinbar hatte man das Thema Märchen ziemlich ernst genommen, denn die mit dunkelblauem Stoff verhüllten Decken ließen das Licht der Lampen nur durch winzige Löcher hindurch, weswegen es aussah, als fände die Veranstaltung unter einem Sternenhimmel statt. Nun ja, die zwei Bildschirme an den Wänden, auf denen ein Nachrichtensender lief, machten diese Illusion leider gleich zunichte.

Typisch Polizisten.

In der einen Ecke der Halle standen runde, weiß gedeckte Tische, die andere war zur Tanzfläche umgerüstet worden. Dort spielte gerade eine Band auf einer kleinen Bühne *Sweet home Alabama*. Süß irgendwie. Wenn man auf Countrymusik und schräg verkleidete Polizisten stand.

Zielsicher schlängelte sich Dylan mit mir am Arm zwischen den anderen Pärchen hindurch, die überall lachend beieinanderstanden. Zum Tanzen war es wohl noch zu früh. Hinter den Tischen entdeckte ich ein Buffet mit Häppchen. Daneben schraubte sich eine Pyramide aus Sektgläsern knapp drei Meter in die Höhe. Nicht schlecht!

Schwarzgekleidete Kellner, die Tabletts mit Getränken und Fingerfood balancierten, flogen an mir vorbei. Plötzlich hielt ich inne, wodurch auch Dylan zum Stehenbleiben gezwungen wurde. Nanu? Den kannte ich doch!

»Vincent?«

Überrascht drehte sich der Feuerelf zu mir um. »Alana? Auch hier?«

Ich nickte. »Und du?«

»Hab diesen Kellnerjob angenommen, um mir bald ein Auto leisten zu können«, grinste Vincent. »Cooles Outfit!«

»Oh, danke.« Verwirrt strich ich mein Kleid glatt. Was störte mich nur plötzlich daran, Vincent hier zu sehen?

Da er arbeiten musste, verschwand er auch schon wieder zwischen den verkleideten Gästen in Richtung Clay.

»Stellen die beiden Brüderchen und Schwesterchen dar?« Dylans Flüstern riss mich aus meinen Gedanken. Mit dem Kopf deutete er über seine Schulter in Clays Richtung.

»Nein. Hänsel und Gretel.«

Hänsel schnappte sich in diesem Moment das mit Tapas beladene Tablett von Vincent. »Danke, Vinc.«

Achselzuckend zog Dylan mich weiter. Vorbei an der Sektglaspyramide und dem hinteren Fernsehbildschirm, auf dem gerade eine Wetterfee gestenreich vor einer Landkarte unseres Bundesstaats moderierte.

Letztendlich stoppten wir vor einem runden Tisch für sechs Personen, auf dem ein Tischkärtchen mit der Aufschrift »Detective Dylan Shane + 3« prangte.

»Setz dich, ich besorge uns erst mal was zu trinken.« Dylan schob mir ganz gentlemanlike den Stuhl zurecht.

Ich schnaubte.

Morgan und Clay nahmen links von mir Platz.

Gerade als mein Blick auf ihre ineinander verschränkten Finger fiel, vibrierte mein Handy.

Eine Nachricht von Trin. »Ritual beendet. Keine genauen

Ergebnisse. Aber Ava steckt zu 99 % nicht dahinter. Viel Spaß auf dem Ball. Trinity«

Na toll. Irgendwie hatte ich mir da ein klein wenig mehr erhofft. Bevor ich mein Handy wegsteckte, schrieb ich noch eine SMS an Siri, die ich heute im Ava-Suchstress komplett vernachlässigt hatte.

Als ich von dem kleinen Display aufblickte, war Dylan immer noch nicht zurück. Ich reckte den Hals und entdeckte ihn schließlich neben der Sektglaspyramide. Allerdings nicht alleine. Eine langbeinige Blondine mit rosa Kleid und Krönchen im Haar lachte gerade über etwas, das er gesagt hatte. Jetzt legte sie ihm auch noch eine Hand auf die Schulter!

Warum auch immer passte es mir ganz und gar nicht, wie eng die beiden beieinanderstanden.

Leider drehte Dylan mir den Rücken zu und außerdem schoben sich immer wieder Partygäste vor mich, sodass ich seine Reaktion auf die Blondinenhand nicht erkennen konnte. Mein Magen verkrampfte sich. Sie sah in ihrem Kleid wie Dornröschen aus und Dylan wie der rettende Prinz auf seinem weißen Ross.

Aber das Schlimmste daran war: Blondie schmiss sich an mein Ball-Date ran! Nicht zu fassen!

22

Um mich nicht aufregen zu müssen, wandte ich mich Clay zu, doch bevor ich ihn in ein Gespräch verwickeln konnte, hielt ich inne. Auch das noch!

Mein bester Freund war gerade selbst heftig am Turteln. Und zwar mit Morgan. In diesem Moment küsste er auch noch ihre Hand und beugte sich weiter vor, um ihr etwas ins Ohr zu flüstern.

Morgan kicherte.

Spitze! Scheinbar war auf diesem Ball kein Mann mehr sicher. Andererseits schien Clay sich endlich vollkommen auf Morgan einzulassen, was ich schließlich so gewollt hatte.

Genervt warf ich einen Blick auf den an der Wand hängenden Flatscreen direkt vor mir, über den gerade ein Bericht über einen Waldbrand in Colorado flimmerte. Allerdings konnte es in den Wäldern von Colorado wohl kaum heißer zugehen als zurzeit in dieser Turnhalle, befand ich.

Ein Räuspern hinter mir ließ mich zusammenzucken. »Sekt für die Dame.« Dylan drückte mir ein Glas in die Hand. Seine Mundwinkel zuckten. »Und für euch zwei Kindersekt.« Er stellte zwei langstielige Gläser vor Clay und Morgan ab. Als niemand lachte, fügte er hinzu: »Das war nur Spaß. Da ist natürlich auch Sekt drin. Jetzt schau nicht so, Hänsel!«

Die gute Laune machte Dylan irgendwie verdächtig. Argwöhnisch musterte ich ihn von oben bis unten. Hatte ihm Blondie vielleicht ihre Telefonnummer gegeben? Ich kniff die Augen zusammen.

»Ich gebe heute Abend einen aus«, winkte Dylan ab, dann nahm er neben mir Platz.

»Sind die Getränke hier nicht umsonst?«, hakte Clay nach.

Darauf verpasste Morgan ihm einen Stoß mit dem Ellenbogen. »Das war ein Scherz von ihm.«

Morgan hatte es echt drauf. Für diese Aktion erntete sie ein wohlwollendes Nicken von mir.

Offenbar nahm Dylan an, Morgan sei bereits alt genug für Champagner, aber was sollte es schon. Dieser durchgedrehte Haufen an Polizisten des Police Departments Santa Fe schien es mit dem Alkoholkonsum heute Abend nicht allzu genau zu nehmen. Jedenfalls nicht, wenn ich mir da ein paar junge Officers ansah, die gefährlich schwankend zur Musik der Band tanzten. Ich hoffte nur, dass sie es mit Clays Polizeischutz ernster nahmen. Aber sicher tranken diejenigen unter ihnen nichts, die nachher dafür zuständig waren, die Falle für Petrus' Army zuschnappen zu lassen.

Ohne Vorwarnung leerte Dylan sein Glas auf Ex. »Wie wäre es, wenn wir gleich ein paar Fotos von uns machen lassen? Dort hinten steht eine Fotobox.« Er zeigte an den Rand der Bühne, wo in diesem Moment ein Pärchen aus einer Art Holzhütte mit rotem Vorhang statt einer Eingangstür schlüpfte. Die hatte ich vom Eingang aus gar nicht gesehen. Irgendwie erinnerte sie mich an eine Hexenhütte aus Grimms Märchen, passend zum Ballmotto eben.

Selbstverständlich hatte ich jedoch nicht vor, mir meine Begeisterung anmerken zu lassen, also nickte ich nur. »Von mir aus.«

Clay sah sofort in die angegebene Richtung. Auch er war Feuer und Flamme für solche Foto-Aktionen.

In diesem Moment kam ein junger Officer mit einer Silberschale in den Händen an unseren Tisch. »Oh, hi, Alana.«

Mein Gott, wieso kannten mich hier bloß alle?

»Hi, Roy.«

Es war Teresas Freund – derjenige, der ihr bei dem Schicksalsritual geholfen hatte. Über seinem Kopf zeigte seine Lebensuhr die Ziffern: 704:21:09:16 an.

»Wie geht's?«, fragte ich höflich.

Dylan presste die Lippen aufeinander. Dass Roy und ich uns duzten, schien ihm nicht zu passen.

»Gut, danke. Guten Abend, Detective Shane.« Er nickte Dylan kaum merklich zu. »Haben Sie vielleicht Lust, Lose für unsere Tombola zu kaufen? Ein Dollar pro Stück. Den Erlös spenden wir der Obdachlosenhilfe.«

Aha. Dann würde das Geld ja bald mir zugutekommen, denn seit ein paar Tagen hatte ich mich um keine neuen Aufträge mehr bemüht, da ich ständig damit beschäftigt war, Clays Leben zu retten. Tatsächlich ging mir langsam das Geld aus.

Roy wartete auf meine Antwort. Allerdings wurde er beim Warten auch nicht jünger. Über seinem Kopf sprang gerade die Minutenanzeige seiner Lebensuhr um eine Minute zurück. Also antwortete ich: »Gern. Ich nehme zwei.«

»Ich auch«, sagte Dylan.

Roy hielt ihm nach mir die Schale hin, damit er zwei der bunten Lose ziehen konnte.

»Was ist denn der Hauptpreis?«, wollte Clay wissen.

Ich warf ihm einen warnenden Blick zu, auf den er jedoch nicht reagierte.

»Ein Smart for Two«, erklärte Roy.

»Du meinst dieses Mini-Auto? Diesen Elefantenrollschuh?«, hakte Clay nach.

»Ja, genau. Wurde uns von Mercedes gespendet.«

Ich räusperte mich vernehmlich, um Clay ein Zeichen zu

geben, dass er nicht weiter gehen sollte. Wir brauchten heute keine zusätzliche Aufmerksamkeit. Es war zu gefährlich.

Doch Clay hatte schon dieses Leuchten in den Augen. »Her mit der Schale, ich kaufe eins!«

Mit geschlossenen Augen wühlte er sich einmal quer durch die Schale. Bis er sich entschieden hatte, war Roy seinem Todestag wieder zwei Minuten näher gekommen.

»Ha!« Blitzschnell hatte Clay das Los aufgerissen. »Hauptgewinn! Da steht's!«

Wie einen Siegerpokal im Fußball schwenkte er das Los über seinem Kopf. »Heißt das, ich habe das Auto gewonnen?«

Einen Moment lang wirkte Roy überrascht, doch er fing sich gleich wieder. Er wusste schließlich, dass Clay ein Leprechaun war. »Ja, das heißt es! Meinen Glückwunsch.«

Ich vergrub den Kopf in den Händen. Na super. Meine eigenen Lose ließ ich ungeöffnet vor mir liegen. Dass es Nieten waren, wusste ich auch so.

Neben mir freute sich Clay wie ein kleines Kind. Es hätte nicht mehr viel gefehlt und er wäre jubelnd auf seinen Stuhl gesprungen.

Im Gegensatz zu ihm flehte ich nur stumm zum Himmel. Wenn es einen Gott gab, diese Sache durfte bitte nicht dazu führen, dass Clay die Aufmerksamkeit der Entführer erregte!

»Wow, Glückwunsch!« Morgan drückte Clays Arm. »Spitze, Baby!«

Ich verzog das Gesicht.

»Cool. Und was sind die anderen Preise?«, fragte Dylan. Vor ihm lag ein Los mit der Aufschrift »Gewinn«.

»Plüschtiere«, antwortete Roy. »Sie können Ihren Preis am Ausgang abholen, Detective. Der Autogewinner wird gegen 22 Uhr auf die Bühne gerufen zur feierlichen Schlüsselübergabe. Dann einen schönen Abend noch.«

Bevor Roy zu Ende gesprochen hatte, war Dylan schon aufgesprungen und davongeeilt. Nanu? Was hatte den denn gestochen?

»Wir machen schon mal Fotos von uns, oder, Morgan? Und feiern meinen Gewinn.« Clay zog seine Freundin an der Hand nach oben. »Bis später, Alana.«

»Ja, bis gleich. Bleibt nicht zu lange weg.« Verdammt, ich hörte mich schon wie seine Mutter an. Aber ich machte mir eben furchtbare Sorgen um ihn. Immerhin war es noch recht früh am Abend. Unser Plan sah vor, dass wir uns gegen ein Uhr nachts auf den Heimweg machten, wobei uns gut zwanzig bewaffnete Polizisten im Auge behalten würden. Ich seufzte, als ich daran dachte, dass wir Clay quasi als Köder missbrauchten. Aber mit etwas Glück ging der Plan auf und wir würden die Dunkelfeen und ihren mysteriösen Anführer endlich schnappen. Hoffentlich bevor sie Ava umbrachten.

Zwei Minuten später spazierte Dylan mit einem riesigen Hello-Kitty-Stofftier in den Armen in den Ballsaal zurück. Mir klappte der Mund auf. Nein, oder? Er kam direkt auf unseren Tisch zu.

»Für dich.« Detective Sockenschuss zog seinen Stuhl näher an meinen, ließ sich darauf fallen und hielt mir das Ding auch noch unter die Nase.

Als ich nur die Augenbrauen hob, aber sonst nicht reagierte, fügte er hinzu: »Jetzt komm schon. Du magst diese Bye-bye-Kitty doch. Ich hab sie neulich auf deinem Schlafanzug und auch auf deiner Unterhose ...«

O mein Gott! Bevor er zu Ende sprechen konnte, schlug ich ihm, so fest ich konnte, auf die Schulter. »Du! Wag es ja nicht!« Lieber Himmel, er hatte mich beinahe nackt gesehen – in meiner Hello-Kitty-Unterwäsche! Ich warf ihm einen Blick zu, der anderswo Planeten zum Explodieren gebracht hätte. »Und es heißt Hello Kitty.«

»Erwischt!«, freute sich Dylan. »Du magst sie.«

»Natürlich mag ich sie!«, motzte ich ihn an. »Welche Frau bitte mag keine Hello Kitty?« Und damit schnappte ich mir Kitty. Sie sah aber auch zu putzig aus in dem lila Tulpenkostüm, das sie trug. Irgendwie passend zu meinem Outfit.

Neben mir wollte sich Dylan vor Lachen gerade ausschütten, dass er sich nur noch mit Mühe auf seinem Stuhl halten konnte, da tippte ihm jemand auf die Schulter.

Es war Blondie in ihrem Dornröschenkleid.

Mein Gesicht verdüsterte sich. Doch anstelle etwas zu sagen, setzte ich Kitty einfach nur auf den freien Stuhl neben mir. »Die Wurstauswahl, die Sie bestellt haben, Detective.« Blondie stellte eine silberne Platte, bestückt mit der größten Auswahl an Wurstsorten vor ihm ab, die ich je gesehen hatte. Von Bratwurst über Blutwurst bis hin zu Hotdogs war alles dabei.

»Danke. Das ist übrigens Smilla, die Chefin unserer Kantine«, stellte Dylan Blondie vor. »Und das ist Privatdetektivin Alana McClary, mit der ich gerade an einem Fall arbeite.«

Wie nüchtern er mich doch vorstellte …

»Freut mich«, sagte Smilla, wobei ihre Stimme genauso bezaubernd klang wie ein Eiskratzer.

»Freut mich ebenfalls«, antwortete ich, obwohl ich es genau andersherum meinte.

Meine Augen wanderten zu Smillas Hand, die immer noch auf Dylans Schulter lag, worauf sich mein Blick augenblicklich noch mehr verfinsterte.

Was wollte Blondie noch hier? Und wie alt war sie bitte? 35? Jedenfalls hatte sie laut ihrer Lebensanzeige nur noch gut 30 Jahre zu leben. Zu meinem Missfallen war eins ganz deutlich zu erkennen: Smilla stand ganz eindeutig auf Dylan, so wie sie sich an ihn schmiegte und wie eine Hundert-Watt-Glühbirne strahlte.

Während ich über Smilla nachgrübelte, fiel mir auf, dass mich Dylan gespannt beobachtete. Was? Hatte ich irgendwie Schmutz im Gesicht?

Dann ging mir ein Licht auf. Die Würstchen! Das war ein Test.

»Hatschi!«, machte ich schnell. Dann schob ich einen Gähner hinterher. »Ach, Dylan! Du weißt doch, dass ich allergisch auf Würstchen reagiere!«

»Wie kann man denn gegen Würstchen allergisch sein?«, mischte sich Smilla ein. Sie hatte die freie Hand in die Hüfte gestemmt und musterte mich abschätzig. Wahrscheinlich mochte sie mich genauso wenig wie ich sie.

»Lässt du uns bitte mal kurz allein, Smilla?«, bat Dylan.

Ha! Gut so! Innerlich jubilierte ich, doch dann ging mir auf, dass mir als Nächstes ein Verhör bevorstand.

Zuerst sah Smilla ganz schön vor den Kopf gestoßen aus. Bestimmt hatte sie gehofft, von ihm an unseren Tisch eingeladen zu werden. Immerhin entschied sich die Gute nach kurzem Nachdenken dafür, kommentarlos abzuziehen.

Sobald sie außer Hörweite war, legte Dylan los: »Warum lügst du mich an?« Er sah verletzt aus. »Was ist wirklich mit dir los? Warum schreist du manchmal wie eine Ziege auf der Schlachtbank?«

Wie schrecklich! Er dachte offenbar, ich hätte furchtbare Schmerzen, eine unheilbare Krankheit oder so etwas Ähnliches.

»Da ist nichts, wirklich.« Ich sprang auf, biss mir auf die Lippe und hielt Dylan dann die Hand hin. »Los, komm, wir lassen ein paar Fotos von uns machen.«

Komischerweise klopfte mein Herz auf einmal wieder so laut, dass es in meinen Ohren rauschte. Auch schien eine unsichtbare Kraft meinen Bauchnabel in Richtung Dylan ziehen zu wollen. Ein Teil von mir wünschte sich, dass er aufstand und mich an sich zog. Oder ich litt einfach nur an Unterzuckerung.

Immerhin funktionierte meine Ablenkungstaktik. Nach kurzem Zögern ergriff Dylan meine Hand.

Ich zog ihn auf die Beine, um ihn zu dem Hexenhaus zu schleppen. Auf dem Weg dorthin versuchte ich das Rauschen in meinen Ohren zu ignorieren.

Wir hatten Glück. Gerade kamen Clay und Morgan kichernd wie zwei Schulkinder hinter dem Vorhang der Hütte hervor. Rechts von ihnen fielen im selben Moment zwei Fotostreifen in ein Fach unter dem Fenster.

»Oh, cool, für jeden von uns vier Bilder«, freute sich Clay.

Ich schielte auf die Bildstreifen, die auf je vier Fotos wilde Grimassen von Clay und Morgan zeigten.

Gerade wollte ich Dylan in das Hexenhäuschen schubsen, da bemerkte ich sein Gesicht, das auf merkwürdige Weise dem eines getretenen Katers ähnelte. Auf einmal schien er gar nicht mehr erpicht auf lustige Partyfotos. Ich seufzte. »Komm schon! Vertraust du mir etwa nicht?«

»Das ist es doch gerade. Du vertraust *mir* nicht! Sonst würdest du mir erzählen, was mit dir los ist.«

Scheinbar war Dylan doch nicht gewillt, das Thema einfach fallen zu lassen. »Mit mir ist gar nichts los, außer dass ich langsam sauer werde.« Aus zusammengekniffenen Augen funkelte ich ihn an. Wieso ließ er einfach nicht locker?

»Wir sehen uns dann gleich auf der Tanzfläche.« Clay tätschelte meine Schulter. »Und keine Sorge, dein Geheimnis ist bei mir sicher«, flüsterte er so laut, dass es alle Umstehenden trotzdem hören konnten.

Ich verdrehte die Augen, während Dylan rot anlief. Beinahe erwartete ich, dass ihm schwarzer Rauch aus den Ohren quoll vor lauter Wut darüber, dass Clay mein Geheimnis kannte und er nur die Würstchenallergievariante. War das jetzt nötig gewesen? Warum mussten sich Dylan und Clay immer gegenseitig provozieren?

Das war streng genommen ein richtig fieser Seitenhieb gegen Dylan gewesen. Oder besser gesagt eine Demütigung. Dylan musste denken, ich würde nur mit Clay über mein Geheimnis sprechen wollen. Was in Wirklichkeit ja aber nur daran lag, dass Clay auch magisch war. Mein Kopf drehte sich.

»Stell nichts Dummes an, solange ich weg bin!«, zischte ich Clay zu, der mich scheinheilig angrinste, dann zog ich Dylan in die Fotobox, bevor der wie Rumpelstilzchen explodieren konnte.

In dem winzigen Holzhäuschen war alles mit rotem Samt ausgekleidet. Der Boden, die Gardinen, Vorhänge, ja sogar der Thron, auf dem zwei Personen Platz fanden, war mit rotem Stoff überzogen.

Rechts neben der Kamera im vorderen Teil, die man mit Selbstauslöser bedienen konnte, entdeckte ich eine Schatzkiste mit Requisiten. Ohne viel Zeit zu verlieren, wühlte ich darin, um mir dann eine viktorianische Maske und eine pompöse Königskrone – beides aus Pappe und an einem Holzstäbchen befestigt – zu schnappen. In beinahe ebenso schneller Zeit schubste ich Dylan auf den Thron, wobei ich ihm gleichzeitig die Krone in die Hand drückte. Das wäre ja gelacht, wenn wir jetzt nicht trotzdem etwas Spaß haben konnten! Als ich mich neben ihn auf den Thron quetschte, brummte er etwas Unverständliches.

Na, das würden ja superlustige Fotos werden.

Zum Beweis drückte ich einmal auf den Knopf vor dem Bildschirm, der unter der Kamera angebracht war. »Komm schon, Prinz Charming! Sag *cheese*!«

Als Antwort grunzte Dylan nur.

Ein Fünf-Sekunden-Countdown zählte mechanisch rückwärts, dann kam das Foto auf den Bildschirm. Wie ich vermutet hatte, sah Dylan darauf aus, als würde er gleich jemanden ermorden.

Die Krone schief über dem Kopf, die Lippen waren zu einer schmalen Linie gepresst und die Wut, die ihm aus den Augen sprang, versetzte einen geradezu in Angst und Schrecken.

Seufzend drückte ich auf »Löschen«.

»Hör mal.« Ich nahm die viktorianische Maske runter und drehte mich so, dass ich ihm direkt in die Augen sehen konnte. Erst als ich seinen abwartenden Blick spürte, fiel mir auf, dass ich gar nicht wusste, was ich sagen wollte. Blinzelnd starrte ich auf die 610 Monate, die über seinem Kopf erschienen, als er seine Krone sinken ließ.

Ich konnte ihm unmöglich sagen, wer ich wirklich war. Das hätte nur zur Folge, dass er schreiend davonlaufen oder mich für verrückt erklären würde. Also entschied ich mich für eine bereits bewährte Taktik: Dylan so lange zu küssen, bis er vergaß, warum wir gestritten hatten.

Gerade beugte ich mich nach vorn, um meinen Plan in die Tat umzusetzen, da ließ mich etwas innehalten. Der hoffnungsvolle Schimmer in Dylans Augen, gepaart mit einer Spur Verletztheit.

Was tat ich hier eigentlich? Es war unfair, ihn so auszunutzen. Immer wenn ich nicht mehr weiterwusste, versuchte ich Dylan mit einem Kuss abzulenken. Das war falsch. Wann war ich so hinterhältig geworden, dass ich andere zu meinen Gunsten manipulierte? Übelkeit kroch in mir hoch.

Dylans Nasenflügel bebten. Seine Pupillen weiteten sich. Unsere Köpfe waren nur noch zwei Handbreit voneinander entfernt. Plötzlich war da etwas anderes in seinem Blick, was mich überrumpelt den Mund öffnen ließ: Verlangen.

Ich wollte mich schon zurückziehen, eine Entschuldigung murmeln und dann... keine Ahnung, was ich dann tun wollte, als mir Dylan die Entscheidung abnahm.

Zuerst atmete er tief ein, dann ließ er die Krone auf den Boden fallen, packte mein Gesicht mit beiden Händen und stürzte sich mehr oder weniger auf mich. Der Kuss war zunächst grob, schließlich wurde er etwas zärtlicher, aber immer noch energiegeladen. Er schmeckte nach Champagner und Erdbeeren.

Ich konnte spüren, wie er seine ganze aufgestaute Wut in den Kuss legte. Und ich antwortete mit der Heftigkeit all meiner bisher zurückgehaltenen Gefühle. Mein Bauchnabel presste sich an seinen, als hätte ihn ein Magnet an seinen angestammten Platz gezogen.

Mitten in dem immer fordernder werdenden Rhythmus schlug ich seine Hände weg. Meine viktorianische Maske segelte achtlos zu Boden.

Ohne den Kuss zu unterbrechen, fuhr ich ihm durch die kurzen Haare.

Sofort wirbelte mich Dylan herum, zog mich wie im Wahn vom Plüschthron. Ein tiefes Knurren entfuhr seiner Kehle, wobei ich meinen Namen herauszuhören glaubte.

Den Geräuschen nach zu urteilen, mussten Leute, die in der Nähe der Tür standen, denken, hier drinnen fielen gerade zwei wilde Tiere übereinander her. Meine Güte, war es hier drin heiß geworden! Ich zog an meinem Kleid, das auf einmal wie Frischhaltefolie an mir klebte.

Doch eine Sekunde später drückte mich Dylan mit dem Rücken gegen die Wand, sodass ich mich kaum mehr bewegen konnte. Seine Küsse wurden noch intensiver, wobei er nur innehielt, um wieder und wieder meinen Namen zu flüstern.

Als hätten meine Hände ein Eigenleben, fuhren sie über Dylans Brust. Zwar hielt ich die Lider geschlossen, dennoch tanzten bunte Punkte vor meinen Augen, während ich seinen muskulösen Oberkörper erkundete.

Bereitwillig gab er mir dafür Raum. War ihm da gerade ein leises Wimmern entfahren?

Gleichzeitig hüpfte mein Magen auf und ab, als säße ich in einem Flugzeug, das durch Luftlöcher flog. Nach ein paar Sekunden presste sich Dylan wieder enger an mich, bis nicht mal mehr ein Blatt Papier zwischen uns gepasst hätte. Dabei drückte sich das Holz der Hütte gegen meine Wirbelsäule.

Es knackte.

Er stieß einen weiteren Wimmerlaut aus. Der sonst so knallharte Detective Dylan Shane wimmerte, wenn er mich küsste! Beinahe jubelte ich innerlich.

Wieder knackte es.

Dann ging auf einmal alles ganz schnell. Wie zur Strafe, dass wir zu weit gegangen waren, krachte es plötzlich ohrenbetäubend laut, und zwar direkt hinter mir. Die Wand, an der ich gelehnt hatte, brach weg und gemeinsam mit ihr stürzten Dylan und ich zu Boden.

Bei der Landung bohrten sich kleine Holzsplitter in meinen Rücken. Autsch! Unter Schmerzen verzog ich das Gesicht. Das fühlte sich an, als sei ich auf einem Haufen Büroklammern gelandet. Mein Rücken! Staub vernebelte mir die Sicht. Ich blinzelte.

Dylan lag auf mir. Gemeinsam mit der halben Holzwand waren wir in den Gang zwischen Hütte und Bühne gestürzt.

Selbst die Band hatte aufgehört zu spielen. Verdutzt lugten zwei Gitarristen über das Bühnengeländer zu uns nach unten. Dann traten immer mehr Schaulustige in mein Blickfeld. Die anfängliche Bestürzung in ihren Gesichtern wich schnell allgemeiner Heiterkeit. Etwa drei Sekunden später applaudierte uns der gesamte Ballsaal.

23

Na toll. Die zusätzliche Aufmerksamkeit hatte mir gerade noch gefehlt. Ich schob Dylan von mir herunter, dann rappelte ich mich auf.

Blöde Schaulustige!

Während ich mir mit spitzen Fingern kleine Splitter aus den Schulterblättern zog, klopften einige Polizeikollegen Dylan auf die Schulter, ganz so, als hätte er gerade einen sportlichen Wettkampf gewonnen.

Genervt wandte ich den Blick ab.

Im selben Moment sah ich zwei Fotostreifen an der noch intakten Vorderwand der Hütte in das Auffangkästchen gleiten. Ach du Scheiße, waren wir aus Versehen an den Auslöser gekommen?

Ich stürzte mich auf die Fotos, um sie genauer unter die Lupe zu nehmen. Auf dem ersten Bild war nicht viel zu sehen außer viel hellblauer und lavendelfarbener Stoff. Da waren wir anscheinend noch zu nah an der Kamera gewesen. Das zweite Bild zeigte Dylans Hände an meiner Hüfte und die letzten beiden, wie wir an die Wand gelehnt knutschten.

»Alles in Ordnung?« Clay stand plötzlich hinter mir.

Heilige Nilpferdscheiße! Ich musste diese verräterischen Fotos verschwinden lassen!

Ohne groß darüber nachzudenken, stopfte ich sie mir einfach in den Ausschnitt, bevor ich mich zu ihm umdrehte.

»Ja, alles in Ordnung. Das heißt fast. Könntest du nachsehen, ob ich noch Splitter im Rücken habe?« Wahrscheinlich sah ich von hinten aus wie ein Nadelkissen. Oder wie ein Mett-Igel mit Salzstangen im Rücken.

Wortlos reichte mir Morgan, die an Clays Seite aufgetaucht war, eine Pinzette aus ihrer Handtasche.

»Oh, danke, Morgan.«

Um Clay die Überprüfung zu erleichtern, kämmte ich mir mit den Fingern die Haare über die Schulter nach vorne.

Erst als Dylan neben mir auftauchte, ging mir auf, dass das vielleicht keine so gute Idee gewesen war.

»Bist du verletzt?«

»Nein.« Meine Antwort klang etwas abgehackt, denn Clay strich mir gerade mit seinen kalten Händen über den Rücken, was einen Schauer in mir auslöste.

»Aha. Bei mir auch alles gut, danke der Nachfrage«, sagte Dylan.

Hinter mir antwortete Clay an meiner Stelle: »Na, da sind wir jetzt aber froh!«

Ich schnaubte. Innerlich ärgerte ich mich allerdings am meisten über mich selbst. Obwohl es an diesem Abend mein oberstes Ziel gewesen war, auf Clay aufzupassen, hatte ich mich von Dylan ablenken lassen. Und jetzt auch noch gefühlte 200 winzige Holzsplitter im Rücken. Daran war nur Dylans Anziehungskraft auf mich schuld!

Gerade zog Clay einen besonders großen Splitter heraus. »Autsch!«

Eher enttäuscht von mir selbst, wollte ich gerade meine Wut an Dylan auslassen, als Clay mir zuvorkam. »Siehst du, was du angerichtet hast? Sie blutet.« Er wies auf meinen Rücken.

»Wo?« Nur mit Mühe konnte ich den Impuls unterdrücken,

mich wie ein Hund, der seinen Schwanz jagt, im Kreis zu drehen. Dummerweise konnte ich die Stelle, die Clay meinte, einfach nicht sehen.

»Ich hole dir etwas Eis«, murmelte Dylan nach einem Blick auf mich. Dann verschwand er in der Menge der Partygäste, die sich glücklicherweise wieder dem Feiern gewidmet hatten und uns nicht mehr anstarrten wie Affen im Zoo.

Zwei Minuten später war Dylan mit einem Beutel Eis zurück.

Zu diesem Zeitpunkt hatte Clay zum Glück bereits alle Holzreste aus meinen Schultern gepult.

Leider tat vor allem die eine Stelle, die mit dem Riesensplitter Bekanntschaft gemacht hatte, noch richtig weh. Unter gesenkten Lidern schielte ich auf den Eisbeutel, den Dylan gerade in eine Stoffserviette einwickelte.

Morgan zog an Clays Hemdsärmel. »Komm, lass uns tanzen. Alana kommt jetzt alleine klar.«

Erst als sie meinen besten Freund auf die Tanzfläche gezogen hatte, wurde mir bewusst, dass ich schon wieder mit Dylan allein war. Ich schluckte. Dann – bevor geschätzte eine Millionen Gedanken mein Hirn vernebeln konnten – drehte ich mich frontal zur Tanzfläche, um Clay besser im Auge zu behalten.

»Darf ich?« Dylan deutete auf den eingepackten Eisbeutel.

»Ausnahmsweise«, brummte ich.

Als er mir sanft das Eis auf den Rücken drückte, zuckte ich zusammen. Verflucht, war das kalt!

»Geht's?«

»Es muss«, fauchte ich ihn an.

»Super Show, ihr zwei.« Von mir unbemerkt hatte sich Vincent mit einem Tablett voll Sektgläser an uns herangeschlichen.

Ich hob eine Augenbraue. »Ja, die Show hat sich das Polizeipräsidium einiges kosten lassen.«

Vincent öffnete überrascht den Mund, dann begriff er, dass ich nur scherzte.

Bevor er mitsamt der Prickelbrause wieder verschwinden konnte, griff ich mir ein Sektglas, dessen Inhalt ich hastig hinunterstürzte. Wie peinlich konnte dieser Abend nach unserer kleinen Showeinlage wohl noch werden?

Als sich Vincent zum Gehen wandte, erhaschte ich einen Blick auf seinen Nacken. Sein Hemdkragen war verrutscht und ließ deshalb tief auf ein Tattoo blicken. »my« stand da und daneben war ein Kreuz eintätowiert.

Nachdenklich legte ich den Kopf zur Seite. Was es wohl mit diesem Kreuz auf sich hatte? Merkwürdiger Typ, dieser Feuerelf.

»Willst du tanzen?« Einmal mehr wurde ich aus meinen Gedanken gerissen. Dylan sah mich erwartungsvoll an.

Eigentlich wollte ich mir lieber wieder einhundert Holzsplitter in den Rücken rammen, als mit ihm zu tanzen, aber andererseits wollte ich keinen erneuten Streit provozieren. Außerdem hatte Tanzen den Vorteil, dass ich Clay gut im Auge behalten konnte, wenn ich mich direkt neben ihm positionierte.

Also antwortete ich mit einem übertrieben lauten Seufzer: »Von mir aus.«

Als Dylan mich auf die Tanzfläche führte, bemerkte ich, wie uns Smilla, die Lippen zu einem schmalen Strich zusammengekniffen, beobachtete. Da war wohl jemand eifersüchtig! Augenblicklich richtete ich mich zu meiner vollen Größe auf. Allerdings bereute ich das umgehend, weil sich die Miniverletzungen durch die Splitter sofort wieder meldeten. Aber das war unwichtig. *Ich* tanzte mit Dylan, während Smilla wie eine vergessene Milchtüte am Rand stand. Das hob meine Laune um ungefähr fünf Grad.

Ich warf Dylan einen musternden Blick zu. Rein objektiv gesehen, war er ein wirklich attraktiver junger Mann. Leider kannte ich auch seine unverschämte, aufbrausende Seite. Und obendrein war er ein ausgemachter Idiot.

… der mich jetzt in die Mitte der Tanzfläche führte. Daraufhin zog ich ihn sofort drei Schritte nach links, damit wir direkt neben Clay und Morgan stehen konnten.

Der DJ spielte einen ziemlich tanzbaren Housemix, mit dem wir alle recht gut klarkamen.

Außer Morgan, die wie ein betrunkenes Eichhörnchen zappelte.

Vielleicht hatte sie wirklich zu viel getrunken, überlegte ich. Sie grinste ein wenig zu versonnen und übertrieb jede ihrer Tanzbewegungen. Aber um die kleine rothaarige Cailleach konnte ich mir jetzt nicht auch noch den Kopf zerbrechen. Sie war Clays Problem. Und seinem Blick nach zu urteilen, war ihm das bereits bewusst.

Plötzlich zog mich Dylan an sich. Was? Oh, ein langsames Lied. Um uns herum tanzten alle eng umschlungen zu einem Taylor-Swift-Song. Wie sagte Siri doch immer so treffend: Das Einzige, das auf dieser Welt noch sicher war, war, dass Taylor Swift jedes Jahr einen neuen Song über Trennungsschmerz herausbrachte. Den Spruch hatte sie aus einer Sitcom. Aber er passte irgendwie zu unserer verdrehten Welt.

»Entspann dich, ich fall schon nicht gleich über dich her.«

Ich warf Dylan einen Blick unter hochgezogenen Augenbrauen zu. War das sein Ernst?

»Nicht noch mal«, korrigierte er sich selbst, bevor ich etwas sagen musste.

Ich wusste nicht so recht, ob ich das als Kompliment oder als Beleidigung auffassen sollte. Fand er mich plötzlich so abstoßend, dass er nicht noch mal über mich herfallen wollte? Allerdings lag ich wirklich ziemlich verkrampft in seinen Armen.

»Also nicht, dass ich das nicht wollen würde! Aber eben nicht jetzt«, fuhr Dylan fort, merkte aber gleich, dass er damit alles nur noch schlimmer machte, weswegen er den Mund wieder schloss.

Letztendlich hielt die Stille, in der nur Taylor sang, jedoch nur wenige Sekunden an.

»Was ich eigentlich sagen wollte: Ich will mehr als nur eine rein geschäftliche Beziehung zwischen uns.«

Und ich wollte Delphine und Pferde reden hören, aber man bekam eben nicht immer das, was man wollte. Das hatte ich schon früh lernen müssen ...

»Hier wimmelt es überall von deinen Kollegen. Die werden über uns reden«, hielt ich ihm entgegen. »Wir lösen diesen Fall zusammen, mehr nicht.« Das stellte für uns beide die sicherste Variante dar. Ende der Geschichte. Keine Küsse auf der Tanzfläche.

»Und danach?«

»Wir werden sehen«, antwortete ich mit einem Schulterzucken, das alles bedeuten konnte von »Ich überleg's mir« bis »Du hast so was von verkackt«. Seinem Blick nach zu urteilen tippte Dylan auf Letzteres.

Gerade beugte er sich zu mir nach vorne, um mir etwas ins Ohr zu flüstern, da tippte mir Clay auf die Schulter. »Wollen wir uns was vom Buffet holen? Ich hab Hunger.«

Seufzend warf ich einen Blick auf die Uhr. Beinahe zehn.

»In Ordnung.«

Nur zu gern ließ ich mich von Clay zu unserem Tisch schieben, um damit einer möglichen Diskussion mit Dylan aus dem Weg zu gehen, doch bevor wir ihn ganz erreicht hatten, klopfte jemand auf ein Mikrofon. Sofort wurde mir klar, was gleich geschehen würde. Deshalb packte ich Clay vorsichtshalber am Arm, um ihm zuzuflüstern: »Verhalt dich unauffällig und gib mir den verdammten Autoschlüssel, sobald du ihn hast!«

Okay, jetzt hörte ich mich wirklich wie seine Mutter an. Allerdings war mir das gerade herzlich egal. Einzig und alleine ging es mir darum, dass mein bester Freund, der schon reichlich angeheitert war, nicht laut hupend mit dem Elefantenrollschuh Kreise im Hof fuhr. Es war besser, im Hintergrund zu bleiben. So konnte ich ihn leichter beschützen.

»Ist ja gut, Mom«, brummte Clay. Seine Augen leuchteten jedoch wie die eines Dreijährigen, der ein Bobbycar zu Weihnachten geschenkt bekam.

»Wir bitten um Ihre geschätzte Aufmerksamkeit«, legte der Ansager mit dem Mikrofon los. Die hatte er allerdings so oder so, denn der Master of Ceremony hatte sich an diesem Abend in einen Frack gequetscht, der beinahe durch seinen enormen Bauchumfang gesprengt wurde.

Während des üblichen Danksagungs-Bla-Blas schweifte mein Blick über die Menge. Verdächtig sah keiner der Gäste aus. Bei ihnen handelte es sich ja auch fast ausnahmslos um Polizeibeamte. Wahrscheinlich hatten Clay und Dylan recht: Das hier war der sicherste Ort in ganz Santa Fe.

Auf einmal bemerkte ich Dylans Blick. Was schaute er jetzt wieder so missmutig? Weil ich mit Clay geflüstert hatte?

»… bitte ich nun den Gewinner des Loses mit der Aufschrift ›Hauptgewinn‹ auf die Bühne.«

Natürlich fackelte Clay nicht lange und natürlich gab es bei der Schlüsselübergabe jede Menge Pressefotos.

Nervös kratzte ich mich am Rücken. Das konnten wir jetzt wirklich nicht gebrauchen.

Wieder bemerkte ich Dylans Blick. Diesmal schielte er mir auf die Brust.

Ich räusperte mich. Also wirklich … Meine Augen waren gut 30 Zentimeter weiter oben.

»Was hast du da im Ausschnitt?«, fragte er unvermittelt.

O Mist, die Fotos! Während meiner Kratzverrenkungen schienen sie nach oben gerutscht zu sein. Eilig drehte ich mich zur Seite, um mir die zwei Fotostreifen aus dem BH zu ziehen. Unglücklicherweise verhedderte ich mich dabei in Briannas Eulenkette.

»Was ist das?«, hörte ich Dylan fragen.

»Nichts!« So unauffällig wie möglich versuchte ich die Fotos in einem Blumenkübel voller Rosen verschwinden zu lassen.

»Gib mir das!« Dylans Finger schlossen sich um mein Handgelenk. »Wusste ich es doch! Die sind aus der Fotohütte.« Er besah die Streifen genauer. Von Bild zu Bild wurde sein Grinsen breiter. »Die behalte ich.«

Schnaubend musste ich mit ansehen, wie er einen der Fotostreifen in seiner Hosentasche verschwinden ließ. Scheinbar als Friedensangebot hielt er mir dann den zweiten vor die Nase.

Mit zusammengekniffenen Augen nahm ich ihn entgegen. Dieser fürchterliche Beweis meiner schwachen Minuten in der Hütte, auf die ich ganz und gar nicht stolz war! Um ihm zu zeigen, was ich von der ganzen Sache hielt, zerriss ich die Fotos vor seinen Augen in kleine Schnipsel, wobei ich Dylan weiterhin anfunkelte. Dieser Typ mit seinem blöden Gegrinse! Auf gar keinen Fall sollte er denken, dass er eine reale Chance bei mir hatte. Ich hatte wirklich größere Probleme zu lösen.

»Konfetti! Auch gut«, meinte Dylan, wobei er die Schultern hob. Scheinbar ließ er sich von meiner Aktion nicht weiter beeindrucken.

Ohne ein weiteres Wort drehte ich mich um und stolzierte zurück an unseren Tisch, wo Morgan auf Clay wartete.

Detective Erikson, den ich noch von meinem Verhör kannte, unterhielt sich mit ihr. Selbst als Froschkönig verkleidet machte der Detective eine gute Figur. Bei mir erweckte er auf jeden Fall den Eindruck eines liebevollen Vaters.

»Guten Abend«, nickte ich ihm zu. Die beiden unterbrachen ihr Gespräch und sahen zu mir auf.

»Alana McClary!« Detective Erikson erhob sich, um meine Hand zu schütteln. »Das ganze Revier spricht von Ihnen!«

Detective Erikson hatte augenscheinlich einen Wein zu viel getrunken, so offenherzig, wie er sprach.

»Wegen meinem Unfall mit dem Wasserspender?«, hakte ich nach.

»Unter anderem«, grinste der Detective.

Ich schluckte. Oje ... Schwerfällig ließ ich mich auf den Stuhl neben Morgan fallen.

Mit einer Handbewegung bedeutete sie mir, dass ich mich an den Brezeln und Erdbeeren auf ihrem Teller bedienen sollte.

»Dann noch Ihr epileptischer Anfall und Ihre Zusammenarbeit mit Detective Shane ...« Er sah mich erwartungsvoll an, so als hoffte er auf eine bestimmte Reaktion.

Aber ich hob nur eine Augenbraue und schob mir eine Erdbeere in den Mund.

»Na ja«, gab er schließlich auf. »Ich hoffe nur, Sie brechen ihm nicht das Herz, so wie seine Exverlobte.«

Wie bitte? Jetzt wurde ich doch hellhörig. »Wie meinen Sie das?«

Einen Moment zögerte Detective Erikson. Dann, nachdem er sich versichert hatte, dass Dylan weit genug entfernt am Buffet stand, brach es aus ihm hervor: »Vor ein paar Jahren hat seine Verlobte ihn am Traualtar stehen lassen. Ist einfach abgehauen.« Er warf Dylan einen mitleidigen Blick zu.

Gott sei Dank war der aber gerade mit einer Riesenladung Pudding beschäftigt, die er sich auf einen Pappteller lud, und hatte keine Ahnung, dass wir über ihn redeten.

»Seitdem ist er nicht mehr er selbst. Mürrisch und verschlossen Frauen gegenüber, Sie verstehen? Traut keiner mehr über den Weg.«

Oh. Na, das erklärte einiges.

Jetzt beugte sich der leicht angeheiterte Froschkönig zu mir nach vorn, um mir verschwörerisch zuzuflüstern: »Tun Sie mir einfach den Gefallen und spielen Sie nicht mit ihm, ja?« Seine Stimme war aufrichtig. Die Wodkafahne aus seinem Mund auch.

Eigentlich fand ich, dass ihn das gar nichts anging, andererseits sagten Betrunkene ja immer die Wahrheit. Und ich wollte Dylan nicht verletzen. Also nickte ich nur.
Er war am Traualter verlassen worden.
Die nächsten Minuten kreisten meine Gedanken ausschließlich um dieses Thema. Irgendwie empfand ich auf einmal so etwas wie Verständnis für ihn. Wahrscheinlich würde Dylan Detective Erikson umbringen, wenn er erfuhr, welche privaten Details er mir verraten hatte. Also beschloss ich, ihm lieber nichts von meinen neusten Erkenntnissen zu erzählen.
»Also dann«, Detective Erikson tippte sich an die Froschkrone und stand auf.
»Wie geht es eigentlich Detective Rowland nach seinem Herzinfarkt?«, fragte ich.
»Auf dem Weg der Besserung. Glücklicherweise wurde er ja unmittelbar nach der Herzattacke behandelt.« Er zwinkerte mir zu.

Zeitgleich mit Detective Eriksons Verabschiedung endete auch die Schlüsselübergabe mit Blitzlichtgewitter auf der Bühne.
»Hey, Leute!« Ein freudestrahlender Clay kam zurück zum Tisch stolziert, den Autoschlüssel seines neuen Smarts hielt er in die Luft gereckt.
»Glückwunsch!« Sofort sprang Morgan, die bis eben noch so gewirkt hatte, als würde sie gleich einschlafen, auf, um ihn zu umarmen. Dabei taumelte sie zwar ein wenig, hielt sich jedoch tapfer auf den Beinen.
»Langsam, Gretel«, lachte Clay.
Statt zu gratulieren, hielt ich ihm meine Handfläche entgegen.
Seufzend übergab mir Clay den Schlüssel. Dann schnappte er sich drei volle Sektgläser von einem vorbeihuschenden Kellner, den er einfach am Kragen festhielt.
»Siehst du! Und genau deshalb bekommst du den Schlüssel

heute nicht mehr!« Trotz meiner Bemerkung nahm ich das Sektglas entgegen, nippte allerdings nur kurz daran.

Damit nur ich ihn verstehen konnte, beugte sich Clay über den kompletten Tisch nach vorn. »Siehst du, wie viel Glück ich habe? Mir kann gar nichts passieren, so viel Schwein, wie ich hab!«, lallte er in mein Ohr.

Schön wär's. Da ich mit Glück bekanntlich nicht gesegnet war, vertraute ich lieber nicht darauf. Clays digitale Lebensanzeige gab mir da recht. Nur noch ein Tag, zwei Stunden und elf Minuten …

Ob Trinity und Brianna durch weitere Rituale mehr in Erfahrung bringen konnten? Hoffentlich würde mir das helfen herauszufinden, wo sich Petrus' Army versteckte.

Eine Hand legte sich auf meine Schulter. »Pudding?«

Vor Schreck zuckte ich zusammen.

Doch es war nur Dylan, der sich jetzt mit einem Pappteller voller Vanille- und Schokoladenpudding neben mich setzte.

Als ich nicht antwortete, hielt er mir einfach einen Löffel voll Schokopudding unter die Nase.

Meinetwegen. Um nicht erneut einen Streit vom Zaun zu brechen, öffnete ich den Mund.

Neben uns ließ Clay ein Räuspern hören, was von Dylan selbstverständlich ignoriert wurde.

»Und?«, wollte er wissen, nachdem er mich wie ein Baby gefüttert hatte.

»Lecker«, hauchte ich.

Dylans Augen glänzten. Wie er sich darüber freuen konnte, dass ich ihm sozusagen aus der Hand gefressen hatte! Auf einmal erinnerte er mich an seinen kleinen Bruder Rider. Diese kindliche Freude – irgendwie sympathisch.

Sofort überkam mich ein schlechtes Gewissen. Denn inzwischen wusste ich praktisch mehr über ihn als sein Therapeut.

Um uns herum wurde es plötzlich laut. Jemand kam an unseren Tisch gestürzt, allerdings bemerkte ich recht schnell, dass dieser Officer gar nicht zu uns wollte, sondern zu dem Flachbildfernseher hinter uns. Als wollte er den letzten Rest Spielmünzen aus einem Automaten hämmern, drückte der schwarzhaarige Officer wie verrückt auf eine Taste am Rand des Bildschirms, offensichtlich, um die Lautstärke zu erhöhen.

Wir vier sowie die umstehenden Gäste wandten alarmiert die Köpfe in Richtung des Fernsehers.

»… erreichen uns nun die Live-Bilder aus Rom«, erklärte die Moderatorin des Nachrichtensenders gerade. In ihren Augen lag ein Hauch von Panik.

O Gott, das war schlecht. Ganz schlecht. Einen Moment lang huschten die Augen der Moderatorin nach rechts, dann fuhr sie fort: »Nach der frühmorgendlichen Andacht hat sich der Papst dazu entschieden, sich in einer Rede an das römische Volk und die Presse zu wenden. Vor wenigen Minuten, genauer gesagt um sieben Uhr morgens mitteleuropäischer Zeit, betrat der Papst den berühmten Balkon am Rande des Vatikans, um zu Rom und der ganzen Welt zu sprechen.«

Inzwischen war es im Ballsaal vollkommen still geworden. Jeder im Raum spürte, dass soeben etwas Schreckliches passiert sein musste.

An der Wand hinter der Nachrichtensprecherin wurden Bilder eingeblendet. Bilder eines ungewöhnlich wild gestikulierenden Papstes, dann die einer rauchenden und brennenden Stadt. Das war Rom!

Ich schlug mir die Hand vor den Mund.

Neben mir fiel Dylan der Löffel aus der Hand und landete mit einem Platschen auf dem Puddingberg.

Rom, die Ewige Stadt, brannte!

Rauch, fliehende Menschen, bröckelnde Mauern – vor unser aller Augen stürzte das Kolosseum in sich zusammen. Die jahrtausendealte Ruine des Kolosseums – eine der bestbesuchtesten Touristenattraktionen der Welt!

Weibliche Partygäste schrien. Jedoch spürten wir alle, dass es gleich noch viel schlimmer kommen würde.

Bei mir meldete sich ein leichtes Ziehen in meinem Bauch. Das war ja beinahe wie … Bevor ich den Gedanken zu Ende fassen konnte, flimmerte erneut die Nachrichtenmoderatorin über den Bildschirm, die ihren Bericht hektisch herunterspulte. Mit fiel auf, dass sich Schweißperlen auf ihrer Stirn gebildet hatten.

»In einer zornigen Rede erklärte er, dass die Welt voll von Sündern sei, die die Erde zugrunde richteten. Er selbst bezeichnete sich als ›Petrus‹, der vor vielen Jahren auf die Erde gekommen sei, um sich ein Bild von den Sündern zu machen. Heute – am 29. Juli – wollte er nach eigener Aussage der Welt offenbaren, wer er wirklich sei: der Stellvertreter Jesus Christus' und Wächter der Himmelstore. Aus bisher noch ungeklärten Gründen brach zeitgleich mit seiner Rede an unterschiedlichen Stellen in ganz Rom Feuer aus.«

24

Wieder zeigte ein Kamerateam die brennende Stadt. Sie hielten auf das Pantheon, die antike Kirche mit der runden Kuppel, das wie eine Schornsteinfabrik brannte.

Ich grub die Fingernägel in meine Handballen, als die Mauern des Bauwerks bröckelten und schließlich in sich zusammenbrachen.

Ach, du heilige ...! Langsam schrillten bei mir die Alarmglocken immer lauter.

»Zum Abschluss seiner Rede offenbarte Papst Perez, der von sich selbst nur noch als ›Petrus‹ spricht, dass er bereit sei, die Himmelspforten für die reinen Seelen zu öffnen. Darüber hinaus soll nach Aussage des Papstes in den nächsten Stunden ein Richter – Petrus' rechte Hand – erscheinen, der über das Schicksal der Sünder entscheidet.«

Der Papst wurde eingeblendet. Mit wutverzerrtem Gesicht deutete er auf die Menschenmenge, die sich unter seinem Balkon auf dem halbmondförmigen Petersplatz versammelt hatte. Rauchsäulen stiegen auf einmal in unmittelbarer Nähe auf. In Panik stoben die Menschen auseinander.

Verdammt, das war ja wie ...

»Kann ich kurz mit dir reden?« Wie aus dem Nichts packte Clay mein Handgelenk. Sein Blick wirkte völlig klar, kein bisschen mehr alkoholisiert, im Gegenteil eher fest entschlossen.

Wahrscheinlich war es das Adrenalin, das gerade auch bei mir das Blut in meinen Ohren rauschen ließ.

Nachdem er mich in eine Ecke außer Hörweite der anderen gezogen hatte, legte Clay direkt los: »Verstehst du, was hier gerade passiert?« Seinem Gesichtsausdruck nach zu urteilen war das eher eine rhetorische Frage.

»Ja«, bestätigte ich. »Alles läuft genauso wie in der Prophezeiung von St. Malachy: Der 267. Papst wird sich Petrus nennen und in der Folge den Weltuntergang herbeiführen. Als Erstes fällt die Sieben-Hügel-Stadt. Damit muss Rom gemeint sein«, fasste ich zusammen.

Clay öffnete den obersten Knopf seines Holzfällerhemds, was ich nur allzu gut verstehen konnte. In den letzten Minuten war mir ebenfalls unerträglich heiß geworden. »Gut, du hast im Feenbuch weitergelesen«, lobte er mich.

»Ja, aber ich hätte nie gedacht, dass es wirklich passiert.« Ich senkte den Blick.

»Da stand doch noch etwas davon, dass ein furchtbarer Richter die Sünder in die Hölle führen würde. Was, wenn …«

»Was, wenn mit diesem Richter der Dián Mawr gemeint ist? Es geht wohl los. Sie versuchen ihn zu erwecken!«

Langsam fielen alle Puzzleteile an ihren Platz.

Clay kratzte sich am Kopf. »Diese Sekte wird darauf gewartet haben, dass sich der Papst erhebt und Rom brennt. Jetzt werden sie mit dem Erweckungsritual für den Dián Mawr beginnen, oder?«

»Sehr wahrscheinlich war genau das immer der Plan von Petrus' Army«, nickte ich. Verdammt, es ging tatsächlich los!!

»Jetzt wissen wir auch, woher der Name ›Petrus' Army‹ kommt. Aber warum gerade hier?«, wollte Clay wissen.

»Santa Fe ist ein heiliger Zufluchtsort für magische Wesen«, grübelte ich laut vor mich hin.

»Stimmt«, gab mir Clay recht. »Hier steht auch die San Miguel Chapel, die Kirche des heiligen Michael, Beschützer der Magischen. Nur haben sich hier nicht nur Magische, die auf der Seite des Lichts stehen, versteckt, sondern auch Dunkelfeen und Dunkelelfen, nehme ich an.«

»Exakt. Nur – die Dunklen nutzen diesen heiligen Ort für ihre düsteren Machenschaften.«

Gerade als ich mich weiter in Spekulationen über Petrus' Army ergehen wollte, zuckte Clay zusammen. »O Mist!«

Ich folgte seinem Blick. Soeben war Morgan samt Stuhl hintenübergekippt.

Auch das noch!

Mit drei Schritten war Clay bei ihr und zog sie auf die Füße. »Was machst du für Sachen?«

Doch Morgan grinste nur dümmlich. Sie hatte echt ganz schön einen in der Krone. Dieses Kind! Wahrscheinlich vertrug sie noch keinen Alkohol.

So schnell es ging, kämpfte ich mich an den anderen Partygästen vorbei, die immer noch wie gebannt auf die Fernsehbildschirme starrten.

»Geht es ihr gut?«, fragte ich.

»Glaub schon.«

»Gretel hätte sich besser mal an Milch und Lebkuchen gehalten«, diagnostizierte Dylan.

Ich warf ihm einen vernichtenden Blick zu. Der fehlte mir gerade noch.

»Hey, hör mal, Alana. Falls du heute Nacht Angst hast wegen dieser gruseligen Papst-Sache … Ich bringe dich gern persönlich nach Hause, nachdem wir Clay beschattet haben«, bot er an. Anscheinend hoffte er auf weitere Küsse, denn er versuchte einen betont unschuldigen Gesichtsausdruck aufzusetzen.

Ich hörte ja wohl nicht recht! »Du nimmst diese Sache also nicht ernst, ja?«

»Dass der Papst denkt, er sei der heilige Petrus, meinst du? Lass es mich so sagen: Was dieser Mann braucht, ist eine Therapie.«

»Aber was, wenn es stimmt? Wenn jetzt die ganze Welt ins Chaos gestürzt wird?«

»Du machst Witze, oder?«

»Und wie erklärst du dir die brennende Stadt?«

»Terroristen. Und der Papst ist auch einer.«

Aha. Darüber konnte ich nur den Kopf schütteln.

»Alana!« Als Clay meinen Namen rief, wandte ich mich von Dylan ab.

»Was?«

»Ich muss Morgan nach Hause bringen. Sie ist total betrunken.«

»Nein, das ist zu gefährlich«, zischte ich. »Ihr bleibt!«

»Ich setze sie nur schnell in ein Taxi …«

»Nein! Denk daran, was wir besprochen haben!« Warum hielt sich denn hier niemand an den Plan? Dieser Abend sollte sicher für alle enden. Erst machte mir der Papst einen Strich durch die Rechnung, dann kam Dylan mit seiner Knutschattacke und jetzt auch noch Morgan und Clay! Das war viel zu gefährlich. Konnte Liebe wirklich so blind machen?

So fest, wie es mir möglich war, fixierte ich Clay. »Ich hole Morgan ein Glas Wasser. Ihr zwei rührt euch nicht von der Stelle.«

Als ich mich umdrehte, hörte ich Clay grummeln: »Du übertreibst, Mom!«

»Also wegen dem Ende des heutigen Abends …« Dylan verfolgte mich zu den Getränketischen. Anscheinend hatte er nicht vor, so einfach aufzugeben.

»Nicht jetzt!«, bellte ich ihn an. Ich schnappte mir ein Glas und füllte es mit stillem Wasser.

»Komm schon, wenn das hier alles vorbei ist, lass mich dich nach Hause bringen. Du wohnst sowieso nicht weit von mir entfernt.«

Wo war seine rauhe Hülle abgeblieben? Unser Kuss vorhin hatte Dylan wirklich verändert. Auf einmal wirkte er wie ein verknallter Groupie. Wenn auch wie ein verdammt heißer, verknallter Groupie ...

Komischerweise gefiel mir die Veränderung, aber ich hatte jetzt wirklich keinen Kopf dafür.

»Zuerst müssen wir diese Verbrecher schnappen.«

»Komm schon, Alana.« Er umfasste meine Hüften mit den Händen und zog mich näher an sich heran. »Ich weiß, dass du mich auch magst.«

Vor Schreck fiel mir das Glas aus der Hand. Wasser spritzte auf mein Kleid und Dylans Schuhe.

Jedoch verzog er deswegen keine Miene. Sein Blick suchte meinen.

Verdammt, er hatte recht. Ich mochte ihn wirklich. Augenblicklich wurden meine Knie weich. Dieser Mann zog mich mehr an als alles andere. Andererseits ... »Gib mir etwas Zeit«, hauchte ich.

»Alle Zeit, die du willst«, flüsterte er. Er legte den Kopf schief. »Aber weil ich so brav auf dich warte, habe ich mir doch eine Belohnung verdient, oder?« Sein Gesicht näherte sich meinem. Die Belohnung sollte wohl ein Kuss sein. Ganz schön clever von ihm, musste ich zugeben.

Mein Magen hüpfte auf und ab, als sich seine Lippen auf meine legten. Warum spielte mein Körper in Dylans Nähe immer so verrückt? Ein erschreckendes und doch gleichzeitig wunderbar vertrautes Gefühl.

Während er mich küsste, fuhren seine Daumen über meine Arme, was wohlige Schauer in mir auslöste. Allerdings ließ ich nach ein paar Sekunden wieder von ihm ab, denn ich konnte mir so eine Ablenkung – selbst wenn sie den Namen Dylan Shane trug – jetzt absolut nicht leisten.

Schnell warf ich einen Blick in Clays Richtung, der gerade beruhigend auf die schwankende Morgan einredete.

»Wir müssen das verschieben. Ich muss mich jetzt um Morgan kümmern.«

»Verstehe«, seufzte Dylan. Natürlich verstand er nicht. Aber er war ja auch kein magisches Wesen und hatte noch nie etwas von Dunkelfeen oder dem Dián Mawr gehört.

Leider war das Glas, das ich fallen gelassen hatte, nicht nur in tausend Scherben zersprungen (die ich unauffällig mit dem Fuß unter den Tisch kehrte), nein, es war auch noch das letzte auf dem Tisch gewesen. Typisch.

Ich warf einen Blick auf die Sektglaspyramide.

»Das würde ich lassen«, riet mir Dylan.

Doch was er meinte, war mir ziemlich egal. Morgan brauchte schnellstmöglich ein Glas Wasser, um wieder auf die Beine zu kommen. Und das eine Sektglas auf meiner Augenhöhe sah nicht gerade so aus, als sei es ein tragender Teil der Pyramide. Perfekt. Ich würde es mir ausborgen, um etwas Wasser für Morgan hineinzufüllen.

»Alana!«, warnte er mich erneut.

Aber ich ließ mich nicht beirren. Ein bisschen war das doch wie Jenga – dieses Spiel mit den Bauklötzen. Wenn man nur ein Bauklötzchen herauszog, passierte rein gar nichts.

Gerade als ich die Hand nach dem Sektglas meiner Begierde ausstreckte, rempelte mich jemand an.

»Pass auf!« Doch Dylans Warnung kam zu spät.

»'tschuldigung!«, rief Vincent, der gegen mich gelaufen war, aber auch er konnte meinen Fall nicht mehr aufhalten. Und so stürzte ich mit vollem Karacho kopfüber in die Sektglaspyramide.

Alles krachte über mir zusammen. Dutzende Sektgläser fielen auf mich, wobei die meisten dabei zersplitterten wie Eiszapfen auf gefrorenem Boden. Doch das Schlimmste war, dass ich, als ich mich mit dem rechten Arm abfangen wollte, in einen Haufen Scherben fasste. Der Schmerz raubte mir den Atem. Blinzelnd starrte ich auf den riesigen Glassplitter, der in meiner Handfläche steckte. Mein Unterarm fühlte sich an, als hätte er soeben Bekanntschaft mit einem Haifischmaul gemacht.

»Alana!«, hörte ich Dylan schreien. Jemand wühlte sich durch die Sektgläser zu mir hindurch, doch in diesem Moment wurde mir schwarz vor Augen.

»Alana!« Der Stimme, die meinen Namen rief, konnte man die Panik deutlich anhören.

Vorsichtig öffnete ich ein Auge.

»Wir brauchen einen Erste-Hilfe-Kasten!«, schrie die Stimme jetzt. Es war Dylan.

Es dauerte mehrere Sekunden, bis ich registrierte, dass ich auf dem Boden lag, den Kopf in seinem Schoß gebettet.

Wenig später kam Smilla angerannt mit einem orangenen Koffer in der Hand. »Ich bin Erste-Hilfe-Beauftragte!«, keuchte sie.

Och nein, nicht Smilla!

Gemeinsam mit Dylan untersuchte sie mich.

Im Gegensatz zu den beiden traute ich mich gar nicht, meinen Arm anzusehen. Das letzte Mal, als ich einen Blick darauf geworfen hatte, war ich ohnmächtig geworden. Ich wusste auch so, dass er übel zugerichtet war.

Um mich herum hatte sich erneut eine Menschentraube gebildet, ganz genau wie nach dem »Unfall« an der Holzhütte. Den Gästen des Balls wurde an diesem Abend aber auch einiges geboten! Zumindest kannten mich jetzt wohl wirklich alle …

Ein paar der Zuschauer wurden auseinandergedrückt, als sich jemand zwischen ihnen hindurch bis ganz nach vorn zu mir schob.

»Alana! Was zum Teufel …?« Clay stieß den letzten Gaffer, der im Weg stand, zur Seite, dann war er neben mir am Boden. »Du bist nicht wirklich in diese Gläserpyramide gefallen?«

»Siehst du doch«, brummte Dylan, der gerade vorsichtig

meinen Arm hochhielt, damit Smilla ihn mit Druckpflastern und Mullbinden versorgen konnte.

Die Zuschauer um uns herum verfolgten jede ihrer Bewegungen. Glücklicherweise verloren die meisten schnell das Interesse an mir und gingen zurück zu den Bildschirmen, wo immer noch der Bericht über Rom über die Mattscheibe flimmerte.

»Warum hast du nicht auf sie aufgepasst?«, fauchte Clay Dylan an. »Du warst doch bei ihr. Du hättest das verhindern müssen!«

Ich wollte etwas einwerfen, doch meine Kehle fühlte sich auf einmal staubtrocken an.

»Bleib mal ruhig, dieser Kellner hat sie angerempelt ...«

»Na und? Wieso hast du sie nicht aufgefangen? Meine Güte, sieh dir ihre Verletzungen an! Wo zum Teufel warst du?« Jetzt schrie Clay beinahe.

Um ihn zu beruhigen, legte ich ihm meine gesunde, linke Hand auf den Arm.

Jemand reichte uns eine Packung Eis.

Die Stimme meines besten Freundes wurde sanft. »Ach, Alana. Was machst du nur immer?« Vorsichtig schob er mir die Haare aus der Stirn, dann legte er den Eisbeutel auf meine Wange.

Erst jetzt merkte ich, dass mein Gesicht an der Stelle brannte. Wahrscheinlich ein Schnitt.

»Niemand kann etwas dafür«, mischte sich jetzt Smilla ein.

»Halt dich da raus!« Wütend starrte Dylan Clay an, weswegen ich nicht sagen konnte, ob er nun Smilla oder Clay meinte.

Smilla zuckte zusammen. »Okay ...« Da sie meinen Unterarm inklusive rechter Hand inzwischen komplett bandagiert hatte, stand sie auf.

»Wirklich, es geht schon wieder.« Meine Stimme klang kratzig.

»Nichts geht schon wieder. Ich bringe dich ins Krankenhaus«, sagte Clay.

»Nein!«, protestierte ich. »Das geht nicht. Du weißt doch ...«

»Hör jetzt auf mit dem Mist, ich setze jetzt Morgan schnell in ein Taxi, dann fahren wir ins Krankenhaus!« Clay wollte einfach nicht lockerlassen.

»Hörst du nicht? Es ist alles gut. Wir bleiben hier. Dylan bringt uns später nach Hause, richtig?« Ich sah zu Dylan hoch.

Der nickte nur. Sein Gesicht war weiß wie eine Wand.

Jetzt erst bemerkte ich, dass neben mir etwas auf den Boden tropfte. Verwundert setzte ich mich auf.

Blut! Jede Menge Blut quoll aus einem Schnitt an Dylans Handgelenk. Anscheinend stand er unter Schock, denn er folgte nur langsam meinem Blick zu seiner Wunde. O Scheiße! Das war verdammt viel Blut da auf dem Boden! Hatte er sich am Ende die Pulsader angeritzt?

»Smilla!«, schrie ich.

Dylan musste sich selbst aus Versehen am Handgelenk verletzt haben, als er mich aus dem Scherbenhaufen gezogen hatte. Das Adrenalin hatte ihn den Schmerz sicherlich zuerst nicht spüren lassen. Und alle hatten nur auf mich geachtet. Verdammt, dieser Schnitt sah tief aus!

Eilig hielt ich mit meiner gesunden Hand Dylans blutenden Arm in die Höhe, wie ich es in einem Erste-Hilfe-Video gesehen hatte.

Und da kam auch schon Smilla angerannt. Ihre blonden Haare umwehten ihr Gesicht wie bei einer Baywatch-Badenixe im Werbespot.

»Er stirbt!«, schrie ich in Panik.

Neben mir verdrehte Clay die Augen. »Sie übertreibt.«

Ungeachtet dessen, was Clay und ich ihr zuriefen, packte sich Smilla Dylans Arm.

»Langsam gehen mir die Druckverbände aus«, murrte sie.

Ja, diesen Satz hatte ich im Zusammenhang mit mir schon oft gehört.

»Kannst du ihn wieder zusammenflicken?«

»Ja. Ist nicht so schlimm, wie es aussieht. Wir nehmen einfach eins dieser neuen Klammerpflaster...« Beinahe teilnahmslos ließ Dylan Smillas Behandlung über sich ergehen.

Puh, Gott sei Dank! Wenn er gestorben wäre, und das wegen mir... Ich hätte mich ohrfeigen können! Warum hatte ich es auch darauf ankommen lassen? Hoffentlich hatte Brianna recht damit, dass Banshees, sobald sie 21 Jahre alt wurden, ihre Kräfte sowie das Unglück, das ihnen folgte, besser kontrollieren konnten.

»Es tut mir so leid!«

Verwirrt sah Dylan auf. »Du kannst doch nichts dafür.«

Wenn er wüsste...

Langsam gewann sein Gesicht wieder an Farbe. Er hielt seine bandagierte linke Hand gegen meine rechte. »Partnerlook. Das ist ein Zeichen. Jetzt musst du mit mir ausgehen!« Seine Stimme klang immer noch schwach, dennoch versuchte er ein kleines Lächeln zustande zu bringen.

Dylan konnte also schon wieder dumme Sprüche reißen! Ich boxte ihm gegen die Brust. »Hättest du wohl gern.«

»Ja, hätte ich«, bestätigte er nickend.

Immerhin verhielt er sich nicht mehr wie ein arroganter Arsch, das musste ich ihm hoch anrechnen. »Also zuerst...« Moment mal – wo war eigentlich Clay abgeblieben? Wieso kniete mein bester Freund nicht mehr neben mir? Hektisch sah ich mich nach ihm um.

Verfluchte Nilpferdkacke! Clay war nirgends zu sehen.

Immer noch leicht schwankend stand ich vom Boden auf.

»Was hast du plötzlich?«, wollte Dylan wissen, doch ich ignorierte ihn.

Eine ungute Vorahnung hatte von mir Besitz ergriffen. Clay

war verschwunden. Obwohl er wusste, dass die nächsten Stunden gefährlich für ihn wurden.

Mein Magen sackte mir fast in die Kniekehle. Genau das war meine Befürchtung gewesen: Dass ich Clay aus den Augen verlor. Warum war ich auch immer so bescheuert? Ich hatte mich von Dylans Verletzung ablenken lassen, obwohl er nie und nimmer an diesem Schnitt gestorben wäre. Zumindest war seine Uhr nicht umgesprungen!

War ich eigentlich noch zu retten? Augenblicklich wurde mir schlecht – nein – kotzübel.

Den verletzten Arm an mich gepresst, stolperte ich los. Die verstreut herumstehenden Partygäste machten mir nur widerwillig Platz. Alle besprachen die aktuellen Ereignisse in Rom.

»Was hast du vor?«, rief mir Dylan hinterher.

Was ich vorhatte? Wenn Clay Morgan in ein Taxi setzen wollte, um mich danach ungestört ins Krankenhaus bringen zu können, dann stand er in diesem Moment draußen auf der Straße. Im Dunkeln. Wo es gefährlich war.

Warum war ich nur so dumm gewesen, mich auf diese konstruierte Falle heute Abend einzulassen? Ich hätte ihm das ausreden müssen!

Hastig stieß ich die doppelflügige Tür der Polizeiturnhalle auf und stolperte ins Freie. Zuerst brauchte ich ein paar Sekunden, um mich zu orientieren. Hier draußen war es stockfinster – kein Wunder, denn es musste fast Mitternacht sein. Nur eine einzelne Laterne erhellte den Ausgang und den Parkplatzabschnitt vor der Turnhalle. Ich zählte etwa ein Dutzend Lebensanzeigen hier draußen, die mir in Rot entgegenleuchteten. Wie erwartet handelte es sich bei deren Besitzern hauptsächlich um Raucher, die nahe der Tür standen.

Anhand seiner überschaubaren Lebensuhr von 01:01:32 erkannte ich schließlich Clay.

Er stand zusammen mit Morgan am Straßenrand, am anderen Ende des Parkplatzes. Den einen Arm um seine Freundin gelegt, den anderen in der Luft, um ein Taxi herbeizuwinken.

»Clay!« Mein Rufen ging im Lärm quietschender Reifen einer abgedunkelten Limousine unter, die in diesem Moment um die Straßenecke bog.

Nein! Innerhalb von Sekundenbruchteilen erfasste mich eine weitere, bitterböse Vorahnung. Ich sprintete los und behielt dabei Clay und Morgan fest im Blick.

Überrascht traten die beiden einen Schritt zurück, als der schwarze Wagen direkt vor ihnen hielt. Doch es war zu spät.

Drei Männer mit schwarzen Mützen, die sie sich übers Gesicht gezogen hatten, sodass man nur noch ihre Augen durch zwei Schlitze sehen konnte, sprangen heraus. Einer von ihnen griff sich die schreiende Morgan.

Sie hatte keine Chance. Zwar versuchte sie noch, einen Blitz nach ihm zu werfen, doch ihr Angreifer schlug ihr so heftig in den Nacken, dass sie zusammensackte. Dann schmiss der Typ die bewusstlose Morgan geradezu ins Innere des Wagens und kletterte selbst hinterher.

»Aufhören!«, schrie ich, doch keiner beachtete mich. Leider klaffte immer noch ein Abstand von etwa einer Bowlingbahnlänge zwischen mir und meinem besten Freund.

»Stehen bleiben! Polizei!«, rief jemand hinter mir. Offenbar hatten die Raucher nun auch mitbekommen, dass hier eine Entführung ablief.

Allerdings achtete keiner der Entführer auf sie. Einer von ihnen schlug Clay mit der Faust ins Gesicht und nutzte die daraus resultierende Benommenheit, um Clay in die Limousine zu drücken.

Verdammte Scheiße, nein! Im letzten Moment drehte sich Clay um, hielt sich an der Wagentür fest und sah endlich mich, wie ich in einem Affenzahn angespurtet kam, durch den bandagierten Arm leicht behindert.

»Alana?« Stumm formte er mit den Lippen meinen Namen.

Noch etwa zehn Meter!

Wieder bekam Clay einen Fausthieb ins Gesicht. Mit aller Kraft drückten die Maskierten ihn ins Innere des Wagens.

Kurz bevor er verschwand, gelang es Clay jedoch, einem Entführer die Wollmütze vom Kopf zu reißen.

Mir stockte der Atem. Es war ein noch relativ junger Mann von vielleicht 22 Jahren mit schwarzen Haaren, der mir merkwürdig bekannt vorkam.

Inzwischen hatten mich ein paar der Polizisten beinahe eingeholt. Doch es war zu spät. Die Entführer sprangen in den Wagen, schlossen die Türen und bretterten los.

Verzweifelt streckte ich die Hand nach der Tür der Limousine aus, verfehlte sie aber um ungefähr neunzig Zentimeter. So knapp!

Hinter mir zückten zwei der Polizisten ihre Pistolen. Funken flogen, als sie versuchten, die Reifen des Wagens zu zerschießen – ohne Erfolg. Nutzlos prallten die Kugeln vom Asphalt ab, ohne zu Clays Rettung beigetragen zu haben.

25

Nein! Das konnte einfach nicht wahr sein! Warum schlug das Schicksal immer so unerbittlich zu? Warum Clay? Ich taumelte. Auf einmal hatte ich das Gefühl, jemand würde mir den Boden unter den Füßen wegreißen.

Doch es kam noch schlimmer.

Ungefähr im selben Moment, in dem die Polizisten neben mir die Waffen sinken ließen, sprangen ihre beiden Lebensuhren gleichzeitig auf 00:01:12:07.

Verflucht! Ich griff nach der silbernen Kette, die mir Brianna geschenkt hatte. Das Metall der Eule schmiegte sich kalt an meine Haut. Gott sei Dank brüllte ich dadurch nicht mehr wie eine Gestörte los!

Einer unguten Vorahnung folgend wandte ich mich um.

Fünf Männer und eine Frau standen noch immer vor dem Eingang der Turnhalle. Teils fassungslos, teils hastig in ihre Handys sprechend. Wahrscheinlich versuchten sie, einen Streifenwagen zu organisieren, der den Entführern folgte. Und über allen sechs Köpfen schwebten dieselben roten Ziffern: 00:01:12:06!

Sie alle hatten nur noch weniger als zwei Tage zu leben.

Wann war das passiert? Und warum?

Als stände ich mitten in einem Schneesturm, rollte eine eiskalte Welle böser Ahnungen über mich hinweg. Ich schloss die Augen.

Erst als einer der Polizisten mich anrempelte, öffnete ich sie wieder. Unglücklicherweise hatte sich nichts geändert. Die zwei Officer rannten zurück, einer von ihnen gab mir den Rat, mich wieder nach drinnen zu begeben. Doch ich stand einfach weiter wie versteinert da. Der Wind ließ mein lavendelblaues Kleid wie in einem drittklassigen Horrorfilm um meine Waden streichen. Zitternd krallte ich die Hände in den Stoff.

Hatte Clays Entführung die Schicksale dieser Menschen verändert? Was, wenn dadurch plötzlich jeder Mensch auf der Welt nur noch eineinhalb Tage zu leben hatte?

Ja, so musste es sein.

Rom brannte. Der Papst hatte angekündigt, dass ein Richter kommen und über das Schicksal der Sünder entscheiden würde. Das hieß wohl, wir alle waren dem Weltuntergang bereits näher, als wir dachten.

Und das war so gesehen alles mehr oder weniger meine Schuld. Wenn ich besser auf Clay aufgepasst hätte ... Am liebsten hätte ich mir selbst eine verpasst.

Gerade als ich daran dachte, wie viel wertvolle Zeit ich mit der Verarztung von Dylan verschwendet hatte, wurde die Tür zur Turnhalle aufgestoßen.

Ein gehetzt dreinblickender Dylan stürzte heraus. »Alana!« In Rekordzeit überwand er die etwa 30 Meter über den Parkplatz bis zu mir an den Straßenrand.

Wenn ich doch nur so schnell gewesen wäre ... Bitte – das alles durfte nur ein schlechter Traum sein! Auch über Dylans Kopf zeigte die Uhr nur noch 00:01:12:06. Die Welt war einfach ungerecht.

»Was machst du hier draußen?« Er zog mich an sich. »Ist dir was passiert? Als mein Kollege von einer Entführung auf dem Parkplatz gesprochen hat, ist mir fast das Herz stehen geblieben. Gott sei Dank bist du okay.«

Er hielt mich so fest an sich gepresst, dass ich kaum den Kopf heben konnte, um ihn anzusehen. Mein verletzter Arm pochte. Irgendwie schaffte ich es schließlich doch, zu ihm aufzusehen.

»Clay!«, schluchzte ich. »Sie haben Clay entführt. Und Morgan!« Von da an konnte ich den Tränenstrom nicht mehr zurückhalten.

Dylan flüsterte mir beruhigende Worte ins Ohr, während er mir über die Haare strich, was die Situation nur noch schlimmer machte. Die letzten Tage hatte ich alles gegeben, um stark zu bleiben. Weil weinen mich nicht weitergebracht hätte. Weil weinen mich nur davon abgehalten hätte, mehr über diese verfluchten Entführer herauszufinden. Aber jetzt, da Clay weg war, konnte ich mich nicht mehr zusammenreißen. Dabei war mir egal, ob mein Make-up verlief oder meine Wimperntusche Dylans Hemd schwarz färbte. Nichts ergab mehr einen Sinn. Also tat ich das einzig Logische in dieser Situation: Ich brach schreiend in Dylans Armen zusammen.

Eine Weile standen wir so auf dem Parkplatz. Wobei ich mich mehr hilflos an Dylan klammerte, als dass ich selbstständig stand.

Obwohl sein Hemd bereits tränenfeucht war, beschwerte sich Dylan nicht, sondern hielt mich einfach nur fest. Dass er für mich da war, rechnete ich ihm hoch an.

Wir hörten die Sirenen näher kommen. Mit quietschenden Reifen bogen mehrere Streifenwagen um die Ecke und nahmen die Verfolgung der Entführer auf. Allerdings machte ich mir nichts vor. Diese Verbrecher konnten inzwischen überall sein! Was, wenn es bereits zu spät war?

»Lass uns reingehen. Meine Kollegen übernehmen jetzt«, murmelte Dylan an meinem Ohr. »Du zitterst.«

Das stimmte, war aber das Letzte, um das ich mir gerade Sorgen machte.

»Kannst du mich nach Hause bringen? Ich will da nicht mehr rein. Alles, was ich jetzt brauche, ist ein Plan, um Clay zu retten.«

Er hob eine Augenbraue. »Alana, bitte versprich mir, dass du nichts Dummes anstellst.«

Ausdruckslos sah ich ihn an. Wirklich? Er kannte mich jetzt fast eine Woche lang und bat mich, nichts Dummes anzustellen?

»Bitte«, fügte er hinzu. »Lass meine Kollegen einfach ihren Job machen. Wir finden die beiden.«

Das sagte er zwar nur so, aber ich ließ mich trotzdem von ihm zurück in die Turnhalle bringen. Schließlich lag dort meine Handtasche noch auf dem Tisch, und ohne die konnte ich sowieso nicht weg. Da waren alle Schlüssel und mein Handy drin.

Zuallererst musste ich Trinity und Brianna informieren. Vielleicht auch Siri und Teresa.

Im Ballsaal standen etwa die Hälfte der Partygäste immer noch wild diskutierend vor den Bildschirmen. Die anderen liefen hektisch durcheinander oder standen mit halb leeren Biergläsern an der Bar.

Nach einem Blick auf die Nachrichtensendung wurde klar, dass sich die Situation in Rom zugespitzt hatte. Die Stadt präsentierte sich wie in einem Endzeitkatastrophenfilm. Rom ging unter und das war vermutlich erst der Anfang.

Wie bei den Polizisten draußen zeigten auch hier drinnen alle Lebensuhren nur noch weniger als zwei Tage an. All diese Menschen würden schon sehr bald tot sein.

Eilig schnappte ich mir mein rosa Smartphone aus der Handtasche und schickte jeweils die gleiche Nachricht an Trinity und Siri: »Clay und Morgan wurden entführt. Was können wir tun? Sagt bitte Brianna und Teresa Bescheid. Wir brauchen alle Hilfe, die wir kriegen können!«

Noch würde ich die Hoffnung nicht aufgeben. Mit etwas Glück wusste Brianna einen Ausweg …

Als ich das Handy zurück in die Tasche steckte, fiel mein Blick auf den Autoschlüssel. Das Auto, das Clay gewonnen hatte. Ich erstarrte.

»Alles in Ordnung? Können wir los?«, fragte Dylan hinter mir.

»Ja«, murmelte ich, während sich in meinem Kopf ein vager Plan formte.

Als ich mich umdrehte, sah ich, wie Dylan mich beobachtete. »Du stellst doch jetzt nichts an? Wir haben bereits sechs Streifenwagen und Dutzende Straßensperren im Einsatz, die nach den Entführern fahnden. Das Einzige, was du machen kannst, ist ein wenig zu schlafen, bevor wir morgen früh alles noch mal durchsprechen. Völlig fertig und von deinem Unfall gezeichnet hilfst du niemandem.« Er deutete auf meinen Arm.

Da hatte er wahrscheinlich recht. Auf Clays Uhr waren zuletzt etwas mehr als 24 Stunden gewesen, also hatte er noch einen Tag zu leben. Trotzdem …

Unauffällig scannte ich den Raum ab. Wo steckte das verdammte Auto? Vorhin war es nicht in die Turnhalle gebracht worden. Das hieß wahrscheinlich, dass es jemand draußen geparkt hatte, wo Clay es nach der Veranstaltung abholen sollte. Das spielte mir in die Karten.

Anstelle des Smarts fiel mein Blick als Nächstes auf Detective Roy Dunmore, den einzig Magischen unter den Polizisten von Santa Fe.

Was zur Hölle …? Ich schluckte, als ich erkannte, was über seinem Kopf schwebte. Heilige Mutter Gottes! Wie konnte das sein? Um nicht umzukippen, musste ich mich an einer Stuhllehne abstützen. Das war einfach unmöglich!

Anstatt der üblichen Lebensanzeige schwebte über Roys Kopf eine rote liegende Acht. Das Unendlichkeitszeichen! Das bedeutete … Ja, was bedeutete das? Roy würde niemals sterben?

In meinem Kopf verschoben sich die Gehirnwindungen wie bei einem zum Leben erwachten Labyrinth.

Roy war unsterblich. Und das, seit alle anderen Menschen, die Nicht-Magischen sozusagen, nur noch eineinhalb Tage zu leben hatten. Konnte das tatsächlich bedeuten, dass die magische Weltbevölkerung schon bald wieder als Engel in den Himmel aufsteigen würde? Eigentlich musste es das.

Müde rieb ich mir über die Augen.

Aber darüber würde ich mir später Gedanken machen müssen.

Ohne weitere Zeit zu verschwenden, warf ich mir die Handtasche über die Schulter, dann eilte ich auf den Ausgang zu, vorbei an der eingestürzten Sektglaspyramide und den immer noch aufgewühlten Partygästen.

»Alana, bleib stehen! Wohin willst du?«, rief mir Dylan hinterher.

Natürlich achtete ich nicht auf ihn.

Die Türen schlugen mit voller Wucht gegen die Wand, als ich nach draußen stürmte.

Wenn ich ein gewonnener Smart wäre, wo würde ich jetzt stehen? Ich biss mir auf die Lippe, bis ich Blut schmeckte.

Leider war es furchtbar dunkel hier draußen.

Allerdings hatte ich ja den Schlüssel. Als sich meine Finger um ihn schlossen, beruhigte mich das kleine Stück Plastik ein wenig. Mit ihm hatte ich ein Auto und damit die Möglichkeit, die Stadt zu durchkämmen.

In diesem Augenblick stolperte Dylan zu mir ins Freie. »Alana!« Seine Stimme klang vorwurfsvoll, was ich jedoch komplett ignorierte.

Ein Druck auf die Taste des Schlüssels erzielte die gewünschte Wirkung. Links von mir piepste ein schwarzes kleines Etwas, gefolgt von einem Lichtzeichen. Bestens.

So schnell ich konnte, lief ich in die angegebene Richtung.

»Das kannst du nicht ernst meinen!«, rief mir Dylan hinterher. »Willst du auf eigene Faust durch die Stadt fahren? Das ist viel zu gefährlich! Außerdem: Wo willst du anfangen?«

Also bitte! Ich war nicht umsonst Privatdetektivin. Zuerst würde ich die Stadt abfahren und nach verdächtigen Autos und Personen Ausschau halten. Zwar gab es nur eine minimale Chance, damit Erfolg zu haben, aber besser als nichts!

Im Laufen strich ich mir die Haare aus der Stirn. Als sie sich im Blumenkranz verhedderten, zog ich ihn mir einfach vom Kopf und pfefferte ihn auf den Boden. Dann raffte ich mit meiner unverletzten Hand mein Kleid zusammen, um schneller laufen zu können.

Hinter mir hörte ich Dylan aufstöhnen. Sicher glaubte er, ich sei total verrückt geworden. »Wag es nicht, Alana! Das lasse ich nicht zu!«

Jetzt hatte ich den Kleinwagen fast erreicht. Dylan leider ebenso.

»Nein!« Seine Hand legte sich auf meine Schulter. »Bitte. Sei doch vernünftig. Wir legen morgen gleich nach Sonnenaufgang los. Im Hellen.«

Ich und vernünftig! Pah! Warum verstand er nicht, dass ich das jetzt einfach tun musste?

Wild entschlossen funkelte ich ihn an. »Du kannst mich nicht aufhalten.«

»O doch!« Er hielt mich am Arm gepackt. »Gib mir den Schlüssel. Zu deiner eigenen Sicherheit. So aufgewühlt baust du am Ende noch einen Unfall.«

Also wirklich, das war doch nicht sein Ernst! Ich zog an meinem Arm. Leider konnte ich mit der anderen, bandagierten Hand Dylan nicht ins Gesicht schlagen – nicht, dass ich es nicht versucht hätte.

»Nein, ich muss ihn sofort suchen!«, zischte ich. »Die Chance ist minimal, das brauchst du mir nicht zu sagen.« Angestrengt versuchte ich mich weiterhin aus Dylans Klammergriff zu befreien. Natürlich vergebens. »Bitte, ich muss es versuchen!«

Keine Reaktion. Er wollte das Ganze also einfach aussitzen. Das hieß dann wohl Taktikänderung. »Bitte!« Meine Stimme war nur noch ein heißeres Schluchzen. »Er ist alles, was ich habe. Meine Familie! Ohne Clay will ich nicht leben!« Eine Träne bahnte sich von meinem Augenwinkel aus ihren Weg über meine Wange bis zum Kinn.

Dylan schluckte. Seine Stirn legte sich in Falten. Beinahe konnte ich körperlich fühlen, wie viel Mitleid er mit mir hatte. Der Griff um meinen Arm lockerte sich. »Na gut, aber ich fahre. Gib mir den Schlüssel.«

Was? Nein, das meinte er nicht ernst! Wie sollte ich Dylan die Sache mit den magischen Wesen erklären, wenn wir auf sie trafen? Abgesehen davon, dass es viel zu gefährlich war, als Mensch auf menschenhassende Dunkelfeen zu treffen.

»Ähm«, machte ich. Verdammt, wie kam ich da wieder raus?

»Der Schlüssel!« Dylan hielt mir die Hand hin.

O verfluchte Nilpferdkacke! Wie immer musste ich mich in Sekundenbruchteilen zwischen Clay und Dylan entscheiden. Clay suchen und Dylan in Gefahr bringen oder Dylan seinen Willen lassen, hierbleiben, aber dadurch eine Chance verspielen, Clay zu finden?

»Jetzt mach, Alana!« Immer noch mit aufforderndem Handgewedel bedeutete mir Dylan, den Autoschlüssel rauszurücken.

Ich hatte keine Zeit für so was. Ich musste Petrus' Army finden, Clay aus ihren Fängen befreien und damit die Welt retten! Denn nur wenn ich das blutige Ritual, das sie zweifellos planten, vereitelte, konnte ich vielleicht die Erweckung des Dián Mawrs aufhalten. Umständlich kramte ich in meiner Handtasche. Das billige Kunstleder fühlte sich feucht unter meinen zitternden Fingerspitzen an, als hätte mein Angstschweiß die Tasche bereits bis auf die letzte Faser durchnässt.

Schließlich fanden meine Finger den Gegenstand und schlossen sich um ihn. »Es tut mir leid, Dylan. Bitte verzeih mir!«

Fragend öffnete Dylan den Mund, doch bevor er etwas sagen konnte, warf ich ihm den Bannpilz vor die Füße.

Eine Sekunde lang wirkte er verblüfft. Doch als bläuliche Rauchschwaden aus dem Pilz nach oben stiegen, riss er die Augen auf.

Vorsichtshalber trat ich einen Schritt zurück.

Trinity hatte nicht übertrieben: Wenn man diesen komischen vertrockneten Pilz jemandem vor die Füße warf, sackte derjenige bewusstlos in sich zusammen. Die perfekte Waffe gegen magische Kreaturen der Dunkelheit. Und gegen störrische Detectives.

Zunächst taumelte Dylan überrascht, dann kippte er einfach nach hinten um.

Eilig machte ich einen Sprung nach vorn, um seinen Sturz abzufangen, wobei ich darauf achtete, nichts von dem Pilzrauch abzubekommen. Gerade so bekam ich seinen Arm zu fassen.

Das war knapp. Zum Glück ahnte der weggetretene Dylan nicht, wie kurz er davorgestanden hatte, sich eine Gehirnerschütterung einzufangen. Ich schüttelte meinen verletzten Arm. Autsch! Clever war ich auch nicht gerade.

So schnell, wie es in einem bodenlangen Ballkleid und mit einem bandagierten rechten Arm möglich war, zog ich Dylan unter eine nahe gelegene Straßenlaterne, damit er nicht Gefahr lief, auf dem Parkplatz überfahren zu werden. Natürlich war es alles andere als fair, Dylan hier so zurückzulassen, bewusstlos auf dem Parkplatz vor dem Polizeipräsidium. Aber ich hatte keine andere Wahl.

Bevor ich ihn verließ, strich ich ihm noch kurz über die Wange. Ein bisschen sah er jetzt wie ein schlafender Prinz aus, der auf sein Dornröschen wartete, das ihn wachküsste.

Vielleicht würde ich das eines Tages sein. Sein Dornröschen.

Seine Prinzessin. Wenn ich mein 21. Lebensjahr erreichte und dann kein Unglück mehr anzog. Immer vorausgesetzt, Dylan verzieh mir das, was ich gerade getan hatte, und die Menschheit überlebte die nächsten beiden Tage ...

Um nicht noch mehr kostbare Zeit zu verlieren, streifte ich meine High Heels ab und sprintete dann mit den Schuhen in der Hand zum Smart, dessen Türen bereits entriegelt waren.

Der Kleinwagen roch nach neuem Leder.

Im Inneren war es eng, aber mit ein paar Handgriffen hatte ich die richtige Sitzhöhe sowie alle Spiegel auf meine Größe eingestellt.

Gut, wie funktionierte das noch mal? Meine Fahrstunden in der Highschool lagen bereits einige Tage zurück.

Mit gemischten Gefühlen startete ich den Motor, stellte den Hebel auf R und bretterte rückwärts aus der Parklücke. Dann schaltete ich um und raste in Richtung Straße.

Im Außenspiegel sah ich den immer noch weggetretenen Dylan unter seiner Laterne liegen.

Ich schluckte. Da war später auf jeden Fall eine riesige Entschuldigung fällig.

Aber alles der Reihe nach.

Ich beschloss, zunächst die Straßen der zwielichtigeren Viertel von Santa Fe abzufahren, um dort nach Verdächtigen Ausschau zu halten. Mit sehr viel Glück würde ich vielleicht die abgedunkelte Limousine irgendwo entdecken. Allerdings waren Glück und ich so weit voneinander entfernt wie Neptun und Mars. Mindestens.

Davon ließ ich mich allerdings nicht beirren. Während ich mit quietschenden Reifen über eine rote Ampel jagte, wählte ich mit einer Hand Clays Handynummer.

Wie erwartet ging sofort die Mailbox ran, woraus ich schloss, dass die Entführer Clays und Morgans Handys beschlagnahmt hatten. Verdammt!

Bevor ich das Smartphone zurück in die Tasche fallen ließ,

bemerkte ich, dass Trinity, Siri sowie zwei unbekannte Nummern, von denen ich annahm, dass es sich bei ihnen um Brianna und Teresa handelte, eine Whatsapp-Gruppe gegründet hatten.

Ich überflog die Nachrichten in der Gruppe und schloss daraus, dass die anderen sich bei uns in der Wohnung treffen und durch ein Ritual Clays Aufenthaltsort herausfinden wollten. Während des Lesens schlingerte der Wagen ein bisschen.

Um die anderen auf dem Laufenden zu halten, verfasste ich eine kurze Sprachnachricht: »Hey, Leute, bleibt dran. Wir müssen ihn finden. Sobald ihr was herausgefunden habt, ruft mich sofort an. Ich bin mit Clays neuem Auto unterwegs. Allein. Musste Detective Sockenschuss austricksen. Fragt nicht.«

Gut, damit waren alle ausreichend informiert.

Die nächste halbe Stunde verbrachte ich damit, in den Vierteln mit den höchsten Kriminalitätsraten von ganz Santa Fe durch die Straßen zu patrouillieren. Ab und zu sah ich vereinzelte Polizeiwagen meinen Weg kreuzen, sonst allerdings nichts Außergewöhnliches.

Gerade als ich auf menschenleerer Straße eine weitere rote Ampel überfuhr, klingelte mein Handy. In der Annahme, dass es sich um Trinity handelte, ging ich, ohne auf das Display zu sehen, ran.

Doch es war nicht Trin.

»Ist das dein Ernst?«, kreischte Dylan am anderen Ende ohne Begrüßung los. »Du schaltest mich einfach so aus und lässt mich im Dreck zurück? Und was war das überhaupt? Eine Tränengasbombe?«

»Ja ... ja!«, antwortete ich eine Spur zu hastig. »Das war eine Tränengasbombe.« Glück gehabt. Dylan kam nicht auf den Gedanken, dass er es mit einem magischen Bannpilz zu tun bekommen hatte.

»Das ist alles, was dir dazu einfällt?« Jetzt brüllte Dylan so laut, dass ich den Hörer von meinem Ohr weghalten musste, um keinen unmittelbaren Hörschaden zu erleiden.

Ich schluckte. »Dylan, es tut mir so leid. Ich habe keinen anderen Ausweg gesehen und ...«

»Du hättest doch auch mit mir fahren können! Verflucht noch mal, Alana! Was läuft nur falsch bei dir?« Mit einem wütenden Zischen legte er auf.

Was bei mir falsch lief, wüsste ich in der Tat selber gern.

Auf einmal meldeten sich pochende Kopfschmerzen. Wenn ich da mal nicht alle Chancen bei Dylan verspielt hatte! Bei dem Gedanken, ihn zu verlieren, wurde mein Herz schwer. Aber immerhin war er in Sicherheit und lebte noch.

Die Betonung liegt auf noch! *Oder hast du den Weltuntergang vergessen?*, flüsterte eine einzelne Gehirnzelle ganz hinten in meinem Kopf. Energisch wischte ich den Gedanken beiseite. Zuerst würde ich mich um Clay kümmern und später um Dylan. Trotzdem beschloss ich noch im Fahren, eine kurze »Es tut mir so leid«- SMS an Dylan zu tippen.

Obwohl ich darauf keine Antwort erwartete, schrieb er sofort zurück: »Ich ... chrrr ... chrrr ... kann dich ... chrrr ... chrrr ... nicht ... chrrr ... verstehen ... chrrr ... Verbindung zu ... chrrr ... schlecht.«

Na toll, das war dann wohl die Rache für unser allererstes Telefonat vergangenen Donnerstag, bei dem ich ebenfalls eine schlechte Verbindung vorgetäuscht hatte. Resigniert stopfte ich das Handy zurück an seinen Platz. Das würde noch böse für mich enden, da war ich mir sicher.

Kaum hatte ich das rosa Smartphone sicher verstaut, klingelte es erneut.

»Was?«, motzte ich ins Telefon.

»Hi, hier ist Trinity. Ganz kurz: Wir wissen ungefähr, wo sich Clay gerade aufhält.«

O Gott! Gespannt hielt ich den Atem an. Endlich mal gute Neuigkeiten!

»Sie müssen ihn irgendwo im historischen Viertel von Santa Fe festhalten. Wir haben ein magisches Pendel, Clays Haare und Briannas Blut benutzt, das sie auch zu seiner Erschaffung verwendet hat. Unser Ergebnis ist also recht sicher. Das Pendel hat über dem Hügel im historischen Viertel ausgeschlagen. Da muss er momentan sein.«

Auf dem Hügel? Briannas Blut? Natürlich, für Rituale brauchte man Blut! Sollte ich dieses eine Mal wirklich Glück haben?

»Seid ihr sicher, dass sich das Ritual nicht wieder irrt wie bei der Weissagung zu Ava?«

»Brianna ist davon überzeugt. Sie meint, wir müssen damals eine falsche Formulierung benutzt haben. Erinnerst du dich an deine genauen Worte zu der Person, über die du eine Weissagung wolltest?«

»Darüber denke ich später nach, Trin. Zuerst müssen wir Clay retten.« Ich bog um eine Kurve und schoss dann in einem Affenzahn über die Fußgängerzone, vorbei an der zerstörten Mall, dem Ort, den ich seit vier Monaten gemieden hatte, in der Annahme, Ava sei hier verschüttet worden.

Glücklicherweise hielt mich kein Cop an. Aber die Polizei hatte genau wie ich auch weiß Gott andere Sorgen.

»Übrigens, Trin, hast du von der Papstsache gehört?«

»Ja«, antwortete sie wie aus der Pistole geschossen. »Es passt alles zusammen. Die Papst-Prophezeiung erfüllt sich. Wer hätte gedacht, dass der 267. Papst sich plötzlich doch noch in Petrus umbenennt? Ich dachte, wir wären diesem Weltuntergangsszenario entgangen wie der Maja-Prophezeiung 2012, die nicht eingetreten ist.«

Da war ich ganz einer Meinung mit Trin.

»Ähm, Alana, eins noch: Deine Mutter sagt, wir alle hätten plötzlich keine Lebensuhren mehr über unseren Köpfen, sondern Infinity-Zeichen – diese Unendlichkeits-Acht. Aber die Menschen auf der Straße und im Motel gegenüber haben plötzlich allesamt nur noch etwa einen Tag zu leben. Das hast du sicher auch bemerkt?«

Ich nickte, was Trin natürlich nicht sehen konnte.

»Erinnerst du dich an den zweiten Teil der Papst-Weissagung? Wir denken, das ist ein Hinweis.«

»Wie?« Verwirrt checkte ich den Rückspiegel und bog dann auf die Hauptstraße ab, wo ich den Weg Richtung historisches Viertel einschlug.

»In der Papst-Weissagung von St. Malachy heißt es, dass alle menschlichen Sünder – was die meisten nun mal sind, denn die modernen Menschen halten sich nicht gerade an alle Zehn Gebote – von einem schrecklichen Richter in die Hölle geführt werden ...«

»... dem Dián Mawr, dem blutbefleckten Erlöser des magischen Volks«, unterbrach ich Trin.

»Genau. Jedenfalls besagt der letzte Teil, dass dieser Richter diejenigen, in deren Adern Engelsblut fließt, also die Nachfahren der ursprünglichen gefallenen Engel, zurück in den Himmel führt. Wir Feen und Elfen werden, wenn das so weitergeht, schon sehr bald zu unsterblichen Engeln aufsteigen.«

Bei Trinitys Worten blieb mir beinahe das Herz stehen. Es hätte nicht mehr viel gefehlt und ich wäre gegen einen Baum am Straßenrand geknallt. Irgendwie hatte ich das zwar schon vermutet, trotzdem verursachte diese Vorstellung ein unangenehmes Ziehen in meiner Magengrube. »Aber willst du das denn? Was wird aus den Menschen wie Dylan und seine Familie oder sein kleiner Bruder Rider ...? Wir können sie doch nicht im Stich lassen, nur um unsterblich zu werden!«

Am anderen Ende der Leitung schwieg Trinity.

»Nein, nein, das kannst du nicht ernsthaft in Erwägung ziehen!«, fuhr ich auf.

»Natürlich nicht«, seufzte Trin. »Es wäre falsch, Millionen Menschen dem Höllenfeuer zu überlassen.«

Hundertprozentig überzeugt klang sie allerdings nicht. Unendliches Leben hörte sich natürlich verlockend an, da musste ich ihr recht geben. Gewissermaßen konnte ich ihren Konflikt schon nachvollziehen, dennoch zweifelte ich keine Sekunde daran, dass wir den Weltuntergang stoppen mussten. Das war das einzig Richtige. Außerdem konnten wir so Clay retten! Und die Ewigkeit ohne Clay verbringen? Das konnte ich mir beim besten Willen nicht vorstellen …

26

Der Gedanke an Clay fegte all meine Grübeleien beiseite. Ich musste mich auf das konzentrieren, was vor mir lag.

»Um diesen Dián Mawr auferstehen zu lassen, braucht Petrus' Army scheinbar jede Menge magisches Blut. Das heißt, sie wollen Clay umbringen beziehungsweise opfern wie die anderen ermordeten Magischen«, fasste ich die Situation zusammen.

Am anderen Ende der Leitung gab mir Trin recht. Ihre Stimme klang plötzlich hölzern. »Muss wohl so sein.«

Plötzlich fiel mir wieder ein, was Ava gesagt hatte. »O Mist«, flüsterte ich. Wie dumm war ich bitte? Warum sah ich erst jetzt das ganze Bild anstelle von vielen kleinen Puzzleteilen? »Ava! Sie ist der Dián Mawr und damit der Richter, den der Papst angekündigt hat. Beziehungsweise wollen diese verrückten Dunkelfeen sie dazu machen durch einen Seelentausch. Nur Magische, die die Kräfte anderer auf sich übertragen können, sind dazu imstande. Und Ava ist eine Aiobhell, die alle magischen Fähigkeiten von anderen ›ausleihen‹ kann. Diese Typen haben Ava in ihrer Gewalt! Das bedeutet, dass wir am Ende vielleicht Ava töten müssen, um den Weltuntergang aufzuhalten!« Erst jetzt erfasste ich die ganze Tragweite, die mein kleiner Ausflug mit sich brachte.

Verdammt! Die Bedeutung meiner eigenen Worte traf mich wie ein Faustschlag in den Unterleib. Ich würde heute Nacht vielleicht meinen besten Freund retten, aber dafür möglicherweise eine meiner besten Freundinnen umbringen müssen …

»O Mist«, murmelte jetzt auch Trin.

Ich bog auf die Straße, die zum Friedhof führte. »Okay, wir müssen schnell handeln. Bitte informier die Polizei und alle Magischen, die auf der Seite des Lichts stehen, damit sie uns bei der Suche nach Clay und dieser Dunkelfeengruppe namens Petrus' Army helfen. Passt aber auf. Sie sind wahrscheinlich bewaffnet.«

»Alles klar. Deine Mutter ist sowieso schon unterwegs.«

»Was?«

»Brianna ist direkt nach dem Ritual aufgebrochen. Sie meinte, du brauchst sie jetzt.«

Ich hatte meine Mutter die letzten 20 Jahre gebraucht, aber jetzt? Was war hier los? Meinem Bauchgefühl nach zu urteilen hatte mir Brianna von Anfang an etwas verschwiegen. Na gut. Seufzend fuhr ich mir durchs Haar. Auch um dieses Problem würde ich mich später kümmern müssen. Hoffentlich traf ich auf Brianna, bevor die Dunkelfeen sie schnappten. Dann konnten wir zumindest gemeinsam das Viertel absuchen.

Trinity räusperte sich. »Natürlich legen wir anderen direkt los. Siri, Teresa und ich alarmieren alle Lichtelfen und Lichtfeen in der Gegend, dann kommen wir nach. Halte uns auf dem Laufenden!«

»Klar.« Und damit legte ich auf. Zu allem Überfluss zeigte mein Handy jetzt nur noch 2 % Akkuladestand. Auch das noch! Egal. Mittlerweile war ich im historischen Viertel von Santa Fe in der Nähe des Friedhofs angekommen und musste mich auf die Suche nach Clay konzentrieren.

Wo sollte ich anfangen? Ziellos fuhr ich die steilen Straßen ab, immer in der Hoffnung, einen Hinweis zu finden, der mich weiterbrachte. Leider ließ der aber weiterhin auf sich warten.

Schließlich kam ich an der San Miguel Chapel vorbei, der ältesten Kirche in den USA – Heiligtum der magischen Bevölkerung. Die im Gedenken an den heiligen Michael und seine Bedeutung für diese Stadt nun als Ort der Zuflucht für die Magischen diente. Und da fiel mir mit einem Mal ein, wo ich Clays Entführer mit den dunklen Haaren schon mal gesehen hatte!

Vor Schreck trat ich heftiger als nötig auf die Bremse. Mit quietschenden Reifen stoppte der Smart mitten auf der Straße, 50 Meter von der Kirche entfernt, die ich soeben passiert hatte.

Im Rückspiegel warf ich einen Blick auf das Kirchengebäude aus braunem Lehm mit dem weißen Holzkreuz über dem Glockenturm. Dahinter ragte der Neubau empor. Größer und auch einladender mit vielen Glaselementen. Der runde Kirchenvorplatz, der tagsüber von Touristen nur so überquoll, sowie sämtliche Fenster der Kirche lagen in vollkommener Dunkelheit hinter mir. Fast kam es mir so vor, als versuchte das Gebäude den Anschein zu erwecken, das harmloseste weit und breit zu sein. Doch davon ließ ich mich natürlich nicht täuschen.

Vor meinem inneren Auge lief ein Film ab: An Shellys Beerdigung vergangenen Samstag hatte ich diesen schwarzhaarigen Typen schon einmal gesehen. Und zwar, als ich den Friedhof neben der Kirche betreten hatte. In diesem Moment war er gemeinsam mit einem anderen Jungen aus einer Seitentür des neuen Kirchenschiffs ins Freie getreten. Derselbe Typ!

Vielleicht handelte es sich bei dieser Tür um einen Zugang zum Gewölbekeller der Kirche, überlegte ich. Oder nannte man das Unterkirche? Damals hatte ich mir nichts dabei gedacht. Aber jetzt ... Die Chance war relativ gering, aber was war, wenn sich die Dunkelfeensekte im Keller des neuen Kirchenanbaus versteckt hielt und dort den Dián Mawr erwecken wollte?

Mein Herz schlug schneller. Ein dunkler Kellerraum unter

einem magischen Heiligtum – das passte zu diesen menschenhassenden Dunkelfeen. Außerdem wussten wir, dass Magische, die auf der Seite der Dunkelheit standen, die Gunst Gottes wiedergewinnen und zu Engeln aufsteigen wollten – was lag da näher, als all das auf heiligem Boden zu versuchen?

Mit zitternden Händen lenkte ich den Smart an den Straßenrand, parkte und zog dann mein Handy heraus, um Trin zu schreiben. Nach einem Blick auf das Display wurde mir klar, dass ich mich beeilen musste. Mein Akku zeigte nur noch 1% an. Also fasste ich mich kurz: »San Miguel Chapel. Keller. Beeilt euch.«

Gerade als ich die Nachricht losschickte, wurde der Bildschirm schwarz. Na toll. Jetzt konnte ich nur hoffen, dass die Whatsapp-Mitteilung vorher noch rausgegangen war.

Hier gab es weit und breit keine Telefonzelle und Clay wurde womöglich gerade im Keller unter der Kirche umgebracht. Einmal mehr in dieser Woche blieb mir keine andere Wahl.

Die anderen würden mich doch hoffentlich auch so aufspüren können.

Zur Sicherheit nahm ich meinen Lippenstift aus der Tasche, stieg aus dem Auto und schrieb auf die Heckscheibe des Smarts: »Alana ist in der neuen Kirche.« Darunter malte ich einen Pfeil nach rechts unten, der mehr oder weniger auf die San Miguel Chapel wies.

Frustriert betrachtete ich meinen einzigen Lippenstift, der gerade einen gewaltsamen Tod gestorben war. Den würde ich wohl nicht mehr benutzen können. Aber was sollte ich machen?

Jetzt zählte nur eins: Ich musste auf der Stelle in diesen Kirchenkeller gelangen! Vielleicht konnte ich Clay irgendwie befreien. Und Morgan und Ava, die sich wahrscheinlich ebenso in der Gefangenschaft von Petrus' Army befanden. Ich seufzte.

Clay war das Risiko wert. Außerdem war es doch laut dieser

Prophezeiung meine Aufgabe, den Weltuntergang aufzuhalten, oder nicht?

Also stopfte ich mir den Autoschlüssel in den BH, bückte mich nach dem Saum meines Kleids, verknotete die Enden, so gut es ging, damit ich genügend Beinfreiheit hatte, und schlich dann barfuß im Schatten der Bäume auf die Kirche zu.

Die Kieselsteine am Rand des Vorplatzes drückten sich schmerzhaft in meine Fußsohlen, doch das war mir lieber, als mitten über den Platz zu laufen, wo ich leichter gesehen werden konnte.

Glücklicherweise stand das schmiedeeiserne Friedhofstor einen Spaltbreit offen, sodass ich mich hindurchquetschen konnte, ohne es zu öffnen. Das schrille Quietschen, das es bei unserer letzten Begegnung ausgestoßen hatte, war mir noch deutlich in Erinnerung geblieben. Darauf konnte ich heute nur allzu gut verzichten.

Auf dem Friedhofsgrundstück wandte ich mich sofort nach links zur Kirche. Der sandige Boden des Weges war angenehmer zu ertragen, knirschte allerdings ein kleines bisschen bei jedem Schritt.

Im Dunkeln war die Seitentür, aus der ich am Samstag die zwei Typen hatte kommen sehen, kaum zu erkennen. Die Tatsache, dass ich mich nachts auf einem unbeleuchteten Friedhof herumtrieb, versuchte ich so gut wie möglich zu ignorieren.

Wind kam auf und zerrte an meinen Haaren, genau in dem Moment, als ich die eiserne Türklinke nach unten drückte. Die Tür war nicht verschlossen. Tatsächlich gab sie noch nicht mal das kleinste Geräusch von sich, als ich sie öffnete. Kein Alarmton, nichts.

Stirnrunzelnd betrachtete ich den stockdunklen Gang, der vor mir lag. Ob sich am Ende des Flurs Petrus' Army versteckt hielt und den Weltuntergang plante? Mit Clay in ihren Händen? Das würde ich in den nächsten Minuten herausfinden. Wie einfach es für mich gewesen war, bis hierhin vorzudringen! Das war schon beinahe zu viel Glück für mich an einem Abend.

Ein leiser unliebsamer Verdacht schlich sich in meinen Hinterkopf. Ob das nicht ein wenig zu einfach gewesen war? Eine Falle?

Doch dieses Risiko würde ich eingehen müssen – für Clay.

In Gedanken spielte ich Aimées und Briannas Prophezeiungen durch, die St.-Malachy-Weissagung, die Bilder des brennenden Roms, Avas Bekenntnisse ... Es war anscheinend mein Job, diesen Weltuntergang zu stoppen. Wenn ich scheiterte, waren wir alle verloren. Und mit »wir alle« meinte ich die gesamte Menschheit. Global.

Ich musste diese Kirche betreten. Es war der einzige Weg. Also atmete ich tief ein und machte dann den ersten Schritt ins Innere des Gebäudes.

Damit wenigstens etwas Licht in den Gang fiel, ließ ich die Tür offen stehen. Schritt für Schritt tastete ich mich vorwärts, wobei sich meine Augen langsam an die Dunkelheit gewöhnten.

Die Wände des Gangs fühlten sich kühl und lehmig unter meinen Händen an wie die einfachen Pueblo-Häuser in New Mexico eben. Hier drin konnte ich gerade so aufrecht stehen.

Nach etwa 20 Schritten traf ich auf eine Holztür, die in den Altarraum führte. Direkt an die erste Kirchenbankreihe, wie mir klar wurde, als ich die Tür öffnete. Das Kirchenschiff lag menschenleer vor mir. Natürlich, was auch sonst zu dieser unchristlichen Uhrzeit? Außer ein paar Teelichtern, die neben dem Haupteingang in einer Drahtpyramide flackerten, war nichts zu sehen.

Mein Blick fiel auf einen vergoldeten Kerzenständer ohne Kerze in Griffweite. Er stand auf einer Holzbank neben der Tür. Das Ding würde eine recht passable Waffe abgeben, überlegte ich. Während ich eine leise Entschuldigung flüsterte, schnappte ich ihn mir. Tatsächlich war der Kerzenständer recht massiv. Prüfend wog ich ihn in meiner Hand. Vielleicht würde er mir noch nützlich sein ...

Okay, weiter. Der Gang machte jetzt eine Biegung nach rechts, beinahe wie eine Wendeltreppe führte er nach unten in den Keller. Ich schluckte. Zum Aufgeben war es allerdings zu spät. Ganz zu schweigen davon, dass ich Clay, Ava und Morgan nicht im Stich lassen konnte.

Also schlich ich weiter, immer tiefer in den Bauch der neuen San Miguel Chapel – Schutzort der Magischen. Hoffentlich würde dieser heilige Michael auch mich beschützen. »Wenn du mich hörst, Sankt Michael, bitte hilf mir, Clay, Ava und Morgan hier heil rauszubringen«, betete ich leise vor mich hin, während ich weiterlief.

Nach zwei Biegungen nahm ich zuerst einen Lichtschein wahr und sah dann einen hell erleuchteten Flur vor mir liegen.

Vorsichtig lugte ich um die Ecke.

Dieser Flur war etwas breiter und endete an einer metallenen, doppelflügigen Tür, die wie ein Zugang zu einer gewöhnlichen Lagerhalle wirkte. Links und rechts von ihr brannten Fackeln.

Außerdem patrouillierte ein Wachmann in diesem Flur, wie mir bewusst wurde. Ein blonder Typ Anfang 20, mit schwarzem Hemd und einer Eisenstange in der Hand, schritt den Gang auf und ab. Natürlich hatten sie einen Wachmann hier unten! Über seinem Kopf schwebte ein rotes Unendlichkeitszeichen. Er war also magisch und damit gewissermaßen bald unsterblich!

Es wurde ernst ... Das Herz rutschte mir in die Hose. Vorsichtshalber drückte ich mich fester gegen die Wand und zog den Kopf ein, als er näher kam. Meine schweißnassen Finger umklammerten den Kerzenständer wie einen Schlagstock.

Sobald ich hörte, wie sich die Schritte wieder entfernten, lugte ich erneut um die Ecke.

Großer Gott! Der blonde Typ, der gerade seine Eisenstange wie ein Ninja vor sich herschwenkte und gleichzeitig »Everybody was Kung Fu Fighting« summte, gab dabei den Blick auf seinen Unterarm frei – auf dem der Schriftzug »Petrus' Army« prangte.

Ich hatte wirklich recht gehabt! Das hier war tatsächlich das Versteck von Petrus' Army! Die ganze Zeit über hatten sie sich in den Katakomben der San Miguel Chapel versteckt. Direkt vor meiner Nase! Wieso war ich da nicht früher drauf gekommen?

Ein wenig zittrig presste ich mich mit dem Rücken gegen die Wand. Einatmen, ausatmen, Alana. Das hier würde schon irgendwie gut ausgehen. Verstärkung war bestimmt unterwegs. Ich musste nur diesen Wachmann ausschalten, dann konnte ich durch die Tür und irgendwie zu Clay gelangen. Mein Griff um den Kerzenständer wurde entschlossener. Schweiß floss mir über die Schläfen. Ich konnte das schaffen!

Als die Schritte ein weiteres Mal näher kamen, wartete ich genau den Moment ab, an dem ich den Wachmann die Richtung ändern hörte, dann sprang ich aus meinem Versteck hervor.

Mit einem lauten KLONK zog ich ihm den Kerzenständer über den Kopf.

Ein hässliches Knacken ertönte, als hätte ich ihm wortwörtlich den Schädel gespalten. Seine Waffe fiel zu Boden. Gleichzeitig sackte der Wachmann in sich zusammen. Halleluja!

Meine Augen verfolgten, wie die Eisenstange klackernd zwei Meter weiterrollte, bis sie letztendlich an einer Wand zum Stillstand kam.

Der blonde Typ ging zuerst in die Knie und landete dann mit einem lauten Klatschen auf seiner Backe, noch bevor er

einen einzigen Blick auf mich hatte werfen können. Klatsch – und er lag bewegungslos vor mir.
Ups.
Das tat mir nun doch ein wenig leid. Während ich mir über den Nacken rieb, betrachtete ich das Dilemma am Boden. Immerhin war der Weg nun frei und er offensichtlich nicht tot, wie mir sein noch leuchtendes Unendlichkeitszeichen verriet. Jetzt oder nie!
Entschlossen stürzte ich auf die Eisentür zu. Leider bekam ich sie jedoch nicht so leicht auf wie die beiden Türen zuvor. Zuerst dachte ich, sie sei verschlossen, doch dann registrierte ich, dass sie sich einfach nur sehr schwer öffnen ließ. An den Angeln fraß sich bereits der Rost durch, der wie ein bockiges Kind beschlossen zu haben schien, es mir nicht allzu leicht zu machen.
Schlussendlich gewann ich das Tauziehen mit der Tür aber doch. Alana *eins*, Tür *null*! Erleichtert stemmte ich sie so weit auf, wie ich konnte.
Als der Türspalt schließlich breit genug war, dass ich hindurchschlüpfen konnte, staunte ich nicht schlecht. Hinter der Tür lag eine kreisrunde Höhle! Überall ragten Felsen durch den braunen Lehm an den Wänden und der Decke.
Links von mir bedeckte eine grüne Plane einen Teil des Bodens, groß genug, dass sie ein Auto hätte zudecken können. Eisengeruch stieg mir in die Nase.
Ich ließ meinen Blick weiterschweifen. Wie der Flur wurde auch die Höhle von Fackeln an den Wänden erleuchtet. In der Mitte stützten drei Holzbalken, die in den Boden einbetoniert waren, die Decke. Und an diese Stützpfeiler waren drei Gestalten gefesselt! Drei Opfer! Die drei, die Petrus' Army zuletzt hierher verschleppt hatte.
»Alana?«, flüsterte eine Stimme.
»Clay!«, keuchte ich.
Mit etwa zwei Dutzend großen Sprüngen überwand ich die

Distanz vom Eingang bis zu der Gestalt, die an den Stützbalken ganz rechts gefesselt war.

Ein blutüberströmter Clay blinzelte mich verwirrt an. »Ist das ein Traum?«

»Nein. Ich bin hier. Ich bin's, Alana.« Besorgt musterte ich seine Kopfverletzung, legte ihm dann beide Hände an die Wangen. »Ich hab dich gefunden.«

Es war eine Platzwunde, an deren Rändern das Blut bereits geronnen wirkte. Eisengeruch.

Vorsichtig strich ich über die unverletzten Stellen an seinem Gesicht, während ich ihm beruhigende Worte zuflüsterte. Seine Haare fühlten sich unter meinen Fingern vollkommen verklebt an.

»Nein … Alana … wenn du es wirklich bist … verschwinde von hier. Das ist eine Falle!«

Das konnte er mal so was von vergessen. »Auf keinen Fall. Ich gehe nicht ohne dich. Nicht ohne euch!« Aus den Augenwinkeln erkannte ich am Balken neben Clay Ava. Allerdings musste ich mich zuerst um meinen besten Freund kümmern.

Um einen besseren Blick auf seine Fesseln werfen zu können, trat ich hinter ihn.

Mist! Taudicke Seile so breit wie Kinderarme waren sorgfältig um Clays Handgelenke gewickelt worden.

Mein Herz flatterte. Wie sollte ich die aufbekommen? Einen Moment lang wurde mir schwarz vor Augen. Die Anstrengung, Erschöpfung sowie die Ausweglosigkeit unserer Situation forderten ihren Tribut.

Ein Röcheln von Clay holte mich aus den Tiefen der Schwärze zurück ins Hier und Jetzt. Als ich aufschreckte, verfing sich der Knoten, mit dem ich mein Kleid zusammengebunden hatte, an einem Nagel im Holz des Balkens. Ein Nagel! Vielleicht konnte man die Seile daran durchreiben – aber das würde eine ganze Weile dauern …

»Verschwinde von hier. Jetzt!«, presste Clay angestrengt hervor. Sein Atem klang rasselnd, so als hätte eine Rippe einen seiner Lungenflügel durchbohrt.

Nein, verflucht noch mal! *Wir* mussten hier raus. Alle vier. *Ich* musste die drei Gefangenen in Sicherheit bringen.

»Nicht ohne dich!«, beharrte ich in einem Ton, der keinen Widerspruch duldete.

Während ich an den Seilen zog, die Clays Hände hinter seinem Rücken an den Balken fesselten, sah ich zu den anderen beiden Gefangenen hinüber. Gleich neben Clay hing eine bewusstlose Ava mehr an ihrem Pfeiler, als sie stand. Und dahinter ... Konnte das sein? Ich blinzelte ungläubig. Ich hatte Morgan erwartet, aber nein! Die dritte Gefangene war das Mädchen aus dem Park. Lange schwarze Haare, indianische Abstammung – eindeutig. Aber wie konnte das sein? Sie war doch tot!

Langsam setzte die Erinnerung an gestern Abend wieder bei mir ein. Was hatte Trinity noch über sie gesagt? Sie war eine Cailleach, eine der beiden Chenao-Zwillinge. O verdammt! Dann war das die Schwester der toten Halbindianerin.

Aber warum hatten sie ihren Zwilling einfach getötet und liegen gelassen?

Dieses Mädchen hier lebte noch. Petrus' Army hätte gestern im Park doch auf einen Streich zwei Opfer einsacken können. Warum hatten sie einen Zwilling mitgenommen und den anderen vor Ort umgebracht?

Mir wurde schwindelig. Zeitgleich formte sich ein Gedanke in meinem Kopf: Was, wenn Petrus' Army das Blut unterschiedlicher magischer Wesen für ihr Ritual sammelte und von jeder Sorte nur eine Spezies brauchte, so ähnlich, wie es damals Noah in der Bibel getan hatte? Zwei derselben Sorte konnten sie anscheinend nicht gebrauchen. Jedenfalls sprachen die Fakten dafür. Das war übel ...

Denn wenn ich recht hatte, dann hatten sie Morgan, die ebenfalls eine Cailleach war, wahrscheinlich genauso aus dem

Weg geräumt wie den überflüssigen Chenao-Zwilling. War Morgan vielleicht in diesem Moment bereits tot?

Mir klappte der Mund auf. Das hätte fatale Folgen für die Welt, schließlich war Morgan die Erdbeschützerin, aber das juckte Petrus' Army natürlich nicht.

Aber darüber konnte ich mir später Gedanken machen. Ich schielte auf Clays Lebensuhr: Nur noch knapp 22 Stunden!

Da er immer noch benommen vor sich hin keuchte, offenbar am Rande einer Ohnmacht, verdreifachte ich meine Anstrengungen an seinen Fesseln. So weit es ging, zog ich einen der Seilstränge über den Nagel. Hoch und runter, bis der Abrieb langsam sichtbar wurde. Zugegeben, einfach war es nicht, trotzdem würde ich nicht klein beigeben! Ich musste mich beeilen.

»Alana?« Clays Kopf schreckte hoch.

»Bin immer noch hier«, versicherte ich ihm, während ich noch einen Zahn zulegte.

»Nein!«, rief Clay.

»Was?« Verwirrt hob ich den Kopf. Weiter kam ich allerdings nicht, denn auf einmal verspürte ich einen Schlag auf den Hinterkopf, bevor alles um mich herum in tiefe Schwärze gehüllt wurde.

27

Etwas Feuchtes tropfte auf meine Hand. Tropf, tropf.

Benommen versuchte ich den Blick darauf zu richten, doch meine Augenlider fühlten sich einfach zu schwer an. Grenzenlose Müdigkeit überrollte mich. Tropf, tropf. Unglücklicherweise wollten mir meine Augen nicht gehorchen. Versagten immer wieder auf halbem Weg. Tropf.

Angestrengt probierte ich, den Kopf zu heben. Autsch! Keine gute Idee. Mein Schädel dröhnte.

Gesprächsfetzen drangen an mein Ohr. Doch ich nickte immer wieder ein. Schlüpfte zurück in meinen Traum, in den es mich immer wieder hineinzog. Ein Traum, in dem eine Hexe an meinen Fingerspitzen knabberte, als seien es Partywürstchen, und mir genüsslich das Blut aussaugte. Ich wollte aufwachen. Der Hexe mit den spitzen Zähnen entkommen! Bitte!

Nach gefühlt vier Wechseln zwischen Realität und Albtraum schaffte ich es endlich, vollkommen aus dem Traum zu erwachen.

Leider geriet ich dadurch nur in den nächsten Albtraum hinein, und dieser war echt.

Das Erste, was ich realisierte, war, dass ich mich noch immer in dem höhlenartigen Kellerraum unter der San Miguel

Chapel befand. Allerdings nun flach auf dem Bauch liegend, den staubigen Boden unter mir. Hände und Füße gefesselt. Blut rann von meinem Hinterkopf über mein Ohr bis auf meine linke Schulter. Na toll. Verfluchter Mist!

Wo war Clay? Wo waren Ava, Morgan und dieses Chenao-Mädchen?

Ich blinzelte.

Eine Gruppe Gestalten in schwarzen Roben (gar nicht klischeehaft!) stand direkt vor mir. Allerdings wandten sie mir allesamt den Rücken zu. Ich zählte neun Personen. Das musste sie sein: Petrus' Army.

Das Nächste, was mir ins Auge sprang, waren die pinken Strümpfe, die unter einer der Roben hervorblitzten. Strümpfe, die mir sehr bekannt vorkamen.

Vor ein paar Stunden hatten diese Strümpfe noch samt ihrer Besitzerin auf Clays Bett gelegen. Morgan. Unverkennbar. Dieselbe Statur und lugten da nicht ein paar rote Haare unter ihrer Kapuze hervor? Tatsächlich. Es war eindeutig Morgan! Aber wieso? Warum machte sie hier mit? Warum stand sie auf der Seite der Dunkelheit? Mein Gehirn wollte es einfach nicht begreifen.

Ich hob den Kopf noch ein kleines bisschen mehr. Der steinige Kellerboden drückte sich schmerzhaft gegen meine Hüftknochen. Aber das war nichts im Vergleich zu meinen Kopfschmerzen und den Verletzungen, die ich von meiner Begegnung mit der Sektglaspyramide davongetragen hatte. Die Personen in den schwarzen Kutten mussten alle zu Petrus' Army gehören. Über ihren Köpfen schwebte ausnahmslos ein Unendlichkeitszeichen anstelle einer Uhr.

Da fiel mir ein: Wie lange war ich überhaupt weggetreten gewesen? Sie mussten mich mit einem Baseballschläger oder etwas Ähnlichem k. o. geschlagen haben. Aber wie lange war das her? Eilig sah ich mich weiter um. Wo war Clay?

Als ich ihn bemerkte, wurden meine schlimmsten Befürchtungen wahr. Über seinem Kopf zeigte die Lebensuhr nur noch 00:00:12:17 an.

Verflucht, ich war beinahe zehn Stunden bewusstlos gewesen. Es musste bereits Montagmittag sein.

»Wir sind unserem Ziel nahe«, sagte eine vertraute Stimme, die verdächtig nach Morgan klang. »Heute Abend wird der Dián Mawr auferstehen und uns zurück zu Petrus in den Himmel führen.«

Ich schloss für einen Moment wieder die Augen. Waren ihr all die Menschen, die dabei draufgehen würden, tatsächlich egal? Ebenso wie die magischen Opfer, die bereits ihr Leben hatten lassen müssen?

»Die Auferstehung erfordert noch zwei weitere Blutopfer. Reines magisches Blut. Dann kann es beginnen«, fuhr Morgan fort. Sie hatten immer noch nicht bemerkt, dass ich wach war.

Vielleicht war das ein kleiner Vorteil, den ich nutzen konnte.

Jemand schluchzte.

Als ich den Kopf hob, sah ich, dass es die gefesselte Chenao-Indianerin war. Mist, ich hatte in der Hektik vorhin ihre Lebensuhr nicht überprüft. Jetzt sah ich, dass sie nur noch 11 Minuten zu leben hatte. Verfluchte Flusspferdscheiße!

Schnell warf ich einen Blick auf Ava, was gar nicht so leicht war, da die Sektenmitglieder so standen, dass sie Ava, die an den mittleren Balken gebunden war, verdeckten.

Schließlich konnte ich nach einigem Kopfverdrehen doch noch einen Blick auf ihre Uhr erhaschen. Mir wurde schlecht. Zwar sah ich Avas Uhr nicht komplett, sondern nur die ersten beiden Ziffernblöcke – allerdings zeigten diese 00:00, was bedeutete, dass Ava weniger als einen Tag zu leben hatte.

Das musste ein Albtraum sein. Ich wollte zurück zu meiner blutsaugenden Traumhexe!

In diesem Moment nahmen alle neun Sektenmitglieder ihre Kapuzen ab.

Scharf sog ich die Luft ein. Tatsächlich erkannte ich außer Morgan eine weitere Person. Das durfte jetzt echt nicht wahr sein!

Links von Morgan kratzte sich Vincent am Nacken. Dabei entblößte er ein Tattoo mit der Aufschrift »Petrus' Army«. Einen Teil davon hatte ich bereits auf dem Ball gesehen. Er musste es überschminkt oder irgendwie mit dem Kragen seines Hemds geschickt überdeckt haben. Siris Küchenjunge war also derjenige, der die Gäste im American Diner ausspioniert und dann als geeignete Opfer ausgewählt hatte!

Innerlich verpasste ich mir eine Ohrfeige. Wieso hatte ich mir nicht zusammengereimt, dass es der Schriftzug Petrus' Army sein musste, den sich Vincent da eintätowiert hatte? Und Morgan? Ihr Tattoo hatte sie hundertprozentig mit Camouflage überdeckt. Irgendwo auf dem Rücken oder Haaransatz, sonst hätte Clay es sicherlich bemerkt. Warum hatte ich nicht erkannt, dass Morgan und Vincent uns ausspioniert hatten? Warum genau eigentlich? Wieso hatte sich Morgan in unseren Freundeskreis eingeschlichen? Um an Ava heranzukommen, die als eine der wenigen das Potenzial hatte, die Seele des Dián Mawrs aufzunehmen? Weil sie davon gehört hatte, dass nur ich den Weltuntergang stoppen konnte, wenn überhaupt? Irgendwie hatte ich das Gefühl, dass noch mehr dahintersteckte.

»Wir sind bereit, Morgan«, sagte ein junger Mann mit roten Haaren.

Aus irgendeinem Grund schien Morgan hier die Anführerin zu sein, vielleicht wegen ihrer Bestimmung als Erdbeschützerin. Aber dieses Mädchen war erst 16 Jahre alt! Da plante man nicht bereits den Weltuntergang – ganz zu schweigen davon, dass man eine Handvoll Magischer umbrachte. Was stimmte nur mit dieser Welt nicht?

Der Rothaarige hob die Hand. Merkwürdigerweise umspielte plötzlich ein Luftzug seine kinnlangen Haare.

Meine Augen wurden groß. Scheinbar konnte er Wind heraufbeschwören, denn als Nächstes wurde die grüne Plastikplane von einer Windböe erfasst und gegen die Wand geweht. Wahrscheinlich war er genau wie Siri und Shelly ein Windelf. Raschelnd rutschte die Plane an der Wand zu Boden.

Ich reckte den Hals. Was in aller Feennamen …? Beinahe fiel ich bei dem Anblick, was unter der Plane versteckt gelegen hatte, erneut in Ohnmacht. Jetzt verstand ich! Und mir wurde wieder schlecht. Aber ich musste mich zusammenreißen. So gut es ging, unterdrückte ich den Würgreiz, um die Aufmerksamkeit von Petrus' Army nicht auf mich zu lenken.

Die ganze Zeit über hatte die Plane eine Öffnung im Boden verdeckt. Ein Wasserbecken – nicht viel größer als ein Doppelgrab – war in den Boden eingelassen. Da wir uns in einer Kirche befanden, nahm ich an, dass dieses Grubenbecken-Dings früher als Taufbecken benutzt worden war. Ein Becken randvoll mit einer roten Flüssigkeit, die einen intensiven Eisengeruch verströmte. Blut! In dieses Taufbecken des Grauens war ein Blut-Wasser-Gemisch gefüllt worden. Bei diesem Ritual sollte anscheinend jemand in Blut baden. Denn darauf lief doch alles hinaus, nicht wahr?

»Gut«, sagte Morgan. Etwas klapperte. »Bist du endlich wach, Alana?«

Ich zuckte zusammen. Woher hatte sie das gewusst? Morgan stand doch mit dem Rücken zu mir.

Unisono drehten sich alle Sektenmitglieder zu mir um. Ihre Roben raschelten dabei wie Fledermausflügel.

Mein Blick fiel auf Morgans Hand, die sich um den Griff eines Messers mit rituellen Symbolen gelegt hatte.

Das war schlecht. Ganz schlecht. Denn in Morgans Stimme hatte pure Mordlust gelegen.

Meine Gedanken fuhren Achterbahn. »Du … du … warum?«, brachte ich gerade so hervor. Beim Sprechen fühlte sich mein Mund schrecklich trocken an. Beinahe drohte meine eigene Zunge mich zu ersticken. Vielleicht hatten sie mich mit einem Zauber ausgeschaltet, überlegte ich.

Außerdem drückten sich bei der Anstrengung die Steinchen auf dem Boden so fest in meinen Oberkörper, dass ich mich fühlte wie von Reißzwecken aufgespießt.

Ich versuchte mich aufzurichten – wenigstens auf die Knie zu kommen –, doch das war gar nicht so einfach mit gefesselten Hand- und Fußgelenken.

»Hat die clevere Privatdetektivin vergessen, wie man spricht?« Morgan legte den Kopf zur Seite.

Auf halbem Weg, mich aufzurichten, hielt ich inne. Wie Morgan sich verändert hatte! Die letzten Tage noch schweigsam und schüchtern und nun eiskalt und berechnend.

»Damit kommst du nicht durch!«, brachte ich hervor. »Trinity und die anderen werden mich finden!«

Morgan legte den Kopf in den Nacken, dann stieß sie ein Lachen aus, das mich frösteln ließ. Dieses unheimliche Mädchen!

»Meinst du wegen deiner Lippenstiftbotschaft? Tut mir leid, dich enttäuschen zu müssen, aber wir haben dein Auto oder besser gesagt Clays Auto entsorgt. So dumm sind wir nicht, Alana.«

Verdammt! Mittlerweile hatte ich es unter größten Anstrengungen geschafft, mich hinzuknien. Ich schwankte leicht und die Fesseln schnitten mir tief in meine Achillessehne, aber das war mir egal. Jetzt verharrte ich fast in einer betenden Position vor Morgan.

So unauffällig wie möglich schielte ich in Clays Richtung.

Er hing weggetreten an seiner Säule. Wahrscheinlich hatten sie ihn wieder ausgeknockt, genau wie Ava. Schnell warf ich einen Blick auf Ava und ihre Lebenszeituhr, die ich jetzt besser erkennen konnte. 00:00:00:34 leuchtete mir in Rot entgegen. Das hieß, sie würde noch vor Clay sterben, und zwar schon sehr bald.

Am liebsten hätte ich jetzt eine halbe Stunde lang »O mein Gott, o mein Gott« geschrien, aber leider konnte ich diesem Verlangen nun wirklich nicht nachgeben. Im Angesicht der kleinen rothaarigen Hexe war ein Pokerface gefragt.
»Du bist echt das Allerletzte, Morgan Green. Du widerst mich an.«
Die Wetterhexe spielte die Empörte. »Ich bin das Allerletzte?«
Sie lachte erneut dieses gehässige Lachen, das so gar nicht zu einer 16-Jährigen passen wollte. Dann wurde sie wieder ernst. »Hast du dir mal die Menschen da draußen angesehen, die die Erde ausbeuten? Die sie zugrunde richten? Die Welt da draußen ist voll von Menschen, die andere Menschen vergewaltigen, quälen und abschlachten!« Während ein Raunen wie eine Welle durch ihre Anhängerschar ging, lief Morgans Gesicht vor Wut rot an.
Langsam verstand ich. Morgan hatte in ihrem kurzen Leben viel Leid ertragen müssen. Und dann war vor Kurzem ihre Großmutter, Avas Mutter, die frühere Erdbeschützerin, von einem Drogensüchtigen erstochen worden. Jetzt wollte sie die Erde von den Sündern reinigen und als unsterblicher Engel weiterleben.
Ich schluckte.
Das wertete Morgan wohl als Zustimmung. »Wie ich sehe, kapierst du es langsam.«
»Jetzt tu mal nicht so, als sei das deine Rechtfertigung dafür, sechs Magische zu töten! Du tust das alles aus einem einzigen Grund: Weil du Angst hast, an Krebs zu sterben. Deshalb willst du unsterblich werden. Das hier ist purer Egoismus!« Mit dem Kinn deutete ich auf das Blutbad im wahrsten Sinne des Wortes.
»Das geschieht alles zu einem höheren Zweck. Damit helfe ich allen Magischen, wieder zu den Engeln zu werden, von denen sie abstammen. Unser Platz ist im Himmel, Alana. Nicht

hier.« Morgan spuckte mir die Worte geradezu ins Gesicht, während sie mit ihrem rituellen Opfermesser auf mich deutete.

Die restlichen Mitglieder von Petrus' Army nickten zustimmend wie Lemminge. Das durfte doch alles nicht wahr sein! Wie konnte man nur so viele Menschenleben opfern, um ein höheres Ziel zu erreichen? Das war falsch! So falsch!

»Weißt du ...« Morgan schlug sich mit dem Messer in die offene Handfläche.

Meine Augen verfolgten jede ihrer Bewegungen.

»... einen Fehler hast du gemacht, mal abgesehen davon, dass du das ganze Theater, das ich dir vorgespielt habe, nicht durchschaut hast. Von wegen *die arme Morgan wurde zweimal von Petrus' Army in ein Auto gezogen.*« Sie stieß ihr gackerndes Lachen aus, bis sie davon Schluckauf bekam. »Ich habe nicht sechs Magische getötet, sondern fünf.«

»Serena, die Orgelspielerin dieser Kirche, war die Erste, danach Shelly, Scott, Justus, Olivia Shoemaker, die andere Chenao-Schwester ...« Während ich die Namen aufzählte, wippte ich mit dem Kopf hin und her.

»Die Zwillingsschwester?« Morgan winkte ab. »Wir mussten sie nur irgendwie ausschalten. Die zählt nicht. Schließlich brauchen wir ihr Blut nicht.«

Dann stimmte meine Noahs-Arche-Theorie also. Dennoch war ich schockiert, wie abfällig Morgan über ein totes Mädchen sprechen konnte. Ein Mädchen, das von ihr oder zumindest ihren Anhängern ermordet worden war.

»Ihr ... diese Sekte ... sammelt nur bestimmte Sorten Blut für ein Ritual?«, hakte ich nach.

»Gar nicht so dumm. Hätte ich dir gar nicht zugetraut, diese Schlussfolgerung.« Morgan seufzte. »Ich meine, eigentlich ist man so was ja nicht von dir gewöhnt. Sonst läufst du eher durch die Gegend wie Miss Marple mit Alzheimer.«

Ihre Anhänger lachten.

Wie bitte? Eine 16-jährige Serienmörderin, die sich klischeehaft mit ihrer Sekte zu Ritualen im Keller traf, machte sich über *mich* lustig?

»Wie viele Opfer braucht ihr noch?« So gut es ging, versuchte ich mich zu beherrschen. Ich dachte an die ganzen Menschen da draußen, deren Lebensuhren momentan etwa 24 Stunden anzeigen mussten. Das bedeutete, die Erweckung des Dián Mawrs würde schon sehr bald stattfinden. Wo würde er auftauchen? Hier in dieser Höhle? Ich sah mich um.

»Insgesamt ist das Blut von sieben verschiedenen Magischen nötig, um das Ritual in Gang zu setzen. Bisher haben wir ...« Morgan hielt kurz inne und zählte dann die Magischen mit dem Messer an ihren Fingern ab. »... eine Sirene, eine Sheerie, einen Merrow, einen Grogoch und eine Selkie.«

Dann war diese Olivia also eine Selkie gewesen. Davon hatte ich gelesen. Es waren Wasserelfen, die sich in Seehunde verwandeln konnten.

Wieder wurde Morgans Lächeln fies. »Und jetzt rate: Bis wir mit dem Ritual beginnen können, brauchen wir noch zwei weitere Blutopfer. Wir haben vier gefesselte Magische in diesem Raum. Eine Banshee, eine Cailleach, eine Aiobhell und einen Leprechaun. Einer von ihnen wird zum Wirt für die Seele des Dián Mawrs. Zwei andere lassen noch heute ihr Leben für ein höheres Ziel. Der letzte Überlebende geht mit uns durchs Himmeltor. Wie, meinst du, werden die Schicksalskarten verteilt werden? Kannst du diese Aufgabe lösen, Miss Marple?«

Erneut dieses Lachen. »Eigentlich hast du ja als Banshee einen kleinen Vorteil. Kannst du nicht alle Lebenszeiten sehen? Außer deiner eigenen?«

Morgan drehte das Messer in den Händen. »Ich bin neugierig. Was zeigt meine an?«

»Sag ich dir, wenn du uns gehen lässt.«

»Dieses Angebot muss ich leider ausschlagen.« Bedauernd schüttelte sie den Kopf.

Nach ein paar Sekunden des Schweigens leckte Morgan sich die Lippen und machte dann ein paar Schritte rückwärts. Ihre Anhänger folgten ihr wie brave Hündchen. Oh, das hier musste ein Albtraum sein!

»Unser Gespräch langweilt mich, Alana.« Sie gähnte theatralisch. »Es ist Zeit, ein Stück näher an unser Ziel zu gelangen.« Mit einem schiefen Grinsen schielte sie auf das gefesselte Chenao-Mädchen. Dann zwinkerte sie mir zu.

Ich verstand. O Mist, sie würde diese Kleine gleich töten. Irgendwie musste ich sie aufhalten. In meinem Hirn arbeitete es. Ich musste Zeit schinden! Mit etwas Glück würden die anderen uns noch rechtzeitig finden.

Mittlerweile hatte sich Morgan vor dem gefesselten Mädchen aufgebaut. Ihre Uhr zeigte nur noch drei Minuten an.

Meine Nasenflügel bebten.

Mit dem Messer strich Morgan über den Arm ihres Opfers bis hoch zu ihrer Schulter – verdammt, die hatte echt zu viele Filme mit wahnsinnigen Bösewichtern gesehen!

Das Mädchen wimmerte. Eine Gewitterwolke braute sich über ihrem Kopf zusammen, offenbar ihre magische Kraft. Doch Morgan wischte sie mit einer Handbewegung fort.

»Warte, Morgan! Eine Frage noch!« Auf meinen Knien robbte ich in die Richtung der beiden. Wenn Morgan schon die größenwahnsinnige Irre spielte, dann würde sie mir vielleicht auch von ihrem »genialen Plan« erzählen und sich so ablenken lassen. War das nicht immer so in schlechten Horrorfilmen?

»Was?« Unwirsch wandte sie mir den Kopf zu. »Spuck's aus.«

»Warum, warum hast du uns in den letzten Tagen etwas vorgespielt? Warum hast du so getan, als wärst du unsere Freundin?«, brachte ich keuchend hervor. Aufgewirbelter Staub kratzte in meiner Luftröhre.

»Liegt das nicht auf der Hand?« Morgan hob eine Augenbraue. »Ich wollte wissen, auf welcher Seite ihr zwei steht.«

Mit dem Messer fuchtelte sie zwischen Clay und mir herum. »Ob ich euch für unseren Kampf gewinnen kann. Ihr hattet euch bisher nicht dazu bekannt.«

»Wir stehen auf der Seite des Lichts«, flüsterte ich.

»Ganz genau«, nickte Morgan. »Das wurde mir dann auch klar. Also musste ich zu Plan B übergehen und dich hierherlocken.«

»Wie? Mich?« Ich verstand nur noch Bahnhof.

Bevor sie fortfuhr, seufzte Morgan, als fände sie unsere Unterhaltung äußerst lästig. »Verstehst du immer noch nicht? Hat Ava dir am Telefon nicht alles haarklein erklärt, bevor wir sie geschnappt haben?«

Verflucht! Hieß das, Ava lag mit ihrer Theorie richtig? Dass Petrus' Army ausgerechnet uns beide brauchte – nur uns –, um den Dián Mawr zu beschwören? Und dass nur wir in der Lage waren, alles aufzuhalten? Ich war verwirrt. Welche Rollen spielten Ava und ich hier? Musste ich Ava und mich selbst tatsächlich töten, um den Weltuntergang zu verhindern? Das konnte ich mir nicht mal im Traum vorstellen!

Aber das erklärte immer noch nicht ...

»Und jetzt halt die Klappe, du kommst früh genug an die Reihe«, fuhr sie mich an.

Dann wandte sie sich wieder dem zitternden Mädchen zu. »Du willst doch sicher deine Schwester wiedersehen, im Himmel als Engel vereint. Wäre das nicht schön?« Beinahe klang Morgans Stimme zärtlich, doch die Tour nahm ich ihr nicht ab.

»Bitte lass mich gehen«, wisperte das Mädchen. Sie zerrte an ihren Fesseln, jedoch ohne Erfolg. Hilflos stand sie an den Balken gebunden Morgan gegenüber, deren Augen jetzt in einem Anflug von Wahnsinn glitzerten.

Sie nickte einem dunkelhaarigen Jungen aus ihren Reihen zu. O Gott, was hatte sie vor?

Morgans Hand mit dem Messer wanderte zur Kehle des Mädchens.

»Morgan, das kannst du nicht machen!« Ich hob die Hände, was aussah, als würde ich auf Knien beten, da meine Handgelenke noch immer gefesselt waren. »Bist du wahnsinnig, Morgan?«

»Wahnsinn und Genialität liegen oft ganz nah beieinander, wusstest du das nicht?«

Sie schien mehr mit sich selbst als mit mir zu reden. Ihr Gesichtsausdruck wurde noch verbissener. Dafür zeigte die Lebensuhr des Mädchens nur noch eine Minute an.

Im Bruchteil einer Sekunde holte sie aus und schlitzte dann mit einer geübten Bewegung der Halbindianerin die Kehle auf.

»Nein!«, schrie ich. Doch es war zu spät.

Während mein Schrei als Echo von den Wänden zurückgeworfen wurde, röchelte das Mädchen noch einmal kurz, bevor ihr Kopf nach vorn kippte. Ihre Uhr sprang auf 00:00:00:00 und verschwand dann völlig, als seien ihr die Batterien ausgegangen. Sie war tot.

Und ich kannte noch nicht einmal ihren Namen.

Mein Mund klappte auf. Gleichzeitig hob der dunkelhaarige Junge, dem Morgan eben zugenickt hatte, eine Hand. Es war der Typ, dem Clay bei seiner Entführung die Maske vom Gesicht gerissen hatte. Der, der am Samstag aus der Seitentür der Kirche gekommen war.

Über uns rumorte es auf einmal. Erstaunt sah ich mit an, wie Wurzeln aus der Höhlendecke brachen, genau über dem Blutbecken.

Andere Mitglieder von Petrus' Army banden das tote Mädchen von dem Stützpfeiler los, an den es zuvor gefesselt gewesen war.

Nachdem sie es die paar Meter bis hinüber zu dem Becken getragen hatten, schossen die Wurzeln tiefer, wickelten sich um die Beine der Toten und zogen sie dann in die Höhe wie Greifarme auf einem Jahrmarkt.

Beinahe wurde mir schwarz vor Augen. Wie ein Stück Vieh

beim Schlachter hatten sie das arme Mädchen zum Ausbluten über das Becken gehängt. Ob sie das mit Shelly genauso gemacht hatten? Es war anzunehmen. Furchtbar, einfach furchtbar!

Inzwischen ergoss sich ein stetiger Strom an Blut wie ein dicker roter Faden von ihrem aufgeschnittenen Hals in das Taufbecken. Mir wurde schlecht. Gleich würde ich mich auf diesen staubigen Boden übergeben!

»Nicht so elegant wie sonst, aber das muss reichen«, befand Morgan. Ich erinnerte mich daran, dass die anderen ausgebluteten Opfer mit kleineren Stichverletzungen am Hals gefunden wurden. Aha. Aufgeschnittene Kehlen waren also weniger elegant …

»Heute möchte ich, dass das Blut schneller fließt. Warum noch warten? Blödsinn, diese Vorgabe, beim Dián-Mawr-Ritual nur zwei kleine Stiche anzusetzen. Nun, damit wären wir schon bei Opfer Nummer sechs«, freute sich Morgan.

»… und bei deinem Untergang, Morgan Green«, sagte eine vertraute Stimme hinter mir.

Ungläubig wandte ich den Kopf.

28

Brianna stand in der Tür. Meine Mutter. In ihrem schwarzen Sommermantel, das Gesicht zu einer wütenden Grimasse verzogen, wirkte sie wie eine Rachegöttin.

»Ach, Brianna! Wie nett, dass du auch vorbeischaust.« Morgan verzog die Lippen zu einem schmalen Strich. »Schnappt sie!«

Ihre Anhänger stürzten los, an mir vorbei auf meine Mutter zu.

Doch darauf schien Brianna nur gewartet zu haben, denn im selben Moment warf sie ihren Angreifern ein graues Etwas entgegen, das verdächtig nach einem Bannpilz aussah.

Rauch stieg zu den Füßen der Sektenmitglieder auf, dann kippten sie der Reihe nach um.

»Du!«, kreischte Morgan. In ihrer freien Hand formte sich ein Blitz. Oh, stimmt, so was konnte sie als Wetterhexe. Clay hatte ja erzählt, dass Morgan Blitze auf ihre Angreifer geschleudert hatte, als sie das erste Mal fast entführt wurde. Natürlich war das nur Tarnung gewesen, wie mir jetzt klar war.

»Das würde ich lieber lassen«, meinte Brianna seelenruhig. »Ich habe Kabumm-Pilze in meiner Tasche.«

Scheinbar hatte Morgan Angst vor Kabumm-Pilzen, denn sie riss die Augen auf und ließ den Blitz eilig verschwinden.

»Kabumm-Pilze explodieren beim Kontakt mit Feuer oder Funken, zum Beispiel wenn sie auf einen steinigen Boden wie diesen hier fallen. Können riesige Krater in den Boden reißen. Wir würden alle draufgehen, wenn sie mir aus der Hand fallen«, erklärte Brianna, die wohl meinen verstörten Gesichtsausdruck bemerkt hatte.

Dann ging alles ganz schnell. Hinter Morgan regte sich Ava.

Gleichzeitig stürzte sich Morgan mit dem Messer auf Brianna.

»Ja, Morgan, komm nur her, du hast sowieso nur noch zwei Minuten zu leben. Wir beide wissen, wie das hier ausgeht!«

Links von mir kam Morgan zum Stehen. Verdutzt sah sie nach oben, wo sie natürlich ihre Lebensuhr nicht sehen konnte. Diesen Moment der Ablenkung nutzte Brianna, um auch Morgan einen Bannpilz vor die Füße zu werfen. Genau wie ihre Anhänger ging Morgan, deren Uhr immer noch das Infinity-Zeichen zeigte, zu Boden. Das Messer fiel ihr klappernd aus der Hand.

Ich warf Brianna einen Blick zu.

»Ältester Trick der Welt.« Sie zuckte mit den Schultern.

Diese Frau war so was von definitiv meine Mutter! Als Zeichen der Anerkennung ließ ich mich zu einem wohlwollenden Nicken hinreißen.

Nicht schlecht für eine Banshee in den Vierzigern!

»Alana?«, flüsterte Ava von der Mitte des Raums. Sie schien langsam zu sich gekommen zu sein.

»Ava, halte durch! Bin gleich bei dir!«, versicherte ich ihr.

Gerade schnappte sich Brianna Morgans rituelles Messer, an dem noch Blut klebte. Mit angewidertem Blick wischte sie es an ihrem Mantel ab.

Mein Herz und meine Kopfwunde pochten um die Wette. Dieses Messer, das bereits so viele Leben genommen hatte, löste ein schreckliches, magenverdrehendes Gefühl in mir aus, als käme es direkt aus der Hölle. Ich erschauderte.

»Stillhalten!«, befahl meine Mutter, dann schnitt sie mir die Fesseln durch.

»Schnell, befrei Clay und Ava«, rief ich ihr zu, noch ehe ich ganz aufgestanden war. Wahrscheinlich blieb uns nicht mehr viel Zeit, bevor Morgans Anhänger wieder aufwachten.

Das musste ich Brianna allerdings nicht zweimal sagen. So schnell es ging, eilte sie auf Clay zu.

Im Gegensatz zu ihr war ich nicht allzu flink unterwegs. Meine Arme und Beine waren durch die lange Zeit in Fesseln eingeschlafen. Nur mühsam schaffte ich es, sie zu überreden, sich in Bewegung zu setzen.

»Kannst du mal halten?« Der halb bewusstlose Clay war auf Brianna gefallen und begrub sie beinahe unter sich.

»Warum wacht er nicht auf?«, wollte ich wissen.

»Wahrscheinlich haben sie ihm Albtraumkraut-Pulver in die Nase gepustet. Dadurch dümpelt man mehrere Stunden zwischen Albträumen und Realität.«

Oh. Dieses Albtraum-Zeug mussten sie auch mir verabreicht haben. Das würde jedenfalls einiges erklären … Dieses komische Naturzeugs! Ich hatte wirklich noch viel über die magische Welt zu lernen.

Hastig legte ich mir Clays Arm um die Schultern. »Schnapp dir Ava, wir müssen von hier verschwinden.« Und zwar so schnell wie möglich, denn lange würde die Wirkung der Pilze nicht mehr anhalten. Zumindest war das bei Dylan so gewesen. Schon bald würden sämtliche Mitglieder von Petrus' Army quicklebendig in diesem Keller stehen.

Stück für Stück schleppte ich Clay in Richtung Ausgang, während Brianna mit Avas Fesseln kämpfte.

Clays Füße schleiften mehr über den Boden, als dass er auf ihnen lief. Ab und zu zuckte er zusammen, döste aber dann gleich wieder weg. Kein Rufen und auf die Wange Schlagen konnte ihn aus seiner Traumwelt holen. Bei all der Anstrengung fiel es mir beinahe leicht, die Leiche, die über dem Blutbecken vor sich hin tropfte, zu ignorieren.

Schließlich holten mich Brianna und Ava, die ihr Bewusstsein inzwischen komplett wiedererlangt hatte, ein. Beherzt griffen sie nach Clay und halfen mir, ihn zu tragen. Sein Kopf schlingerte hin und her.

Angestrengt fixierte ich den Ausgang, befahl ihm praktisch, näher zu kommen, doch es schien, als kämen wir kaum einen Schritt voran.

»Schneller!«, keuchte Brianna.

Plötzlich fiel mein Blick auf Avas Uhr. Scheiße! Nur noch acht Minuten. Was verdammt noch mal würde nur gleich passieren? Ich musste Ava unbedingt beschützen!

»Avas Uhr«, raunte ich meiner Mutter zu.

»Ich weiß«, wisperte sie zurück.

»Pass auf sie auf, ja?«

»Wir schaffen das schon zusammen. Du bist nicht allein, Alana.« Meine Mutter sah mich eindringlich an.

Beinahe war es so, als würde ich in einen Spiegel blicken. Faszinierend. Doch darüber konnte ich mir jetzt wirklich nicht den Kopf zerbrechen.

Schneller! Schneller!, trieb ich mich in Gedanken immer wieder selbst zur Eile an.

Wir waren ungefähr noch acht Schritte vom Ausgang entfernt, da regten sich die ersten Petrus'-Army-Jünger.

»Mist! Lauft schneller«, befahl ich den anderen. Noch hatten wir eine Chance. Zusätzlich zu meinen Kopf- und Armschmerzen setzten jetzt allerdings noch fiese Rückenschmerzen durch das Gewicht von Clay bei mir ein.

»Nicht nach hinten schauen, ich mach das«, zischte Brianna.

»Hast du noch mehr Bannpilze?«, fragte ich hoffnungsvoll.

»Leider nein.«

Natürlich. Was hatte ich auch anderes erwartet?

Nur noch zwei Schritte.

Ava und ich streckten gleichzeitig die Hand nach dem Türgriff aus, doch in genau diesem Moment ging er in Flammen auf.

»Au!«, kreischte Ava. Es hatte ihre Fingerspitzen erwischt. Meine Finger dagegen waren noch zu weit entfernt gewesen, was Avas Verbrennungen natürlich nicht besser machte.

Das durfte doch alles nicht wahr sein! Während noch der Geruch von verbranntem Fleisch in der Luft lag, drehte ich mich langsam um.

»Wolltet ihr etwa schon gehen?« Vincent, um dessen Hand Flammen in derselben Farbe wie sein Infinity-Zeichen züngelten, stand aufrecht in der Mitte des Kellers. Sein Gesicht bestand praktisch nur aus einer hämischen Grimasse. Als er kicherte, steckten sich seine nach oben frisierten Haarspitzen vor Schadenfreude selbst in Brand, sodass er wie ein Feuerigel aus der Hölle aussah.

Im Gegensatz zu ihm lagen mehrere seiner Kollegen immer noch weggetreten auf dem Boden.

»Weck Morgan auf!«, befahl er dem rothaarigen Sheerie-Jungen.

»Und du, Alana, bringst uns jetzt die Gefangenen zurück!«

In meinem Rücken spürte ich die Hitze größer werden. Die Flamme an der Tür dehnte sich aus, um uns wie eine Herde Schafe zurück in die Mitte der Halle zu treiben.

»Vorsicht, Feuerelf! Ich habe Kabumm-Pilze in meiner Tasche.« Wie zum Beweis zog Brianna zwei kleine graue Pilze hervor. In der einen Hand das Ritualmesser, in der anderen zwei Pilze, glich sie einer ägyptischen Göttin, die ihre Reliquien vorzeigte.

»Gut gemacht, Vincent.« Morgan, die von dem Rothaarigen wieder auf die Beine gestellt worden war, stützte sich an seinen Schultern ab.

»Wir konnten den Wirtskörper des Dián Mawrs doch unmöglich entwischen lassen«, nickte Vincent, der sich über Morgans Lob offensichtlich freute. Die Flammen an seinen Haarspitzen stoben noch etwas höher und hinterließen schwarze Rauchfäden in der Luft.

Langsam konnte ich erkennen, warum diese jungen Leute Morgan zu Füßen lagen. Durch ihren Status als Erdbeschützerin und ihr erwachsenes Wesen mutete Morgan genau wie Brianna göttinnenhaft an.

Jetzt standen sich die beiden gegenüber. Erdgöttin gegen Rachegöttin. Nur dass hier die Rollen von Gut und Böse irgendwie vertauscht waren. Wenn das kein göttlicher Sarkasmus war, dann wusste ich auch nicht ...

Morgan verzog die Lippen zu einem hämischen Lächeln. »Steck die Pilze weg, alte Frau. Ihr seid umzingelt.«

Trotz der Beleidigung blinzelte Brianna nicht einmal. »Ich würde eher sagen, wir haben eine Pattsituation.« Sie wog die Pilze in ihrer Hand, als seien sie Handgranaten.

Ava und ich schielten angespannt auf ihre Finger.

»Sei nicht dumm, wir gehen alle drauf, wenn du sie fallen lässt. Alle in diesem Raum.«

»Besser, als die Mehrheit der Menschen in die Hölle zu schicken«, zischte Ava. Sie hatte einen entschlossenen Gesichtsausdruck aufgesetzt – und nur noch vier Minuten zu leben.

Großer Gott! Unauffällig schob ich mich näher an sie heran, was schwierig war, da Clay quasi huckepack auf meinem Rücken hing.

»Diese Sünder?« Morgan winkte ab. »Die haben es doch nicht anders verdient.«

Ava zuckte zusammen. »Das kannst du nicht ernst meinen!«

»Doch, das tut dieses verrückte Kind«, murmelte Brianna. Sie schob sich jetzt vor uns alle. »Lass sie gehen, Morgan. Die Polizei wird uns über kurz oder lang finden. Trinity hat ihnen erzählt, dass ihr euch irgendwo im historischen Viertel von Santa Fe versteckt.«

»Wir haben genug Abwehrzauber«, winkte Morgan ab. »Nur scheinbar hat die jemand nicht ordentlich gepflegt, sonst wärst du nicht reingekommen. Deine Tochter hingegen sollte natürlich durchkommen. Das war der Plan.« Sie grinste mich so breit an, dass ich dachte, ihr Kiefer würde platzen. »Ist dir das jetzt nicht peinlich, dass du, die große Detektivin Alana McClary, auf eine so offensichtliche Falle hereingefallen bist?«, wollte sie von mir wissen.

»Du weißt aber schon, dass nur Alana den Weltuntergang verhindern kann?«, konterte meine Mutter.

Oh, oh! Die böse Wetterhexe zu reizen schien mir kein kluger Schachzug zu sein.

»Ach, diese Prophezeiungen …« Morgan rollte mit den Augen. »Was soll dieses tollpatschige Huhn schon groß anrichten?«

Autsch! Das tat fast ein bisschen weh.

Neben mir trat Ava unruhig von einem Bein aufs andere. »Alana, du weißt doch noch, was wir besprochen haben?«

Ich warf ihr einen Blick zu. Sie meinte doch nicht etwa …?

Ava hielt meinem Blick stand. »Wir beide können das hier aufhalten!«

»Ava! Nein!« Ein ungutes Gefühl erfasste mich. Nach einer Sekunde des Schocks und des Blinzelns sprang Avas Uhr auf 00:00:00:02. Wenn ich eine Hand frei gehabt hätte und Clay nicht hätte stützen müssen, hätte ich in diesem Augenblick liebend gerne das Eulenmedaillon umklammert, um zu beten. Aber so wandte ich meine Aufmerksamkeit wieder Morgan zu, was vielleicht sicherer für Ava war. Ich konnte das aufhalten, redete ich mir ein. So wie letzte Woche bei Justus auf dem Zugdach.

Brianna und Morgan waren immer noch dabei, sich gegenseitig zu beleidigen.

Irgendwann riss Morgan der Geduldsfaden. »Schnappt sie euch, die bluffen nur. Bringt mir mein Messer!«, verlangte sie in ihrer herrischen Art.

Ihre Anhänger stürzten los.

Wir saßen in der Falle.

Bei dem Wort »Messer« zuckten Avas und mein Blick zu Briannas linker Hand, die Morgans Ritualdolch umklammert hielt. Sie wollte doch nicht …?

»Schnell, das Messer!« Ohne weitere Erklärungen griff Ava nach der Hand meiner Mutter, die ihr nur einen verblüfften Seitenblick zuwarf.

Mein Herz setzte einen Takt lang aus, als ich zu verstehen begann.

Doch bevor ich etwas tun konnte, hatte sich Ava das Messer geschnappt. Mein Arm fuhr wie automatisch nach vorne, um es ihr aus der Hand zu schlagen.

Aber es war zu spät.

Avas Uhr sprang auf null. Sie holte aus und rammte sich dann das Messer mit beiden Händen in den Bauch.

»Nein!«, schrien Morgan und ich gleichzeitig.

Wie in Zeitlupe ging Ava zu Boden. Blut sickerte aus der Wunde in ihre Bluse. Meine Hand, die eigentlich das Messer hatte packen wollen, erwischte Avas Unterarm und bremste damit ihren Fall.

Fast wehmütig blickte sie zu mir auf, allerdings lag keine Spur des Bedauerns in ihrem Blick. Dennoch tat es ihr leid, uns zu verlassen, das spürte ich.

Unter dem Gewicht von Clay, den ich nur noch mit einer Hand wackelig auf meinem Rücken hielt, ging ich in die Knie.

»Ava!«

Selbst unsere Angreifer wurden für einen kurzen Moment langsamer, als sie begriffen, was sich soeben abgespielt hatte.

»O nein, der Wirt!«, wisperte ein blondes Mädchen, die einzige weibliche Anhängerin von Morgan.

»Ava!«, flüsterte ich, während ich immer noch ihre Hand hielt.

Mit aufgerissenen Augen starrte sie zu mir hoch. Ein Blutrinnsal floss aus ihrem Mundwinkel, über die Wange, bis hin zu ihren schwarzen Haaren, die wie ein Fächer unter ihr ausgebreitet lagen. »Vergiss nicht ... was ich ... dir gesagt habe«, brachte sie mühsam hervor. »Du ... bist dran.«

Sie röchelte einmal kurz, dann starrten ihre Augen ins Leere. Sie war tot. Erst das Chenao-Mädchen und jetzt Ava!

»Nein, bitte nicht!« Doch natürlich würde all mein Flehen nichts ändern. Zum zweiten Mal in diesem Jahr hatte ich meine beste Freundin verloren. Da war es auch kein Lichtblick, dass sie wahrscheinlich gerade den Weltuntergang verhindert hatte.

Ava hatte sich geopfert. In meinem Kopf drehte sich alles. Ava hatte sich selbst umgebracht, damit Petrus' Army die Seele des Dián Mawrs nicht in ihren Körper verpflanzen konnte. Um die Menschheit zu retten, hatte Ava Kendrick Selbstmord begangen. Das hatte sie die ganze Zeit vorgehabt. Wieso hatte ich das nicht verhindern können? Tränen tropften auf ihre blutgetränkte Bluse. Erst Sekunden später registrierte ich, dass es meine eigenen waren.

In der Zwischenzeit tobte Morgan vor Wut. »Wieso hat das keiner verhindert?«

»Wir haben immer noch Plan B«, hörte ich Vincents Stimme.

Unfähig, etwas anderes zu tun, starrte ich weiter auf meine tote Freundin. All die Tränen verschleierten mir langsam die Sicht.

»Wagt es nicht, meine Tochter anzufassen!«, brüllte Brianna. »Ich habe nicht 20 Jahre auf sie verzichtet, damit ihr sie jetzt ...« Weiter kam sie nicht. Es krachte, dann sackte sie neben mir zusammen.

Der Sheerie entzog ihr mit einem Luftstoß die Kabumm-Pilze. Was hatte meine Mutter damit gemeint?

Noch ein Schlag. Dann ein stechender Schmerz und es wurde alles schwarz um mich herum.

29

Als ich erwachte, summte es in der Höhle.

Blinzelnd versuchte ich mich zu orientieren. Irgendwie befand ich mich in einer ungemütlichen Position, doch woran lag das?

Nach ein paar Sekunden verstand ich schließlich. Sie hatten mich an einen der Holzbalken gebunden, die die Höhlendecke stützten. Genauer gesagt an den mittleren, an den vor Kurzem noch Ava gefesselt gewesen war. Rechts von mir hatten sie Brianna an den nächsten Holzpfahl gefesselt wie eine Hexe an einen Scheiterhaufen. Ein ähnliches Bild bot sich mir, als ich meinen Kopf nach links drehte.

Clay war wieder zurück an seinem Holzbalken. Festgebunden wie ich. Aber immerhin waren die beiden wach und am Leben.

Gerade starrten die zwei wie gebannt auf das Blutbecken, um das sich die Petrus'-Army-Kuttenträger versammelt hatten. Die schwarzgekleideten Sektenmitglieder murmelten, nein summten etwas. Über ihren Köpfen schwebte ausnahmslos das Unendlichkeitszeichen. Immer noch. Mist, wie konnte das sein?

Ava war doch gestorben, um das zu verhindern! *Ava* ...

Mit einem Schlag kehrte die Erinnerung an ihren Tod zurück. Ava war tot! Wie konnte das Leben nur so gemein zu mir sein?

Allerdings war das noch nicht alles.

Brianna starrte, ohne zu blinzeln, auf die Gruppe Magischer, die zu Engeln werden wollten. Wie immer konnte ich über dem Kopf meiner Mutter nicht eine einzige rote Ziffer erkennen.

Eine ungute Vorahnung breitete sich in mir aus, als ich meinen Kopf in die andere Richtung drehte. Himmel, wie lange war ich weggetreten gewesen? Die Uhr über Clays Kopf zeigte nur noch 44 Minuten an! Das hieß, dass es inzwischen Montagabend kurz vor Mitternacht sein musste, wenn meine Berechnungen stimmten.

Augenblicklich rückte die Trauer um Ava in den Hintergrund. Clay! Ich musste wenigstens seinen Tod verhindern! Meine Erfolgsquote lag doch immer bei 50 Prozent – normalerweise gelang es mir, jeden zweiten Todgeweihten zu retten, dem ich begegnete, so wie bei Justus und Rider. Das war nicht fair!

Für einen Moment schloss ich die Augen. Das alles ... musste ein Albtraum sein!

Als ich die Augen wieder öffnete, wurde es allerdings nur noch grauenhafter. Denn als Nächstes registrierte ich, dass gar nicht mehr das tote Chenao-Mädchen über dem Becken zum Ausbluten hing, sondern Ava.

In diesem Moment holten sie sie von der Decke. Mit einer Handbewegung ließ der dunkelhaarige Junge, der wahrscheinlich ein Erdelf war, die Wurzeln, an denen Ava über dem Becken hing, wachsen, bis sie neben ihnen auf dem Boden aufschlug. Dann trugen zwei kleine Gestalten Ava aus meinem Sichtfeld. Wahrscheinlich legten sie sie in einer dunklen Ecke hinter mir ab. Einfach so! Scheiße, das war doch alles nicht normal! Ava! Meine Ava!

Nur mit Mühe unterdrückte ich den Wunsch, einfach

schreiend zusammenzubrechen. Doch das konnte ich mir natürlich nicht leisten.

Händeklatschen ertönte. Es war Morgan, die die Aufmerksamkeit auf sich ziehen wollte. »Es ist so weit! Heute Nacht werden wir den Dián Mawr zu uns rufen. Mit meiner Hilfe wird er aus Blut und Erde geboren werden. Aus dem Schoß der Erde, meinem Element!«

Ihre Anhänger jubelten.

Ich dagegen konnte mich so gar nicht darüber freuen, dass die kleine Cailleach ihre Bestimmung, die Erde zu beschützen, dazu einsetzen wollte, sehr, sehr viele Menschen zu töten.

»Petrus hat sich letzte Nacht offenbart und die Himmelstore für uns geöffnet. Unsere Pflicht, die wir als seine Gefolgsleute eingegangen sind, ist jetzt, den Seelentausch vorzunehmen. Wir müssen den Dián Mawr zu uns rufen. Damit die Seele von Petrus' Richter, dem Erlöser, auf Erden wandeln kann. Er wird der magischen Bevölkerung Flügel verleihen und die menschlichen Sünder gerecht bestrafen.«

Da fragte ich mich nun allerdings, wie sie das anstellen wollte. Ava war tot. Und meinen Informationen nach konnten nur Magische die Dián-Mawr-Seele als Wirt in sich aufnehmen, die die Kräfte anderer auf sich selbst übertragen konnten. Laut Trinity waren dazu nur Aiobhells wie Ava fähig. Doch die waren fast ausgestorben.

»Die Erde wird rein sein!«, proklamierte Morgan wie eine Politikerin, die eine Rede vor dem Senat hielt. »Wir werden Engel sein!«

Ihre Jünger waren begeistert.

Na, das waren ja tolle Neuigkeiten! Irgendwelche Skrupel, zum Erreichen ihrer Ziele andere zu töten, schien keiner von ihnen zu haben.

»Die sieben Blutopfer sieben verschiedener magischer Wesen sind erbracht! Sieben. Die magische Zahl!« Morgan reckte eine Faust in die Luft. »Zwar anders als erwartet – allerdings macht sich Aiobhell-Blut statt Leprechaun-Blut fast noch besser. Ich spüre bereits die Macht des Rituals. Ihr auch?«

Eifriges Kopfnicken.

Ach du Schreck! Ich wechselte einen Blick mit Brianna. An Clays Stelle war Ava das siebte und letzte Opfer geworden. Aber wenn er nicht geopfert werden sollte, warum hatte er dann trotzdem nur noch knapp 40 Minuten zu leben?

Im Gegensatz zu Brianna starrte Clay wie paralysiert auf das Becken mit Blut. Vielleicht stand er unter Schock, überlegte ich. Schließlich musste er aufgewacht sein und direkt mit angesehen haben, wie sie Ava über dem Becken hatten ausbluten lassen, als sei sie ein Stück Vieh.

»Damit fällt die Aiobhell Ava Kendrick zwar als Wirtskörper für den Dián Mawr aus, aber wir haben ja noch Plan B!«

Wieder enthusiastische Zustimmung seitens der Jünger.

»Und jetzt bringt mir den Ersatzwirt!«

Ohne weitere Fragen zu stellen, stürzten die Jünger los.

Was? Wer sollte das sein? Wieso wussten alle direkt, wen Morgan meinte?

Der Typ mit den dunklen Haaren, der Clay vergangene Nacht entführt hatte, baute sich neben mir auf. Mit einer geübten Handbewegung zog er ein Messer hervor.

Verflucht noch mal! Schnell schloss ich die Augen.

Doch er schnitt nur meine Fesseln durch.

Dann packten mich mehrere Hände von allen Seiten.

Obwohl ich mich nach Kräften wehrte, hatte ich keine Chance. Gemeinsam schleppten sie mich zu Morgan.

»Fass meine Tochter nicht an«, brüllte Brianna hinter mir. »Das wagst du nicht!«

Immer noch weigerte sich mein Verstand zu erfassen, was hier gespielt wurde.

Sie schoben mich direkt vor Morgan.

»Was passiert hier? Was habt ihr vor?«, wollte ich wissen.

»Ts, ts.« Die kleine Wetterhexe griff in meine Haare und drehte dann eine Strähne zwischen ihren Fingern.

»Verstehst du deine Rolle in dieser Geschichte immer noch nicht? Du bist unser Plan B. Hat dir niemand erzählt, dass Banshees unter 21 Jahren – also bevor sie ausgewachsen sind – das Unglück anderer auf sich selbst übertragen können? Ihre Seelen sind dafür offen wie eine zweispurige Autobahn. Damit eignen sie sich fast genauso gut zur Seelenübertragung wie Aiobhells.«

Mir fiel auf, dass sie ihren Ritualdolch wieder in der Hand hielt. »Den eigentlichen Zweck erfüllen wir damit auf jeden Fall. Arme, unwissende Alana. Vincent und ich haben dich beschattet. Wir haben dir etwas vorgespielt und du bist drauf reingefallen. Gestern auf dem Ball hatte Vincent leichtes Spiel, dich abzulenken.«

Die Gläserpyramide!

»Und auf die Betrunkene-Morgan-Nummer bist du auch reingefallen. Hast dich in eine Falle locken lassen. Eine Falle, die dich direkt hierher zu uns geführt hat, ganz allein und schutzlos. Und da du es nicht freiwillig machen wirst, denn du hast dich für das Lichtfee-Dasein entschieden«, das Wort »Lichtfee« spuckte sie aus wie Kaugummi, »müssen wir dich leider zwingen, am Seelentausch-Ritual teilzunehmen.« Mit einem Mal packte sie meinen linken, unverletzten Unterarm und ritzte dann mit dem Messer ein Kreuz hinein.

Ich biss mir auf die Lippen, um nicht zu schreien.

»Nein!«, rief Brianna.

»Morgan, wie kannst du das machen?«, vernahm ich jetzt auch Clays Stimme irgendwo hinter mir. Den Geräuschen nach zu urteilen, zerrte er mit aller Kraft an seinen Fesseln. Gut, er schien den Schock überwunden zu haben. Immerhin.

»Ganz einfach: Weil ich es kann. Manchmal muss man Opfer bringen. Und jetzt beschwer dich nicht, du wirst als Engel weiterleben. Wir könnten unsere Dates fortsetzen.« Sie zwinkerte Clay zu, der daraufhin leicht grünlich anlief.

Das war wahrscheinlich gerade das Allerletzte, das er wollte.

»Bitte, Morgan, sei vernünftig«, mischte sich meine Mutter ein. »Clay und Alana haben dich immer gut behandelt. Wie eine Freundin. Wie kannst du auch nur darüber nachdenken, Alanas Seele zu rauben?«

»Ihre Seele kommt doch als Geist in den Himmel. Reg dich ab, alte Frau!«, konterte Morgan.

»Das ist nicht dasselbe. Das ist kein Leben, als Seele zu wandeln, die mit Gewalt gestohlen wurde. Traumatisierte Seelen wandern nur ziellos umher, das weiß doch jeder von uns! Sie würde nicht mal wissen, wer sie ist. Alana hat ein schönes irdisches Leben verdient, bevor sie stirbt!«

Das war der kleinen Wetterhexe offenbar egal, denn sie machte nur eine wegwerfende Handbewegung. »Als ob jemals jemand das bekommt, was er wirklich verdient. Ich bin 16 Jahre alt und werde bald an Krebs sterben.« Ihr Gesicht nahm ein zorniges Tomatenrot an. »Außer natürlich, ich mache mich selbst unsterblich. Und das habe ich vor – und zwar *jetzt*.«

Ohne Umschweife und ohne dass ich etwas dagegen tun konnte, stieß mich Morgan in das Becken voll Wasser und Blut.

Es klatschte, doch irgendwie schaffte ich es, meinen Kopf über Wasser zu halten. Passierte das gerade wirklich? Ich konnte es nicht fassen! Übelkeit und Ekel machten sich in mir breit. Das Gemisch ging mir bis zur Brust. Der Eisengeruch war unerträglich, dazu brannte die Flüssigkeit höllisch an meinen beiden verletzten Armen. Verflucht!

»Schicksalsfeen, nehmt unser Opfer an!«, begann Morgan, den Kopf hoch erhoben.

Verfluchte Nilpferdkacke, es ging los! Die Hände über der Wasseroberfläche, damit es weniger brannte, stakste ich auf den Beckenrand zu, so schnell ich konnte.

Leider standen um das komplette Becken die Mitglieder von Petrus' Army. Immer wenn ich mich am Rand hochziehen wollte, traten sie nach meinen Fingern, sodass ich zurückweichen musste.

Im Hintergrund nahm ich wie durch Watte wahr, dass Brianna und Clay aus Leibeskräften schrien und an ihren Fesseln zerrten, während Morgan eine Beschwörungsformel aufsagte.

Und dann geschah es. Das rote Wasser fing an zu brodeln. Verwundert drehte ich mich im Kreis. Beinahe fühlte ich mich wie in einem Whirlpool! Doch von einem auf den anderen Moment durchfuhr ein gewaltiger Ruck meinen Körper. Ich riss die Augen auf. Was geschah hier? Plötzlich konnte ich mich nicht mehr bewegen. Noch nicht mal den kleinen Finger konnte ich rühren. Stattdessen drückte mich eine unsichtbare Macht nach hinten. Verdammt noch mal, Morgan hatte gewonnen, wurde mir siedendheiß klar. Sie würde tatsächlich meinem Körper die Seele entziehen. Alles war verloren.

Für ein paar Sekunden trieb ich auf dem Rücken im Becken. Dann, ganz plötzlich, beendete Morgan die Beschwörungsformel mit einem dreifachen Klatschen.

Ich wollte schreien, doch ich konnte nicht mal mehr blinzeln, als sich rechts und links von mir zwei Hände aus dem Blutgemisch erhoben. Riesige Hände, die mich von einer Sekunde auf die andere unter Wasser zogen. Rot vernebelte mir die Sicht. In meinen Ohren dröhnte es. Meine Lungen zogen sich zusammen. Es war aus. Als würde ich das Ganze wie in einem Film betrachten, sah ich teilnahmslos dabei zu, wie mein Körper verschwand.

Clay

Irgendetwas hatte Alana unter Wasser gezogen! Was zur Hölle ging hier vor sich? Und das gerade jetzt, wo er beinahe seine Fesseln durchgerieben hatte.

So knapp! Wieso hatte ihn auf einmal all sein Glück verlassen?

Neben ihm heulte Brianna wie ein Wolf, der seinen Welpen an einen Jäger verloren hatte.

Auch Clay war zum Heulen zumute. Wieso nur war er auf Morgan, diese Hexe, reingefallen? Wenn Alana oder zumindest ihre Seele dadurch sterben würde, dann würde er sich das nie verzeihen. Es war, als würde sich eine Schicht Eis um sein Herz legen, so kalt wurde ihm auf einmal. Das konnte das Schicksal doch nicht ernst meinen!

Unentwegt rieb er weiter seine Handfesseln an dem abstehenden Nagel hinter seinem Rücken.

Gerade als ein leises »Ratsch« ertönte, fuhr ein gewaltiger Windstoß durch die Höhle, als hätte ein Orkan beschlossen, ihnen einen kurzen Besuch abzustatten. Kein gutes Zeichen.

Eilig befreite sich Clay von den Fußfesseln, dann rannte er schreiend auf Morgan zu, die gespannt das Taufbecken beobachtete. Zugegeben, es war kindisch, doch in diesem Moment wollte Clay O'Connor nichts mehr, als Morgan wehzutun. Er wollte ihr unerträgliche Schmerzen zufügen, genau wie sie es bei ihm getan hatte, als sie ihm Alana weggenommen hatte. Alana, seine große Liebe!

»Du!«, kreischte er. Doch natürlich hielten ihre Anhänger ihn zurück, packten ihn und drehten ihm die Arme auf den Rücken.

Morgan gab sich nicht einmal die Mühe aufzusehen. Dieses Miststück!

Und er hatte gedacht, sie sei in ihn verliebt gewesen! Er war eine Beziehung mit der größten Serienmörderin der Stadt eingegangen! Fluchend wand sich Clay in den Fängen der Petrus'-Army-Mitglieder. »Lasst mich los!«

Aber niemand achtete auf ihn. Alle beobachteten mit aufgerissenen Augen das Becken, in dem irgendwo noch Alanas Körper sein musste.

Auf einmal begann sich die Wasseroberfläche zu kräuseln.

Ein Raunen ging durch die Menge.

»Es geht los!«, freute sich Morgan. »Haltet euch bereit.«

Die Wellen im Becken türmten sich immer höher auf, dann tauchte ein Körper daraus hervor. Als stände sie in einem Aufzug, stieg Alana nach oben, bis ihre Füße die Wasseroberfläche berührten. Eine triefnasse Alana in ihrem blutgetränkten, lavendelfarbenen Kleid und mit dem Eulenamulett um den Hals. Zwei von Morgans Jüngern traten vor und zogen sie aus dem Becken.

Clay riss Mund und Augen auf.

Überall an Alanas Körper floss rotes Wasser hinunter, was ihn unwillkürlich an den Blutregen aus der Bibel erinnerte, in der Passage über die zehn Plagen.

Einen Moment lang keimte Hoffnung in ihm auf – Hoffnung darauf, dass alles in Ordnung war, dass das seine Alana war. Doch als er die Augen des Wesens sah, wusste er, dass sie nicht mehr da war. Anstelle von menschlichen Augen waren Alanas nun komplett schwarz wie die eines Dämons. Seine Alana war fort.

Clay würgte.

»Herzlich willkommen in Santa Fe!« Morgan machte einen Knicks. Von überall reichte man dem Alana-Dämon Handtücher und sogar einen schwarzen Umhang, so wie ihn die anderen trugen. Gierig legte ihn sich das Wesen um die Schultern, als sei es der pelzbesetzte Mantel eines Königs.

»Endlich seid Ihr hier!« Hätte sich Morgan noch tiefer vor Alana verbeugt, hätte sie fast ihre nackten Füße geküsst.

Alana hob ihre Hände und betrachtete sie wie ein neues Paar Schuhe. Dann drehte sie sich einmal um sich selbst. Als ihr Blick Clay streifte, lief es ihm eiskalt den Rücken hinunter.

Das war nicht mehr Alana, sondern ein Dämon, der das pure Böse ausstrahlte. Ein Gehilfe des Petrus. Wie konnte dieser Mistkerl Petrus nur? Clay entfuhr ein Knurren. Hin- und hergerissen zwischen Trauer und Wut wurde ihm langsam, aber sicher schwindelig.

Nach einer kurzen Musterung der Umgebung hob sich der rechte Mundwinkel des Wesens. So etwas hatte Alana nie gemacht.

Stöhnend unternahm Clay einen weiteren Versuch, die Typen, die ihn festhielten, abzuschütteln.

»Ich habe einen neuen Körper«, sagte eine rasselnde Stimme. Erst Sekunden später begriff Clay, dass sie von Alana ausgegangen war.

Plötzlich kam Brianna, die sich ebenfalls befreit haben musste, an seine Seite gestürzt. »Lasst ihn los!«, keuchte sie die zwei Jungs an, die Clay festhielten.

»Ist jetzt sowieso egal!« Mit einem Handwedeln bedeutete Morgan ihren Anhängern, Clay freizulassen. »Unglaublich, oder? Der Dián Mawr im Körper von diesem Tollpatsch Alana McClary!« Sie hob einen Zeigefinger und fuhr dann damit vor den Augen von Alana hin und her wie ein Arzt, der einen Patienten untersuchte.

Unter ihrem Umhang fuhr Alanas rechte Hand hervor und packte Morgans Handgelenk. »Der Dián Mawr wird nicht angefasst. Von niemandem!«, knurrte die Kreatur. Dabei bohrten sich ihre Fingernägel so tief in Morgans Arm, dass Blut floss.

Clay fiel auf, dass Alanas Armverletzungen inklusive Bandagen verschwunden waren. Einfach so. Geheilt. »Dunkle Magie«, flüsterte er.

Neben ihm schürzte Brianna die Lippen. »Ja, Dunkelfee-Magie.« Sie nickte in Richtung von Alanas linkem Arm. »Aber das Kreuz, das ihr Morgan eingeritzt hat, ist noch da. Das muss das Tor sein, durch das Morgan die neue Seele in Alanas Körper geschickt hat.«

»Okay«, wimmerte Morgan, die auf ihr blutendes Handgelenk schielte, »kommt nicht wieder vor.« Sie senkte den Blick. »Wir haben ein Privatflugzeug abflugbereit auf dem Flugplatz stehen. Wir sollten los, in Rom werdet Ihr bereits erwartet.«

Wieder hob sich nur ein Mundwinkel in Alanas Gesicht. Doch sie ließ Morgans Hand endlich los. »Brennt die Stadt?«

Morgan nickte. »Petrus hat bereits die Himmelspforte …«

»Das weiß ich!«, zischte das Wesen, worauf Morgan zusammenzuckte. »Natürlich ist auf Petrus Verlass.« Der Ton, den der Dián Mawr anschlug, war äußerst ruppig.

Das mussten Morgans Anhänger auch bemerkt haben, denn sie warfen sich gegenseitig unsichere Blicke zu.

»Zeit, ein paar Sünder zu quälen!«, freute sich der Alana-Dämon jetzt.

»Alana, nein!« Es war dumm, aber Clay musste es versuchen. »Bitte, wenn du noch irgendwo da drin bist, wehr dich! Kämpf dagegen an. Das kannst du nicht wollen! Du würdest all diese Menschen da draußen doch nicht umbringen!«

Das Wesen wandte sich ihm zu. »Was will dieser Wurm von mir?«

»Beachtet ihn einfach nicht. Wir müssen los«, winkte Morgan ab.

Beschwichtigend legte Brianna eine Hand auf Clays Arm. »Das bringt nichts, ihre Seele ist fort«, flüsterte sie.

Clay schluckte. Das hatte er sich schon gedacht.

»Mister Dián Mawr«, fragte ein blondes Mädchen aus Morgans Reihen. »Wann werden Sie uns zu Engeln machen?« Gespannt hielten alle Mitglieder von Petrus' Army inne.

Und im selben Moment kam Clay eine Idee. Eine Idee, mit der sich der Weltuntergang und damit der Tod von Millionen von Menschen vielleicht aufhalten ließ.

»Brianna«, flüsterte er. »Was wäre, wenn wir Alanas Seele in ihren Körper zurückschicken würden? Wenn wir einen weiteren Seelentausch durchführen?«

»Aber Alanas Seele ist im Himmel, sie wird nicht zurückkommen. Und es kann nur die Seele im Körper wohnen, die bei der Geburt hineingepflanzt wurde, abgesehen von diesem Dián Mawr, versteht sich.«

»Ganz genau!«, nickte Clay eifrig.

»Oh«, machte Brianna, als sie verstand.

»Du hast das doch schon einmal gemacht bei meiner ›Geburt‹. Du kannst das wieder«, beschwor Clay Brianna eindringlich.

»Aber du müsstest sterben …«

»Ich weiß, und jetzt tu nicht so. Du hast diese Möglichkeit doch schon längst in Betracht gezogen. An deinem Blick erkenne ich, dass du das hier vorhergesehen hast, stimmt's?«

Ihr Schweigen verriet sie.

»Deshalb bist du auch so ruhig. Das ist *dein* Plan B, die Welt zu retten.« Plötzlich ergab alles einen Sinn.

Brianna nickte.

Glücklicherweise schien Petrus' Army so gebannt von den Erklärungen des Dián Mawrs zum Thema Engel zu sein, dass niemand Clays und Briannas Geflüster hörte.

»Danke dafür, dass du mich selbst hast darauf kommen lassen.« Clay versuchte ein zaghaftes Lächeln.

»Du weißt, dass du dabei stirbst. Ich muss an deine Seele herankommen, die ich dir vor 20 Jahren eingesetzt habe, den einen Teil von Alanas Seele.«

»Das ist es wert. Und Alana würde wieder ganz die Alte werden, richtig?«

»Ich denke schon«, bestätigte Brianna. »Du trägst schließlich einen Teil ihrer Seele in dir. Das sollte ausreichen.«

»Gut. Können wir loslegen?«

Brianna beugte sich unauffällig weiter vor, um ihm zu erklären, was er als Nächstes tun sollte.

Auf einmal brandete Jubel um sie herum auf.

Zwei Mitgliedern von Petrus' Army, dem blonden Mädchen und einem dunkelhaarigen Jungen, waren Engelsflügel gewachsen. Alles klatschte begeistert, als sie durch die Decke in den Himmel entschwebten. Offensichtlich eine Zurschaustellung der Kräfte des Dián Mawrs.

Diesen Moment nutzte Brianna, um hinter Morgan zu schleichen, die immer noch mit der Kreatur in der Nähe des Beckens stand.

»Das war nur ein kleiner Vorgeschmack. Wenn die Sünder ihre gerechte Strafe erhalten haben, bekommt ihr alle euren Platz im Himmel zurück«, prophezeite der Dián Mawr.

Und dann raste Clay los. Den Überraschungsmoment auf seiner Seite, überrumpelte er den Dián Mawr völlig.

Auch keiner von Morgans Anhängern war darauf vorbereitet.

Clay packte sich den Alana-Dämon und warf sich mit ihm in den Armen in das Becken voll Blut.

»Nein!«, kreischte Morgan. »Holt die zwei da raus! Sofort!«

Dann hörte Clay nichts mehr, doch er wusste, dass Brianna Morgan mit den Kabumm-Pilzen in Schach hielt, sodass sich niemand trauen würde, auch nur einen Finger zu rühren.

Der Alana-Dämon zappelte in seinen Armen, konnte sich jedoch nicht befreien. Glücklicherweise hatte er keine Superkräfte, die ihn körperlich stärker als seinen Wirtskörper werden ließen.

Bewusst ließ Clay allen Sauerstoff aus seinen Lungen entweichen, atmete ein letztes Mal in seinem Leben aus, bevor es ihn und Alana auf den Grund des Beckens zog.

Brianna

»Niemand rührt sich! Oder ich lasse die hier fallen.« Sie wedelte mit den Kabumm-Pilzen in der Luft herum. »Jetzt, wo meine Tochter tot und der Dián Mawr auferstanden ist, hält mich nichts mehr zurück!«, drohte sie Morgan und ihren Anhängern. Die sieben verbliebenen Kapuzenträger musterten sie nervös.

Dann rezitierte Brianna die uralten irischen Verse, die sie bereits damals zur Erschaffung des Baby-Leprechauns benutzt hatte, drehte aber einige Stellen um, denn die Seele sollte nun in ihren ursprünglichen Körper zurückkehren, statt sich abzuspalten.

»Was soll das werden, alte Frau?« Die Panik in Morgans Stimme ließ sich nicht überhören, doch Brianna achtete nicht auf sie.

Unschlüssig scharrten Morgans Anhänger mit den Füßen. Ihre Augen huschten zwischen Morgan und der eine irische Beschwörung zitierenden Brianna hin und her.

Dann war es geschafft. Brianna hielt die Luft an.

Zuerst geschah rein gar nichts. Niemand traute sich, auch nur zu blinzeln.

Dann kräuselte sich die Wasseroberfläche und zwei Körper wurden an die Oberfläche gespült. Ein lebloser Clay und eine nach Luft schnappende Alana.

Briannas Herz machte einen Sprung. Alanas Augen! Sie waren wieder menschlich!

»Nein!« Morgan taumelte. »Du verfluchtes Miststück!«

»Alana, komm da raus. Schnell!«, rief Brianna ihrer Tochter zu, bevor Alana registrierte, dass Clay hinter ihr mit dem Gesicht nach unten im Wasser schwamm. Glücklicherweise hatte das ihre verwirrt dreinblickende Tochter noch nicht bemerkt. Also gehorchte sie einfach ihrer Mutter und drückte sich am Beckenrand ab.

»Zurück«, kreischte Morgan. »Du gehst da wieder rein! Wir rufen den Dián Mawr zurück!« Sie stürzte auf Alana zu, die noch erschöpft auf allen vieren am Beckenrand kniete.

Brianna stürzte hinterher. »Finger weg von meiner Tochter!«

Nur Millisekunden bevor Morgan Alana erreichte, schubste Brianna sie von ihr weg, sodass Morgan stolperte und dann rückwärts ins Becken fiel.

»Nein!«, kreischte die Wetterhexe.

Sobald sie die Wasseroberfläche durchbrach, zischte es. Blitze stoben aus dem Becken bis zur Höhlendecke. Auf einmal rumorte es überall um sie herum.

»Verflucht, die Höhle stürzt ein!«, schrie Vincent, der Feuerelf.

»Was passiert hier?«, fragte eine verstörte Alana.

Brianna verstaute zunächst vorsichtig die Kabumm-Pilze in ihrer Manteltasche, bevor sie ihrer Tochter auf die Beine half. »Ich glaube, das Ritual explodiert. Es war bereits Cailleachblut in dem Becken und jetzt mischt sich zusätzlich noch Morgans hinein. Du hast sie am Handgelenk gekratzt, weißt du noch? Bei diesem Ritual scheint aber nur das Blut von sieben verschiedenen magischen Spezies zugelassen zu sein. Es wird sich selbst zerstören.«

Sie zog ihre Tochter vorwärts in Richtung Ausgang. »Ich erkläre dir alles später. Jetzt müssen wir hier raus!«

Alana

Was war nur geschehen? Ich konnte mich an überhaupt nichts mehr erinnern, seit ich in der roten Suppe verschwunden war. Nur verschwommen tauchten Bilder vor meinem inneren Auge von dem auf, was davor geschehen war, vor allem geisterte eine blutende Ava immer wieder durch meine Gedanken.

Jetzt zog mich meine Mutter voller Eile an der Hand zur Kellertür, während hinter uns das Chaos ausbrach. Große Teile der Decke krachten auf den Höhlenboden. Unwillkürlich erinnerte ich mich an die Kaffeetasse, die während des Weissagungsrituals explodiert war, weil ich einen Fehler gemacht hatte. Das hier war wohl ein ähnlicher Fall, nur tausendmal schlimmer. Das Ritual war verärgert und schlug jetzt zurück.

Im Laufen schälte ich mich aus einem tropfnassen schwarzen Umhang, den ich komischerweise plötzlich trug und der mich beim Rennen behinderte. Mein Verband am rechten Arm war verschwunden, doch das kümmerte mich herzlich wenig. Momentan spürte ich keine Schmerzen, nicht mal an meinen nackten Füßen, als sie einen herabgestürzten Felsen am Boden streiften.

Die Petrus'-Army-Anhänger rannten mit uns in den Kellerflur und von da aus die Gänge entlang bis nach draußen auf den Friedhof. Die ganze Zeit über hörte ich ihr Keuchen und ihre ausgestoßenen Flüche.

Ab und zu stolperte einer von ihnen und fiel zurück. Doch sie wollten uns nicht aufhalten, sondern nur ihr eigenes Leben retten.

Mein Atem rasselte. Staub behinderte mich beim Luftholen, denn die Kirchenmauern brachen eine nach der anderen weg und verursachten dadurch braune, undurchsichtige Schmutzwolken. Was, wenn wir es nicht rechtzeitig schaffen würden?

Doch dann bogen wir um die letzte Ecke. Die Tür zum Friedhof, schwach erhellt durch eine Laterne, war zu sehen. Ich hätte einen Luftsprung machen können. Nur noch ein paar Meter …

Kaum waren Brianna und ich hinter drei von Morgans Anhängern, darunter auch Vincent und der rothaarige Sheerie-Junge, nach draußen ins Freie gestürzt, brach hinter uns das Kirchengebäude komplett zusammen. Noch mehr Staub wirbelte auf, legte sich wie eine Decke über uns und den gesamten nächtlichen Friedhof, sodass wir alle husten mussten.

Es war vorbei. Vincent und seine Freunde trugen anstelle der Infinity Zeichen wieder normale Lebensuhren über ihren Köpfen. Die anderen drei Petrus'-Army-Jünger, die hinter uns hergerannt waren, hatten es nicht bis nach draußen geschafft. Ich betrachtete die Trümmer der Kirche, die immer noch dicke Rauchschwaden an Staub abgaben. Das hieß dann wohl, dass auch Morgan tot war. Moment mal …

»Großer Gott!« Ich musste mich an meiner Mutter festhalten. »Wo … wo sind die anderen? Ava und Clay?«

Langsam wandte sich Brianna zu mir um. Hinter ihr rauchte wie in einem Horrorfilm der zerstörte Kirchenneubau. Der Glockenturm knickte nach links um und fiel der Länge nach auf den runden Kirchenvorplatz, wie ich durch das schmiedeeiserne Tor erkennen konnte.

Eilig sahen die noch lebenden Mitglieder von Petrus' Army zu, dass sie Land gewannen, während meine Mutter mich aus traurigen Augen musterte.

In meinem Hinterkopf formte sich eine vage Erinnerung wie ein grässlicher Albtraum. »Wo sind Ava und Clay?«, beharrte ich.

Als mich meine Mutter nur weiterhin mitleidig ansah, rollte die Erkenntnis, was mit Ava passiert war, drohend wie ein Sturm heran. Die Ereignisse der vergangenen Nacht drückten sich wie Abziehbilder in einem Sammelalbum in meinen Kopf zurück. Ava hatte sich geopfert, um den Weltuntergang zu verhindern. Doch was war mit Clay geschehen?

Polizeisirenen ertönten. Mit quietschenden Reifen stoppten sie ganz in unserer Nähe.

»Alana!«, schrie eine mir bekannte Stimme. Jemand riss das Tor zum Friedhof auf.

»Es tut mir leid«, sagte meine Mutter schließlich.

Ich verstand. Nicht nur Morgan und Ava, sondern auch Clay lag unter dieser Kirchenruine begraben. Dies war auch sein Grab.

»Nein! Das kann nicht wahr sein. Du irrst dich!« Ich warf die Hände in die Luft. Clay konnte nicht tot sein! Eine Welle unbändiger Trauer überrollte mich. Ich wollte nur noch schreien und heulen – nichts machte mehr einen Sinn. »Bitte! Nicht Clay!« Unter meinen nackten Füßen schien der Boden zu schwanken. Das war einfach alles zu viel.

Doch bevor ich zusammenbrechen konnte, zogen mich zwei starke Arme an sich.

Es war Dylan. »Himmel, Alana, was machst du für Sachen?« Liebe sprach aus jedem Wort, das er an mich richtete.

Ja, mein Detective Sockenschuss liebte mich. Doch das konnte mich jetzt auch nicht aufheitern.

»Gott sei Dank! Du lebst.«

Ja, ich lebte. Aber das war auch alles.

10 *Monate später*

Fast wäre mir das Messer aus der Hand gefallen, als mich zwei Arme von hinten packten.

Doch es war nur Dylan. »Machst du Abendessen, Schatz?« Er küsste meinen Nacken.

»Nein. Das hier ist ein Drogenexperiment, siehst du das nicht?« Ich deutete mit dem Messer auf die Steinpilze, die ich gerade schneiden und in die Suppe werfen wollte.

Dylan lachte.

Dann schwang er sich neben mich auf die Arbeitsplatte und klaute sich einen Steinpilz von mir. »Übrigens war das heute der Hammer, wie du den Boss von diesem Mädchenhändlerring im Verhör auseinandergenommen hast. Du wirst immer besser!« Stolz schwang in seiner Stimme mit.

»Ich hatte eben einen guten Lehrer!«

»Ganz genau. Den besten!« Dylan gab mir einen Kuss auf die Wange, warf dann eine weitere Steinpilzscheibe in die Luft und fing sie mit dem Mund wieder auf.

Für einen Moment schloss ich die Augen. Dylan Shane war mein Ein und Alles. Fast so, wie es Clay früher gewesen war. Und dass wir jetzt zusammenwohnten, machte alles noch perfekter. Unsere Beziehung war stabil und gleichzeitig doch leidenschaftlich. Mit ihm konnte ich mich über die unmöglichsten Dinge totlachen und bis aufs Blut streiten. Keinen einzigen Tag wollte ich mehr ohne ihn sein. Und ich wusste, dass es ihm genauso ging. Er war mein Seelenverwandter.

Aber wir hatten ja auch schon einiges gemeinsam durchgemacht. Die ganzen Freunde, die wir verloren hatten ... Ich schluckte. Man konnte ihren Tod nicht mehr rückgängig machen.

Aber immerhin waren wir dadurch noch näher mit unseren verbliebenen Freunden zusammengerückt.

Trinity und Siri kamen fast jeden Abend zum Essen vorbei.

Ebenso ließ sich Brianna ziemlich häufig bei uns blicken. Unser Mutter-Tochter-Verhältnis hatte sich nach und nach merklich entspannt – fast schon normalisiert, könnte man sagen. Außerdem liebte sie Rider, Dylans Bruder, abgöttisch. Manchmal hatte ich das Gefühl, sie kam immer genau dann vorbei, wenn sie wusste, dass er bei uns zu Besuch war. Irgendwie fand ich diesen Gedanken tröstlich. Brianna kümmerte sich einfach gern um Kinder und hatte nun jemanden, den sie umsorgen konnte. Und der kleine Rider liebte meine Mutter ebenso zurück.

Sonntags legten wir meist alle zusammen Blumen für Clay und Ava an der Baustelle der neuen San Miguel Chapel nieder. Gemeinsam hatten wir die Geschehnisse des letzten Sommers halbwegs verarbeitet. Und nicht nur die New San Miguel Chapel wurde neu aufgebaut, sondern auch Rom. Dazu hatte der Vatikan einen neuen Papst gewählt. Perez oder besser gesagt Petrus war nie wieder aufgetaucht.

Von den verbliebenen Anhängern von Petrus' Army hatten wir ebenfalls nie wieder etwas gehört. Geschnappt hatte man sie allerdings nicht. Die Morde an Shelly King und den anderen Opfern hatte man daher nie abschließend aufklären können. Jedenfalls nicht, wo und wie genau man sie umgebracht hatte. Dafür hatten wir keine Zeugen oder Geständnisse, auch wenn wir annahmen, dass es Morgan im Keller der St. Miguel Chapel gewesen war. Vermutungen gingen aber vor Gericht leider nicht als Beweise durch.

Inzwischen hatten wir auch herausgefunden, wo unser Fehler beim Kaffeeritual gelegen hatte. Damals hatte ich mit den Worten begonnen, dass ich eine Schicksalsweissagung zu Morgans Tante Ava haben wollte. Da ich zuerst den Namen Morgan genannt hatte, hatte das Ritual wohl Antworten zu Morgan geliefert anstelle von Ava und so war die ganze Verwirrung entstanden. Das nahmen wir zumindest an. Aber nun ja ... Leider konnten wir, wie gesagt, die Zeit nicht zurückdrehen.

Dennoch wünschte ich mir manchmal, ich hätte mich nach Avas Anruf damals gemeinsam mit ihr umgebracht, dann wäre zumindest Clay noch am Leben.

Ein Gutes hatte das ganze Weltuntergangsszenario jedoch. Nach der Sache mit der eingestürzten Kirche und ein paar Elfentricks von Trinity hatte mir Dylan, ohne weitere Fragen zu stellen, geglaubt, dass es tatsächlich Feen und Elfen auf dieser Welt gab, die die Nachfahren von Engeln waren. Und er hatte akzeptiert, dass ich eine von ihnen war. Da ich inzwischen meinen 21. Geburtstag gefeiert hatte und damit eine ausgewachsene Banshee war, begrenzte sich mein Unglück nur noch auf das Maß eines normalen Menschen, was einen großen Vorteil für mich darstellte.

Und die Sache mit den Todesuhren ... Ich hatte Dylan versprechen müssen, ihm nie zu sagen, wie viel Zeit seine Uhr noch anzeigte, und damit war die Sache für ihn erledigt. Er liebte mich so, wie ich war. So einfach war das.

Wieder seufzte ich, während ich Dylans Monolog über ein Autorennen nur mit halbem Ohr folgte.

Dann ging ich zum Kühlschrank, um etwas Eis in die selbstgemachte Limonade zu schütten. Als ich die Tür des Eisfachs schloss, fiel mein Blick auf die rosa Serviette, die ich mit einem Magneten an die Tür gepinnt hatte. Meine alte To-do-Serviette. Inzwischen nicht mehr ganz so aktuell, dennoch bewahrte ich sie immer noch auf. Von einem melancholischen Gefühl ergriffen, fuhr ich mit der Hand über die Zeilen.

Die meisten Punkte davon hatte ich abhaken können:

1) **Meine Eltern finden** – Zumindest hatte ich meine Mom gefunden und da sie mir erzählt hatte, dass mein Dad noch vor meiner Geburt abgehauen war, wollte ich ihn gar nicht suchen.

2) **Clays Eltern finden** – Das hatte sich als unmöglich erwiesen, auch wenn Brianna gewissermaßen als seine Mutter hätte durchgehen können.
3) **Herausfinden, was mit Scott Dayling geschehen ist und woher er mich kannte** – Scotts trauriges Schicksal hatte ich letztendlich aufklären können. Richtig gekannt hatte er mich nie, aber anscheinend durch seine magischen Merrow-Fähigkeiten meine Zukunft und damit den Kampf gegen die Dunkelfeen vorhergesehen.
4) **Mir Dylan Shane vom Hals halten** – Hatte eindeutig nicht funktioniert.
5) **Den verdammten Kater finden** – Erledigt.
6) **Shellys Mörder finden** – Erledigt.
7) **Herausfinden, was mit Morgan nicht stimmt und warum sie nur noch 19 Monate zu leben hat** – Das war die traurige Schlüsselfrage an diesem Fall gewesen. Inzwischen aufgeklärt und bittere Gewissheit. Morgan hatte aus purem Egoismus gehandelt. Trotzdem konnte ich sie dafür nicht hassen.

Mit einem Seufzer wandte ich mich, die Limonaden-Karaffe in der Hand, wieder Dylan zu, der gerade zu einem Vortrag über American Football ansetzte.

Als ich an ihm vorbeiging, drückte er mir einen Kuss auf die Wange und zwickte mich gleichzeitig in die Hüfte.

Ich drohte ihm mit dem Zeigefinger, unterbrach seinen Redefluss allerdings nicht. Dann widmete ich mich wieder dem Umrühren meiner Suppe.

Wenn Clay doch nur hier sein könnte! Obwohl, dann hätte er sich jetzt sicher mit Dylan in den Haaren. Ein kleines Lächeln stahl sich auf meine Lippen.

Komischerweise erschien er mir regelmäßig in meinen Träumen und immer wieder sagte der Traum-Clay dasselbe zu mir: »Komm schon, Alana, versprich mir, dass du auch ohne mich glücklich wirst.«

Worauf ich ihn immer dasselbe fragte: »Wie soll ich jemals vollkommen glücklich sein, wenn wir beide voneinander getrennt sind?«

Darauf antwortete Clay stets mit den gleichen Worten: »Ach, Alana! Du weißt doch: Leprechauns werden wiedergeboren, wenn ein vierblättriges Kleeblatt erblüht.«

Sehnsüchtig warf ich einen Blick aus dem Fenster. Das hellblaue Häuschen mit den riesigen Sonnenblumen vor der Einfahrt, in das ich mit Dylan vor wenigen Monaten gezogen war, wurde von einem weißen Holzzaun begrenzt. Überall auf dem Rasen unseres Grundstücks blühten Kleeblätter in saftigem Grün unter der Hitze der mittäglichen Frühlingssonne.

Danksagung

Dieses Buch hätte wahrscheinlich niemals den Weg auf ein Blatt Papier gefunden, wenn es gewisse Menschen nicht gegeben hätte. Daher lasst uns eine Minute innehalten und ihrer gedenken.

Da wäre Odilia, die mich 2010 auf die Idee zu meinem allerersten Buch gebracht hat und später auch zu den Instagram-Autoren, wo ich Ende 2013 mein erstes Publikum fand. Du bist mein Navigator und meine lebenslange Beraterin, Süße!

Ein Dankeschön in der Höhe von was-hätte-ich-bloß-ohne-dich-gemacht-o-mein-Gott-o-mein-Gott geht an Emma, der dieses Buch auch gewidmet ist. Du warst einer meiner ersten Leser und ich umgekehrt auch einer deiner ersten. Ohne dich wäre ich womöglich nie dazu gekommen, auf wattpad.com eine Geschichte zu veröffentlichen. Außerdem warst du es, die mich auf den Schreibwettbewerb des Piper Verlags auf Wattpad aufmerksam gemacht hat. Und siehe da, durch dich habe ich es bis ins Finale geschafft und Piper ist auf meine Romane aufmerksam geworden.

Ein superliebes Dankeschön auch an meine Mutter, die immer an mich geglaubt hat. Genauso wie Trisha, die meine Pläne immer ernst genommen hat.

Außerdem an Anja, die mir jedes Mal mit großen Augen zugehört hat, wenn ich gestenreich von meinen Geschichten erzählt habe.

An K, J und P, die meine Geschichten, wenn ich sie vorgelesen habe, pantomimisch dargestellt haben – zur großen Freude aller Zuhörer.

An Leonie R., die meine Storys und alle Protagonisten fast so gut kennt wie ich.

An Nicole Käseberg, die die erste im Piper Verlag war, der meine Einsendung beim Schreibwettbewerb auffiel. Danke, du bist einfach super!

Danke an Mirka und Caroline vom Piper Verlag, mit denen ich eine großartige, um nicht zu sagen hammerlustige Zeit verbringen durfte! #megajustsaying

Last but not least: Mega Respekt an Sabrina, eine großartige Lektorin und superlieben Menschen. Danke, dass du dir immer alle meine Storyideen, und seien es noch so viele, anhörst.

Ein supergroßes Dankeschön an Nina, die immer für mich da war und »Plötzlich Banshee« gelesen hat, obwohl sie eigentlich keine Fantasy mag. Du wirst es noch weit bringen, meine Liebe!

Besonderen Dank geht an meine Leser auf Instagram und Wattpad, die mich mit ihren Kommentaren immer dazu motiviert haben, weiterzumachen.

Und nicht zuletzt ein großer Dank an meine Whatsapp-Teenie-Beta-Lesergruppe, die nie mit Kritik und Lob gegeizt haben, sowie meine Jungautoren-Whatsapp-Gruppe, die immer ein offenes Ohr für mich hatten. Ich liebe euch alle so sehr, meine Kekse!

Das aktuelle Programm

Besuche uns auf
www.lesen-was-ich-will.de
und auf Facebook **#lesenwasichwill**

- gewinne großartige Preise
- lies exklusives Bonusmaterial vorab
- entdecke außergewöhnliche Specials